大学计算机基础教育规划教材

丛书主编 冯博琴

C程序设计导引

孙燮华 编著

1+X

清华大学出版社

北京

内容简介

本书除了介绍C语言基础、基本数据类型、各种运算符与表达式、控制结构与语句、数组、函数、指针、结构体、文件等基本内容外，加强了算法的设计和编程能力的培养，还特别介绍C图形程序在Visual C++ 6.0环境中的编译和运行。本书注意培养学生的编程和创新能力，尤其注重可视化的图形编程和算法设计能力的培养，为后续学习面向对象编程和图形学与图像处理等课程作基础准备。为提高读者对学习C语言的兴趣，本书还提供了C语言应用于图形图像处理、计算机密码学、通信、数据压缩、智能算法和动画等领域的应用实例。

本书可作为高等学校理工科各专业C语言程序设计教材，也可作为计算机等级考试教学和自学用书。

图书在版编目(CIP)数据

C程序设计导引/孙燮华编著．—北京：清华大学出版社，2011.11

(大学计算机基础教育规划教材)

ISBN 978-7-302-26323-4

Ⅰ．①C…　Ⅱ．①孙…　Ⅲ．①C语言－程序设计－高等学校－教材　Ⅳ．①TP312

中国版本图书馆CIP数据核字(2011)第152352号

责任编辑：张　民　战晓雷

责任校对：梁　毅

责任印制：何　芊

出版发行：清华大学出版社　　**地　址**：北京清华大学学研大厦A座

http://www.tup.com.cn　　**邮　编**：100084

社　总　机：010-62770175　　**邮　购**：010-62786544

投稿与读者服务：010-62795954，jsjjc@tup.tsinghua.edu.cn

质　量　反　馈：010-62772015，zhiliang@tup.tsinghua.edu.cn

印 装 者：清华大学印刷厂

经　销：全国新华书店

开　本：185×260　**印　张**：23.75　**字　数**：562千字

版　次：2011年11月第1版　**印　次**：2011年11月第1次印刷

印　数：1～4000

定　价：35.00元

产品编号：042451-01

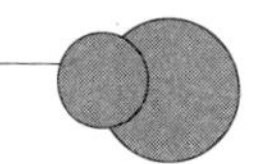

进入21世纪,社会信息化不断向纵深发展,各行各业的信息化进程不断加速。我国的高等教育也进入了一个新的历史发展时期,尤其是高校的计算机基础教育,正在步入更加科学,更加合理,更加符合21世纪高校人才培养目标的新阶段。

为了进一步推动高校计算机基础教育的发展,教育部高等学校计算机科学与技术教学指导委员会近期发布了《关于进一步加强高等学校计算机基础教学的意见暨计算机基础课程教学基本要求》(以下简称《教学基本要求》)。《教学基本要求》针对计算机基础教学的现状与发展,提出了计算机基础教学改革的指导思想;按照分类、分层次组织教学的思路,《教学基本要求》提出了计算机基础课程教学内容的知识结构与课程设置。《教学基本要求》认为,计算机基础教学的典型核心课程包括大学计算机基础、计算机程序设计基础、计算机硬件技术基础(微机原理与接口、单片机原理与应用)、数据库技术及应用、多媒体技术及应用、计算机网络技术及应用。《教学基本要求》中介绍了上述六门核心课程的主要内容,这为今后的课程建设及教材编写提供了重要的依据。在下一步计算机课程规划工作中,建议各校采用“1+X”的方案,即“大学计算机基础”+ 若干必修或选修课程。

教材是实现教学要求的重要保证。为了更好地促进高校计算机基础教育的改革,我们组织了国内部分高校教师进行了深入的讨论和研究,根据《教学基本要求》中的相关课程教学基本要求组织编写了这套“大学计算机基础教育规划教材”。

本套教材的特点如下:

(1) 体系完整,内容先进,符合大学非计算机专业学生的特点,注重应用,强调实践。

(2) 教材的作者来自全国各个高校,都是教育部高等学校计算机基础课程教学指导委员会推荐的专家、教授和教学骨干。

(3) 注重立体化教材的建设,除主教材外,还配有多媒体电子教案、习题与实验指导,以及教学网站和教学资源库等。

(4) 注重案例教材和实验教材的建设,适应教师指导下的学生自主学习的教学模式。

(5) 及时更新版本,力图反映计算机技术的新发展。

本套教材将随着高校计算机基础教育的发展不断调整，希望各位专家、教师和读者不吝提出宝贵的意见和建议，我们将根据大家的意见不断改进本套教材的组织、编写工作，为我国的计算机基础教育的教材建设和人才培养作出更大的贡献。

“大学计算机基础教育规划教材”丛书主编

教育部高等学校计算机基础课程教学指导委员会副主任委员

冯博琴

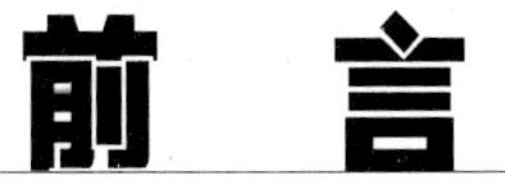

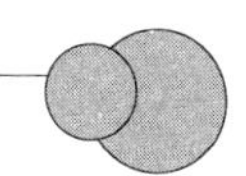

前言

C 语言的编译环境已从传统的 Turbo C 2.0 变为 Visual C++ 6.0。由于 Turbo C 2.0 中进行图形编程的 Graphics.h 与 Visual C++ 6.0 不相容，这一改变使大部分 C 语言教材没有图形编程一章，即使有 C 语言图形编程内容的教材，其编程环境仍然回到 Turbo C 2.0 中。这表明 C 语言编译环境不完全适应图形编程。另一方面，计算机的可视化，即图形化是当前的主流，Windows 窗体化已经在计算机领域取得了统治地位。由于这些原因，作者在本书中引入了属于 Windows 编程的 API，稍微向 Windows 跨出一步。对于不熟悉 Windows 编程的读者，只要输入本书的 Windows.c 程序，引用这个文件后，即可如通常编写 C 程序一样编写 C 图形图像程序了。

与目前出版的所有 C 语言教材相比，本书独具的三大特色是:

(1) 适应在 Visual C++ 6.0 环境中进行图形图像编程。本书引入了一个属于 Windows 编程的 Windows.c 程序，只要将这个程序输入或略作修改，就可以用通常的方法进行图形图像编程。

(2) 除专设第 10 章算法设计与分析外，有关算法和编程的内容贯穿全书，并结合高等数学的方法进行分析，以培养学生应用数学方法设计算法和编程的能力。

(3) 为扩大读者的知识面和提高学习 C 语言的兴趣，也为后续学习课程，如计算机图形学、图像处理、密码学、通信编码和游戏动画等作基础准备，本书提供了动态 Bezier 曲线、显示 PGM 图像、序列加/解密、通信 GCD 算法和动画小球碰撞等应用的实例。

本书在成书过程中得到了周永霞博士、姚伏天博士和吴永刚等老师的帮助，特此表示感谢。对本书引用的参考书的作者们表示感谢。

本书由王德林副教授撰写第 1～8 章，由孙燮华撰写第 9～12 章，全书由孙燮华定稿。由于作者的能力和水平有限，虽然经过了极大的努力，书中仍然难免还有一些错误，希望读者和同行专家批评指正。

作者

2011 年 5 月于杭州

目 录

第1章 概论

我们已经学习了“大学计算机基础”或者“大学计算机文化”课程，能使用计算机上网浏览网页，或在计算机中输入文字等。所有这些都是人指挥计算机进行的工作。计算机之所以能进行某项工作，是因为这项工作已由程序员预先设计了需要实现的指令，计算机才能够按照预先设计的指令有条不紊地工作。这些指令就组成了程序。若没有程序，计算机将“不知所措”，无法运行。编写指令需要使用能与计算机沟通的“语言”。早期相当多的软件是用C语言写成的。目前，C已经发展成C++、C#等系列语言，Microsoft公司还开发了将C++和C#等可视化的Visual C++、Visual C++.NET和Visual C#.NET等集成开发环境。虽然C++、C#的功能更为强大，但其基础仍然是C语言。C语言是计算机的主要基础语言。如同微积分学是整个现代数学的主要基础一样。

本书将紧密地结合实例介绍编程的方法和技巧，并特别注重培养编程与算法设计和分析的能力。

1.1 C语言的发展与特点

在众多的程序设计语言中，C语言有其独特之处，深受软件工作者欢迎。本节主要从程序设计的角度介绍C语言的发展及其特点。

1.1.1 C语言发展简史

在C语言诞生以前，系统软件主要是用汇编语言写成的。由于汇编语言程序依赖于计算机硬件，所以其可读性和可移植性都很差；而一般的高级语言又难以实现对计算机硬件的直接操作，于是人们盼望能有一种兼有汇编语言和高级语言特性的新语言。

C语言就是在这种背景下于20世纪70年代初问世的。当时C语言主要用于UNIX系统的开发。UNIX操作系统最初是在1969年由美国贝尔实验室的K. Thompson和D. M. Ritchie用汇编语言开发而成的。后改用B语言实现，但B语言过于简单，功能有限。为了更好地描述和实现UNIX操作系统，1972年至1973年间，贝尔实验室的D. M. Ritchie在B语言的基础上设计出了最初的C语言。几经修改后，于1978年正式发表了C语言。同时由B. W. Kemighan和D. M. Ritchie合写了著名的“The C Programming Language”一书，通常简称为“K&R”，也有人称之为“K&R标准”。但是，在“K&R”中并没有定义一个完整的标准C语言，后来由美国国家标准化协会ANSI(American National Standards Institute)在此基础上制定了C语言标准，于1983年发表，通常称之为ANSI C。

随着人们对C语言的强大功能和各方面优点的逐步了解，到了20世纪80年代，C语言开始进入其他操作系统，并很快在各类大、中、小和微型计算机上得到了广泛的使用，成为当代最优秀的程序设计语言之一。

近年来，由于开发大型软件的需要，C++在我国逐步得到推广。C++是面向对象的程序设计语言，其基础是C语言，且二者在很多方面是兼容的。学习C++要比C语言困难些，并且也不是所有的人都去编写大型软件。因此，在国内外的大学中，都把C语言作为一门重要的课程。掌握了C语言，再去学习C++，就会达到事半功倍的效果。

因为C++是由C语言发展而来的，C++将C作为一个子集包含了进来。所以，使用C语言编写的程序可以用C++编译系统进行编译。C/C++的编译系统有很多，如GCC(GNU Compiler Collection)家族的Dev-C++(Mingw32)、Cygwin，Borland公司的Turbo C 2.0(只支持C语言)、Borland C++，微软公司的Visual C++，以及LCC-Win32等。它们不仅实现了ANSI C标准，而且还各自做了一些扩充，使之更加方便和完美。但是，它们在实现C语言时略有差异，请读者参阅相应的手册，并注意自己在上机时所使用的C编译系统的特点和规定。

本书叙述以ANSI C为主，上机实验使用Visual C++ 6.0(以后简称VC 6.0或直接简称VC)，与全国计算机等级考试的C语言环境一致。

1.1.2 C语言的特点

1. 与自然语言比较

自然语言是人类交流的重要工具，人类可以利用自然语言进行沟通和交流，共同完成生产和生活实践。人与计算机进行交流也是属于信息的交流，只是表达方式、规则等与人类交流有所不同。自然语言与C语言的比较如表1-1所示。

表1-1 自然语言与C语言比较

异同点	自然语言	C语言
信息交流	交流双方地位平等，均有思维和推理能力	采取命令方式人机对话，计算机一般无思维和推理能力，但具有计算与逻辑判断能力
语法规则与句法规则	规则灵活，可省略、颠倒部分内容。如： “走，上课去！” “上课去，走！” (上面两句话意思相同，省略主语)	规则固定，一般不可省略、颠倒，必须按规则。例如：scanf("%d%d",&a,&b); x=a+b; (若两条语句颠倒可能得不到正确结果)
表达方式	多样	算法多样

2. 与其他程序设计语言比较

与其他程序设计语言相比较，C语言有如下的特点。

(1) C语言简洁、紧凑,使用方便、灵活。程序书写自由,主要用小写字母表示,压缩了一切不必要的成分。

(2) 运算符丰富。C语言把括号、赋值、逗号等都作为运算符处理,从而使C语言的运算类型极为丰富,可以方便地实现其他高级语言难以实现的功能。

(3) 数据结构类型丰富,具有现代语言的各种数据结构。C语言的数据类型有整型、实型、字符型、数组类型、指针类型、结构体类型、共用体类型等。能实现各种复杂数据结构(如链表等)的运算。尤其是指针类型数据,使用起来更为灵活、多样。

(4) 具有结构化的控制语句。用函数作为程序的基本单位,便于实现程序的模块化。C语言是良好的结构化语言,符合现代编程风格的要求。

(5) 语法限制不太严格,程序设计自由度大。如对数组下标越界不做检查;对变量的类型使用比较灵活,如整型数据与字符型数据可以通用。

(6) C语言允许直接访问物理地址,能进行位(bit)操作,能实现汇编语言的大部分功能,可以直接对硬件进行操作。因此有人把它称为中级语言。

(7) 生成的目标代码质量高,程序执行效率高,可达到汇编语言程序约80%的功能。

(8) 与汇编语言相比,用C语言写的程序可移植性好。

C语言是理想的结构化语言,描述能力强,且现在的操作系统课程大多结合UNIX讲解,而UNIX与C不可分。因此,C语言已经成为广泛使用的教学语言。C除了能用于教学外,还有广阔的应用领域,因此更有生命力。Pascal和其他高级语言的设计目标是通过严格的语法定义和检查来保证程序的正确性,而C语言则是强调灵活性,使程序设计人员能有较大的自由度,以适应宽广的应用面。"限制"与"灵活"是一对矛盾。限制严格,就失去灵活性;而强调灵活,就必然增加了出错的可能性。一个不熟练的程序设计人员编写一个正确的C程序可能会比编写一个其他高级语言程序更难一些。也就是说,对使用C语言的人,要求对程序设计更熟练一些。总之,C语言对程序员要求较高,但程序员使用C语言编写程序会感到限制少,灵活性大,功能强,可以编写出任何类型的程序。现在,C语言已不仅用来编写系统软件,也用来编写应用软件,因此C语言是在高等学校计算机课程教学中最普及的语言。

1.2 第一个C程序

用高级语言编写的程序称为**源程序**或**源代码**。计算机只能识别和执行由0和1组成的二进制指令,不能识别和执行用高级语言写的指令。为了使计算机能执行高级语言源程序,必须先用编译程序把源程序翻译成二进制形式的目标程序,然后将目标程序与系统的函数库和其他目标程序连接起来,形成可执行的目标程序。其中,源程序文件的后缀是.c,可执行文件的后缀是.exe,库函数文件的后缀是.h。

下面将介绍第一个C程序的编写、编译与运行。

1.2.1 第一个C程序及其编译与运行

目前,全国计算机等级考试大纲把C语言编译环境由Turbo C 2.0转变为Visual

C++ 6.0。计算机专业的多数初学者也把 Visual C++ 6.0 作为编译环境，这是因为 Visual C++ 6.0 在 Windows 下运行更易于上手操作。本书完全适应这个潮流，将 Visual C++ 6.0 作为 C 语言的编程工具。下面介绍 Visual C++ 6.0 中有关 C 语言的部分功能。

1. 启动 Visual C++ 6.0

双击 Visual C++ 6.0 启动图标，其界面如图 1-1 所示。

2. 新建文件

在图 1-1 的菜单中，选择 File(文件)|New(新建)，将出现“New(新建)”对话框，如图 1-2 所示。

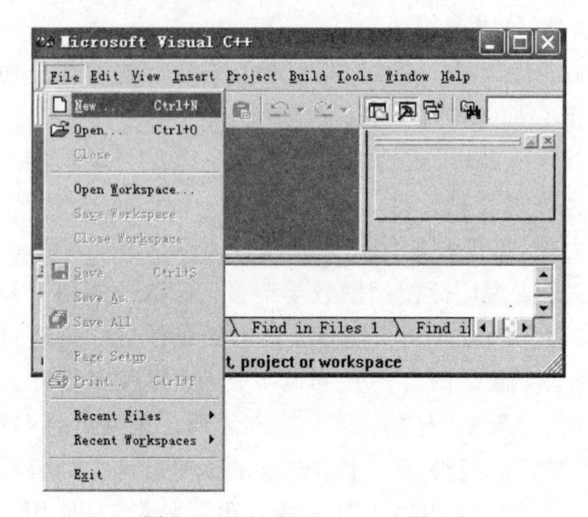

图 1-1 Visual C++ 6.0 界面

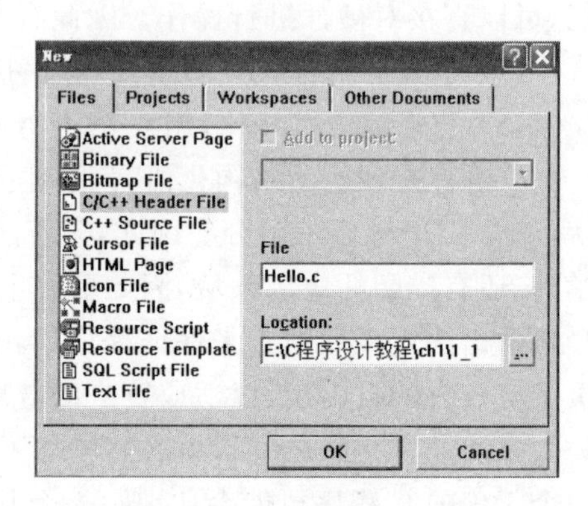

图 1-2 New(新建)对话框

选中对话框上部的 Files 选项卡，在左边一栏中，选中 C/C++ Header File 或 Text File；在右边 File 下面的文本框中填写程序文件名，例如，Hello.c，这里.c 表示 C 语言源程序，是程序名的关键部分，不能省略。单击 Location:文本框右侧的图标，在打开的文件目录中，选择 C 程序的存储目录，单击 OK 按钮，又回到第一次出现的界面。出现变化的是左上方区域已变成白色，如图 1-3 所示。

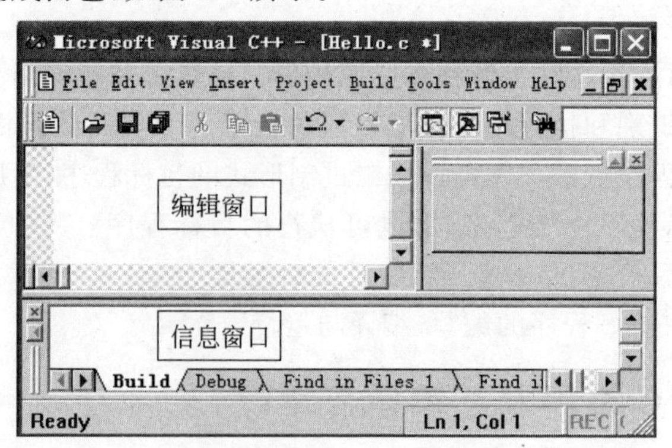

图 1-3 编辑窗口和信息窗口

图中左上方的区域称为**编辑窗口**，是编写程序代码的区域。下方的区域是**信息窗口**，将显示程序编译成可执行文件过程中的信息。

3. 编写程序代码

在编辑窗口输入如下代码。

例 1-1 第一个 C 程序。

```
//Hello.c
#include<stdio.h>
void main(){
    printf("Hello World!\n");
    printf("您好!\n");
}
```

如图 1-4 所示。

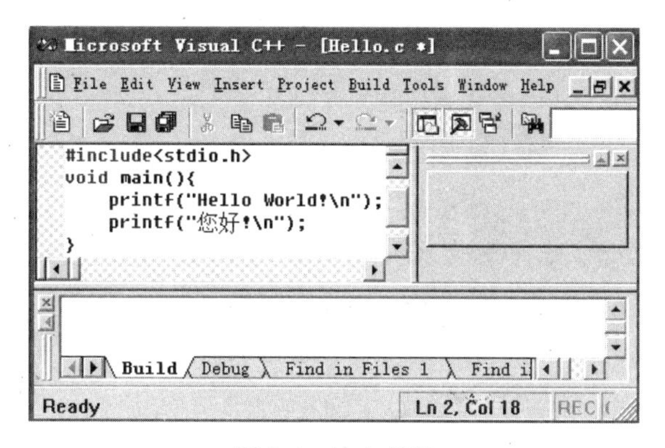

图 1-4 输入代码

4. 编译和生成可执行文件

选择菜单 Build(生成)|Compile(编译)Hello. c，将出现对话框询问“Would you like to create a default project workspace?”，单击“是”按钮，将进行编译，结果如图 1-5 所示。

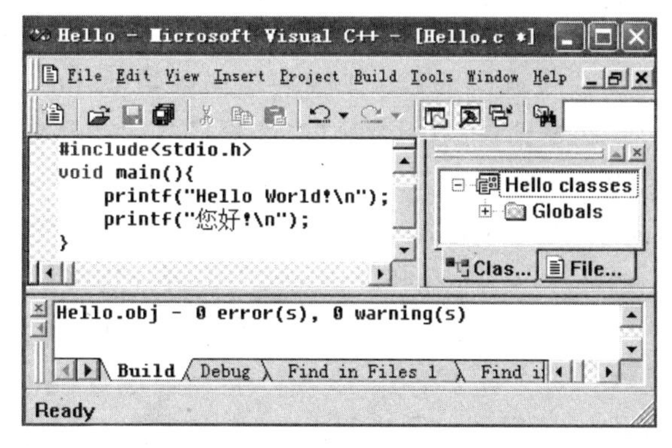

图 1-5 编译程序

在信息窗口出现信息"Hello. obj-0 error(s), 0 warning(s)"表明编译通过,没有错误,也没有警告信息。若有错误,表明程序没有通过,需要改正错误。若有警告,作为编译过程是通过的,可能程序中有些不规范。编译通过后,再次选择菜单 Build(生成)|Build(生成) Hello. exe,结果如图 1-6 所示。在图 1-6 的信息窗口中显示的"Hello. exe-0 error(s), 0 warning(s)"表明成功地生成了可执行文件 Hello. exe。

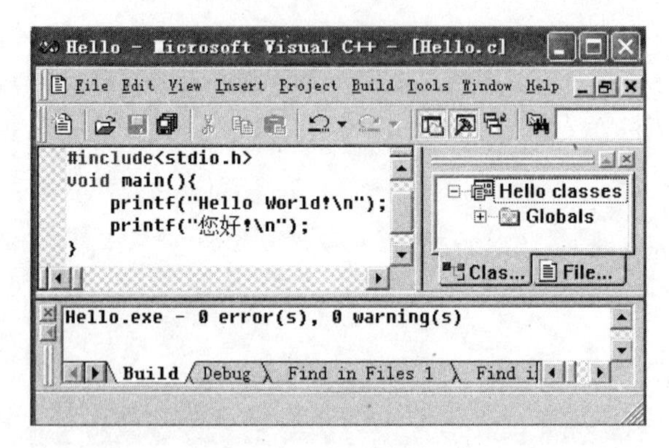

图 1-6 生成可执行文件

5. 运行程序

现在可以运行程序了,选择菜单 Build(生成)|!Execute(执行)Hello. exe,结果如下:

打开目录 ch1/1_1/debug,可以看出,已生成 Hello. exe 文件。这个文件是可执行的(executive)文件,可以在装有 Visual C++ 6.0 的计算机上的任何路径下运行。例如,将其复制到根目录 C,在 C:>下输入 Hello[回车],结果如下:

1.2.2 关于 C 程序的编写

C 语言将一些常用指令写成库函数。上面使用的函数 printf(),其功能是在屏幕上打印文字。例如,printf("您好!")将双引号中的"您好!"打印在屏幕上。下面结合第一个 C 程序介绍其中的库函数及其编程知识。

(1) C 语言将库函数分类进行定义。因为函数 printf()在头文件 stdio. h 中定义,所以,程序中必须将文件 stdio. h"包括(include)"进去,告诉计算机这个函数的定义是根据头文件 stdio. h 进行的。include 是 C 语言的专用"关键词",且有专用前置符号#。

(2) main()是**主函数**。每个 C 程序必有一个 main()函数,系统将按先后次序执行 main()函数的每一条指令。函数可以分成两类,一类函数有返回值,例如,y=sin(x),当 x=π/2 时,语句

```
y=sin(x);
```

将得到 y = 1。因为 sin(x) 在 x=π/2 时输出数值 1,常称其为**返回值**。这类有输出的函数,其概念与高等数学中的函数概念基本一致。但在计算机中,另一类仅完成某个动作或具有某些功能而没有输出的过程也称为函数。在定义没有输出的函数前用 void 表示。本程序的 main()函数没有输出,所以,用 void main()。

(3) 输出文字需要"格式"。例如,使用换行符"\n",其作用就是另起一行。还有其他许多格式,将在后面介绍。

(4) C 程序用分号";"作为一条语句的**结束符**。

(5) 写 C 程序要按照一定的格式。C 程序在编译时将多个空行和多个空格都作为一个空格处理,在写 C 程序时可利用空行和空格提高可读性。例 1-1 是标准的形式,每条语句一行,且用标准的对齐和缩进保持语句的层次。作为 C 程序的初学者应该遵守这些规则。

(6) C 语言用一对"/ * "和" * /"作为**注释符**。注释符将夹在其中的所有字符作为程序的注释,在程序编译时将跳过注释不进行编译。注释是为阅读程序服务的,养成良好的注释习惯有助于对程序代码的理解和检查。作者对自己编写的程序,在经过几个月后重读,若没有注释也会觉得很难理解,更何况让他人理解自己的程序。所以,必要的注释,尤其是关于算法和一些技巧的处理,作详尽的注释是十分必要的。例 1-1 在程序最前面的注释仅用来表示程序的名称,还可以表示程序的版本和作者等信息。由于我们使用 Visual C++ 6.0 的编译环境,适用于 C++ 程序的注释符还有"//"。它可以注释一行,例如:

```
//Hello.c
```

它将"//"后的所有字符注释掉,其作用与"/ * Hello.c * /"相同。

1.2.3 C 程序的结构

C 语言源程序由一个或多个函数组成。在每个 C 程序中必须有唯一的主函数 main()。作为程序的"主线",C 程序首先从 main()函数开始按先后次序执行 main()函数中各条指令或语句,包括调用其他函数。下面给出第二个例子,在这个程序中除 main()函数外还定义了函数 sqSum(x, y),它是一个"二元"函数。但在计算机中,称之为具有两个**参数**的函数。

例 1-2 C 程序结构的标准形式。

```
//SquareSum.c  C程序结构,标准形式(一)

//头文件--------------------------------
#include<stdio.h>

//函数声明-------------------------------
int sqSum (int x, int y);
```

```
//主函数-----------------------------------
void main(){
    int x, y, z;
    printf("Input two integers: ");
    scanf("%d %d", &x, &y);
    z=sqSum(x, y);
    printf("The result=%d\n", z);
}

//函数定义---------------------------------
int sqSum(int x, int y){
    return (x*x+y*y);
}
```

例 1-2 的程序 SquareSum.c 具有 C 程序的各个主要部分：**头文件**、**函数声明**、**主函数**和**函数定义** 4 部分，其中主函数部分是不可省略的。注意，这几部分的先后次序不能颠倒。即头文件必须放在程序的最前面，然后才是函数声明。当定义了 main()以外的函数时，必须先声明和定义函数后才能在主函数中调用。

1. 头文件

头文件部分由 #include 语句组成。#include 语句可能有多句，总是放在程序的最前面。在 include 前使用专用符号 #，表示它是一条语句。

2. 函数声明

如果有 main()函数以外的自定义函数，首先需要声明，然后才能定义。当没有自定义函数时，这部分可省略。所谓声明就是给出函数的**返回值类型**、**函数名**、**参数类型**和**参数名**等，其中参数名可省略，如图 1-7 所示。

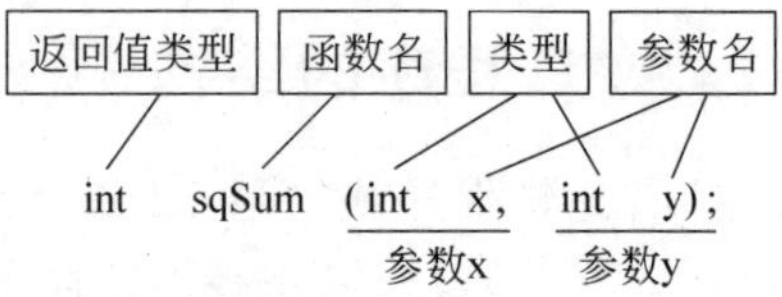

图 1-7 函数声明

3. 主函数

主函数是程序的主要部分，一个可运行的 C 程序必有主函数 main()。因为 main()函数也是函数，所以，定义 main()函数需要符合函数定义的格式，将在下面函数定义部分介绍。

4. 函数定义

函数一般包括两部分：函数声明和函数体。

(1) **声明**部分由返回值类型、函数名和参数等组成。

(2) **函数体**由一对花括号内的语句组成。

函数的结构形式如下：

返回值类型 函数名(零个或多个参数){

```
    变量定义;
    语句序列;
}
```

函数可以带有参数,也可以不带参数。带参数的目的是在函数调用时可以将外部数据传入函数体内进行处理。当主函数调用 sqSum ()函数时,把外部数据传给 sqSum ()函数的参数 x 和 y,使函数在每次被调用时可处理不同的数据。函数体内部由变量定义和语句序列组成。执行时按语句的先后次序依次执行,每条语句用分号";"结束。例 1-1 和例 1-2 的 main()函数没有参数,也没有返回值。下面以例 1-2 的 main()函数为例说明函数的定义。

```
void main(){
    //变量定义--------------------------------------
    int x, y, z;                              //合并定义变量

    //语句序列--------------------------------------
    printf("Input two integers: ");           //调用库函数 printf()输出字符串
    scanf("%d %d", &x, &y);                   //调用库函数 scanf()
    z=sqSum(x, y);                            //调用函数 sqSum(),将其返回值赋予 z
    printf("The result=%d\n", z);             //调用库函数 printf()输出字符串和数据
}
```

在定义部分定义了 3 个 int 型变量,即整型变量。int 取自英语单词 integer(整数)的前 3 个字母。在语句序列,调用自定义函数 sqSum()和库函数 scanf()和 printf()的语句。C 语言的语法允许将简单的赋值与变量定义合成一句,C 语言也允许同类型的几个变量合并在一句中进行定义,只要变量间用逗号分开即可。这些合并就成为例 1-2 中的程序 SquareSum. c 的较为简洁的形式。

下面对程序 SquareSum. c 做一些说明。

(1) 在程序 SquareSum. c 中,先声明函数 sqSum(),然后定义函数 sqSum()。这是函数声明和函数定义分离的形式,也有将函数声明和定义合为一体的形式。例如,SquareSum. c 可写成如下形式:

```
//SquareSum2.c  C程序结构,标准形式(二)

//头文件---------------------------------
#include<stdio.h>

//函数声明和定义---------------------
int sqSum(int x, int y){
    return(x * x+y * y);
}

//主函数---------------------------------
void main(){
```

```
    int x, y, z;
    printf("Input two integers: ");
    scanf("%d %d", &x, &y);
    z=sqSum(x, y);
    printf("The result=%d\n", z);
}
```

运行程序 SquareSum.c 和 SquareSum2.c 的结果一样，都得到

```
Input two ingeters: 8 -3
The result = 73
```

(2) 函数 sqSum()的返回值类型是 int，它通过 return 语句返回这个值。注意返回值类型与相应变量或表达式的类型应当一致，此处都应该是 int 型，否则编译时将会出错。

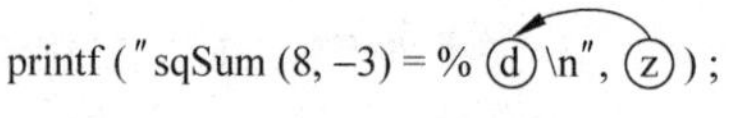

printf ("sqSum (8, –3) = % (d) \n", (z));

图 1-8 函数 printf()的新用法

(3) 注意库函数 printf()的新用法，见图 1-8。此处，函数 printf()有两个参数，其中第二个 int 型参数 z 的值代入第一个字符串参数中百分号%后的字母 d 中。关于字母 d 及其相关的用法，将在第 3 章详细介绍。

(4) 在函数 scanf()的使用中，注意在变量 x 和 y 前需要加 &，表示“地址”，其含义将在以后解释。

1.3 本书提供的 C 语言应用实例介绍

1.3.1 概述

学习 C 语言有什么用处？这是 C 语言初学者普遍关心的问题。一般地说，C 语言是具有结构化、模块化的通用计算机语言，是国际上应用最广且最多的计算机语言之一。目前最流行的操作系统 Linux 就是用 C 语言写成的。C 语言的主要应用有以下 4 个方面。

1. 在嵌入式系统软件开发中的应用

当今嵌入式处理器的生产已远远超过桌面系统所设计的处理器。C 语言是编写基于 8 位内核较大微处理器(MCU)所选择的语言。因为 C 语言是一种高级语言，使用它能够快速地编写应用程序。因此，用 C 语言编写的每行代码能够代替多行汇编语言代码。调试和维护 C 语言代码将比汇编语言代码容易得多。用 C 语言进行嵌入式程序设计还有如下优点：通过 C 语言编程可以降低成本，花费在算法设计上的时间更多，而在实现上的时间更少[19]。

2. 在密码学及数据压缩中的应用

在密码学及数据压缩中，许多软件是用 C 语言写成的。本书将提供一些具有应用价值的程序。

3. C语言是一种基础语言

C语言自从诞生以来,现已发展出面向对象的C++和C#,作为可视化的开发环境还有Visual C++和Visual C#.NET等。以C语言,尤其是以C++为主要基础又发展出网络语言Java等。所以,C语言是主流语言的基础,如同微积分学是整个现代数学的主要基础一样。

4. 在科学计算和后续课程学习中的应用

后续课程,如数据结构、图形学、图像处理、密码学、混沌与分形、算法概论、数字信号处理、编码与压缩等课程中,主要使用C语言。

1.3.2 本书部分应用举例

下面简要介绍本书提供的C语言应用实例。

1. 在计算机密码学中的应用

密码学中加密算法很多,其中一种方法可以利用位运算进行加密。在第9章中,例9-12和例9-13分别用位运算和混沌序列异或运算实现了加/解密,其中例9-13的加/解密结果如图1-9所示。

(a) 密文　　(b) 解密结果

图1-9 文件加/解密

2. 在数据压缩中的应用

数据压缩是人们经常使用的,例如,用WinRAR对文件或子目录进行压缩可以节省磁盘空间。若在网上传输文件,压缩后可以节省传输时间。其实WinRAR软件是很多种压缩算法的集成。数据压缩编码是电子信息类和通信类专业的主要课程,本书第9章9.3.5节提供了位运算在数据压缩中的应用实例,这个实例同时也提供了文件输入/输出的实际应用。

运行例9-14程序Compress.c的结果如图1-10所示。

(a) 源文件test.txt(15 B)　　(b) 压缩文件test.cmp(14 B)

图1-10 文件压缩

它将 15B 的文件 test.txt 压缩成 14B 的 test.cmp。用解压缩程序可以将 test.cmp 解压缩，结果如图 1-11 所示。

解压缩后的文件 test.ori 共 15B，与原文件完全相同。这种压缩就是无损压缩。

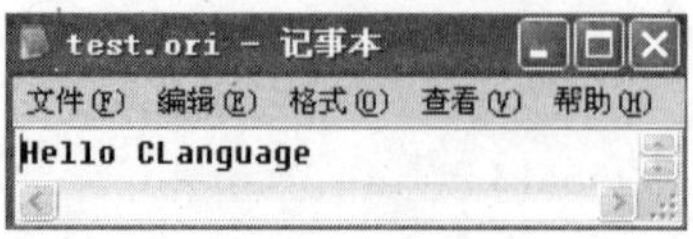

图 1-11 解压文件 test.ori(15B)

3. 智能算法中的应用

智能算法属于人工智能领域。在第 10 章算法设计与分析中提供了用智能算法解著名的旅行商问题(货郎担问题，见图 1-12)和八皇后问题(见图 1-13)。这些著名问题在数学研究、计算机算法和计算复杂性理论研究中常作为典型例题进行分析并有多种解法，比如数学解法、逼近解法、计算机解法等。

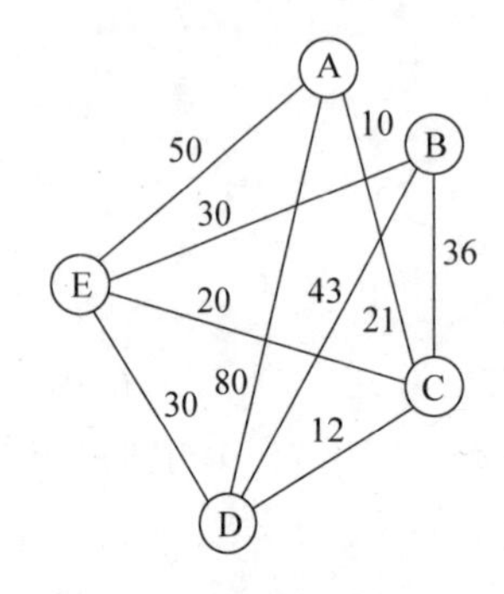

图 1-12 旅行费用拓扑图

	0	1	2	3	4	5	6	7
0	Q							
1					Q			
2								Q
3						Q		
4			Q					
5							Q	
6		Q						
7				Q				

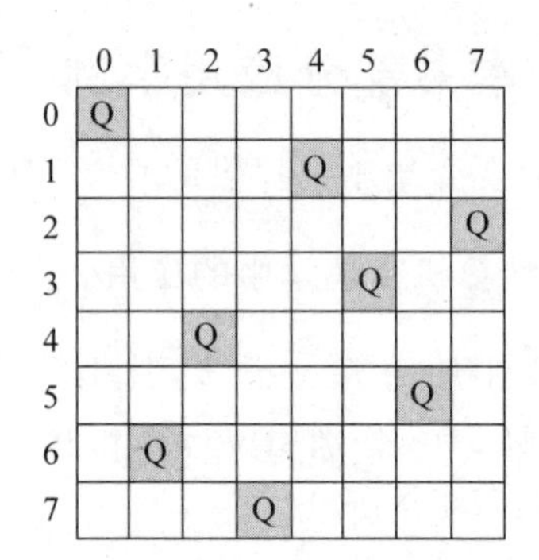

图 1-13 八皇后问题的一种可能解

4. 在计算机图形图像处理中的应用

(1) 在计算机图形学中，Bezier 曲线是具有广泛应用的曲线之一。在第 11 章中，例 11-2 给出了产生 3 次 Bezier 曲线的程序，如图 1-14 所示。

(2) 分形图形学是当今图形图像处理中的最新成就。Barnsley 枫叶(如图 1-15 所示)是用迭代方法“生成”的图像，在图形图像处理中具有特殊的地位。在第 11 章中，例 11-3 给出了生成 Barnsley 枫叶的程序。

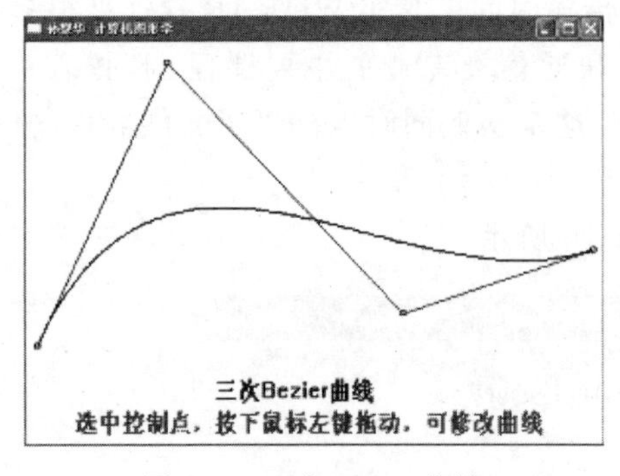

图 1-14 3 次 Bezier 曲线

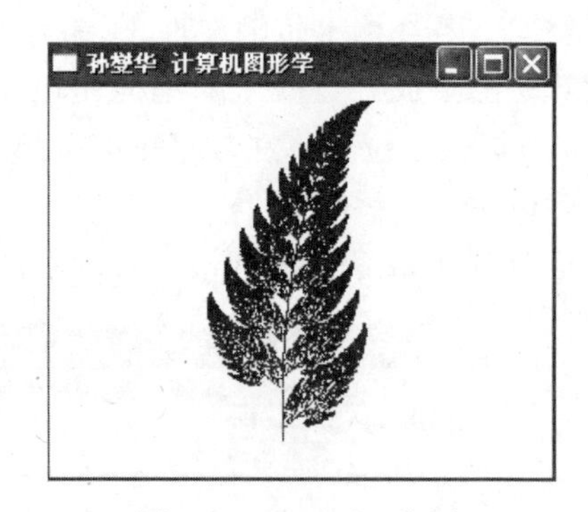

图 1-15 Barnsley 枫叶

(3) 例 11-7 和例 11-8 给出了显示 PGM、PPM 和 RAW 图像的程序，如图 1-16 所示。这些实例同时也提供了二进制文件输入/输出的实际应用。

5. 在动画游戏软件中的应用

例 11-5 给出了模拟小球运动的动画，如图 1-17 所示。

图 1-16 cat. pgm

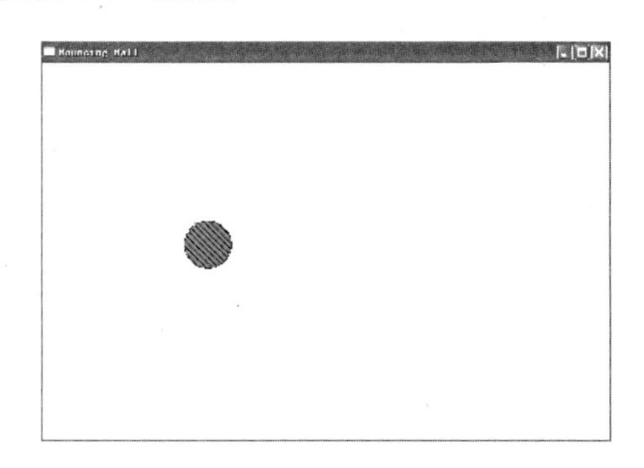

图 1-17 小球运动

6. 快速计算 GCD 的算法

二进 GCD 算法由于不需要乘除法，具有快速的优点，所以在通信和图像恢复中都有应用。在第 9 章中，例 9-11 的程序 GCD. c 实现了快速计算 GCD 的算法。

以上列举了 C 语言在本书中的应用实例。由于这些应用往往需要更多的专业知识，所以，本书实例中涉及的一些算法程序还比较简单。以上的应用实例已足以看出 C 语言不仅是一门通往面向对象的 C++ 和 C# 的基础语言，而且本身具有广泛的应用价值，同时，C 语言还是计算机图形学、图像处理、算法分析等后续课程的工作语言。因此，到目前为止，C 语言是高等学校最普及的语言。

习题 1

一、填空题

1. 阅读程序，试填空补充程序。

```
____(1)____
void main(){
    int a,b,c,d;
    int ___(2)___;
    a=12; b=-24; u=10;
    c=a+u; d=___(3)___;
    printf("a+u=%d b+u=%d\n", c, d);
}
```

2. 阅读程序，试填空补充程序。

```
#include<stdio.h>
void main(){
    int PRICE=30;
    __(1)__;
    num=10;
    total=num*PRICE;
    printf("total=%d, num=%d\n", __(2)__);
}
```

二、编程题

1. 参考例1-2的程序，定义两个整型变量x和y，并初始化：x=3，y=7。记m=x-y，用printf()输出“计算结果：x-y = m”。

2. 用换行符“\n”和空格按如下格式输出李白的静夜思。

静夜思
李　白
床前明月光
疑是地上霜
举头望明月
低头思故乡

3. 平时成绩、期中考试成绩和大考成绩占总成绩的比例为：平时成绩占10%，期中考试成绩占20%，大考成绩占70%。一个学生的平时成绩、期中考试成绩和大考成绩分别为85、70和88，试编程实现总成绩的计算。

第2章

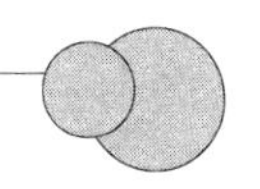

C语言基础

本章学习C语言的基础知识，包括标识符、基本数据类型、表达式和常用函数等。

2.1　字符集、标识符与关键词

C语言有自己的字符集及使用约定，C语言的基本词法单位是单词，主要包括标识符、关键字、运算符、常量和标点符号等。

2.1.1　字符集

C语言的**字符集**是C程序允许使用的字符。主要由英文字母、数字、空白符和其他符号组成。在字符常量、字符串常量和注释中还可以使用汉字或其他可显示和打印的图形符号。具体的字符集有：

(1) 英文字母a～z和A～Z。

(2) 数字0～9。

(3) 空白符，如空格符(Space)、制表符(Tab)、换行符(Enter)等。空白符仅在字符常量和字符串常量中起作用，在其他地方出现时，只起到分隔符号的作用，程序编译时将会被忽略。因此，适当使用空白符可增加程序的可读性。

(4) 其他符号，见表2-1。

表2-1　C语言字符集的其他符号

+	−	/	%	<	>	=	^	~	|	&	!	#	'
"	,	.	:	;	(	)	[	]	{	}	_	?	\

这些字符都是计算机键盘上可以打印的字符。

2.1.2　标识符

C语言称用户访问对象的名字为**标识符**。它是用来为程序、函数和变量等命名的字母符号。合法的标识符必须满足以下规则。

(1) 所有标识符均以字母或下划线开头。

(2) 标识符的其余部分由字母、下划线和数字组成。

(3) 标识符不能与C语言的关键字相同。

此外,为了少出错误,在编程中还应注意一些通用的惯例。

(1) 因为C系统内部使用了一些以下划线开头的标识符,如_fd、_mode等,为防止发生冲突,用户在定义标识符时应尽量不要以下划线开头。

(2) 虽然对标识符长度没有严格限制,但在一般情况下,标识符中的有效字符只有前面的31个。

(3) 标识符区分大小写字母,也就是说Hello、hello和hELLO是不同的标识符。按C语言的惯例,变量名、函数名通常用小写字母,而符号常量则全部用大写字母表示。本书的程序名开头首字母均用大写,其余若有英文单词意义区别,其首字母也大写,例如SquareSum.c。为与C语言的库函数区别,本书自定义函数名开头首字母用小写,其余若有英文单词意义区别,其首字母用大写。例如,例1-2中定义的函数sqSum(int x, int y)。

(4) 为增加可读性,标识符应尽量能够“望文生义”。例如,sum、area、score、name、age等。

(5) 对标识符的命名采用“常用取简,专用取繁”的原则。例如,在函数中,一个多次调用的整型变量就用较短的名字,如int x或int i;而用于特殊计数的整型变量就使用较长的名字,如int count。

(6) 尽量避免使用容易混淆的字符,例如:

大写字母O、小写字母o、数字0;

大写字母I、L的小写字母l、数字1;

大写字母Z、小写字母z、数字2。

2.1.3 关键词

系统指定的标识符称为**保留字**或**关键字**。关键字有特定的含义,用户不能再将它当作一般标识符使用。ANSI C定义的关键字共有32个,分类如下。

(1) 数据类型关键字:char、int、short、long、float、double、signed、unsigned、struct、union、enum、void。

(2) 存储类型关键字:auto、register、static、extern。

(3) 流程控制关键字:if、else、switch、default、case、while、do、for、break、continue、return、goto。

(4) 其他关键字:sizeof、const、volatile、typedef。

对于不同的编译器,会有一些不同的关键字。例如,Turbo C 2.0扩展了一些关键词[3]。

2.2 数据类型

C语言的数据类型如图2-1所示。

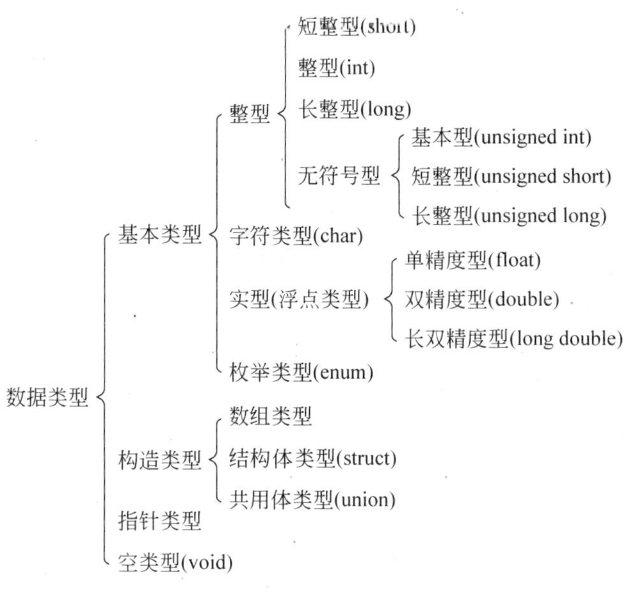

图 2-1 C 语言的数据类型

2.2.1 基本数据类型

C 语言提供的基本数据类型有：

char　　字符型

int　　整型，通常反映了所用机器中整数的自然长度

float　　单精度浮点型

double　　双精度浮点型

为满足更多的需要，C 语言允许在基本类型前面加一些修饰符，以扩充基本数据类型的含义。signed 表示有符号，unsigned 表示无符号，long 表示长型，short 表示短型。其中 signed 和 unsigned 可以修饰所有基本类型，而 short 仅修饰整型，long 只可以修饰整型和浮点型。

内存空间的基本单位是字节，不同数据类型的数据所占用的内存字节数与机器字长有关。表 2-2 列出了常用的修饰符加上基本数据类型在 32 位机上所占内存空间字节数和表示范围。

表 2-2 数据类型的内存字节数和数据表示范围

类型	说明	字节数	数据表示范围
[signed] char	字符型	1	$-128\sim127(-2^7\sim2^7-1)$
unsigned char	无符号字符型	1	$0\sim255(0\sim2^8-1)$
[signed] int	整型	4	$-2\ 147\ 483\ 648\sim2\ 147\ 483\ 647(-2^{31}\sim2^{31}-1)$
unsigned [int]	无符号整型	4	$0\sim4\ 294\ 967\ 295(0\sim2^{32}-1)$

续表

类型	说明	字节数	数据表示范围
[signed] short [int]	短整型	2	$-32\,768 \sim 32\,767(-2^{15} \sim 2^{15}-1)$
[signed] long [int]	长整型	4	$-2\,147\,483\,648 \sim 2\,147\,483\,647(-2^{31} \sim 2^{31}-1)$
unsigned short [int]	无符号短整型	2	$0 \sim 65\,535(0 \sim 2^{16}-1)$
unsigned long [int]	无符号长整型	4	$0 \sim 4\,294\,967\,295(0 \sim 2^{32}-1)$
float	单精度浮点型	4	$-3.4\times10^{38} \sim 3.4\times10^{38}$(6～7 有效数字)
double	双精度浮点型	4	$-1.7\times10^{308} \sim 1.7\times10^{308}$(15～16 有效数字)

此处和以后约定在方括号[]内的部分为可选项。

2.2.2 其他数据类型

除基本数据类型外,C 语言还提供了构造数据类型、指针数据类型和空类型。

(1) **构造数据类型**又称为**自定义数据类型**。它是在基本数据类型的基础上,用户根据需要对类型相同或不同的若干个变量结合在一起构造的类型。常用构造类型有数组、结构体和共用体,具体内容将在第 5 章和第 7 章学习。

(2) **指针类型**,C 语言为实现间接访问而提供的一种数据类型,将在第 6 章学习。

(3) **空类型**,也称为 **void 类型**,它不能修饰变量,常用于修饰函数返回值类型,将在第 4 章 4.1.2 节介绍。

2.3 常量与变量

计算机的基本功能是进行数据处理,在 C 语言中数据处理的基本对象是常量和变量。本节主要讨论这两种数据类型。

常量是程序中数值不发生变化的量。C 语言中的常量有 3 类：数值、字符和字符串。

2.3.1 常量

常量分为两类,即**直接常量**和**符号常量**。直接常量就是通常的常数,如 25、3.1415 都是直接常量。它又可分为**整型**和**实型**,其中实型还可分为**单精度型**、**双精度型**和**长双精度型**。而符号常量则用符号即标识符代表一个常量,定义符号常量后,可像直接常量一样使用。符号常量可分为**字符常量**和**字符串**。还有一种所谓转义字符也是属于字符常量。

1. 整型常量

整型常量可分为二进制数、八进制数和十六进制数几种方式表示。在 C 语言中,整型常量通常指十进制常数。它由一串数字组成,不带小数点或指数,如 35、0、-7 都是整型常数。C 语言规定凡是以 0 开头的整型常数作为八进制数处理;凡以 0X 或 0x 开头,后面跟有若干位数字的,均作为十六进制数处理。例如,下面的整型常量是合法的：

1234　　十进制数
0123　　八进制数，等于十进制数 $1\times64+2\times8+3=83$
0xA3　　十六进制数，等于十进制数 $10\times16+3=163$

2. 实型常量

实型常量只能用十进制形式表示，不能用八进制或十六进制数形式表示。实型常量可以表示成两种形式，一种形式为小数形式，如 3.1415；另一种形式为指数形式，如 6.02e23（或 6.02e+23），2.35e－3 分别表示数 6.02×10^{23} 和 2.35×10^{-3}。单精度型 float 能接收7 位有效数字，而双精度型 double 能接收 16 位有效数字。C 把所有浮点常量都定义为 double 型，如果在浮点常量后加上 F 或 f 可将其表示为 float 类型。

3. 字符常量

字符常量都是一个单一的字符，其表示形式是由一对单引号包围的一个字符，例如：

```
'C','8','! ','f'
```

都是字符常量，其中引号作为定界符使用，并不表示字符常量本身。在两个单引号中包围的字符不能是单引号"'"和反斜杠"\"，即'''和'\'是错误的表示形式。

在 C 语言中，字符常量具有数值。字符常量的值就是这个字符的 ASCII 码值。因此，可以说字符常量实际上也是一个字节的正整数，如字符常量'A'和'!'的数值分别是 65 和 33。

在 C 语言中，当把字符常量赋予某一变量时，实际上就是把该字符常量的代码值赋予该变量，而且字符常量可以像数一样，在程序中参与各种运算。例如：

```
x='D';
y='a'+5;
z='!'+'G';
```

它们的运算相当于

```
x=68;
y=97+5;
z=33+71;
```

下面通过编程验证上面的结果。注意，定义字符变量用关键词 char。

例 2-1　验证字符常量。

```
//CharTest.c
#include<stdio.h>

void main(){
    char x, y, z;

    x='D';
```

```
    y='a'+5;
    z='!'+'G';

    printf("x='D'=%d\n", x);                    //输出 x 的值
    printf("y='a'+5=%d\n", y);                  //输出 y 的值
    printf("z='!'+'G'=%d\n", z);                //输出 z 的值
}
```

运行结果如下：

```
x = 'D' = 68
y = 'a'+ 5 = 102
z = '!'+'G' = 104
```

4. 字符串常量

字符串常量使用一对双引号""包围。串中的字符不能包括双引号本身“"”和反斜杠“\”，例如，"This is a string"、"String"、"A"都是合法的字符串常量，其中双引号仅作为定界符使用，不是字符串中的字符。

C 语言的字符串常量有与其他语言不同的独特性质。字符串常量在内存中存储时，自动在其尾部加上一个 NULL 字符。它也是长为一个字节(8b)的代码，在 ASCII 码中，其代码值为 0。NULL 字符常用\0 表示。因此，长度为 n 个字符的字符串常量，在内存中占用$n+1$ 个字节的空间。

字符常量与字符串常量在表现形式和存储性质上是不同的，如'A'和"A"是两个不同的常量。

字符常量'A'占用一个字节；

字符串常量"A"占用两个字节。

5. 转义字符

转义字符是 C 语言中使用字符的一种特殊形式，常用于表示 ASCII 字符集中的控制代码和某些用于功能定义的字符，例如，单引号'、双引号"和反斜杠\等。换码序列用反斜杠\后面跟一个字符或一个数字表示。

控制代码一般是计算机发向外部设备的命令码。它们仅仅控制设备实现某些特定动作，并不是供给用户的输出信息。在 ASCII 集中，代码值为 00～0xlF 的代码就是控制代码。在 C 程序中，可以在字符常量或字符串中包含控制代码，控制代码的转义字符如表 2-3 所示。它们的表现形式是在反斜杠后面跟有一个小写英文字母。如 C 语言中表示字符串 I SAY: "Hello!"的表示方法为"I SAY: \"Hello!\""。

用转义字符形式还可以表示任一字节代码，其表示形式是在反斜杠后面跟有代码值，其代码值必须用三位八进制或三位十六进制表示，其中十六进制代码必须以 x 字符开头。

利用转义字符，字符 A 可以表示为\101 或\x041，控制字符\b 表示为\010 或\x008，反斜杠\可以表示为\134 或\x05c。

表 2-3 常用转义字符及其意义

转义字符	意　义
\\	反斜杠\
\'	单引号'
\"	双引号"
\n	回车加换行
\t	水平制表符
\b	退格
\r	回车符
\xxx	ASCII码为xxx的字符,其中xxx是1～3位八进制数
\xHHH	ASCII码为HHH的字符,其中HHH是1～3位十六进制数

例 2-2 验证转义字符的意义。

```
//CharTest2.c
#include<stdio.h>
void main(){
    printf("换行符用\"\\n\"表示\n");
    printf("字符常量A,用一对单引号\'A\'表示\n");
    printf("\\101就是字符\101\n");
    printf("\\x05c就是反斜杠\x05c\n");
    printf("     退格试验比较\n");
    printf("     \b\b退格试验比较\n");
    printf("     水平制表符比较\n");
    printf("     \t水平制表符比较\n");
    printf("     回车符\\r比较\n");
    printf("     \r回车符\\r比较\n");
}
```

运行结果如下：

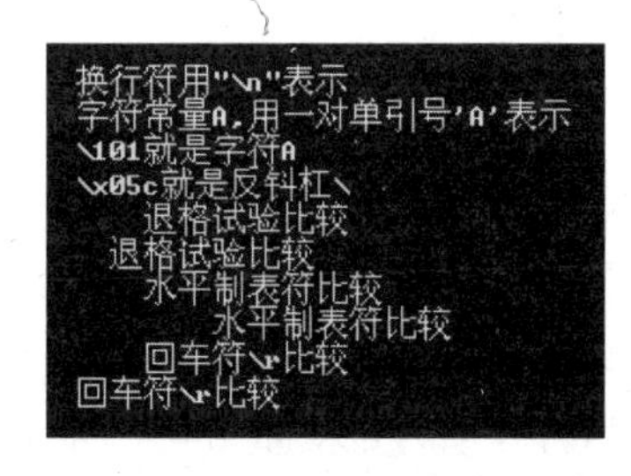

6. 符号常量

在C语言中,常量可以用符号代替,代替常量的符号称为**符号常量**。为了便于与一般变量区分,符号常量一般使用大写英文字母,符号常量在使用之前必须预先定义。其定义的一般格式如下：

```
#define 符号常量名称 常量
```

例如：

```
#deline ENTER 13
#define NULL 0
#define EOF -1
```

每个定义式只能定义一个符号常量，并且占据一个书写行，该行必须以＃号开头，而且后面不能加分号。实际上，它们不是C语言程序语句，而是发布给编译系统的预处理命令。

符号常量一经定义，就可以在程序中代替常量使用。符号常量在程序中代替具有一定实际意义的常量。如上面定义的ENTER，表示ASCII码值为13的回车键，NULL表示ASCII值为0的空字符，EOF表示文件结尾。使用符号常量增强了程序的可读性，便于理解。此外，程序中某些常量在调试、扩充和移植时要求修改其值，这种常量通常也定义为符号常量。当它们需要修改时，只需修改其定义即可。在一个符号常量大量使用的大型程序中，充分体现了这种优越性，同时也避免了一个常量在多次修改中因失误造成的不一致性而导致的错误。

2.3.2 变量

在程序执行的过程中其值可以改变的量就是**变量**。变量有其自己的名字和确定的数据类型。

1. 变量的定义

变量在程序中使用时必须说明它们的数据类型。变量定义的一般形式为

```
[存储类型] 数据类型 变量名;
```

例如，下面两式定义了变量data和c：

```
static int data;
char c;
```

具有相同存储类型和数据类型的变量可以一起说明，它们之间用逗号隔开，例如：

```
int i,j,k;
```

变量定义语句应放在程序的数据说明部分或函数的参数说明部分。编译系统在处理变量定义语句时，根据其存储类型和数据类型，在特定的存储区域为该变量分配一定的存储空间。

2. 变量的数据类型及其转换

在C程序的语句或表达式中通常应使用同一类型的变量和常量。但是，如果混合使

用各种类型,C语言可以根据规则自动进行类型转换。类型转换的规则是：

(1) 如果一个操作中包含两种类型,则低级别的类型转换为级别较高的类型,这一过程称为**提升**。各种类型级别从高到低的顺序是：double、float、long、int、char。

(2) 在赋值语句中,右边表达式的最后结果转换为左边变量类型,这可能导致升级,也可能导致降级。

除了上述由C编译系统自动地实现数据类型转换之外,还可以在程序中强制地进行这种转换。其表达形式是：

(数据类型)变量名或运算式

它把后面的变量或运算结果强制地转换成指定的数据类型。

例如,调用计算平方根函数sqrt()时,要求参数是double型数据。若变量n是int型,且作为该函数的参数使用时,必须按下列方式强制进行类型转换：

```
sqrt((double)n)
```

又如,设i为int型,则语句

```
i=int(10*(1.55+1.67));
```

的结果是i=32,因为10*(1.55+1.67)=32.2强制转换为整型得到32。

需要指出的是,无论是自动地还是强制地实现数据类型的转换,仅仅是为了本次运算或赋值的需要而对变量的数据长度进行临时性的转换,而并不能改变数据说明时对该变量规定的数据类型。

3. 变量的存储类型和使用范围

变量的存储类型规定了该变量数据的存储区域。而变量的存储区域和变量在程序中说明的位置决定了它的使用范围。

C语言中的变量有4种存储类型,它们是：

auto　　　　堆栈型或称自动型
register　　寄存器型
static　　　静态型
extern　　　外部参照型

auto型变量存储在内存的堆栈区。它们在堆栈区域中属于临时性存储,并不长期占用内存。其存储空间可以被若干变量多次覆盖使用。因此,C语言程序中大量使用的变量为auto型。其目的之一就是为了节省内存空间。

register变量存储在CPU中的通用寄存器中。通常,使用频率较高的变量设定为register型,目的是提高运算速度。

使用register变量是C语言具有的汇编语言特征之一,因而与计算机硬件关系较密切。不同的CPU具有个数不等的通用寄存器,其中供C语言编译系统使用的个数也不同。所以在C程序中设定register变量的个数不是任意的,通常以两个左右为宜。C语言编译系统对于超过CPU中可供使用的寄存器个数的register变量作为auto变量处理。此外，数据类型为 long、double 和 float 的变量不能设定为 register 型，因为它们的数据长度超过了通用寄存器本身的位长。

static 变量存储在一般的内存区域中。这类变量在数据说明时被分配了一定的内存空间，并且该空间在整个程序运行中自始至终都归该变量使用。

extern 型变量一般用于在程序的多个编译单位之间传送数据。在这种情况下，指定为 extern 型的变量是在其他编译单位的源文件中定义的。它的存储空间需参照本身的编译单位外部而决定，所以称为外部参考型。

C 语言的变量由于其存储类型不同而有不同的存在寿命，即其使用范围不同。有些变量的寿命限于某个程序范围之内，越出这个范围后，它们就不再存在。这样的变量具有局部寿命，称为**局部变量**。与此相对应，有些变量存在于整个程序运行期间，它们具有全局寿命，称为**全局变量**。

此外，变量说明可以出现在程序不同的位置上。在函数内部，更广义地讲，在某对花括号包围的程序范围内部被声明的变量称为**内部变量**。与此相对应，在所有函数的外部被声明的变量称为**外部变量**。

内部变量可以是 auto 型、register 型和 static 型。其中 auto 是默认类型，即内部变量没有指明存储类型时，意味着它是 auto 型。

C 语言规定，auto 型和 register 型变量只能是内部变量。它们都是局部变量，其存在寿命和使用范围仅限于包围着该变量说明的花括号对{}之内。当程序执行完该范围的所有语句，程序控制越出{}以后，这些变量占用的存储空间被释放，即它们就不再存在。由此可知，在不同的一对花括号包围的程序范围内，例如不同的函数内出现的同名 auto 型和 register 型变量是毫无关系、相互独立的变量，它们不会发生冲突。

static 型变量可以是内部变量，也可以是外部变量。static 型内部变量不同于 auto 型和 register 型内部变量。当程序控制退出这个花括号对{}之后，它并不释放占用的内存空间。该空间在整个程序运行期间都由该变量占用。所以，即使退出了它的花括号之后，该变量的数值仍然保留在其内存空间中。因此，static 型内部变量是全局变量。但是这类变量的使用范围仅限于包围其说明的花括号对之中。这称为在该程序范围内它们是**可见的**。越出该程序范围后，虽然其值仍然保留着。但它不能被使用，也就是说，它们在包围其说明的花括号外部是**不可见的**。当程序控制再次进入该花括号包围的程序范围之后，它们又成为可见的。这时它们在内存空间保留的值可以再度使用。所以，static 型内部变量具有全局寿命和局部可见性。由此可知，不同花括号对内部说明的同名 static 型变量占用各自不同的内存空间，有其各自的使用范围，所以它不会发生冲突。

4. 变量的初始化

变量在被说明的同时可以赋予初值，这个过程称为变量的**初始化**。例如：

```
char a=3;
static int b=5;
```

不同的存储类型，其初始化的意义不同。auto 和 register 变量若被初始化，则每当程序进入该程序块后，都执行该变量的初始化赋予的初值。这两种类型的变量在数据说明中若不进行初始化，则在程序中必须给它们赋予初值后才能使用。这就是说，没有进行初始化的 auto 型和 register 型变量，其初值不定，不能直接在程序中使用(参与运算或将其值赋予其他变量等)。

static 变量和外部变量在数据说明中不进行初始化的话，系统自动赋予零值。与 auto 和 register 不同，static 内部变量的初始化仅执行一次。即第一次进入该程序块时，该变量被赋予初值，而在此后再次进入该程序块时，则不能执行赋初值的功能。

指定为 extern 型的变量不能进行初始化。

static 变量和外部变量初始化时必须使用常量给其赋初值，而 auto 和 register 变量则可以用常量或变量进行初始化。

2.4 运算符与表达式

在定义变量之后，需要利用变量进行某种运算。C 语言将基本的运算用一些简单的符号来表示，这些表示运算的符号就是**运算符**，也称为**操作符**。比如，表示加、减、乘、除的运算符，分别为＋、－、*、/。而**表达式**就是由运算符和操作数组成，其中**操作数**可以是常量，也可以是变量，还可以是函数。例如，a＝3、t＋3 * sin(x)都是表达式，其中常量 3、变量 t 和函数 sin(x)是操作数。

2.4.1 赋值运算符与表达式

最基本的操作符是**赋值操作符**，也称**赋值运算符**，用符号＝表示。＝右边的值，被赋给左边的变量。多个赋值语句可以同时进行，如语句

```
a=b=1;
```

表示将 1 赋给 b，再将 b 赋给 a，其结果相当于如下两个语句：

```
a=1; b=1;
```

在 C 语言中，“a＝ave(x)”是一个表达式，而“a＝ave(x);”是一个语句。编译器根据最后分号进行区分，表达式可以用在其他表达式中，因此，“a＝b＋(c＝ave(x));”是一个合法语句，该语句执行的结果是将 ave(x)的值赋给 c，再将 b＋c 的值赋给 a。

1. 赋值运算符

赋值运算符用于对变量和复合位运算赋值。可分为**简单赋值**和**复合赋值**。复合赋值包括复合算术赋值，它的作用是将运算符右边的数据或者表达式“赋给”左边。C 语言允许在定义变量时直接给变量赋初值，常称赋初值为**初始化**。例如：

```
int  a=1;
float b=3.14;
char c='A';
```

如果对几个变量赋同一个初值，可以写成：

```
int a=5, b=5, c=5;
```

不可以写成：

```
int a=b=c=5;
```

但可以写成：

```
int a, b, c;
a=b=c=5;
```

2. 复合赋值运算符

在赋值符＝之前加上其他运算符，可以构成复合赋值运算符。如果在＝前加一个＋运算符就成了复合赋值运算符＋＝。例如：

```
a+=3      等价于    a=a+3
x*=y+8    等价于    x=x*(y+8)
x%=3      等价于    x=x%3
```

以 a＋＝3 为例来说明，它相当于使 a 进行一次自加 3 的操作，即先使 a 加 3，再赋给 a。同样，x＊＝y＋8 的作用是使 x 乘以(y＋8)，再赋给 x。

C 语言允许使用 10 种复合赋值运算符。即

＋＝，－＝，＊＝，/＝，%＝，<<＝，>>＝，&＝，^＝，|＝

后 5 种是有关位运算的复合赋值运算符，如何进行位运算将在第 9 章介绍。C 语言采用复合赋值运算符，一是为了简化程序，使程序精练；二是为了提高编译效率，有利于编译产生质量较高的目标代码。

3. 赋值表达式

由赋值运算符将一个变量和一个表达式连接起来的式子称为**赋值表达式**。它的一般形式为

变量=表达式

如 a＝5 是一个赋值表达式。对赋值表达式求解的过程是：将赋值运算符右边的“表达式”的值赋给左边的变量。赋值表达式的值就是被赋值的变量的值。例如，a＝5 这个赋值表达式的值也为 5。

上述一般形式的赋值表达式中的“表达式”又可以是一个赋值表达式。例如：

```
a=(b=5)
```

括号内的 b＝5 是一个赋值表达式，它的值等于 5，因此 a＝(b＝5)相当于 a＝5，a 的值等于 5，整个赋值表达式的值也等于 5。赋值运算符按照“自右而左”的结合顺序，因此，b＝5 外面的括号可以不要，即 a＝(b＝5)和 a＝b＝5 等价，都是先求 b＝5 的值，然后再赋给 a。

下面是赋值表达式的例子：

```
a=b=c=5             (表达式值为 5,a、b、c 的值均为 5)
a=5+(c=6)           (表达式值为 11,a 值为 11,c 值为 6)
a=(b=4)+(c=6)       (表达式值为 10,a 值为 10,b 值为 4,c 值为 6)
a=(b=10)/(c=2)      (表达式值为 5,a 值为 5,b 值为 10,c 值为 2)
```

赋值表达式也可以包含复合赋值运算符。例如：

```
a+=a-=a*a
```

也是一个赋值表达式。如果 a 的初值为 12,此赋值表达式的求解步骤如下：

(1) 先进行 a－＝a＊a 的运算,相当于 a＝a－a＊a＝12－144＝－132;

(2) 再进行 a＋＝－132 的运算,相当于 a＝a＋(－132)＝－132－132＝－264。

将赋值表达式作为表达式的一种,使赋值操作不仅可以出现在赋值语句中(上述的赋值表达式后加分号就成了赋值语句),而且可以用表达式形式出现在其他语句(如循环语句)中,这又是 C 语言灵活性的一种表现。

2.4.2 算术运算符与表达式

1. 基本算术运算符

＋ 加法运算符,如 3＋5。

－ 减法运算符,如 5－2。但要注意,＋、－号可作为符号使用,其优先级是不一样的。

＊ 乘法运算符,如 3＊5。

/ 除法运算符,如 5/3。

％ **模**运算符,或称**求余**运算符,％两侧均应为整型数据,如 7％4 的值为 3,11％2 的值是 1。

需要说明,两个整数相除的结果依然为整数,如 5/3 的结果值为 1,舍去小数部分。但是,如果除数或被除数中有一个为负值,则舍入的方向是不固定的。例如,－5/3 在有的机器上得到结果－1,有的机器则给出结果－2。多数机器采取“向零取整”的方法,即 5/3＝1,－5/3＝－1,取整后向 0 靠拢。

如果参加＋、－、＊、/运算的两个数中有一个为实数,则结果是 double 型,因为所有实数都按 double 型进行运算。

2. 算术表达式

用算术运算符和括号将运算对象(也称操作数)连接起来的、符合 C 语言语法规则的式子,就是 C 语言的**算术表达式**。运算对象包括常量、变量、函数等。例如,下面是一个合法的 C 语言算术表达式：

```
a*b/c-1.5+'a'
```

3. 自增、自减运算符

(1) 自增运算符++,用法有两种:

用法1: **变量++**,其意义是在使用变量之后,变量的值加1。

用法2: **++变量**,其意义是在使用变量之前,变量的值加1。

这两种用法都能使变量的值加1,注意变量值加1的先后次序。以下程序可以验证其区别。

例2-3 自增运算符++在变量前后的区别。

```
//PpTest1.c
#include<stdio.h>
void main(){
    int a, b, c=1;
    a=c++;
    b=++c;
    printf("a=%d, b=%d, c=%d\n", a, b, c);
}
```

运行结果如下:

```
a = 1, b = 3, c = 3
```

[**运行结果说明**] c++赋给a时,是先将c的值赋给a,然后c再自加。所以a的值是1,然后c的值增1变成2。执行++c时,c先由2增1变成3,所以,b和c的值都是3。自增运算符放在变量的前面,就是先自增,后使用变量;自增运算符放在变量的后面,是先按原值使用变量,再自增。

例2-4 自增运算符++在表达式中的使用。

```
//PpTest2.c
#include<stdio.h>
main(){
    int a,b=1;
    a=(b++)+(b++)+(b++);
    printf("a=%d, b=%d\n",a,b);
}
```

运行结果如下:

```
a = 3, b = 4
```

[**运行结果说明**] 对a=(b++)+(b++)+(b++)语句,b先以原值参与运算(先使用),所以a的值是3,然后经过3次自加,b的最终结果是4。

(2) 自减运算符--,用法也有两种:

用法1: **变量--**,其意义是在使用变量之后,变量的值减1。

用法2: **--变量**,其意义是在使用变量之前,变量的值减1。

这两种用法都能使变量的值减 1，但是有区别，与自增运算符一样，此处不再赘述。

例 2-5　自减变量作为 printf()函数参数。

```
//PpTest3.c
#include<stdio.h>
void main(){
    int c1, c2, c3, c=1;
    c1=c--;
    c2=c--;
    c3=--c;
    printf("c3=%d, c2=%d, c1=%d\n", c3, c2, c1);
}
```

运行结果如下：

```
c3 = -2, c2 = 0, c1 = 1
```

［**运行结果说明**］　c－－赋给 c1 时，是先将 c 的值赋给 c1，然后再自减。所以 c1 的值是 1，然后 c 的值减 1 变成 0。执行 c2＝c－－时，c 的值为 0，所以，c2 的值是 0。然后 c 再自减 1，所以 c 的值为－1。当执行 c3＝－－c 时，先自减，后使用变量，所以，c 的值为－2，c3 的值也是－2。

2.4.3　关系运算符与表达式

关系运算符主要是用于数值的大小比较，因此“关系运算”实际上是“比较运算”。将两个值进行比较，判断比较的结果是否符合给定的条件。例如，a＞3 是一个关系表达式，大于号(＞)是一个关系运算符，如果 a 的值为 5，则满足给定的 a＞3 条件，因此关系表达式的值为“真”(即“条件满足”)；如果 a 的值为 2，不满足 a＞3 条件，则称关系表达式的值为“假”。真的值为 1，假的值为 0。

1. 关系运算符

C 语言提供 6 种关系运算符：

＜　　小于
＜＝　小于等于
＞　　大于
＞＝　大于等于
＝＝　等于
!＝　不等于

它们都是双目运算符。

2. 关系表达式

用关系运算符连接的式子(可以是常量、变量、算术表达式、关系表达式、逻辑表达式、赋值表达式或字符表达式等)，称为**关系表达式**。关系表达式的一般形式如下：

(表达式 1) (关系运算符) (表达式 2) [(关系运算符) (表达式 3)]… [(关系运算符) (表达式 n)]

例如，下面都是合法的关系表达式：

```
a+b>b+c,(a=3)>(b=5),'a'<'b',(a>b)>(b<c)
```

关系表达式的值是一个逻辑值，即“真”或“假”。例如，关系表达式“5==3”的值为“假”，“5>=0”的值为“真”。在C语言中，关系表达式和后面要介绍的逻辑表达式的运算结果都是以1代表“真”，以0代表“假”。例如，若a=3，b=2，c=1，则a>b的值为“真”，其值为1；c>a的值为假，其值为0；(a>b)==c的值为“真”(因为a>b的值为1，等于c的值)，表达式的值为1；b+c<a的值为“假”，表达式的值为0；赋值表达式f = a>b>c，f的值为0。因为>运算符是自左至右的结合方向，先执行a>b的值为1，再执行关系运算1>c，得值0赋给f，所以f的值为0。

例 2-6 关系运算的例子。

```
//RelationTest.c
#include<stdio.h>
void main(){
    int a, b, c, x=17, y=16, z=13;
    a=x>y>z;
    b=--x-y>=z ;
    c=x==y;
    printf("x=%d, y=%d, z=%d\n", x, y, z);
    printf("a=%d, b=%d, c=%d\n", a, b, c);
}
```

运行结果如下：

```
x = 16, y = 16, z = 13
a = 0, b = 0, c = 1
```

[运行结果说明]

(1) 由于x>y为真，值为1，而1>z为假，所以a的值是0。

(2) 由于--x使x的值变为16，所以--x-y的值是0，从而0>=z的值为假，推出b的值是0。

(3) 由于--运算改变了x的值，所以x是16。y、z的值在运算过程中没有变化。因为x==y为真(x已经减去1等于16)，所以c的值是1。

2.4.4 逻辑运算符与表达式

与其他表达式一样，包含逻辑运算符的表达式也有值。逻辑运算的结果为true或false，这可以是两个值之间的比较，或一系列“与”及“或”运算的结果。如果逻辑运算的结果为true，则其值为非零整数；如果结果为false，则其值为0。循环和条件语句通过检查逻辑运算的结果来控制程序流程。

1. 逻辑运算符

逻辑运算符用于数值的逻辑操作。C语言提供了如下的运算符：

&&　　逻辑与

||　　逻辑或

!　　逻辑非(一元操作符)

2. 逻辑表达式

用逻辑运算符连接的式子(可以是常量、变量、算术表达式、关系表达式、逻辑表达式、赋值表达式或字符表达式等)，称为**逻辑表达式**。逻辑表达式的值应该是一个逻辑量"真"或"假"。C语言编译系统在给出逻辑运算结果时，用数值1代表"真"，用0代表"假"。但用于判断一个量是"真"或"假"时，以非0代表"真"，以0代表"假"。逻辑运算的真值表见表2-4。

表2-4 逻辑运算的真值表

a	b	!a	!b	a&&b	a||b
非0	非0	0	0	1	1
非0	0	0	1	0	1
0	非0	1	0	0	1
0	0	1	1	0	0

例如：

若a=4，!a的值为0。因为a的值为非0，对它进行非运算，其值为0。

若a=4，b=5，则a&&b的值为1。因为a和b的值都为非0，对它进行与运算，值为1。a||b的值为1，而4&&0||2的值为1。

通过这几个例子可以看出，由系统给出的逻辑运算结果不是0就是1，而作为参加逻辑运算的运算对象可以是任何数值。实际上，逻辑运算符两侧的运算对象可以是任何类型的数据，运算的结果为非0，即为真，为0即为假。系统最终存储的关系运算和逻辑运算的数值结果都只能是1和0。

熟练掌握C语言的关系运算和逻辑运算后，可以巧妙地用一个逻辑表达式来表示一个复杂的条件。例如，符合下面两个条件之一的年份可以断定是闰年：

(1) 能被4整除，但不能被100整除；

(2) 能被400整除。

其逻辑表达式如下：

```
(year%4==0&&year%100 !=0)||year%400==0
```

例如，在数学上$1\geqslant x\geqslant 0$，在C里怎样表达？对于$x\leqslant 0$或$x\geqslant 1$又怎样表达？下面两式给出了回答：

$1\geqslant x\geqslant 0$；　　x>=0&&x<=1

$x\leqslant 0$或$x\geqslant 1$；　x<=0||x>=1

逻辑表达式常用于 if 语句中，用于判断语句的条件是否成立：

```
if(逻辑表达式的值是 1)  语句 1;          //当逻辑表达式的值等于 1 时，执行语句 1
else                    语句 2;          //当逻辑表达式的值等于 0 时，执行语句 2
```

例 2-7 测试关系运算结果。

```
//RelationTest2.c
#include<stdio.h>

void main(){
    int a=1, b=0, c=-1;
    printf("表达式 a>b 的值是%d\n", a>b);
    printf("表达式 b<c 的值是%d\n", b<c);
    if(c)  printf("数%d 作 if 语句条件是 true\n",c);
    if(!b) printf("数%d 作 if 语句条件是 false\n", b);
}
```

运行结果如下：

```
表达式 a>b 的值是 1
表达式 b<c 的值是 0
数 -1 作if语句条件是true
数 0 作if语句条件是false
```

［**运行结果说明**］ 从例 2-7 可以看出，1>0 的值是 1，0<－1 的值是 0，－1 作为 if 语句判断的条件是 true，即被认为是真的，只有 0 是假的。

2.4.5 逗号运算符与表达式

C 语言提供一种特殊的运算符，即**逗号运算符**，又称为**顺序求值运算符**。用它将两个表达式连接起来。例如：

```
3+5,6+8
```

称为**逗号表达式**。逗号表达式的一般形式为

表达式 1,表达式 2

逗号表达式的求解过程是：先求解表达式 1，再求解表达式 2。整个逗号表达式的值是表达式 2 的值。例如，上面的逗号表达式“3＋5,6＋8”的值为 14。

一个逗号表达式又可以与另一个表达式组成一个新的逗号表达式，如(a＝3＊5, a＊4)，a＋5，先计算出 a 的值等于 15，再进行 a＊4 的运算得 60(但 a 值未变，仍为 15)，再进行 a＋5 得 20，即整个表达式的值为 20。

逗号表达式的一般形式可以扩展为

表达式 1,表达式 2,表达式 3,…,表达式 n

它的值为表达式 n 的值。

逗号运算符是所有运算符中级别最低的。因此,下面两个表达式的作用是不同的:

(1) x=(a=3,6 * 3)

(2) x=a=3,6 * a

第(1)个表达式是赋值表达式,将一个逗号表达式的值赋给 x,x 的值等于 18。第(2)个表达式是逗号表达式,它包括一个赋值表达式和一个算术表达式,a 的值为 3。整个逗号表达式的值是 18。

其实,逗号表达式无非是把若干个表达式"串联"起来。在许多情况下,使用逗号表达式的目的只是想分别得到各个表达式的值,而并非一定需要得到和使用整个逗号表达式的值。逗号表达式常用于 for 循环语句中。

请注意,并不是任何地方出现的逗号都是作为逗号运算符。例如函数参数也是用逗号来间隔的:

```
printf("%d,%d,%d",a,b,c);
```

上一行中的"a,b,c"并不是一个逗号表达式,它是 printf()函数的 3 个参数,参数间用逗号间隔。如果改写为

```
printf("%d,%d,%d",(a,b,c),b,c);
```

则"(a,b,c)"是一个逗号表达式,它的值等于 c 的值。括号内的逗号不是参数间的分隔符而是逗号运算符,括号中的内容是一个整体,作为函数 printf()的一个参数。C 语言之所以表达能力强,其中一个重要方面就在于它的表达式类型丰富,运算符功能强。

例 2-8　逗号运算的例子。

```
//CommaTest.c
#include<stdio.h>
void main(){
    int a=2, b=4, c=6, x, y;
    y=(x=a+b),(b+c);
    printf("y=%d, x=%d\n", y, x);
}
```

运行结果如下:

```
y = 6, x = 6
```

[**运行结果说明**]　注意,y=(x=a+b),(b+c)是一个逗号表达式,作用是求两个表达式的值;不要以为(x=a+b),(b+c)是逗号表达式,因为逗号运算符的优先级低于赋值运算符。

又如,对逗号表达式"a=3 * 5, a * 4"的求解,读者可能会有两种不同的理解:一种认为"3 * 5, a * 4"是一个逗号表达式,先求出此逗号表达式的值,如果 a 的原值为 3,则逗号表达式的值为 12,将 12 赋给 a,因此最后 a 的值为 12。另一种认为"a=3 * 5"是一个赋值

表达式，“a * 4”是另一个表达式，二者用逗号相连，构成一个逗号表达式。这两者哪一个对呢？由于赋值运算符的优先级别高于逗号运算符，因此应先求解 a=3 * 5（也就是把“a=3 * 5”作为一个表达式）。经计算和赋值后得到 a 的值为 15，然后求解 a * 4，得 60。整个逗号表达式的值为 60。

2.4.6 复合运算与表达式

C 语言允许操作符与赋值号（=）相结合，将形如

```
<variable>=<variable><operator><expression>;
```

的语句用

```
<variable><operator>=<expression>;
```

代替，其中＜variable＞代表同一个变量。例如，下面包含 x 和 y 的各对表达式功能相同：

```
x=x+y;      x+=y;
x=x-y;      x-=y;
x=x*y;      x*=y;
x=x/y;      x/=y;
x=x%y;      x%=y;
x=x&y;      x&=y;
x=x|y;      x|=y;
x=x<<y;     x<<=y;
x=x>>y;     x>>=y;
```

在多数情况下，用左边一列语句写出的程序更容易理解。但右边一列在程序编译时效率较高，能产生质量较高的目标代码。

2.4.7 运算符优先级

与其他高级语言一样，C 语言的操作符优先级定义了一个表达式中哪些操作优先完成。运算的顺序可通过括号改变，因此括号中的部分最先求值。表 2-5 概括了 C 语言的全部运算符和结合性规则。运算符的优先级自上而下递减（假定最高级为 15，最低级为 1），而同一表栏中的运算符优先级相同，如果同时出现在表达式中，则按结合性自左向右或自右向左计算。

表 2-5 运算符的优先级与结合性

优先级	运　算　符	运算符名称	运算对象数	结合方向
15	()	圆括号		自左至右
	[]	数组下标		
	.，->	结构体成员		

续表

<table>
<tr><th>优先级</th><th>运　算　符</th><th>运算符名称</th><th>运算对象数</th><th>结合方向</th></tr>
<tr><td rowspan="8">14</td><td>!</td><td>逻辑非</td><td rowspan="8">1(单目)</td><td rowspan="8">自右至左</td></tr>
<tr><td>~</td><td>按位取反</td></tr>
<tr><td>++，--</td><td>自加、自减</td></tr>
<tr><td>-</td><td>求负</td></tr>
<tr><td>(类型标识符)</td><td>类型强制转换</td></tr>
<tr><td>*</td><td>取内容运算</td></tr>
<tr><td>&</td><td>取地址运算</td></tr>
<tr><td>sizeof</td><td>数据长度</td></tr>
<tr><td rowspan="2">13</td><td>*，/</td><td>乘，除</td><td rowspan="13">2(双目)</td><td rowspan="13">自左至右</td></tr>
<tr><td>%</td><td>求余数(取模)</td></tr>
<tr><td>12</td><td>+，-</td><td>加，减</td></tr>
<tr><td>11</td><td><<,>></td><td>算术左移,算术右移</td></tr>
<tr><td rowspan="3">10</td><td>>,<</td><td>大于,小于</td></tr>
<tr><td>>=</td><td>大于或等于</td></tr>
<tr><td><=</td><td>小于或等于</td></tr>
<tr><td>9</td><td>==,!=</td><td>等于,不等于</td></tr>
<tr><td>8</td><td>&</td><td>按位与</td></tr>
<tr><td>7</td><td>^</td><td>按位异或</td></tr>
<tr><td>6</td><td>|</td><td>按位或</td></tr>
<tr><td>5</td><td>&&</td><td>逻辑与</td></tr>
<tr><td>4</td><td>||</td><td>逻辑或</td></tr>
<tr><td>3</td><td>?:</td><td>条件运算</td><td>3(三目)</td><td rowspan="2">自右至左</td></tr>
<tr><td>2</td><td>=,+=,-=,*=,/=,%=,
<<=,>>=,&=,^=,|=</td><td>赋值运算</td><td rowspan="2">2(双目)</td></tr>
<tr><td>1</td><td>,</td><td>逗号</td><td>自左至右</td></tr>
</table>

例如：

```
a+b-c 等效于 (a+b)-c
```

关系运算符的优先级低于算术运算符，高于赋值运算符。例如：

```
c>a+b 等效于 c>(a+b)
a>b!=c 等效于 (a>b)!=c
a==b<c 等效于 a==(b<c)
a=b>c 等效于 a=(b>c)
```

2.5 数据输入/输出函数与常用函数

2.5.1 数据输入/输出函数

C语言数据输入/输出操作是通过调用库函数实现的。只要调用合适的系统库函数，就可以完成各种数据的输入/输出工作。下面介绍C语言中常用的输入/输出库函数。使用输入/输出库函数时，只须将对应的头文件包含到程序中，头文件中有对应函数执行时所需的一些信息。输入/输出库函数的头文件为stdio.h。

1. 输入函数scanf()

使用方式：

```
scanf(格式控制字符串,地址列表)
```

函数功能：按照格式控制字符串所给定的输入格式，将输入数据按地址列表存入指定的存储单元。

地址列表是由若干个地址组成的列表，是变量的地址，通过**取址运算符**&得到。如&x即得到变量x在内存中的地址。

例如，scanf("%d%d",&a,&b)，其中，"%d%d"表示以十进制形式输入两个整数，&a、&b表示变量a、b的存储空间地址。该函数调用语句的作用是从键盘输入两个整数，将其存储在变量a和b中。

scanf()函数从格式控制字符串的首字符开始输入，到格式控制字符串尾部结束，与printf()函数用法相似，基本规则如下。

(1) 遇非格式说明符则必须原样输入。

(2) 遇格式说明符则以此格式输入数据存放到地址列表中对应的变量内存单元中。

不同类型数据的输入要采用不同的格式说明符，输入int类型变量用%d，输入float类型变量用%f，输入double类型变量用%lf或%Lf(即在格式字符f前加字母l或L)，输入char类型变量用%c。函数scanf()可以使用的格式说明符和作用见表2-6。

表2-6 scanf()的格式说明符及其作用

类型	格式说明符	作　　用
int	%d	用于输入十进制整数
	%I或%i	用于输入十进制、带前导0的八进制或带前导0x十六进制整数
	%o	以八进制形式输入整数(可带前导0)
	%x	以十六进制形式输入整数(可带前导0或0x)
	%u	输入无符号十进制整数
char	%c	用于输入字符
float	%f或%e	两个格式相同，用于输入单精度实数，可以用小数形式或指数形式
double	%lf或%le	两个格式相同，用于输入双精度实数，可以用小数形式或指数形式

例 2-9　输入一个表示时间秒数的整数，转换成时间格式 hh:mm:ss 输出。

```
//ScanfTest1.c
#include<stdio.h>
void main(){
    int t, h, m, s;
    scanf("%d", &t);
    h=t/3600;                                    //小时数,1 小时合 3600 秒
    m=(t-h*3600)/60;                             //分钟数,1 分钟合 60 秒
    s=t-h*3600-m*60;                             //秒数
    printf("%ds.(秒)=%02d:%02d:%02d\n", t, h, m, s);
}
```

运行结果如下：

```
4567
4567s. (秒) = 01:16:07
```

［**运行结果说明**］　printf()函数中的格式控制字符串“%02d:%02d:%02d\n”，其中的%02d 为格式说明项，输出格式为%d 即输出十进制整数，02 为修饰符，表示输出数据每个占 2 列，不足 2 列左边补 0，数据间用冒号分隔。printf()的附加说明符及其意义如表 2-8 所示。

例 2-10　以下程序用符号常量表示 π，实现计算圆的周长和面积，其中输出数据要求实现小数 4 位。注意函数 scanf()接收 double 型数据的用法。

```
//ScanfTest2.c
#include<stdio.h>
#define PI 3.1415926
void main(){
    double r, k, s;
    printf("请输入半径 r: ");
    scanf("%lf", &r);                             //接收 double 型数据
    k=2*PI*r;
    s=PI*r*r;
    printf("周长=%.4f, 面积=%.4f\n", k, s);
}
```

运行结果如下：

```
请输入半径r: 2.1
周长 = 13.1947, 面积 = 13.8544
```

在%与格式字符之间也可以有附加说明符，其意义如表 2-7 所示。

2. 输出函数 printf()

使用方式：

printf(格式控制字符串,表达式列表)

表 2-7 scanf()附加说明符及其意义

附加说明符	意　　义
字母 l 或 L	加在 d、I(或 i)、o、x、u 前，表示输入长整型数据； 加在 f、e 前，表示输入 double 型数据
字母 h 或 H	加在 d、I(或 i)、o、x、u 前，表示输入短整型数据
m(正整数)	指定输入数据所占的域宽(列数)
*	表示对应的输入项在读入后不赋给相应的变量，不需要为其指定地址参数

函数功能：按照格式控制字符串所给定的输出格式，把各表达式的值在显示器上输出。

例如：

```
printf("a=%d,x=%f\n", a, x);
```

函数第一个参数"a=%d,x=%f\n"是格式控制字符串，其中，%d、%f 是格式说明符，规定了各输出项的输出格式，实际输出时由对应表达式对它进行替换。上述语句的输出结果是，先输出"a="，接着按格式符%d 指定的格式输出变量 a 的值，再输出逗号，接着输出"x="，然后按格式符%f 指定的格式输出变量 x 的值，最后输出一个换行符。

printf()函数中的第一个参数是用双引号括起来的由格式说明符和其他字符组成的字符串，它规定了数据输出的格式。输出时从格式控制字符串的首字符开始输出，直到字符串结束，基本规则如下。

(1) 以"%"开头，以格式说明符结尾，则以此格式输出对应表达式的值。

(2) 非格式说明符，则原样输出。

不同类型数据的输出要采用不同的格式说明符。当输出表达式为 int 类型，用%d；输出表达式为 float 类型和 double 类型，都用%f 或%e；输出表达式为 char 类型，用%c。C 语言中可以使用的格式说明符及其意义见表 2-8。

表 2-8 printf()函数的格式说明符及其意义

类型	格式说明符	意　　义
int	%d 或%I	以带符号的十进制形式输出整数(正数不输出符号)
	%o	以八进制无符号形式输出整数(不输出前导 0)
	%x 或%X	以十六进制无符号形式输出整数(不输出前导 x 或 X)，格式说明字符为 x 时以小写形式输出十六进制数码 a～f，为 X 时输出对应的大写字母
	%u	以十进制无符号形式输出整数
char	%c	以字符形式输出一个字符
float、double	%f	以小数形式输出单、双精度数，默认输出 6 位小数
	%e 或%E	以标准指数形式输出单、双精度数，小数部分默认输出 6 位小数，格式说明字符为 e 时指数以 e 表示，为 E 时指数以 E 表示
	%g 或%G	由系统自动选定%f 或%e 格式，使输出宽度最小，不输出无意义的 0，格式说明符为 G 时，若以指数形式输出，则选择大写字母 E

通常在%与格式说明字符之间可以有附加说明符，表 2-9 给出了可供选择的附加说明符及其意义。关于附加说明符的应用，可参见第 10 章例 10-14。

表 2-9 printf()的附加说明符及其意义

附加说明符	意　　义
字母 l 或 L	输出长整型数据时，加在 d、i、o、x、X、u 前
字母 h 或 H	输出短整型数据时，加在 d、i、o、x、X、u 前
m(正整数)	当数据实际输出列数超过 *m* 时，则按实际宽度输出(*m* 不起作用)；如数据实际输出列数少于 *m* 时，则在数据前补 *m* 列空格
n(正整数)	输出实数时，表示输出 *n* 位小数，自动在第 *n*+1 位四舍五入
-	输出的数据在域内左对齐，右边补空格
+	输出的数字前带有正负号
0	输出的数据在域内右对齐，在左边补 0
#	用在格式字符 0、x、X 前，使输出八进制时输出前导的 0 或十六进制数时输出前导的 0x 或 0X

例 2-11 输出字符及其 ASCII 码。

```
//PrintfTest1.c
#include<stdio.h>
void main(){
    char c='a';
    int b=97;
    printf("(1) %c, %d ;\t", c, c);
    printf("(2) %c, %d ;\t", b, b);
    printf("(3) %c, %d ;\t", c+1, c+1);                //计算 c+1 的值为 98
    printf("(4) %c, %d\n", c-32, c-32);
}
```

运行结果如下：

```
(1) a, 97 ;     (2) a, 97 ;     (3) b, 98 ;     (4) A, 65
```

[**运行结果说明**] 字符型数据在内存中存储对应的 ASCII 码，以其 ASCII 码参与表达式运算，既可以用字符形式(格式符%c)输出，也可以输出 ASCII 码(格式符%d)。整型数据如其值在 ASCII 码范围内，也可以按字符形式输出，系统自动输出 ASCII 码等于该数的字符。表达式 c-32 表示 c 中字符的 ASCII 码减 32，字母 a 的 ASCII 码为 97，减 32 等于 65，是 A 的 ASCII 码，即将小写字母转换为对应的大写字母。

例 2-12 单、双精度实型数据的输出。

```
//PrintfTest2.c
#include<stdio.h>
void main(){
```

```
    float  f=314.15f;
    double d=3.1415926;
    printf("f=%f, f=%e\n", f, f);
    printf("d=%f, d=%e\n", d, d);
    printf("d=%6.3f, d=%1.2f, d=%.3f\n", d, d, d);
}
```

运行结果如下：

```
f = 314.149994, f = 3.141500e+002
d = 3.141593,   d = 3.141593e+000
d =  3.142,     d = 3.14, d = 3.142
```

［**运行结果说明**］ 输出实数时，float 和 double 类型数据可以用相同的格式符%f、%e。格式说明项"%6.3f"中的"6"表示对应的输出数据占 6 列(包括符号和小数点)，而".3"表示输出对应浮点表达式值时只输出 3 位小数，自动根据小数点后第 4 位的内容四舍五入输出。

输出实数时，一定要用浮点格式符%f、%e，不能用整型格式符(如%d 等)。当数据精度要求比较高时，最好用 double 类型(有效位数为 16 位)。

2.5.2 字符输入/输出函数

C 语言还提供了处理单个字符的输入/输出函数 getchar()和 putchar()。

1. 字符输入函数 getchar()

使用方式：

getchar()

函数功能：从标准输入设备(一般是键盘)读取一个字符。

例 2-13 函数 getchar()的使用。

```
//GetcharTest.c
#include<stdio.h>
void main(){
    char c1, c2, c3;
    c1=getchar();
    c2=getchar();
    c3=getchar();
    putchar(c1);
    putchar(c2);
    putchar(c3);
}
```

运行结果如下：

[运行结果说明]　从键盘输入 abc,则 c1 得到 a,c2 得到 b,c3 得到 c。如从键盘输入 a b c,则 c1 得到 a,c2 得到(空格),c3 得到 b。如从键盘输入 a(回车)b(回车),则 c1 得到 a,c2 得到(回车),c3 得到 b。空格和回车符均是合法的 ASCII 字符。

2. 字符输出函数 putchar()

使用方式:

```
putchar(c)
```

函数功能:向标准输出设备(一般是屏幕)输出一个字符。

说明:输出的 c 可以是字符常量(包括转义字符)、变量或表达式,还可以是整型数据。

例 2-14　函数 putchar()的使用。

```
//PutcharTest.c
#include<stdio.h>
void main(){
    char c='A';
    putchar(c);
    putchar('A');                    //输出字符 A
    putchar('\n');                   //输出一个回车换行符
    putchar('\101');                 //输出 ASCII 码为 101(八进制)的字符
    putchar(65);                     //输出 ASCII 码为 65(十进制)的字符 A
}
```

运行结果如下:

[运行结果说明]　函数 putchar()的参数可以是字符数据(包括转义字符)或整型数据,如为整型数据,则将该值看成某字符的 ASCII 码,输出对应的字符。

2.5.3　常用函数

1. 常用数学函数

数学函数对应的头文件是 math.h。

(1) 计算平方根函数 sqrt()

函数原型:

```
double sqrt(double x)
```

函数功能:计算 x 平方根$\sqrt{x}$

例如:sqrt(2.0)返回 1.414214。

(2) 绝对值函数 fabs()

函数原型:

```
double fabs(double x)
```

函数功能：计算实数 x 的绝对值$|x|$。

例如：fabs(−23.5)返回 23.5

(3) 指数函数 pow()

函数原型：

```
double pow(double x, double y)
```

函数功能：计算 x^y

例如：pow(2.2，1.7)返回 $2.2^{1.7}$的值。

(4) 三角函数 sin()、cos()、tan()

仅以正弦函数 sin()为例，其余函数是类似的。

函数原型：

```
double sin(double x)
```

函数功能：计算正弦函数 sin$x$ 当 x 等于实数 x(弧度)时的值

例如：sin(30 * 3.1415926/180)返回 30°的正弦值。

例 2-15 数学函数的使用。

```
//MathFunTest.c
#include<stdio.h>
#include<math.h>
void main(){
    printf("sqrt(2.0)                =%f\n", sqrt(2.0));
    printf("fabs(-23.5)              =%f\n", fabs(-23.5));
    printf("pow(2.2, 1.7)            =%f\n", pow(2.2, 1.7));
    printf("sin(30 * 3.1415926/180) =%f\n", sin(30 * 3.1415926/180));
    printf("cos(30 * 3.1415926/180) =%f\n", cos(30 * 3.1415926/180));
    printf("tan(30 * 3.1415926/180) =%f\n", tan(30 * 3.1415926/180));
}
```

运行结果如下：

```
sqrt(2.0)               = 1.414214
fabs(-23.5)             = 23.500000
pow(2.2, 1.7)           = 3.820486
sin(30*3.1415926/180)   = 0.500000
cos(30*3.1415926/180)   = 0.866025
tan(30*3.1415926/180)   = 0.577350
```

2. 常用字符函数

字符函数对应的头文件是 ctype.h。

(1) 检查数字字符函数 isdigit()

函数原型：

```
int isdigit(char a)
```

函数功能：判别 a 是否为一数字字符。当 a 是数字字符时返回非 0 值，否则返回 0。

例如：isdigit('0')的返回值是非 0。

(2) 检查字母或数字字符函数 isalnum()

函数原型：

```
int isalnum(char a)
```

函数功能：判别 a 是否为字母或数字字符。当 a 为字母或数字字符时返回非 0 值，否则返回 0。

例如：isalnum(32)返回 0，因为 32 是空格的 ASCII 码。isalnum('\101')的返回值为非 0，因为转义字符'\101'表示的是 ASCII 码为八进制数 101，即十进制数 65，相应的字符是 A。isalnum(27)返回值为 0，因为 27 是键 Esc 的 ASCII 码，它既非字母，也非数字字符。

例 2-16 字符函数的使用。

```
//IsdigitTest.c
#include<stdio.h>
#include<ctype.h>
void main(){
    printf("isdigit('0')=%d\n", isdigit('0'));
    printf("isdigit('a')=%d\n", isdigit('a'));
    printf("isalnum(32)=%d\n", isalnum(32));
    printf("isalnum('\\101')=%d\n", isalnum('\101'));
    printf("isalnum(27)=%d\n", isalnum(27));
}
```

运行结果如下：

```
isdigit('0') = 4
isdigit('a') = 0
isalnum(32) = 0
isalnum('\101') = 1
isalnum(27) = 0
```

3. 其他常用函数

以下有关随机数的函数是常用的，其对应头文件是 stdlib.h。

(1) 随机数发生器函数 rand()

函数原型：

```
int rand()
```

函数功能：产生一个 0～32 767 之间的随机整数。

例如：rand()返回一个随机整数。

(2) 初始化随机数发生器函数 srand()

函数原型：

```
void srand(unsigned x)
```

函数功能：用给定整数 x 作“种子”初始化随机数发生器。

例如：srand(time(0))以当前系统时间初始化随机数发生器。

例 2-17 随机函数的使用。

```
//RandTest.c
#include<stdio.h>
#include<stdlib.h>
#include<time.h>
void main(){
    int a, b;
    double x=0.377;

    srand(time(0));    a=rand();    b=rand();
    printf("设置 srand(time(0))时, a=%d, b=%d\n", a, b);

    srand(1); a=rand(); b=rand();
    printf("设置 srand(1)时,        a=%d, b=%d\n", a, b);

    srand(1); a=rand(); b=rand();
    printf("再次设置 srand(1)时,    a=%d, b=%d\n", a, b);

    srand(2); a=rand(); b=rand();
    printf("设置 srand(2)时,        a=%d, b=%d\n", a, b);
}
```

运行结果如下：

```
设置srand(time(0))时, a = 30679, b = 23329
设置srand(1)时,       a = 41, b = 18467
再次设置srand(1)时,   a = 41, b = 18467
设置srand(2)时,       a = 45, b = 29216
```

再次运行结果如下：

```
设置srand(time(0))时, a = 31838, b = 5157
设置srand(1)时,       a = 41, b = 18467
再次设置srand(1)时,   a = 41, b = 18467
设置srand(2)时,       a = 45, b = 29216
```

[**运行结果说明**] 从两次运行结果可以看出，由于以当前系统时间 time(0)初始化随机数发生器，所以两次运行产生的随机数序列不同。而用“种子”数字 x 设置随机数发生器，则产生的随机序列由种子 x 确定，不随时间变化。这个性质在密码学上得到了应用，其中作为种子的数字就是密钥。

习题 2

一、填空题

1. 以下程序将输出如下结果：

试填空完成程序。

```
____(1)____
void main(){
    char a, b, c;
    a='B'; b='O'; c='Y';
    putchar(a);____(2)____; putchar(c);putchar('\n');
    putchar(a);____(3)____;
    putchar(b); putchar('\n');
    putchar(c); putchar('\n');
}
```

2. 以下程序,输入 3 个数,计算并输出这 3 个数的和与它们的乘积。试填空。

```
#include<stdio.h>
void main(){
    int a, b, c, p, q;
    printf("Please input a, b, c:\n");
    ____(1)____;
    p=a+b+c;
    ____(2)____;
    printf("a+b+c=%d\n", p);
    ____(3)____;
}
```

3. 以下程序将对输入字符输出相应的 ASCII 码。试填空。

```
#include<stdio.h>
void main(){
    char ch;
    ____(1)____;
    printf("%c ASCII:____(2)____\n", ch, ch);
}
```

4. 以下程序实现将输入的小时:分钟:秒换算成秒数。例如:

```
1:22:35
1:22:35 = 4955(秒)
```

试填空。

```
#include<stdio.h>
void main() {
    int t, h, m, s;
    ____(1)____;                    //输入时间
```

```
    t=____(2)____;                        //计算秒
    printf("%d:%d:%d=%d(秒)\n", h, m, s, t);
}
```

二、编程题

1. 输入梯形的上底 a、下底 b 和高 h，求其面积 s。用 scanf()接收双精度数据，输出面积取小数点后 3 位数字。试编写程序。

2. 输入一个华氏温度，要求输出摄氏温度。公式为 $C=(5/9)(F-32)$，输出要有文字说明，取两位小数。

3. 编写程序，用 getchar()函数读入两个字符给 ch1 和 ch2，然后分别用 putchar()函数和 printf()函数输出这两个字符。

4. 输入一个三位正整数，输出其个位数、十位数和百位数。要求输出时用文字说明个位、十位和百位数。

5. 输入两个正整数 x 和 y，输出 x/y 的百分比值，要求输出小数 4 位。如输入 1 和 3，输出 1/3=33.3333%。

6. 输入一个实数，用数学函数计算 $\frac{\sqrt{|\sin x|}}{e^x}$ 的值。

7. 数学函数 double floor(double num)计算不大于 num 的最大整数。例如 floor(1.02)返回 1.0，floor(−1.02)返回−2.0。试用函数 floor()将一个正实数 x 分成整数部分和小数部分。

8. 试输出一个正实数 x 的小数部分的前 4 个数字。

9. 公元 1 年 1 月 1 日，即元年元旦规定为星期一，其第 7 天为星期天，以后每 7 天为一星期。所以，只要知道某一天是一年中的第几天，可用模 7 运算得到星期几。我们知道，非闰年为 365 天，闰年增加 1 天。闰年 y 的确定法则是：y 能被 4 整除且不能被 100 整除，或 y 能被 400 整除。

(1) 试推导 y 年元旦是星期几的公式

$$w = [y + (y-1)/4 - (y-1)/100 + (y-1)/400]\%7$$

其中，y 是年，w = 1，…，6，0 分别表示星期一、…、星期六、星期天。

(2) 编程实现：输入年份，输出该年元旦是星期几。

10. 根据 arctan1=π/4，试用 C 语言数学函数 atan()编程计算 π 值，且要求输出小数 10 位，参考输出如下：

```
PI = 3.1415926536
```

11. 已知匀加速运动的初速度 v_0、加速度 a 和运行时间 t，求时间 t 时的瞬时速度 v_t 和时间 t 内的路程 s，已有公式 $v_t=v_0+at$，$s=v_0t+\frac{1}{2}at^2$。

12. 编写程序，将一个不超过 2 位的八进制数转换为十进制数和十六进制数输出。

13. 编写程序，将一个不超过两位的十六进制数转换为十进制数和八进制数输出。

第3章 程序控制流与程序算法设计

程序控制流程可以分为 3 种基本结构：顺序结构、分支结构和循环结构。由这 3 种结构可以组成各种复杂的程序。本章将介绍这 3 种结构和编程算法。

流程图是用一些框图和箭头表示各种操作。用图形表示算法直观形象，易于理解。美国标准化协会（ANSI）规定了一些常用的流程图标准符号，见表 3-1。

表 3-1 常用算法流程图符号和功能

流程图符号	名 称	功 能
（圆角矩形）	开始/结束框	代表算法的开始或结束。每一个独立的算法只有一对开始/结束框
（平行四边形）	数据框	代表算法中数据的输入或输出
（矩形）	处理框	代表算法中的指令或指令序列。通常为程序的表达式语句，对数据进行处理
（菱形）	判断框	代表算法中的分支情况，判断条件只有满足和不满足两种情况
（圆圈）	连接符	当流程图在一个页面画不完时，用它来表达对应的连接处。用中间带数字的小圆圈表示，如①
→ （折线箭头）	流程线	代表算法中处理流程的走向，连接上面的各图形框，用实心箭头表示

一般地，描述程序算法的流程图完全可以用表 3-1 中的 6 个流程图符号来表示，通过流程线将各框连接起来。这些框图和流程线的有序组合就可以构成众多不同的算法描述。为简化流程图，常将平行四边形的输入/输出数据框用矩形框（处理框）来代替。

对于结构化程序，表 3-1 所示的 6 种符号组成的流程图只包含 3 种结构：顺序结构、分支结构和循环结构。一个完整的算法可以通过这 3 种结构的流程图的组合来表示。

3.1 顺序结构

顺序结构是最简单的 C 语言程序结构。通常由变量定义、表达式语句及输入/输出函数等语句组成，是一种按语句的先后顺序依次执行的结构，参见图 3-1。前面遇到的程序其结构都是属于顺序结构。

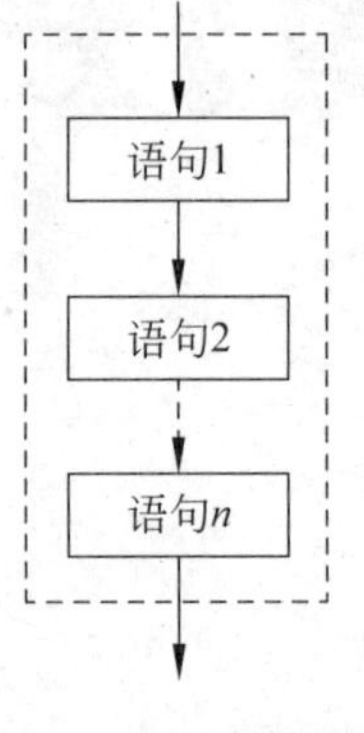

图 3-1 顺序结构

3.1.1 顺序结构的基本语句

1. 赋值语句

赋值语句是 C 程序中使用频率最高的语句，在赋值表达式末尾加上分号就成为**赋值语句**。其形式如下：

```
变量=表达式;
变量 运算符=表达式;
```

其中第一种为基本形式，＝为赋值运算符。第二种为复合形式，常用的复合运算符有：＋＝、－＝、＊＝、/＝、%＝ 。例如：

```
x=y+z;
y+=2;
z--;
a=b=c=11;
```

注意：

(1) 赋值语句具有方向性，其赋值方向与赋值表达式的方向相同，即将赋值运算符＝右边表达式赋予左边的变量。所以，在赋值运算符＝的左边只能是变量。例如，以下语句是错误的：

```
5=x+y;                      //对常数不能赋值
x*x+y*y=r*r;                //对表达式不能赋值
```

(2) 在变量声明中，可以同时对变量赋初值。但不能采用多重赋值形式，例如，语句

```
int x=y=z=1;
```

是错误的，正确的语句应该是

```
int x=1, y=1, z=1;
```

或

```
int x, y, z;
x=y=z=1;
```

2. 复合语句

将若干语句用一对花括号{}括起来就构成了**复合语句**。无论复合语句中所包含的语句多么复杂，系统都将其作为一条语句处理。例如：

```
{z=x; x=y; y=z;}
```

就是一个复合语句。复合语句主要用于下面3.2节和3.3节介绍的选择结构和循环结构中。例如,在选择结构的if语句中使用复合语句:

```
if(x>y){
    z=x; x=y; y=z;
}
```

注意:

(1) 在花括号{}中,最后一个语句末尾的分号不能省略。

(2) 花括号{}后面不能再加语句结束符“;”。

3. 空语句

空语句就是只包含一个分号“;”的语句。它表示什么都没有做。一般地,空语句用于流程的转向。在本书配套的《C程序设计导引实验与习题解答》第一部分实验5的5.2节的程序StrCatTest.c中使用了两条空语句,读者可以参考。

4. 输入/输出语句

在2.5.1节的例2-9、例2-10、例2-11和例2-12中使用了这类语句。

3.1.2 顺序结构应用举例

下面给出顺序结构的应用举例。

例3-1 使用两边夹角公式,计算三角形面积。

```
//TriArea.c 顺序结构
#include<stdio.h>
#include<math.h>
void main(){
    double a, b, alpha, A;
    printf("输入两边长 a, b: ");                    //提示输入边长
    scanf("%lf, %lf", &a, &b);                      //接收数据
    printf("输入夹角(度): ");                       //提示输入角度
    scanf("%lf", &alpha);
    A=0.5*a*b*sin(alpha*3.1415926/180);             //转换成弧度,计算面积
    printf("面积=%.2f\n", A);                       //输出三角形面积
}
```

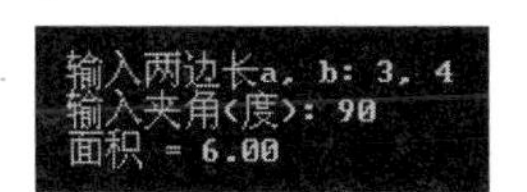

下面将用顺序结构编程解决数制转换问题。***R*进位计数制**,简称为***R*进制**,其主要特点就是逢*R*进一。例如,逢十进一就是十进制,逢八进一是八进制,逢二进一是二进制,逢十六进一是十六进制。表3-2给出了4种进制的对照表。

表 3-2 4 种进制对照表

十进制	二进制	八进制	十六进制	十进制	二进制	八进制	十六进制
0	0000	0	0	9	1001	11	9
1	0001	1	1	10	1010	12	a
2	0010	2	2	11	1011	13	b
3	0011	3	3	12	1100	14	c
4	0100	4	4	13	1101	15	d
5	0101	5	5	14	1110	16	e
6	0110	6	6	15	1111	17	f
7	0111	7	7	16	10000	20	10
8	1000	10	8				

进位计数制，简称**进制**。它有三个基本要素：数码、基数和位权。**数码**是指进制中用来计数的符号。例如，十进制的数码有 0～9，而十六进制数码有 0～9，A～F。**基数**是指进制中采用数码的个数。例如，十进制的基数是 10，十六进制的基数是 16。**位权**是指数码 1 在数的指定位置上的值。位权的计算方法是，以基数为底，以数码所在该数中的位置为指数的整数次幂就是该数码的位权。例如，十进制 356.24 从左到右各个数码的位权分别是 10^2、10^1、10^0、10^{-1}、10^{-2}。

因此，一个数 N 可用任何一种进制表示为各个数码与位权乘积之和。现设数 N 用 R 进制数可表示为

$$N = D_m \cdots D_2 D_1 D_0 D_{-1} \cdots D_{-k}$$

其中，D_i 为数码，有 $m+1$ 位整数和 k 位小数，则数值 N 的实际值等于

$$N = D_m \times R^m + \cdots + D_2 \times R^2 + D_1 \times R^1 + D_0 \times R^0 + D_{-1} \times R^{-1} + \cdots + D_{-k} \times R^{-k} \tag{3.1}$$

对于十进制，它的基数为 10，它的数码是 0～9。所以，十进制数 356.24 可以写成

$$356.24 = 3 \times 10^2 + 5 \times 10^1 + 6 \times 10^0 + 2 \times 10^{-1} + 4 \times 10^{-2}$$

对于八进制，它的基数为 8，它的数码是 0～7。所以，八进制数 356.24 可以写成

$$356.24 = 3 \times 8^2 + 5 \times 8^1 + 6 \times 8^0 + 2 \times 8^{-1} + 4 \times 8^{-2}$$

下面考虑式(3.1)中 N 的小数部分

$$\{N\} = \frac{D_{-1}}{R} + \frac{D_{-2}}{R^2} + \cdots + \frac{D_{-k}}{R^k}$$

用 R 乘以 $\{N\}$ 得到

$$R \times \{N\} = D_{-1} + \frac{D_{-2}}{R} + \cdots + \frac{D_{-k}}{R^{k-1}}$$

可见 D_{-1} 正是 R 与 $\{N\}$ 的积的整数部分，由此可以归纳地得到如下算法。

十进制数 N 的小数部分转换为 R 进制数算法如下：将小数部分 $\{N\}$ 与 R 的乘积分为整数部分 D_{-1} 和小数部分 F_{-1}，小数部分 F_{-1} 再次与 R 之积又可分为整数部分 D_{-2} 和

小数部分 F_{-2}，这个过程直到某个小数部分与 R 之积等于 0 或达到规定精度为止。先得到的整数 D_{-1} 为最高位（最靠近小数点），最后得到的整数为最低位。

例 3-2　将 $(0.35)_{10}$ 转化为八进制数，误差不超过十进制数的 0.01。

［**算法设计**］　使用记号 $[x]$ 和 $\{x\}$ 分别表示 x 的整数部分和小数部分。根据以上算法推导，用 8 不断地乘以小数部分，得到

$$[0.35\times 8]=[2.80]=2,\quad \{2.80\}=2.80-[2.80]=0.8$$

$$[0.8\times 8]=[6.4]=6,\quad \{6.4\}=6.4-[6.4]=0.4$$

$$[0.4\times 8]=[3.2]=3$$

因为

$$\frac{D_{-4}}{8^4}+\frac{D_{-5}}{8^5}+\cdots <= \frac{7}{8^4}+\frac{7}{8^5}+\cdots=\frac{1}{8^3}<0.01$$

所以，解得 $(0.35)_{10}\approx(0.263)_8$

根据以上算法，程序代码如下。

```
/**
 * ToOctalFloat.c
 * 十进制小数转换成八进制数
 * Author Xie-Hua Sun
 */
#include<stdio.h>
#include<math.h>

void main(){
    double x=0.35, tm;
    int d_1, d_2, d_3;
    int R=8;

    tm=x*R;
    d_1=(int)floor(tm);
    x=tm-d_1;
    tm=x*R;
    d_2=(int)floor(tm);
    x=tm-d_2;
    d_3=(int)floor(x*R);

    printf("0.35转换为八进制小数=0.%d", d_1);
    printf("%d", d_2);
    printf("%d\n", d_3);
}
```

运行结果如下：

```
0.35转换为八进制小数 = 0.263
```

至此还不能解决整数转换为八进制数问题，因为这需要后面将要介绍的选择结构或循环结构。

3.2 选择结构

选择结构也称为**分支结构**，是指根据逻辑条件判断的结果决定选择不同的语句序列。本节主要介绍C语言提供的选择结构语句if语句、条件表达式和switch语句。

3.2.1 if语句

if语句根据所给定的条件是否满足决定选择多种语句中的一种进行操作。

1. if语句的基本形式

C语言中if语句的基本形式如下：

```
if(表达式)
    语句 1;
[else
    语句 2;]
```

语句1和语句2可以是表达式语句、空语句、流程控制语句和复合语句中的任意一种。其执行流程如图3-2所示。如果表达式的值为真，则执行语句1。否则，如果有else则执行语句2；如果没有则转到语句1后面的语句继续执行。

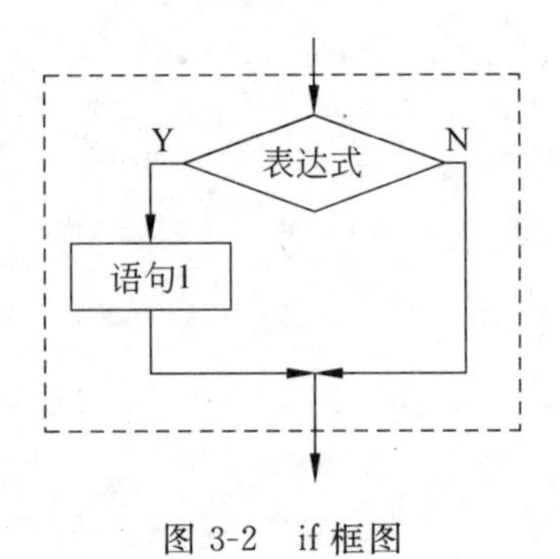

图 3-2 if框图

2. if语句的几种典型形式

if语句的基本形式很简单，但其语句1、语句2的形式是多种多样的。因此if语句的具体形式灵活多变，其典型形式有如下3种，但不限于此。

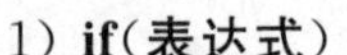

1) **if(表达式)**

```
语句 1;
```

其语义为，如果表达式为真，则执行语句1；否则不执行语句1。

例 3-3 从键盘上输入两个整数，输出其中较大的数。

```
//MaxTest.c   if型，无else
#include<stdio.h>
void main(){
    int a, b,                                    //定义变量，a、b用于存放两个整数
        max;                                     //max存放较大整数
    printf("Please input two integer:\n");      //提示信息
    scanf("%d%d", &a, &b);                       //输入两个整数
    max=b;                                       //先将变量b的值赋给变量max
```

```
    if(a >b)                                   //如果变量 a 的值大于变量 b 的值
        max=a;                                 //则 max 的值修改为变量 a 的值
    printf("max=%d\n", max);                   //输出较大的数
}
```

运行结果如下：

2) **if(表达式)**

```
    语句 1;
else
    语句 2;
```

其语义为，如果表达式为真，则执行语句 1；否则执行语句 2。其流程图如图 3-3 所示。

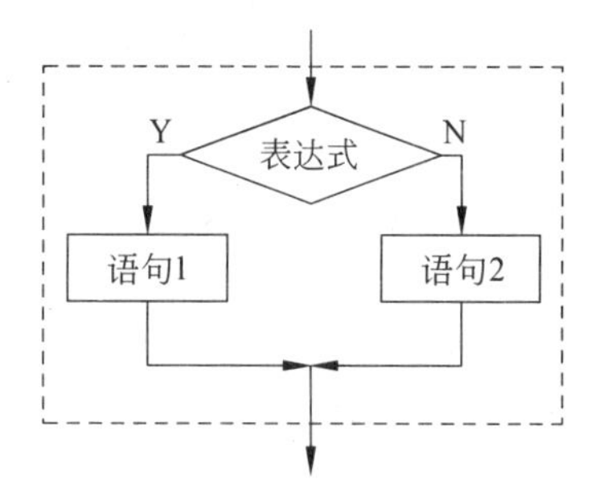

图 3-3　if-else 框图

例 3-4　从键盘上输入两个整数，输出其中较大的数。

```
//MaxTest2.c   if-else 型
#include<stdio.h>
void main(){
    int a, b,                                  //定义变量,a、b 用于存放两个整数
        max;                                   //max 存放较大的整数
    printf("Please input two integer:\n");     //提示信息
    scanf("%d%d", &a, &b);                     //输入两个整数
    if(a>b)                                    //如果变量 a 的值大于变量 b 的值
        max=a;                                 //则 max 的值修改为变量 a 的值
    else
        max=b;                                 //否则将变量 b 的值赋给 max
    //max=a>b? a:b;                            //供条件表达式语句使用
    printf("max=%d\n", max);                   //输出较大的数
}
```

运行结果如下：

```
Please input two integer:
2 -7
max = 2
```

3) if 语句嵌套形式

如果 if 语句基本形式中的语句 1 或语句 2 也是一个或多个 if 语句，则构成了 if 语句的嵌套形式。其一般应用形式如下：

```
if(表达式 0)
    if(表达式 1)
        语句 1.1;
```

```
        else
            语句 1.2;
    else
        if(表达式 2)
            语句 2.1;
        else
            语句 2.2;
```

其语义为，如果表达式 0 为真，则判断表达式 1 的值，若为真，则执行语句 1.1，否则执行语句 1.2；如果表达式 0 为假，则判断表达式 2 的值，若为真，则执行语句 2.1，否则执行语句 2.2。

下面继续考虑数制转换问题。十进制转换为二、八、十六进制整数部分和小数部分须分别遵守不同的转换规则。考虑将十进制数转换为 R 进制数。由式(3.1)，N 的整数部分$[N]$可以写成

$$[N]=(D_m\times R^{m-1}+\cdots+D_2\times R^1+D_1)\times R^1+D_0 \tag{3.2}$$

由此可得，整数部分$[N]$除以 R 的余数是 D_0，商等于

$$[N]/R=(D_m\times R^{m-2}+\cdots+D_2)\times R^1+D_1 \tag{3.3}$$

从式(3.3)可以看出，这个商再次除以 R 的余数是 D_1。从而，归纳地得到如下算法。

十进制数 N 的整数部分转换为 R 进制数的算法如下：用 N 除以 R 得到商 Q_0 和余数 D_0，这个商逐次除以 R 得到新的商和余数，这个过程直到商为 0 为止。最先得到的余数为换算结果的最低位，最后得到的余数为最高位。

例 3-5 输入十进制整数，将其转换成八进制数。

```
/**
 * ToOctalNum.c
 * 十进制数转换成八进制数
 * Author Xie-Hua Sun
 */
#include<stdio.h>

void main(){
    int x=0, tm;
    int d0, d1, d2;
    int R=8;

    printf("请输入整数(0<=n<=511): ");
    scanf("%d", &x);
    d0=x%R;
    tm=x/R;

    if(tm!=0){
       d1=tm %R;
```

```
        tm=tm/R;
        if(tm!=0){
            d2=tm%R;
            tm=tm/R;
            printf("%d转换为八进制数=%d", x, d2);
            printf("%d", d1);
            printf("%d\n", d0);
        }
        else{
            printf("%d转换为八进制数=%d", x, d1);
            printf("%d\n", d0);
        }
    }
    else
        printf("%d转换为八进制数=%d\n", x, d0);
}
```

运行结果如下：

```
请输入整数(0<=n<=511): 511
511转换为八进制数 = 777
```

3. 使用 if 语句须注意的若干问题

(1) if 语句中用于条件判断的表达式形式灵活，多数为逻辑表达式和关系表达式，如(x>=0)、(x>0&&y>0)等。但也可能是其他形式的表达式，如算术表达式 a*3。如果表达式的值为 0，则认为其值为“假”，否则认为其值为“真”。

这里需要注意，赋值表达式如(a=b)与关系表达式如(a==b)的含义完全不同。前者的执行过程是先把变量 b 的值赋给变量 a，然后判断变量 a 的值，如果 a 的值为零，则(a=b)的值为“假”，否则为“真”。后者是直接判断变量 a 的值与变量 b 的值是否相等，如果相等则为“真”，否则为“假”。

(2) 如果 if 语句基本形式中的语句 1、语句 2 由多条语句组成，则必须用一对花括号{}将多条语句构成一条并且只能是一条复合语句。这里需要注意，花括号{}内的每条语句后的分号“;”都是构成语句不可缺少的一部分，而括号只是构成复合语句的一个标识符号，因此不必加分号。

(3) 如果使用 if 语句嵌套形式，则需特别注意 if 与 else 的配对问题。在 if 语句中，else 遵循本层就近配对原则，即 else 总是与它前面最近的 if 配对。

例 3-6　编程计算

$$y=\begin{cases}-1 & \text{当 } x<0 \\ 0 & \text{当 } x=0 \\ 1 & \text{当 } x>0\end{cases}$$

```
//IfTest.c
#include<stdio.h>

void main(){
    double x;
    int y;
    printf("请输入一整数: ");
    scanf("%lf", &x);
    if(x<0)
        y=-1;
    else if(x==0)
        y=0;
    else
        y=1;
    printf("x=%lf, y=%d\n", x, y);
}
```

运行结果如下：

```
请输入一个数(正数、负数或0): -0.0001
x = -0.000100, y = -1
```

```
请输入一个数(正数、负数或0): 100.1
x = 100.100000, y = 1
```

```
请输入一个数(正数、负数或0): 0
x = 0.000000, y = 0
```

注意，虽然 if 语句中 if 与 else 的匹配关系与书写格式无关，但为了提高程序的可读性，应严格遵照缩进对齐方式并添加括号。

3.2.2 条件表达式

条件运算符"?:"是 C 语言中唯一的一个三目运算符，"?"和"："是一对运算符，不能分开单独使用。由它们组成的条件表达式的一般形式为

表达式 1?表达式 2：表达式 3

其语义为：首先计算表达式 1 的值，如果其值为真，则求解表达式 2 的值并作为整个条件表达式的值；否则求解表达式 3 的值并作为整个条件表达式的值。

条件表达式多用于赋值语句中，例如：

```
max=(a>b)?a:b
```

其功能为：如果 a>b 为真，则 a 作为整个条件表达式的值赋予变量 max；否则，b 作为整个条件表达式的值赋予变量 max。

例 3-7 从键盘上输入两个整数，并输出其中较大的数，要求以条件表达式实现。

修改例 3-4 的程序 MaxTest2. c，将程序段

```
if(a >b)
    max=a;
else
    max=b;
```

注释掉，将下面语句

```
//max=a>b?a:b;
```

的注释号删除，重新编译运行。运行结果相同。

使用条件表达式时需注意以下 3 个问题。

(1) 条件运算表达式完全可以用 if 语句代替，如例 3-7 可以用 if 语句表示如下：

```
if(a>b)  max=a;
else     max=b;
```

但条件表达式不能取代 if 语句。只有当 if 语句中的语句 1 和语句 2 都是表达式且为同一个变量赋值时才可代替。条件表达式的优点是书写简洁、运行效率高。

(2) 条件运算符的优先级高于赋值运算符但低于关系运算符和算术运算符。例如：

```
letter=(a>='a'&&a<='z')?(a-32):a
```

与下面两种形式等价(但为了提高程序的可读性，建议使用上述书写方式)：

```
letter=a>='a'&&a<='z'?a-32:a
letter=(a>='a'&&a<='z'?a-32:a)
```

(3) 条件运算符可以嵌套使用，结合方向为“自右至左”。例如：

```
max=a >b?a: b >c?b: c
```

等价于

```
max=a>b?a:(b >c?b: c)
```

其实，上面的形式是条件表达式的嵌套形式，即一般形式中的表达式 3 又是另一条件表达式。

3.2.3　switch 语句

如果根据同一判断要分三种或三种以上的情况进行不同的处理，则可使用 C 语言提供的另一多分支选择 switch 语句更为合适。switch 语句的一般形式如下：

```
switch(表达式)
{
    case 常量表达式 1:  语句 1;  [break;]
    case 常量表达式 2:  语句 2;  [break;]
    ⋮
    case 常量表达式 i:  语句 i;  [break;]
    ⋮
```

```
    case 常量表达式 n:  语句 n;  [break;]
    [default: 语句 n+1;]
}
```

其中：

(1) switch、case、default、break 均是 switch 语句中的关键字，用花括号{}括起来的部分为 switch 语句体。

(2) switch 语句中的表达式为整型表达式、字符表达式或枚举型表达式中的一种，如果为其他类型的表达式，则需强制转换为上述三种表达式中的一种，否则出错。

(3) 各 case 后的常量表达式一定要为常量且值应互不相同，类型都必须与 switch 后的表达式类型相同。

(4) 各 case 和它后面的常量表达式之间至少要用一个空格隔开，常量表达式和语句之间要用冒号：隔开。

(5) switch 语句中的语句 $i(1<=i<=n+1)$ 可以为多条语句，不必使用花括号{}括起来形成一条复合语句。

(6) "break;"是由 break 关键字和";"构成的 break 语句，其作用是只要执行到此语句则跳出 switch 语句，即转到 switch 语句后的语句开始执行。

switch 语句的执行过程为：先计算表达式的值，然后按下列情况进行处理：

(1) 若表达式的值与常量表达式 $i(1<=i<=n)$ 的值相等，则以常量表达式 i 为入口开始执行其后的语句，直到遇到一个 break 语句或 switch 语句体结束才退出 switch 语句。

(2) 若表达式的值与所有 case 后的常量表达式均不相等，则执行 default 后的语句，直到遇到一个 break 语句或 switch 语句体结束才退出 switch 语句；如果没有 default 则什么都不做，直接退出 switch 语句。

例 3-8 根据输入的考生百分制成绩输出对应的等级。

[**算法设计**] 假定考生的百分制成绩和对应等级之间的关系为：

100 为 A+；

[90,100)为 A；

[80,90)为 B；

[70,80)为 C；

[60,70)为 D；

[0,60)为 E。

因为 switch 语句的表达式只能为整型表达式、字符表达式或枚举型表达式中的一种，而此题中，[90,100)等是一个范围，所以，需要把一个范围内的数据统一转化为一个常量。通过分析可知，[90,100)内所有的数据的十位都是 9，因此可以利用 C 语言中的取整运算把十位数取出来，然后进行判断。[0,60)这个范围中的十位较为复杂，可以利用 default 语句进行处理。

```
//Grade.c
#include<stdio.h>
```

```
void main(){
    int g;                                          //定义变量
    printf("Please input a student's score:");      //输出提示信息
    scanf("%d", &g);                                //输入考生的成绩
    if(g >=0 && g <=100){                           //判断成绩是否在 0~100 之间
        switch(g/10){
            case 10:printf("Grade is A+\n");break;
            case 9: printf("Grade is A\n"); break;
            case 8: printf("Grade is B\n"); break;
            case 7: printf("Grade is C\n"); break;
            case 6: printf("Grade is D\n"); break;
            default:printf("Grade is E\n");
        }
    }
    else
        printf("Invalid score!\n");
}
```

运行结果如下：

```
Please input a student's score:75
Grade is C
```

3.3 循环结构

循环结构指在满足一定的条件下重复执行某程序段的结构。执行循环结构需满足的条件称为**循环条件**，反复执行的程序段称为**循环体**。本节主要介绍 C 语言提供的 while、do-while 和 for 循环控制语句，以及与循环有关的 break 和 continue 语句。另外，用 goto 语句和 if 语句结合也可形成循环结构，但 goto 语句不符合结构化设计原则，建议尽量不要采用，因此本书不做详细介绍。

3.3.1 while 循环

while 语句用来实现"先判断，后执行"的循环结构，其一般形式如下：

```
while(表达式){
    循环语句;
}
```

其中，while 为关键字；循环体可以是表达式语句、空语句、流程控制语句、复合语句中的任何一种。其语义为：当表达式为真(非零)时执行循环体语句，否则结束循环。

while 语句的特点是"先判断，后执行"。如果第一次判断表达式的值为假，则循环体一次也不执行。需要注意的是，while 的循环体只能是一条语句，所以如果要重复执行多条语句，则一定要用花括号{}括起来组成一条复合语句，否则 while 语句的循环体只是第

一条语句，其余语句在循环完毕后当作顺序结构只执行一次。

1. 简单 while 语句

例 3-9 编写程序，求 1+2+3+…+100 的值。

[**算法设计**] 首先要定义两个整型变量，其中一个变量 i 存放 1～100 之间的整数，另一个变量 sum 用来存放累加和。因此 i 的初值可以设置为 1，sum 的初值设置为 0，然后在循环中先把最新的累加和放到 sum 中，再将 i 的值自加 1。当 i 的值大于 100 时，循环结束。此时 sum 中存放的值就是 1～100 的累加和。

```
//WhileTest.c
#include<stdio.h>

void main(){
    int i=1, sum=0;                  //变量的定义与赋初值
    while(i <=100){                  //设置循环条件
        sum=sum+i;                   //计算累加和
        i++;                         //循环变量自加
    }
    printf("1+2+…+100=%d\n",sum);
}
```

运行结果如下：

```
1+2+…+100 = 5050
```

使用 while 语句时需要注意以下 3 个问题。

(1) while 语句中(表达式)和循环体之间最好用空格或回车隔开，切记不能用分号“;”，否则循环体就变成了一个空语句。如例 3-9 中，若写成

```
while(i<=100);
```

则循环体变成由一个分号构成的空语句，从而形成了无法结束的循环，常称为**死循环**。

(2) 变量的初值、循环条件和循环体中关键语句(不是所有语句)的先后顺序是影响循环执行结果的关键三要素，其中的任一要素发生改变都会影响循环的执行结果。如例 3-9 中，如果语句“sum＝sum＋i;”和语句“i＋＋;”互换位置，则程序的功能变成了求 2＋3＋…＋101 的值。如果互换位置后仍然要求 1＋2＋…＋100 的值，可以通过修改 i 的初值为 0、循环条件改为 i＜100 来实现。

(3) 在循环体中一定要有使循环趋于结束的语句，否则会形成死循环。如例 3-9 中，语句“i＋＋;”使变量 i 的值每执行一次循环体就增 1，当 i 的值大于 100 时，循环条件表达式(i＜＝100)不再成立，则循环结束。如果没有此语句，循环条件永远成立，则程序陷入死循环中。

2. 牛顿迭代法

先介绍迭代的概念。设 $y=f(x)$ 为一定义域及其值域相同的函数，记其定义域为 D，则值域也是 D。又设 $x_0 \in D$ 是一个初值。将 $x=x_0$ 输入函数 $f(x)$ 得到输出 $x_1=f(x_0)$，再将前面的输出 x_1 作为下一个输入，即用 $x=x_1$ 代入函数 $f(x)$，得到下一个输出 $x_2=f(x_1)$，依此类推，将前面的输出 x_k 作为下一个输入，得到

$$x_{k+1} = f(x_k) \quad (k = 0,1,2\cdots)$$

这种将前一个输出 x_k 作为下一个输入，反复代入相同函数的过程称为**迭代**，其方法称为**迭代方法**。从结构来看，迭代过程正是循环结构，所以适于用 while 语句进行编程。

牛顿迭代法又称**牛顿切线法**，是高等数学中导数应用的典型例题。其解一元方程的迭代方法比一般的迭代法收敛速度更高，解法的基本思想如图 3-4 所示。

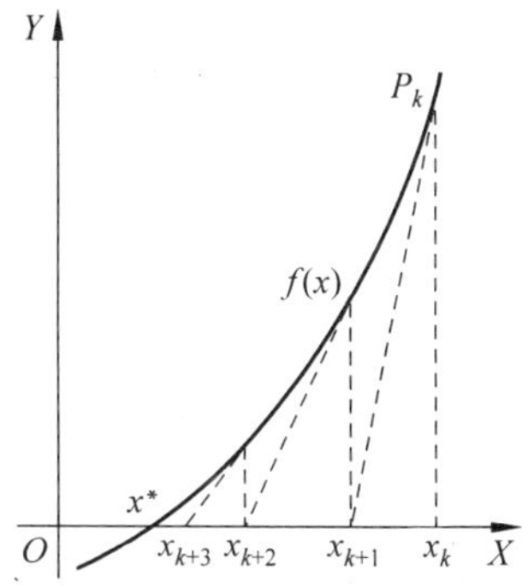

图 3-4 牛顿迭代法解方程示意图

设 $x_k(k=0,1,\cdots)$ 是方程 $f(x)=0$ 的精确解 x^* 附近的一个猜测解或近似解。过点 $P_k(x_k,f(x_k))$ 作 $f(x)$ 的切线，该切线方程为

$$y = f(x_k) + f'(x_k) \cdot (x - x_k)$$

它与 X 轴的交点是方程

$$f(x_k) + f'(x_k) \cdot (x - x_k) = 0$$

的解，记为 x_{k+1}，则有

$$x_{k+1} = x_k - \frac{f(x_k)}{f'(x_k)} \quad (k = 0,1,\cdots) \tag{3.4}$$

这就是牛顿迭代法的迭代公式。在高等数学中已经证明，若猜测解在一个单根 x^* 附近，则迭代恒收敛。这个过程经过有限次迭代后，便可得到符合要求的近似解。

例 3-10 设 m 为一正整数，用牛顿迭代法计算 $\sqrt{m}$。

[**算法设计**] 用牛顿迭代法计算 $\sqrt{m}$ 的步骤如下。

(1) 建立迭代关系式。由题意，$x=\sqrt{m}$，即

$$x^2 = m$$

于是，得到方程

$$f(x) = x^2 - m = 0, \quad f'(x) = 2x$$

利用牛顿迭代公式(3.4)，得到计算机赋值形式的关系式如下：

$$x = x - \frac{f(x)}{f'(x)} = x - \frac{x^2 - m}{2x} = \frac{1}{2}\left(x + \frac{m}{x}\right)$$

由上式即得迭代关系式

$$x = 0.5 * (x + m/x)$$

(2) 设定初值。设 $\sqrt{m}$ 的初值为 m。

(3) 设定精度或误差 E_0。误差用 $|x * x - m|$ 表示，它是迭代控制的条件，当误差小于 E_0 时结束迭代。这就得到 while 循环的控制条件

$$|x*x-m| \geqslant E_0$$

根据以上分析，编程代码如下。

```
//IterMethod.c
#include<stdio.h>
#include<math.h>
#define E0 1e-6                              //定义 E0 为 10^-6

void main(){
    float m, x;
    scanf("%f", &m);
    x=m;
    while(fabs(x*x-m)>=E0){
        x=0.5f*(x+m/x);
        printf("sqrt of %f=%f\n", m, x);
    }
}
```

两次运行结果如下：

```
2.0
sqrt of 2.000000 = 1.500000
sqrt of 2.000000 = 1.416667
sqrt of 2.000000 = 1.414216
sqrt of 2.000000 = 1.414214
```

```
3.0
sqrt of 3.000000 = 2.000000
sqrt of 3.000000 = 1.750000
sqrt of 3.000000 = 1.732143
sqrt of 3.000000 = 1.732051
```

3.3.2 do-while 循环

do-while 语句用来实现“先执行，后判断”型循环结构，其一般形式如下：

```
do{
    循环语句;
}while(表达式);
```

其中，do 和 while 为关键字；循环体可以是表达式语句、空语句、流程控制语句、复合语句中的任何一种。如果循环体由多条语句组成，一定要用花括号{}括起来组成一条复合语句，否则出错。while(表达式)后的分号是 do-while 语句必不可少的一部分。其语义为：

(1) 执行循环体语句。

(2) 判断表达式的值，若值为真，则转到(1)继续执行，否则循环结束。do-while 语句的特点是“先执行，后判断”，循环体至少执行一次。

例 3-11 编程模拟终极密码游戏。

［**算法设计**］ 终极密码游戏的规则是：程序随机生成一个 1～100 之间的整数，然后用户输入猜测的数据。如果猜测的数据正好与生成的数相等，则提示 haha，fall into the water!，如果不相等，则根据输入数据提示新的猜测范围，直到猜对位置。例如，生成的随机数为 36，用户输入 50，则提示用户输入 0～50 之间的数；用户再输入 30，则提示用户输入 30～50 之间的数。

```
//DoWhileTest.c
#include<stdio.h>
#include<time.h>                          //time 函数包含在 time.h 中
#include<stdlib.h>                        //srand 和 rand 函数包含在 stdlib.h 中

void main(){
    int data, guessdata, high=100, low=1, flag=1;

    srand((unsigned) time(0));            //设置随机种子，使每次产生的随机数都不一样
    data=rand()%100+1;                    //产生 1~100 之间的一个随机整数
    do{
        printf("Please input a data between %d and %d:\n", low, high);
        scanf("%d",&guessdata);           //用户输入一个猜测数
        if(guessdata==data){              //猜中的情况
            printf("haha,fall into the water!\n");
            flag=0;
        }
        else
            if(guessdata>data)            //猜的数高了，则用猜测数代替范围的上限
                high=guessdata;
            else                          //猜的数低了，则用猜测数代替范围的下限
                low=guessdata;
    }while(flag);
}
```

运行结果如下：

```
Please input a data between 1 and 100:
61
Please input a data between 1 and 61:
38
Please input a data between 1 and 38:
23
Please input a data between 1 and 23:
14
Please input a data between 1 and 14:
9
Please input a data between 9 and 14:
12
Please input a data between 12 and 14:
13
haha, fall into the water!
```

3.3.3　for 循环

for 语句也用于实现“先判断，后执行”型循环结构。因为其功能最强大，使用最灵活，所以成为应用最广泛的循环语句。其一般形式为

```
for([表达式 1]; [表达式 2]; [表达式 3]){
    循环语句;
}
```

其中,方括号[ ]中内容为可选项,表达式之间用分号“;”,且分号不能省略。循环体可以是表达式语句、空语句、流程控制语句和复合语句中的任意一种。

其语义为:

(1) 计算“表达式 1”的值。

(2) 计算“表达式 2”的值,若值为真(非零)则转到(3)继续执行,否则循环结束,执行 for 语句后面的语句。

(3) 执行一次循环体,然后计算“表达式 3”的值,转到(2)继续执行。

for 语句的特点与 while 语句相同,也是“先判断,后执行”。如果第一次判断“表达式 2”的值即为假,则循环体一次也不执行。以上 for 语句的一般形式可用 while 改写如下:

```
表达式 1;
while(表达式 2){
    循环表达式 3;
}
```

因此,for 语句和 while 语句可以相互替代。

1. 用 for 语句替代 while 语句

例 3-12 利用 for 语句完成例 3-9 的功能,即求 1+2+3+…+100 的值。

```
//ForTest.c
#include<stdio.h>

void main(){
    int i, sum=0;
    for(i=1; i<=100;i++)
        sum=sum+i;
    printf("1+2+…+100=%d\n", sum);
}
```

2. 数值积分——梯形法

设 $f(x)\geqslant 0$,定积分

$$I=\int_a^b f(x)\mathrm{d}x$$

的几何意义是在曲线 $f(x)$之下,介于 $x=a$ 与 $x=b$ 之间的曲边梯形的面积,参见图 3-5。当能找到 $f(x)$的原函数 $F(x)$时,利用牛顿-莱布尼兹公式

$$\int_a^b f(x)\mathrm{d}x=F(b)-F(a)$$

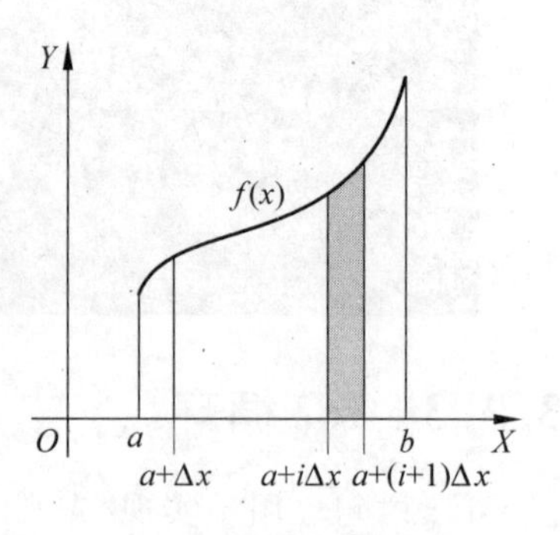

图 3-5 曲边梯形的面积

可以精确地计算定积分值 I。但在工程计算中，原函数不容易找到，或者只得到一组函数值

$$y_i = f(x_i) \quad (i = 0,1,\cdots n) \tag{3.5}$$

此处，$x_i = a + i\Delta x$，$\Delta x = (b - a)/n$。为计算其定积分，必须利用数值积分近似地计算 I 的值。

现在考虑区间$[x_i, x_{i+1})$上的小曲边梯形，见图 3-5。这个小曲边梯形可近似地看作梯形，则小曲边梯形的近似面积为

$$s_i = \frac{\Delta x}{2}[f(a + i\Delta x) + f(a + (i + 1)\Delta x]$$

于是，整个曲边梯形的近似面积等于

$$s_n = \sum_{i=0}^{n-1} s_i$$

令 $n \to \infty$，其极限值 $S = \lim\limits_{n\to\infty} S_n$ 就是曲边梯形的精确值。但用计算机进行计算，只能选取一个较大的 n，因此，定积分的近似值为

$$S \approx S_n = \frac{\Delta x}{2}[f(a) + f(b)] + \Delta x \sum_{i=1}^{n-1} f(a + i * \Delta x)$$

例 3-13 计算定积分$\int_0^1 \sqrt{x^3 + x + 1}\,dx$。

```
//TrapMethod.c
#include<stdio.h>
#include<math.h>

double f(double x);

void main(){
    float a=0.0, b=2.0;
    double s, h;
    int n=10000, i;

    h=(b-a)/n;
    s=0.5*h*(f(a)+f(b));
    for(i=1; i<=n-1; i++)
        s=s+f(a+i*h)*h;

    printf("The value=%lf\n", s);
}

double f(double x){
    return(sqrt(x*x*x+x+1));
}
```

运行结果如下：

```
The value = 3.763761
```

一般地说，以下的**辛卜生法**计算定积分更为精确：

$$\int_a^b f(x)\mathrm{d}x \approx \frac{\Delta x}{3}[(y_0+y_n)+2(y_2+y_4+\cdots+y_{n-2})+4(y_1+y_3+\cdots+y_{n-1})] \tag{3.6}$$

其中，n 为一偶数，$y_i(i=0,1,\cdots n)$ 由式(3.5)表示，$\Delta x=(b-a)/n$。其编程留给读者。

3.3.4 循环语句的嵌套

若在一个循环(称为**外层循环**)体内又包含了另一个完整的循环语句(称为**内层循环**)，则称这种具有内外层的循环为循环的**嵌套**。内层循环如果还嵌套循环语句，则构成**多层循环**，但每一层在形式上必须是完整的。前面介绍的 while、do-while 和 for 语句都可以相互嵌套。

例 3-14 求 2～100 中所有的素数。

[**算法设计**] 除 2 以外，所有素数都是奇数。为加快程序运行速度，对素数 2 不作判断，直接输出。然后，使用 for(data=3; data<=100;data=data+2)，在奇数中搜索素数，搜索范围可缩小一半。

```
//PrimeNum.c
#include<stdio.h>
#include<math.h>

void main(){
    int k,                              //试除因子
        data,                           //被检验整数
        flag;                           //flag=1 表示是合数

    printf("%d", 2);                    //素数 2,不判断,直接打印
    for(data=3; data<=100; data=data+2){
        flag=0;
        for(k=2; k<=sqrt(data)&&!flag; k++){
            if(data%k==0)               //被检验整数用因子 k 试除,若除尽,data 是合数
                flag=1;
                    //标志 data 是合数,且通过"k<=sqrt(data)&&!flag"跳出 for 循环
        }
        if(flag==0) printf("%3d", data);
    }
}
```

运行结果如下：

```
2  3  5  7 11 13 17 19 23 29 31 37 41 43 47 53 59 61 67 71 73 79 83 89 97
```

3.3.5 break语句和continue语句

1. break语句

在3.2.3节中介绍了break语句跳出switch语句的功能，本节介绍break语句的另一重要功能：跳出本层循环。在前面的循环语句(包括while、do-while和for)中，都是因为循环条件不再满足而退出循环。比如，在例3-14的程序PrimeNum.c中，当data是合数，flag=1时，循环条件"k<=sqrt(data)&&! flag"已不满足，跳出for循环。若用break语句可以直接跳出本层循环，转到循环后的语句继续执行。

例3-15 求1～100中能被3整除的整数之和。

```
//BreakTest.c
#include<stdio.h>

void main(){

    int i, s=0;
    for(i=1; ;i++){
        if(i>100) break;           //直接结束本次循环,转到循环后第一条语句,即
                                   //printf("s=%d",S);处继续执行
        if(i%3==0)  s=s+i;         //如果能被3整除则加入总和
    }
    printf("sum=%d\n", s);
}
```

运行结果如下：

```
sum = 1683
```

使用break语句需要注意以下3个问题：

(1) break语句只能用在循环语句的循环体和switch语句体内。

(2) 无论break语句用在循环语句还是switch语句中，它的作用只是跳出离它最近的一层循环(本层循环)语句或switch语句，而不是跳出所有的循环。

(3) break语句在switch语句中有其独特的功能，但在循环语句中不符合结构化设计原则，不到万不得已不要用它退出循环。

2. continue语句

continue语句只能用在循环体中，其一般形式为

```
continue;
```

其语义为：结束本层的本次循环，即不再执行本层循环体中continue语句之后的语句，直接转入下一次循环条件的判断。

例3-16 利用continue改写例3-15程序。

```
//ContinueTest.c
#include<stdio.h>

void main(){
    int i, s=0;
    for(i=1;i<=100;i++) {
        if(i%3!=0) continue;
                        //若 i 不能被 3 整除则跳过 continue 后的语句,即跳过"s=s+i;"
        s=s+i;
    }
    printf("sum=%d\n", s);
}
```

使用 continue 语句需要注意如下两个问题:

(1) continue 的作用只是跳过循环体中 continue 语句后的语句,而 for 循环还要继续进行。

(2) continue 语句只是结束本层的本次循环,然后转入循环条件的判断。如果循环条件为真则继续执行循环体,否则跳出循环;而 break 语句的功能是直接跳出循环,根本不再进行循环条件的判断。这是两者的本质区别。

3.3.6 goto 语句

goto 语句一般形式为

goto 标号;

功能:跳转到标号所标识的语句执行。其中,标号按照标识符的规则命名。goto 语句使用不当会导致程序结构的混乱,降低程序的可读性,不符合结构化程序设计的原则。因此,在编程中不提倡使用 goto 语句。但在一些特殊的场合,如从多重循环或某一内层跳到任意指定外层时,可采用 goto 语句。

3.4 算法

3.4.1 算法概述

所谓**算法**就是解决某一类问题的方法。确切地说,就是对于某一类特定问题,算法给出了解决问题的一系列有限次的操作。其每一次操作都有确定性的意义,即计算机能够按照其指示工作,并在有限时间或有限步骤内计算出结果。一个算法可有多个输入量,它是问题的初始数据,经过算法的计算,它有一个或多个输出量,即问题的解答。

一个有效的算法必须具有以下特点。

(1) 有穷性。一个算法必须总是在执行有穷步之后结束,且每一步都可在有穷时间内完成。所谓"有穷性"是指,算法的执行时间是在合理的、人们可以接受的时间范围内。比如,一个算法理论上 100 年可以得出结果。这个算法虽然"有穷",但明显超过了合理的限度，因而不是有效的算法。

（2）确定性。算法中的每一条指令必须有确切的含义，不会产生二义性。算法中的每一个步骤应当不至于被解释成不同的含义，而应是十分明确无误的（自然语言容易产生歧义，因而不是好的算法描述语言）。另外，在任何条件下，算法只有唯一的执行路径，即对于相同的输入只能得出相同的输出。

（3）有零个或多个输入。所谓输入是指在执行算法时需要从外界取得必要的信息。例如，求两个整数 m 和 n 的最大公约数，则需要输入 m 和 n 的值。一个算法也可以没有输入，例如对数据内嵌的算法，就不需要运行时输入数据。

（4）有一个或多个输出。算法的目的是为了求解，"解"就是输出。算法的"输出"可以是多种多样的，如显示、打印、存储到文件等。一个算法得到的结果就是算法的输出。没有输出的算法是没有意义的。

（5）有效性。算法中的每一个步骤都应当能有效地执行，并得到确定的结果。例如，若 $b=0$，则执行 a/b 是不能有效执行的。

例 3-17 输入三个数，然后输出其中最大的数。试写出其算法。

［**算法设计**］ 首先，定义三个变量 a、b、c，将三个数依次输入到 a、b、c 中，再定义 max 存储最大的数。由于一次只能比较两个数，首先将 a 与 b 比较，较大的数存入 max；再将 max 与 c 比较，又将较大的数存入 max 中。最后，输出 max。此时，max 的值就是 a、b、c 三个数中最大的一个。

用自然语言，算法表示如下。

步骤 1：输入 a、b、c；

步骤 2：比较 a 和 b，把其中较大的数放入 max 中；

步骤 3：比较 c 和 max，把其中较大的数放入 max 中；

步骤 4：输出 max。

用伪代码，可写成如下算法：

```
S1: input a,b,c;
S2: if a>b,max=a,else max=b;
S3: if c>max,max=c;
S4: print max;
```

伪代码是介于自然语言和计算机语言之间的文字符号。一般借助于一种高级语言的控制结构，而中间的操作也可以借助于自然语言（中英文均可）描述。上面的 S1、S2、S3、S4 代表步骤 1、步骤 2、步骤 3、步骤 4。S 是 Step 的习惯缩写。

例 3-18 求 5!，试写出其算法。

［**算法设计**］ 可以这样考虑，设两个变量，一个变量代表被乘数，一个变量代表乘数。不另设变量存放乘积结果，而直接将每一步骤的乘积放在被乘数变量中。设 p 为被乘数，k 为乘数。用循环算法来求结果。算法如下：

```
S1: p=1;
S2: k=2;
```

```
S3: p=p * k;
S4: k=k+1;
S5: if k≤5, goto S3;else print p, end.
```

最后得到 p 的值就是 5!的值。

可以看出,用循环方法表示的算法具有通用性、灵活性。S3 到 S5 组成一个循环,在实现算法时,要反复多次执行步骤 S3、S4、S5,直到某一时刻,执行步骤 S5 时经过判断,乘数 k 已超过规定的数值而不返回步骤 S3 为止。此时算法结束,变量 p 的值就是所求结果。

例 3-19 有 50 个学生,要求将他们之中成绩在 80 分以上的学号和成绩打印输出。试写出其算法。

用 nk 表示第 k 个学生学号;gk 表示第 k 个学生成绩,算法如下:

```
S1: k=1;
S2: if gk ≥ 80, print nk, gk;
S3: k=k+1;
S4: if k ≤ 50, goto S2; else end.
```

本例中,变量 k 作为下标,用来控制序号(第几个学生,第几个成绩)。当 k 超过 50 时,表示已对 50 个学生的成绩处理完毕,算法结束。

例 3-20 判定 2000~2500 年中的每一年是否闰年,将结果输出。试写出其算法。

首先必须知道闰年的条件:

(1) 能被 4 整除,但不能被 100 整除的年份都是闰年,如 1996 年、2004 年是闰年;

(2) 能被 400 整除的年份是闰年,如 1600 年、2000 年是闰年。不符合这两个条件之一的年份不是闰年。

设 y 为被检测的年份,则算法可表示如下:

```
S1: y=2000;
S2: if y%4 ≠ 0, print y"不是闰年", goto S6;
S3: else if y%100 ≠ 0,print y"是闰年", goto S6;
S4: else if y%400=0, print y"是闰年", goto S6;
S5: print y"不是闰年";
S6: y=y+1;
S7: if y≤2500,goto S2; else end.
```

在这个算法中,采取了多次判断。先判断 y 能否被 4 整除,如不能整除,则 y 必然不是闰年。否则 y 能被 4 整除,但不能决定它是否为闰年,还要看它能否被 100 整除。如不能被 100 整除,则肯定是闰年(例如 1996 年)。如能被 100 整除,还不能判断它是否闰年,还要被 400 整除,如果能被 400 整除,则它是闰年,否则不是闰年。

这个算法,每做一次判断,都能分离出一些数据,逐步缩小范围,到执行到 S5 时,只能是非闰年。

例 3-21 求表达式 $1-\frac{1}{2}+\frac{1}{3}-\frac{1}{4}+\cdots+\frac{1}{99}-\frac{1}{100}$的结果。试写出其算法。

算法可表示如下：

```
S1: sign=1;
S2: sum=1;
S3: deno=2;
S4: sign=(-1)*sign;
S5: term=sign*(1/deno);
S6: sum=sum+term;
S7: deno=deno+1;
S8: if deno≤100, goto S4; else end.
```

本例中用有含义的单词作变量名，sum 表示累加和，deno 是英文字母“分母”(denominator)的缩写，sign 代表数值的符号，term 代表某一项。在步骤 S1 中先预设 sign(代表级数中各项的符号，它的值为 1 或－1)。在步骤 S2 中使 sum 等于 1，相当于已将数列中的第一项放到了 sum 中。在步骤 S3 中使分母的初值为 2。在步骤 S4 中使 sign 的值变为－1。在步骤 S5 中求出级数中第 2 项的值(－1/2)。在步骤 S6 中将刚才求出的第二项的值(－1/2)累加到 sum 中。至此，sum 的值是 1/2。在步骤 S7 中使分母 deno 的值加 1(变成 3)。执行步骤 S8，由于 deno<100，故返回步骤 S4，sign 的值改为 1，在 S5 中求出 term 的值为 1/3，在 S6 中将 1/3 累加到 sum 中。然后 s7 再使分母变为 4。按此规律反复执行步骤 S4 到 S8，直到分母大于 100 为止。一共执行了 99 次循环，向 sum 累加入了 99 个分数。sum 最后的值就是数列的和值。

通过以上的例子，可以初步了解怎样进行算法设计。

3.4.2 算法描述方法

前面已经介绍了算法的概念及其特点，并举出一些简单算法的例子。实质上已经开始用伪代码来描述算法。除了伪代码这种描述方法外，以下几种方法也是常见的算法描述方法。

1. 用自然语言表示算法

自然语言就是人们日常使用的语言，用自然语言表示算法通俗易懂，但文字冗长，容易出现“歧义性”。自然语言表示的含义往往不太严格，要根据上下文才能判断其正确含义。此外，用自然语言描述包含分支和循环的算法不是很方便。因此，除了很简单的问题外，一般不用自然语言描述算法。

2. 用流程图表示算法

1) 传统流程图

用传统流程图表示算法直观形象，易于理解，已在前面作了介绍。下面举例说明其用法。

例 3-22 用流程图表示例 3-18 求 5!的算法，如图 3-6 所示。

例 3-23 画出例 3-19 的流程图，如图 3-7 所示。

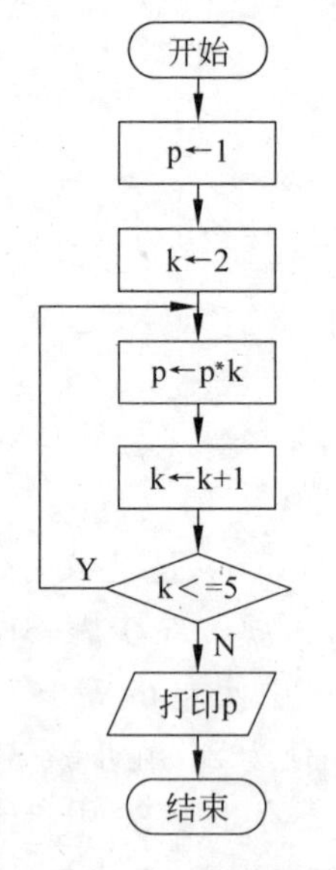

图 3-6 例 3-22 的流程图

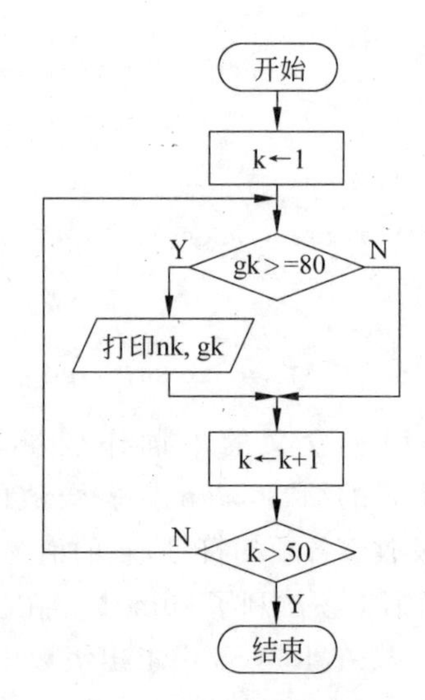

图 3-7 例 3-23 的流程图

通过以上两个例子，可以看出流程图是表示算法的好工具。用流程图表示算法直观形象，比较清楚地显示出各个框之间的逻辑关系。直到目前，流程图在国内外仍有广泛的应用。

2) 算法的三种结构

1966 年，Bohra 和 Jacopini 提出，只要用以下三种基本结构就能表示一个良好的算法。

(1) 顺序结构。由顺序执行的语句或者结构组成。如图 3-8 所示，虚线框内是一个顺序结构。其中 A 和 B 两个框是顺序执行的。即在执行完 A 框所指定的操作后，必须接着执行 B 框所指定的操作。顺序结构是最简单的一种基本结构。

(2) 选择结构。算法在遇到判断时，根据条件必须作出取舍，这种结构又称为**选取结构或分支结构**。

① 当条件 P 成立时，执行 A 操作；否则，跳过 A 操作直接向下执行。如图 3-9 所示。

② 当条件 P 成立时，执行 A 操作；否则，执行 B 操作，二者必做其一。如图 3-10 所示。

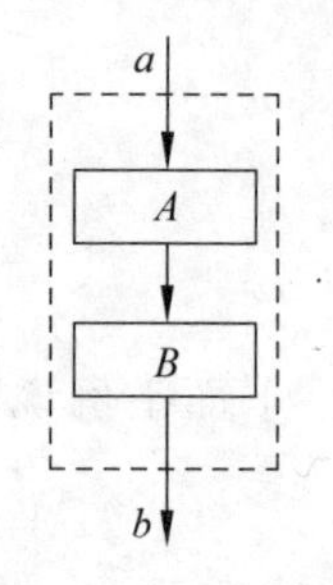

图 3-8 顺序结构

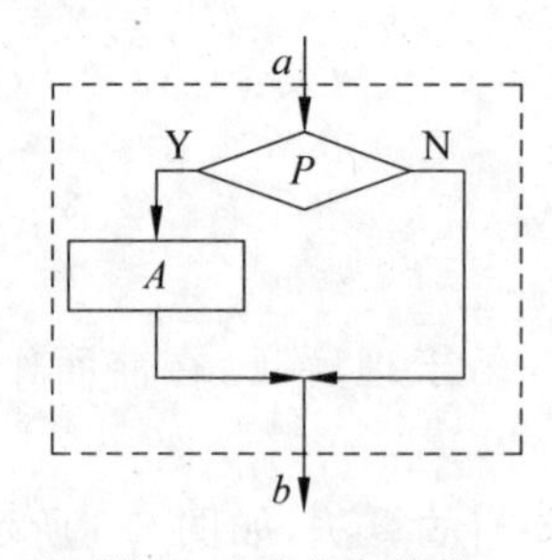

图 3-9 if 分支结构

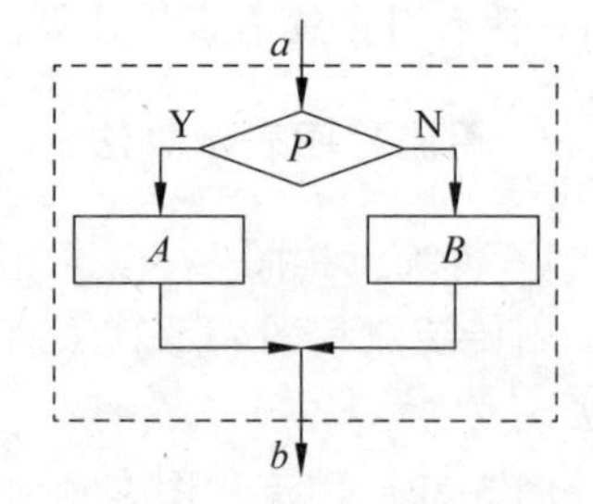

图 3-10 if-else 分支结构

(3) 循环结构。由于算法需要反复执行某些操作，因而这种结构也叫**重复结构**，分为两种情况：

① 当型循环。当条件 *P* 成立时，执行 *A* 操作，再判断条件是否成立，决定是否再执行 *A* 操作，直到条件不成立，不再执行 *A* 操作，程序向下执行。如图 3-11 所示。

② 直到型循环。首先执行 *A* 操作，再判断条件 *P* 是否成立，决定是否再执行 *A* 操作，直到条件不成立，不再执行 *A* 操作，程序向下执行。如图 3-12 所示。

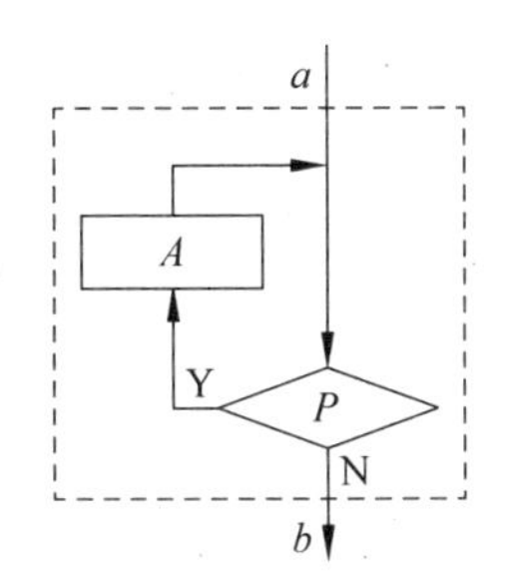

图 3-11　while 循环结构

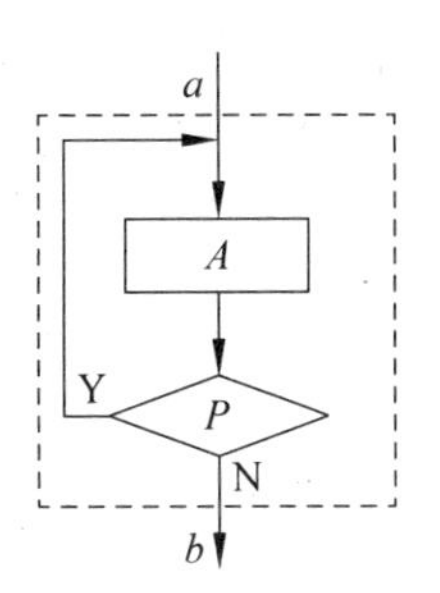

图 3-12　do-while 循环结构

3) N-S 流程图

既然用基本结构的组合可以表示任何复杂的算法结构，那么基本结构之间的流程线就是不必要的了。1973 年美国学者 I. Nassi 和 B. Shneiderman 提出了一种新的流程图形式。在这种流程图中，完全去掉了带箭头的流程线。全部算法写在一个矩形框内，在该框内还可以包含其他从属于它的框，或者说，由一些基本框组成一个大的框。这种流程图又称 **N-S 结构化流程图**。这种流程图限制了流程线的使用，因而表示的算法显得紧凑、有序，非常适合结构化程序设计。

N-S 流程图使用以下的流程图符号。

(1) 顺序结构。用图 3-13 的形式表示。*A* 和 *B* 两个框组成一个顺序结构。

(2) 选择结构。用图 3-14 的形式表示。它与图 3-9 相应。当条件 *P* 成立时执行 *A* 操作，*P* 不成立则执行 *B* 操作。请注意图 3-14 是一个整体，代表一个基本结构。

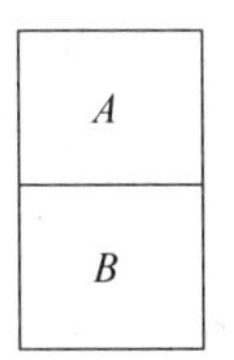

图 3-13　顺序结构的 N-S 图

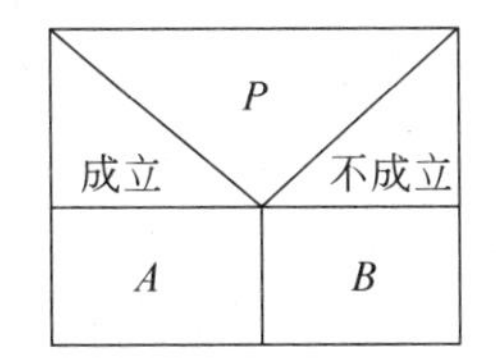

图 3-14　选择结构的 N-S 图

(3) 循环结构。当型循环结构如图 3-15 所示，直到型循环如图 3-16 所示。图 3-15 表示当条件 *P* 成立时反复执行 *A* 操作，直到条件 *P* 不成立为止。直到型循环先执行 *A* 操作，再判断条件 *P* 是否成立，若条件 *P* 成立，则继续执行 *A* 操作，否则不执行循环。

用以上 3 种 N-S 流程图中的基本框可以组成复杂的 N-S 流程图。值得注意的是，这里所说的结构要根据细化程度确定。比如，顺序结构的 *A* 框和 *B* 框，很可能 *A* 框是顺序结构，而 *B* 框则是选择结构，先执行 *A* 框，再接着执行 *B* 框。从微观看，*A* 是顺序结构，*B* 是选择结构；从宏观看，*A*、*B* 是顺序执行的，因而是百分之百的顺序结构。

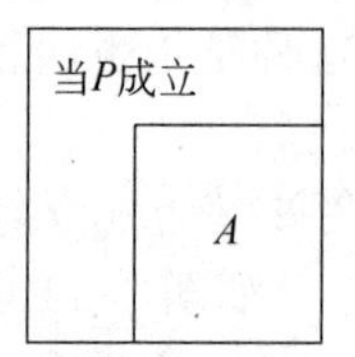

图 3-15 while 循环的 N-S 图

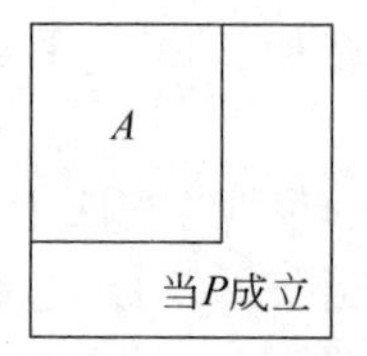

图 3-16 do-while 循环的 N-S 图

通过下面的几个例子，读者可以了解如何用 *N-S* 流程图来表示算法。

例 3-24 用 N-S 流程图表示例 3-18 求 5!的算法。流程图见图 3-17。

例 3-25 N-S 流程图表示例 3-19 的算法。流程图见图 3-18。

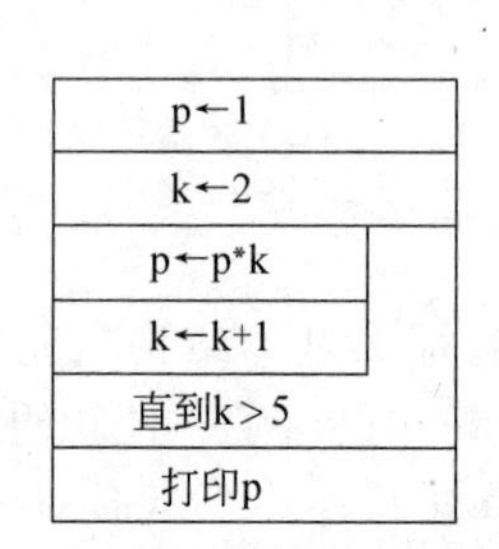

图 3-17 例 3-18 的 N-S 图

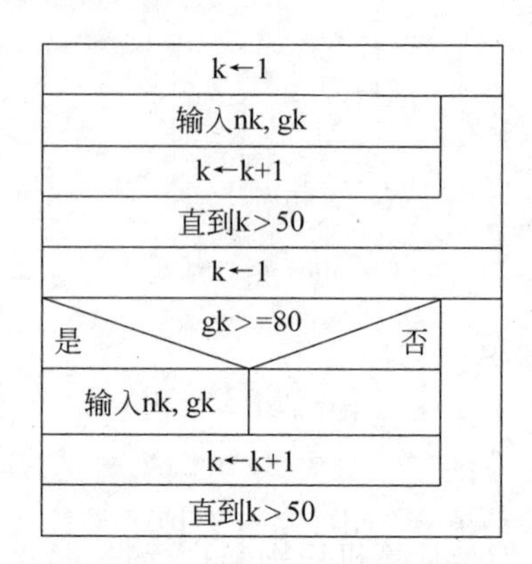

图 3-18 例 3-19 的 N-S 图

由以上例子可知，N-S 流程图如同一个多层的盒子，又称**盒图**(box diagram)。传统流程图对程序的思路、走向描述更加精确，也更加直观、易于理解。N-S 流程图节省空间，限制了程序的跳转，更加符合结构化程序设计的思想。

3. 用伪代码表示算法

用流程图和 N-S 流程图表示算法直观易懂，但画起来比较费事。在设计一个算法时，可能要反复修改，而修改流程图是比较麻烦的。因此，流程图适宜表示一个算法，但在设计算法过程中使用起来比较烦琐。为了设计算法时的方便，常用一种称为**伪代码**(pseudo code)的工具。

伪代码是用介于自然语言和计算机语言之间的文字和符号来描述算法。它如同一篇文章，自上而下地写出来。每一行(或几行)表示一个基本操作。它不用图形符号，因此书写方便、格式紧凑，也比较好懂，便于向计算机语言算法过渡。

例如，“打印 x 的绝对值”的算法可以用伪代码表示如下：

```
if x is positive then print x
else print -x
```

它像一个英语句子一样好懂，在国外用得比较普遍，也可以用汉字伪代码，例如：

```
若 x 为正 打印 x
否则 打印-x
```

也可以用如下的形式表示：

```
if x≥0 print x
else print  -x
```

即计算机语言中具有的语句关键字用英文表示，其他的可用汉字、表达式、数学公式等表示。总之，符号以能看懂、便于书写和阅读为原则，比较随意。用伪代码写算法并无固定的、严格的语法规则，只要把意思表达清楚，并且书写的格式要写成清晰易读的形式即可。

伪代码书写格式比较自由，可以随手写下去，容易表达出设计者的思想。同时，用伪代码写的算法很容易修改，例如，加一行、删一行或将后面某一部分调到前面某一位置都是很容易做到的，而这些在用流程图表示算法时却不便于处理。用伪代码很容易写出结构化的算法。如上面几个例子都是结构化的算法。但是用伪代码写算法不如流程图直观，可能难以发现逻辑上的错误。

4. 用计算机语言表示算法

要完成一项编程工作，包括设计算法和实现算法两个部分。因此，我们不仅要考虑如何设计一个算法，也要考虑如何实现一个算法。迄今为止，我们只是描述算法，即用不同的形式表示操作的步骤。而要得到运算结果，就必须实现算法。计算机是无法识别流程图和伪代码的。只有用计算机语言编写的程序才能被计算机执行(当然还要被编译成目标程序才能被计算机识别和执行)。因此，在用流程图或伪代码描述出一个算法后，还要将它转换成计算机语言所表示的算法，这个过程叫**编码**(coding)。

用计算机语言表示算法必须严格遵循所用的语言的语法规则，这是计算机语言与伪代码的不同之处。

例 3-26 将例3-18设计的算法用C语言表示。

```
#include<stdio.h>
void main(){
    int k, p;
    p=1;
    k=2;
    while(k<=5) {
        p=p*k; k=k+1;
    }
    printf("5 !=%d\n", p);
}
```

运行结果如下：

```
5! = 120
```

例 3-27 求表达式 $1-\frac{1}{2}+\frac{1}{3}-\frac{1}{4}+\cdots+\frac{1}{99}-\frac{1}{100}$ 的结果，将例3-21设计的算法用C语言表示。

```
//SumTest.c
#include<stdio.h>
void main(){
    int sign=1;
    float deno=2.0, sum=1.0, term;
    while(deno<=100){
        sign=-sign;
        term=sign/deno;
        sum=sum+term;
        deno=deno+1;
    }
    printf("sum=%f\n", sum);
}
```

```
sum = 0.688172
```

应当强调说明的是，写出了C程序，仍然只是描述了算法，并未实现算法。只有运行程序才是实现算法。所以说，计算机语言可以表示算法，也只有用计算机语言表示的算法才是计算机能够执行的算法。

例 3-28 计算两个正整数 m 和 n 的最大公约数。

[**算法设计**] 一般地，有两种算法。

(1) 穷举法。设 $m<n$，以 m、$m-1$、$m-2$、…分别去除 m 和 n，若至某一数时都能除尽，则跳出循环，该数就是最大公约数。若直到数1，则 m 和 n 互质。

(2) 欧几里得辗转相除法。设 $m<n$。

① 用 n 除以 m，若余数为0，m 就是两数的最大公约数，算法结束；否则进入第②步。

② 记 n 除以 m 的余数为 t，令 $n=m, m=t$；

③ 转到①继续执行。

欧几里得辗转相除法的程序如下。至于穷举法编程，则留作习题。

```
//EuclidAl.c
#include<stdio.h>

void main(){
    int m, n, t;
    printf("输入两个正整数: ");
    scanf("%d%d", &m, &n);
    if(n<m){
        t=n; n=m; m=t;
    }
    do{
        t=n%m; n=m, m=t;
    }while(t!=0);

    printf("最大公约数=%d\n", n);
}
```

运行结果如下：

```
输入两个正整数: 36 24
最大公约数 = 12
```

3.5 程序设计方法

3.5.1 程序设计的一般步骤

1. 分析问题并确定数据结构

当面临一个问题时，首先应该搞清楚这个问题有哪些已知条件，要求解的是什么等；其次，再根据已有的知识，决定采取什么样的思路来解决这个问题；最后，根据问题或任务提出的要求，输入数据和输出结果，确定存放数据的数据结构。

2. 算法设计

算法设计就是要在第一步的基础上解决“做什么”和“怎么做”的问题，这是整个程序设计的关键。可以用算法的几种描述方法来实现这一步。

3. 编写程序

根据确定的数据结构和算法，使用选定的计算机语言编写程序代码，也称编码。到这一步，问题已经解决了一大半，但还不能算圆满。因为这样写出的源程序能否得到正确的结果还需要上机来验证。

4. 上机调试

将源程序输入计算机中，进行编译和试运行。如果有问题，查找出错的原因并改正，直到得到正确的结果为止。

5. 整理文档资料

这对于大型程序设计非常重要，有助于以后的维护和修改工作。当然也是总结经验的一种好方法。

3.5.2 结构化程序设计方法

结构化的算法可用三种基本结构来描述。一个结构化程序就是用高级语言描述的结构化算法。用三种基本结构组成的程序必然是结构化的程序，这种程序便于编写、阅读、修改和维护，减少了程序出错的可能性，提高了程序的可靠性。

结构化程序设计强调程序设计风格和程序结构的规范化，提倡清晰的结构。如果面临一个复杂的问题，是难以一下子写出一个层次分明、结构清晰、算法正确的程序的。结构化程序设计方法的基本思路是：把一个复杂问题的求解过程分阶段进行，每个阶段处理的问题都控制在人们容易理解和处理的范围内。具体方法如下。

1. 自顶向下,逐步细化

在接受一个任务后应怎样着手进行呢？有两种不同的方法：一种是自顶向下,逐步细化;一种是自下而上,逐步积累。

现以写文章为例来说明这个问题。有的人胸有全局,动笔之前先设想好整个文章分成哪几个部分,然后再进一步考虑每一部分分成哪几节,每一节分成哪几段,每一段应包含什么内容。用这种方法逐步分解,直到作者认为可以直接将各小段表达为文字语句为止。这种方法就叫做“自顶向下,逐步细化”。而有些人写文章时不拟提纲,如同写信一样提笔就写,想到哪里就写到哪里,直到他认为把想写的内容都写出来了为止。这种方法叫做“自下而上,逐步积累”。显然,用第一种方法考虑周全,结构清晰,层次分明,作者容易写,读者容易看懂。如果发现一部分中有一段内容不妥,需要修改,只需修改有关段落即可,不必改动其他部分。

对于软件设计人员,也要掌握这种将问题求解由抽象逐步具体化的设计方法。程序设计时,首先应当集中考虑主程序中的算法,之后再逐步分解细化为若干子程序。对于这些子程序也可用设计主程序的同样方法逐步完成,直到每一个小的算法可以用程序设计语言直接写出来为止。这就是“自顶向下,逐步细化”的程序设计方法。

2. 模块化设计

当计算机在处理较大的复杂任务时,所编写的应用程序通常由上万条甚至更多的语句组成,需要由许多人共同来完成。这时常常把这个复杂的大任务分解为若干个子任务,每个子任务又分成更小的子任务。如果这样分解后的规模还嫌大,可以继续再划分。最后,每个子任务只完成一项简单的功能。在程序设计时,用一个个小模块来实现这些简单的功能,便于组织,也便于修改。程序设计人员分别完成一个或多个小模块,这些小模块在很多计算机语言中是通过子程序或函数实现的。这样的程序设计方法称为“模块化”设计方法,由一个个功能模块构成的程序结构称为**模块化结构**。

3. 结构化编码

有了一个结构化的算法之后,还要善于进行结构化编码,即用高级程序设计语言正确地实现三种基本结构。当然要用结构化的程序设计语言才能正确做到这一点。常用的结构化程序设计语言有 Pascal、C、QBASIC、Ada 等。

C 语言中直接提供了实现三种基本结构的语句,提供了定义“函数”的功能。在 C 语言中没有子程序的概念,但它提供的函数可以完成子程序的所有功能。C 语言允许对函数进行单独编译,从而可以实现模块化。另外 C 语言还提供了丰富的数据类型。这些都为结构化程序设计提供了有力的保障。

本章内容十分重要,是学习后面各章的基础。学习程序设计的目的不只是学习一种特定的语言,而是学习程序设计的一般方法。掌握了算法就是掌握了程序设计的灵魂,再学习一定的计算机语言知识,就能够顺利地编写出任何一种语言的程序。脱离具体的语言去学习程序设计是困难的,也是不现实的。但是,学习语言绝不是目的,而是为了设计程序。学习程序设计千万不能拘泥于某一种具体的语言，而应能举一反三，这里的关键就是设计算法。有了正确的算法，用任何语言进行编码都不应当有什么困难。本章仅介绍了有关算法的初步知识，在以后各章都将融入算法，特别是在第 10 章将专论算法。

习题 3

一、填空题

1. 鸡兔共 30 只，脚共有 88 只，下面的程序是计算鸡兔各有多少只。试填空。

```
#include<stdio.h>
void main(){
    int x, y;                          //x-鸡, y-兔
    for(x=1; x<30; x++){
        y=30-x;
        if(________)
            printf("鸡=%d只, 兔=%d只\n", x, y);
    }
}
```

2. 下面程序的功能是从键盘输入一组字符，分别统计大写和小写字母的个数，输入换行符时结束。试填空。

```
#include<stdio.h>
void main(){
    int m=0, n=0;
    char c;
    while(______!='\n'){
        if((c>'A'-1)&&(c<'Z'+1)) m++;
        if((c>'a'-1)&&(c<'z'+1)) n++;
    }
    printf("大写字母有%d个, 小写%d个\n", m, n);
}
```

3. 有 1020 个西瓜，第一天卖出一半多两个，以后每天卖出剩下的一半多两个，问几天能卖完？程序如下，试填空。

```
#include<stdio.h>
void main(){
    int day=0, x1=1020, x2;

    while(__(1)__){
        x2=__(2)__;
        x1=x2;    day++;
        //printf("day=%d, x2=%d\n", day, x2);输出中间结果
```

```
    }
    printf("day=%d\n", day);
}
```

4. 以下程序计算数 $n=2345$ 的各位数字的平方和 $sum=2^2+3^2+4^2+5^2$。试填空。

```
#include<stdio.h>
void main(){
    int n=2345, sum=0;

    do{
        sum=sum+ ___(1)___ ;
        n= ___(2)___ ;
    }while(n);
    printf("sum=%d\n", sum);
}
```

5. 百马百担问题：有马 100 匹，驮 100 担货。大马驮 3 担，中马驮 2 担，两匹小马驮 1 担。问大、中、小马各多少匹？试对以下程序填空。

```
#include<stdio.h>
void main(){
    int hb,                                //大马驮的担数
        hm,                                //中马驮的担数
        hl,                                //小马驮的担数
        n=0;
    for(hb=0; hb<=100; ___(1)___ )
        for(hm=0; hm<=100-hb; ___(2)___ ){
            hl=100-hb-hm;
            if(hb/3+hm/2+ ___(3)___ ==100){
                n++;
                printf("大马=%2d,中马=%2d,小马=%2d匹\n",hb/3,hm/2,2*hl);
            }
    }
    printf("共有%d种解\n",n);
}
```

二、编程题

1. 水仙花数是指 3 位数中的各位数的立方和等于这个 3 位数，比如，$153=1^3+5^3+3^3$。试编程寻找所有的水仙花数。

2. 显示 100～200 之间被 7 除其余数等于 2 的所有整数，并求其和。

3. 对于例 3-28，试用穷举法编程，计算两个正整数 m 和 n 的最大公约数。

4. 设 m 为一正数，设定精度 $E0=10^{-6}$，用牛顿迭代法计算 m 的 3 次根式$\sqrt[3]{m}$。

[**算法设计**]　参见例 3-10。由 $x=\sqrt[a]{m}$，设 $f(x)=x^3-m=0$。求导得 $f'(x)=2x^2$，

应用迭代公式(3.1)得

$$x = x - \frac{f(x)}{f'(x)} = \frac{1}{3}\left(2x + \frac{m}{x^2}\right)$$

可参考程序 IterMethod.c 进行编程。

5. 利用 do-while 语句改写例 3-9 的程序 WhileTest.c。

6. 参考例 3-9 的程序 WhileTest.c,编程完成:

(1) 求 1～100 之间偶数的和;

(2) 求 1～100 之间能被 3 整除的数之和。

7. 参考例 3-13 的程序 TrapMethod.c,试用辛卜生法(3.3)编程计算定积分 $\int_0^1 \sqrt{x^3 + x + 1}\,dx$。

8. 修改例 3-14 的程序 PrimeNum.c,使用 break 语句实现跳出 for 循环功能。

9. 有一个减法算式如下:

$$\begin{array}{r} A\ B\ C\ D \\ -\quad C\ D\ C \\ \hline A\ B\ C \end{array}$$

其中 A、B、C、D 均为一位非负整数,试求出 A、B、C、D 各代表的数字。

10. 爱因斯坦出了一道数学题:有一条长阶梯,若每步跨 2 阶则最后剩 1 阶;若每步跨 3 阶则最后剩 2 阶;若每步跨 5 阶则最后剩 4 阶;若每步跨 6 阶则最后剩 5 阶;只有每步跨 7 阶,最后才一阶不剩。问这条梯子共有多少阶?

11. 数 3025 具有一种性质,将其平分为两段,使之相加后,其平方刚好等于 3025,即 $(30+25)^2=3025$。试求具有这种性质的全部四位数。

12. 数学黑洞问题:对于任意一个 4 个数字不全相等的四位数,将这个四位数的 4 个数字从大到小排列减去这 4 个数字从小到大排列,得到一个新的数。如果变换前后两数不相等,则继续变换,最终都将得到 6174。例如有 4 位整数 2973,则变换为

$$9732 - 2379 = 7353,\quad 7533 - 3357 = 4176,$$
$$7641 - 1467 = 6174,\quad 7641 - 1467 = 6174$$

试编程,输入一个四位正整数,输出变换过程。

13. 一个自然数,它的 7 进制和 9 进制表示都是三位数,且这两个三位数顺序刚好相反,试编程求这个自然数。

14. 马克思手稿中的一道趣味数学问题:有 30 个人,其中有男人、女人和小孩。在一家饭店吃饭共花了 50 先令。每个男人花 3 先令,每个女人花 2 先令,每个小孩花 1 先令。问男人、女人和小孩各有几人?

15. 试编程计算 π 的近似值。π 的近似值可用公式 $\frac{\pi^2}{6} = \sum_{k=1}^{\infty} \frac{1}{k^2}$ 求得,若 k 取值 10 000,则最后一项的值约为 10^{-4},认为可达到精度要求。

16. 编程实现计算一元二次方程 $ax^2+bx+c=0$ 的根。要求通过判别式 $\Delta=b^2-4ac$ 的讨论,区分具有两个相等实根、不相等实根和虚根等情况。

17. 求出一个不多于 5 位的正整数共有几位，并分别打印出每一位数字。

18. 使用 for 循环语句实现例 3-10 的程序 IterMethod. c。即用牛顿迭代法计算$\sqrt{m}$，其中 m 为一正整数。

19. 使用 while 循环语句实现例 3-13 的程序 TrapMethod. c，即计算定积分 $\int_0^1 \sqrt{x^3+x+1}\,dx$。

20. 将例 3-8 的程序 Grade. c 中的 switch 语句改为使用 if-else 语句实现同样的功能。

21. 将例 3-11 用 do-while 实现模拟终极密码游戏的程序 DoWhileTest. c 改为用 for 语句实现。

22. 将例 3-14 的程序 PrimeNum. c 修改为用 while 循环语句求 2～100 中所有的素数。

23. 经过如下的数学处理，算法将显著地加快交错级数收敛速度。

$$\sum_{k=1}^{\infty}(-1)^{k-1}\frac{1}{k}=\sum_{k=1}^{\infty}\left(\frac{1}{2k-1}-\frac{1}{2k}\right)=\sum_{k=1}^{\infty}\frac{1}{(2k-1)(2k)}$$

试根据上面的数学处理，修改例 3-27 求表达式 $1-\frac{1}{2}+\frac{1}{3}-\frac{1}{4}+\cdots+\frac{1}{99}-\frac{1}{100}$的算法，并用 for 语句实现之。

第4章

函　数

读者已经学会编写简单的程序了。但是一个较为复杂的系统往往需要划分为若干个子系统，然后对这些子系统分别进行开发和调试。即开发一个大型程序，一般需将它分解成许多能够完成一定功能的小程序，再把这些小程序组合成大型程序。在C语言中，函数是C程序的基本特征。一个C程序由一个或若干个函数组成。其中，每个函数是一个独立的程序段，由其完成特定的操作或计算任务。

4.1　函数声明与定义

4.1.1　概述

C语言将相对独立又经常使用的操作编写成函数。用户可以通过函数调用来实现函数的功能。C语言的函数有两种：标准库函数和自定义函数。

1. 标准库函数

C语言编译系统将一些常用的操作或计算定义成函数，实现特定的功能，这些函数称为**标准库函数**，简称**库函数**，放在指定的“库文件”中，供用户使用。用户可以在自己的程序中直接调用这些库函数，实现函数所完成的任务。

例 4-1　编程实现计算两点($x1$,$y1$)和($x2$,$y2$)的距离。

```
//Distance.c
#include<math.h>
#include<stdio.h>

void main(){
    float dist;
    int x1=14, y1=17, x2=19, y2=8;
    dist=(float)sqrt((x1-x2)*(x1-x2)+(y1-y2)*(y1-y2));
    printf("distance=%4.2f\n", dist);
}
```

运行结果如下：

```
distance = 10.30
```

［**编程说明**］ 编写本程序的目的是计算两点的距离。所以，程序很简单，也不用scanf()函数输入两点的坐标等。用C库函数pow(double b, double k)可以计算b^k，但考虑到用函数pow()计算速度较慢，所以，对于整数的2、3次方，甚至4次方常用直接相乘的形式计算乘方。

有关库函数的使用已在第2章2.5节中介绍过。

2. 从顺序计算到自定义函数

除了使用系统提供的标准库函数外，用户也可以自己编写函数，用函数完成指定的任务。下面通过一个例题说明编程的过程和函数的作用。

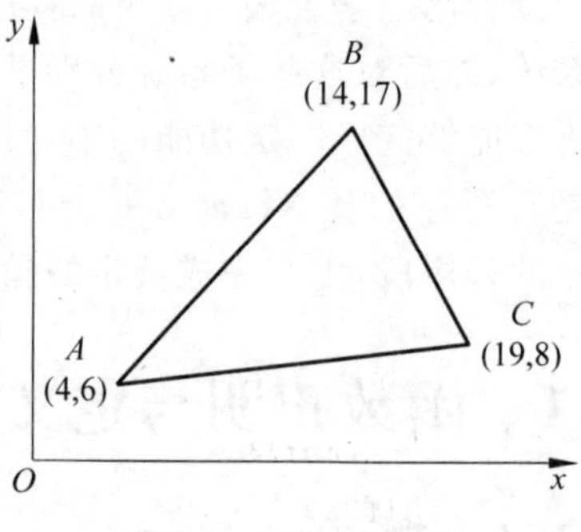

图4-1 三角形ABC

例4-2 计算如图4-1所示的三角形ABC的面积。

(1) 计算三角形面积算法

① 计算边长$a=BC$, $b=CA$, $c=AB$。

使用如下公式

$$d=\sqrt{(x1-x2)^2+(y1-y2)^2}$$

计算两点$(x1,y1)$和$(x2, y2)$的距离。由此得到三角形ABC各边长a、b、c。

② 用公式

$$\text{面积}=\sqrt{s*(s-a)*(s-b)*(s-c)},\quad s=(a+b+c)/2$$

计算三角形ABC的面积。

(2) 按照上面的算法编写程序。编写程序是分块实现的，从简单到复杂，最后由各模块拼接而成。

① 编程实现计算两点$(x1,y1)$和$(x2, y2)$的距离。已在例4-1的程序Distance.c中实现。

② 通过其他方法，验算上述distance的值是否正确。在证实正确后，进行计算面积编程。程序如下。

```
//TriangleArea.c
#include<math.h>
#include<stdio.h>

void main(){
    float a, b, c, s, t;

    printf("Please input a, b, c:\n");
    scanf("%f,%f,%f", &a,&b,&c);
    s=(a+b+c)/2;
```

```
    t=(float)sqrt(s*(s-a)*(s-b)*(s-c));
    printf("Area=%4.2f\n", t);
}
```

输入边长分别为 3、4、5 的特殊直角三角形验证程序计算是否正确，结果如下：

```
Please input a, b, c:
3,4,5
Area = 6.00
```

③ 将上面的两个程序拼接成如下程序。

```
//TriangleArea2.c
#include<math.h>
#include<stdio.h>

void main(){
    float a, b, c, s, t;
    int x1=14, y1=17, x2=19, y2=8, x3=4, y3=6;

    //1.计算三角形各边长 a,b,c
    a=(float)sqrt((x1-x2)*(x1-x2)+(y1-y2)*(y1-y2));
    b=(float)sqrt((x2-x3)*(x2-x3)+(y2-y3)*(y2-y3));
    c=(float)sqrt((x3-x1)*(x3-x1)+(y3-y1)*(y3-y1));

    //2.计算面积
    s=(a+b+c)/2;
    t=(float)sqrt(s*(s-a)*(s-b)*(s-c));
    printf("Area=%4.2f\n", t);
}
```

运行结果如下：

```
Area = 72.50
```

④ 在上面的程序中，计算边长 a、b、c 的代码实际上是重复的。我们可以将其写成函数，然后调用这个函数计算各边长。程序代码如下。

```
//TriangleArea3.c
#include<math.h>
#include<stdio.h>

float dist(int xa, int ya, int xb, int yb){
    return(float)sqrt((xa-xb)*(xa-xb)+(ya-yb)*(ya-yb));
}

void main(){
    float a, b, c, s, t;
```

```
    int x1=14, y1=17, x2=19, y2=8, x3=4, y3=6;

    //1.调用函数 dist(), 计算边长 a,b,c
    a=dist(x1, y1, x2, y2);
    b=dist(x2, y2, x3, y3);
    c=dist(x3, y3, x1, y1);

    //2.计算面积
    s=(a+b+c)/2;
    t=(float)sqrt(s*(s-a)*(s-b)*(s-c));
    printf("Area=%4.2f\n", t);
}
```

这个自定义函数 dist()就可以像库函数一样调用了。我们还可以改进上面的程序,例如,加入 scanf()语句,输入三角形各顶点坐标。还可以将整个程序写成计算三角形面积函数 triArea(),然后,调用 triArea()计算五边形的面积,这些作为习题。

从上面的例题可以看出,对一个问题怎样设计算法,怎样分块着手实现各块的功能。在一个程序块实现后,再完成下一块的功能。最后,拼接各模块实现完整程序。对程序中的重复部分编写函数使程序代码更简练和进一步优化代码。

下面将介绍函数的定义和调用。

4.1.2 函数声明

通常调用自定义函数之前必须先对该函数进行声明。函数声明的目的是告诉编译系统有关被调函数的返回值类型、函数名和参数类型等。当函数被调用时,编译系统已知该函数的信息,从而可以检查调用是否正确。

函数声明的一般形式如下:

返回值类型 函数名(类型 形参名,类型 形参名,…);

可以将形参名省略,其简化形式为

返回值类型 函数名(类型,类型,…);

1. 返回值类型

返回值类型用来定义函数类型,是指函数返回值的数据类型。返回值类型应根据具体函数的功能确定。如果函数返回值是实数,则函数类型定义成实型。如果定义函数时默认返回值类型,则系统默认的函数返回值类型为 int。

函数可以没有返回值,而仅仅是完成一组操作。无返回值的函数类型用标识符"void",称为**空类型**。凡是空类型函数,函数执行完后无返回值。

2. 函数名

函数名是由程序员为函数取的名字。程序中除主函数 main()外,其余函数名可以任意取名，但必须符合标识符的命名规则。在函数定义时，函数体中不能再出现与函数名相同的其他对象名，如变量名、数组名等。

3. 形参变量与实参变量

形参变量简称**形参**，**实参变量**简称**实参**。形参个数及形参的类型是由具体的函数功能决定的。函数可以有形参，也可以没有形参。一般把需要从函数外部传入到函数体内的数据设为形参，而形参的类型由传入的数据类型决定。

1）形参的作用

（1）形参表示从主调函数中接收哪些类型数据的信息。例如，

```
double mul(int a, double b)
```

将从主调函数中分别接收一个 int 型和 double 型数据并分别赋予形参变量 a 和 b。

（2）形参可以在函数体内被引用，可以输入、输出、被赋予新值或参与运算。

如例 4-2 程序 TriangleArea3. c 中的函数

```
dist(int xa, int ya, int xb, int yb) {
    return(float)sqrt((xa-xb) * (xa-xb)+(ya-yb) * (ya-yb));
}
```

其功能是计算两点(xa,ya)和(xb,yb)的距离。这里的 xa、ya、xb、yb 就是形参，它接收来自主调函数的 int 型数据分别赋予形参 xa、ya、xb、yb。这些形参在函数体内进行了加、减、乘和开方等运算。

2）形参与实参

形参相当于数学中函数的变量 x。比如，$y=\sin x$，这个 x 当然有“数据类型”，在数学中除无特别说明，默认其定义域是实数。但在计算机中，需要对系统通知其数据类型。形参是与实参相对而言的。当用 $x=3.1415$ 代入 $\sin x$，计算 $y=\sin(3.1415)$时，在函数 sin()中，这个 3.1415 就是实参。所以，实参就是形参被赋予的常量。当调用函数 dist()时，因为 x1=14、y1=17、x2=19、y2=8 已经赋值，所以，在语句

```
a=dist(x1, y1, x2, y2);
```

中，x1、y1、x2、y2 就是函数 dist()的实参。

3）用＃include 将函数声明包含到程序中

可以把函数声明写入一个单独的文件，然后利用＃include 语句将该文件包含到程序中。因为＃include 语句写在程序的最前部分，在编译时首先向编译系统提供被调函数的信息。

因为 C 语言定义了许多标准库函数，并在 stdio. h、math. h、string. h 等“头文件”中声明了这些函数，所以，使用时只需用＃include 语句包含到程序中，用户就可以在程序中调用该函数了。

4）函数声明与函数定义的合并

函数声明与函数定义可以合并。在例 4-2 的程序 TriangleArea3. c 中就采用了合并

的形式。如果采用“先声明后定义”的模式,程序形式如下。

```
//TriangleArea3.c
#include<math.h>
#include<stdio.h>

float dist(int, int, int, int);                         //函数声明,省略形参名

void main(){                                            //主函数
    ⋮
    a=dist(x1, y1, x2, y2);                             //函数调用
    ⋮
}

float dist(int xa, int ya, int xb, int yb){             //函数定义
    return(float)sqrt((xa-xb)*(xa-xb)+(ya-yb)*(ya-yb));
}
```

5) 形参名的省略

形参的名字并不重要,关键是它们的个数和类型。例如,在函数声明中,由于不需要引用形参,所以,形参的名字可以省略,参见上面函数 dist()的声明。

4.1.3 函数定义

1. 函数定义

函数定义就是对函数所要完成的操作进行描述,即编写一段程序,使该段程序完成函数所指定的操作。一般函数需先定义后使用,没有定义过的函数不能使用。

函数定义的一般形式如下:

```
返回值类型 函数名(类型 形参变量,类型 形参变量,…)
{
    变量定义;
    语句序列;
}
```

函数体由一对花括号括起来的变量定义和语句序列组成。这些语句实现函数的功能。实际上,函数体是一个子程序结构。在函数体内定义的变量只有在执行函数时才存在。函数体可以只含有语句,而无变量,也可以是空的。例如:

```
void nul(void){}
```

是一个具有函数体——一对花括号的空函数。调用它不产生任何有效的操作,但它却是一个符合 C 语言语法的合法函数。在编程时,在 main()函数中,若有的函数还未编写好,则可用这样的空函数来代替,其函数名是将来实际使用的函数名。这样,可以先调试程序的其他部分,以后再补上函数体内的语句。用这种方法编写程序,结构清楚,可读性好,以

后扩充新功能也方便，且不影响程序结构。

2. return 语句

return 语句的一般形式为

```
return;
return 表达式;
```

return 语句用在定义为空类型(void)的函数体中，函数无返回值。带表达式的 return 语句用在除空类型外的所有其他函数体中，函数有返回值。

return 语句放在函数体内，作用是结束函数的执行，返回到主调函数的调用点。如果是带表达式的 return 语句，则同时将表达式的值带回到主调函数的调用点。

return 语句在函数体中可以有一个或多个，但只有其中一个起作用，即一旦被调函数执行到其中某条 return 语句时，立即结束函数执行，返回到调用点。

4.2 函数调用

程序中使用已定义的函数称为**函数调用**。如果函数 A 调用函数 B，则称函数 A 为**主调函数**，函数 B 为**被调函数**。如在例 4-2 的程序 TriangleArea3.c 中，因为 main()函数调用 dist()，所以 main()函数为主调函数，dist()函数为被调函数。除了 main()函数外，其他函数都必须通过函数调用来执行。

函数调用的一般形式为

```
函数名(实参,实参,…)
函数名()
```

“函数名(实参,实参,…)”是用于有参函数的调用形式。有参函数调用时，实参与形参的个数必须相等，类型应一致。若形参与实参类型不一致，编译系统按照类型转换原则，自动将实参值的类型转换为形参类型。

4.2.1 传值调用的特点

当函数的参数是非指针类型时，称函数调用为**传值调用**。C 语言函数调用时，应该先定义形参变量，再把实参的值复制给形参变量，将外部数据传给函数内部变量。除此之外，实参与形参变量之间没有任何关系。因此，在函数体的执行中，形参变量值的任何改变都不影响实参值。了解这一点非常重要。

例 4-3 定义计算 $n!$ 的函数，其中 n 是自然数。

```
//Factorial.c
#include<stdio.h>

double fact(int n){
    double f;
```

```
    for(f=1; n>=1; n--)
        f*=n;
    return f;
}

void main(){
    double m1, m2;
    int n;

    printf("Input an integer: ");
    scanf("%d", &n);
    m1=fact(n);
    printf("%d!=%lf\n", n, m1);
    m2=fact(n+2);
    printf("%d!=%lf\n", n+2, m2);
}
```

运行结果如下：

```
Input an integer: 5
5! = 120.000000
7! = 5040.000000
```

[**运行结果说明**] fact()函数体中 for 循环执行了 n 次，直到 n 等于 1 为止。而实参 n 的值仍然是 5，没有因为调用了 fact()函数而改变。

例 4-4 定义函数 swap(double x, double y)交换两个实数 x 与 y。在主函数中考察 x 和 y 交换的结果。

```
//SwapTest.c 传值调用,形参改变,不影响实参变量值
#include<stdio.h>

void swap(double x, double y){
    double temp;
    temp=x;
    x=y;
    y=temp;
    printf("In swap: x=%.2f y=%.2f\n",x,y);
}

void main(){
    double x=4.5, y=7.3;
    swap(x, y);
    printf("In main: x=%.2f y=%.2f\n",x,y);
}
```

运行结果如下：

```
In swap: x = 7.30 y = 4.50
In main: x = 4.50 y = 7.30
```

[**运行结果说明**] 这个swap()函数无法将主函数中的x、y两个变量值进行交换。函数调用时，当实参值传给形参后，函数内部实现了两个形参变量x、y值的交换，但由于实参变量与形参变量是各自独立的(名字相同)，因此实参值并没有被交换。

传值调用的两个特点如下：

(1) 参数是非指针类型(即参数是整型、实型、字符和结构等类型)。

(2) 在被调函数中无法改变主调函数中的任何变量值。

如果想在被调函数中修改主调函数中的变量值，函数调用时必须采用传址调用的方式。关于传址调用已在第2章2.5.1节介绍scanf("%d%d",&a,&b)中遇到过，其中&a和&b就是传址调用的方式。我们将在第6章6.4.1节通过传址调用方式解决实参值的交换问题。

4.2.2 函数调用方式

函数调用有以下三种方法。

1. 表达式方式

函数调用出现在一个表达式中。这类函数必须有一个返回值参加表达式运算。如在例4-2的程序TriangleArea3.c中，语句“a=dist(x1, y1, x2, y2);”函数dist()调用出现在赋值表达式中。

2. 参数方式

函数调用作为外层函数调用的实参。这类函数调用函数也必须有返回值，其值作为外层函数的实参。例如，在n1,n2中选择较大的值计算阶乘，则在语句“m=fact(max(n1,n2));”中，函数max(n1,n2)调用的返回值作为外层fact()函数调用的实参。

3. 语句调用方式

函数调用作为一个独立的语句。一般用在仅仅要求函数完成一定的操作的情况下，通常这类函数是没有返回值的，否则丢弃函数的返回值。如在前面的程序中多次出现对scanf()函数和printf()函数的调用，都是用语句方式实现对函数的调用。

例4-5先定义一个判断自然数是否为素数的函数，然后调用判断素数函数，求2～100之间所有的素数，按每行8个素数输出。

例4-5 求2～100之间所有的素数。

[**算法分析**] 判断某个自然数 n 是否为素数，可设计函数的返回值。约定返回值为1或0时，分别表示 n 是素数或不是素数。

```
//PrimeNum.c
```

```
#include<stdio.h>
#include<math.h>

int isprime(int n){                                   //定义判断素数的函数
    int i, m;
    if(n==1)
        return 0;
    else if(n==2)
        return 1;
    else if(n%2==0)
        return 0;

    m=(int)sqrt(n);
    for(i=3; i<=m; i++)
        if(n%i==0)
            return 0;                                 //n非素数
    return 1;                                         //n是素数
}

void main(){
    int k, n=0;
    printf("%3d", 2);                                 //2是已知的素数
    for(k=3; k<=100; k+=2){                           //仅对大于2的奇数判断即可
        if(isprime(k)==1){
            printf("%3d", k);
            n++;
            if(n%12==0)
                printf("\n");
        }
    }
    printf("\n");
}
```

运行结果如下：

```
  2  3  5  7 11 13 17 19 23 29 31 37 41
 43 47 53 59 61 67 71 73 79 83 89 97
```

[**运行结果说明**] 主函数main()在调用函数isprime()时，将实参k值传给形参n，转入函数isprime()中执行，当执行return语句时，返回主调函数，并返回0或1。

4.2.3 函数嵌套调用

若被调函数又调用其他函数，称这种函数调用为**嵌套调用**。若函数A调用函数B，函数B又调用函数C，逐级调用下去，就构成了多级嵌套调用。嵌套调用也是从主函数开始，逐级调用，逐级返回。

例 4-6 将例 4-2 中计算三角形面积写成函数，实现函数嵌套调用。

```
//TriangleArea4.c  函数嵌套调用
#include<math.h>
#include<stdio.h>

float dist(int xa, int ya, int xb, int yb){
    return(float)sqrt((xa-xb) * (xa-xb)+(ya-yb) * (ya-yb));
}

double triArea(int x1, int y1, int x2, int y2, int x3, int y3){
    double a, b, c, s, t;

    //1.计算三角形各边长 a,b,c
    a=dist(x1, y1, x2, y2);
    b=dist(x2, y2, x3, y3);
    c=dist(x3, y3, x1, y1);
    //2.计算面积
    s=(a+b+c)/2;
    t=(float)sqrt(s*(s-a)*(s-b)*(s-c));
    return t;
}

void main(){
    int x1=14, y1=17, x2=19, y2=8, x3=4, y3=6;
    printf("Area=%4.2f\n", triArea(14,17,19,8,4,6));
}
```

运行结果与例 4-2 的 TriangleArea2.c 的结果相同。读者可以通过比较这两个程序的代码，体会函数嵌套型程序代码的编写方法。

使用函数嵌套调用是因为这些函数的功能可为其他程序或本程序中的其他语句调用，可以减少重复的代码。比如，在上面的程序中，计算三角形面积函数 triArea()和计算两点的距离函数 dist()都具有独立的应用。在图 4-2 中，当计算一个五边形面积时，将五边形分成 3 个三角形，可 3 次调用这个函数计算面积；而在计算三角面积时，又需要多次计算边长，所以函数的嵌套调用可以节省代码。一般地，写一个程序时，在开始阶段并不写成函数或函数嵌套，如在例 4-2 中，先写出程序实现程序设计的结果就行，尤其是 C 语言的初学者更应如此。在代码优化阶段再将重复的代码写成函数和函数嵌套。写成函数嵌套后，虽然代码比较简洁，但在代码可读性方面将有所损失。所以，对相关函数的参数和功能进行必要的注释，使代码可读性的损

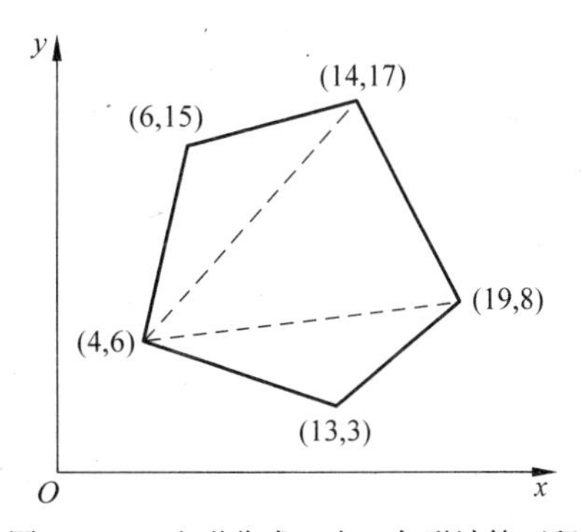

图 4-2 五边形分成 3 个三角形计算面积

失方面尽可能地减少是值得重视的。

4.2.4 函数递归和递推调用

递归算法(recursion),有时也称为**递归方法**,是指一个方法直接或间接地调用自身的算法。递归方法会重复调用自身方法,但一次一次地将问题简单化,直到最简单并已存在解答时为止。递归类型有两种。其一是方法调用其自身,就是**直接递归**,其二是一个方法依次调用另一个方法,被称为**间接递归**。这类使用递归方法的函数统称为**递归函数**。

1. 函数递归调用

用递归求解问题的过程分为递推和回归两个阶段。

递推阶段:将原问题不断地转化成子问题,逐渐从未知向已知推进,最终到达已知解的问题,递推阶段结束。

回归阶段:从最终的已知解的子问题出发,按照顺推的过程,逐一求值回归,最后到达递归的开始处,结束回归阶段,获得问题的解。

例如,求 5! 的递推和回归过程如下:

(1) 递归阶段:5!=5×4!=>4!=4×3!=>3!=3×2!=>2!=2×1!=>1!=1
因为 1!=1 是问题的已知解,所以,递归阶段结束。

(2) 回归阶段:5!=5×4!=120<=4!=4×3!=24<=3!=3×2!=6<=2!=2×1!=2<=1!=1

若求解的问题具有可递归性时,即可将求解问题逐步转化成与原问题类似的子问题,且最终子问题有明确的解,则可采用递归函数,实现问题的求解。

由于在递归函数中存在着调用自身的过程,将反复进入自身函数体执行,因此在函数体中必须设置终止条件,当条件成立时,终止调用自身,并使程序执行逐层返回,最后返回到主调函数。下面以递归方法解 Hanoi 塔问题为例说明递归方法的应用。

例 4-7 Hanoi 塔问题。设有三根柱子分别记为 A、B、C。A 柱上有 n 个带孔的盘子,按规定大盘必须在小盘的下面,如图 4-3 所示。要求将这 n 个盘子从 A 柱借助于 B 柱移到 C 柱,每次只允许移动一个盘子,且在移动过程中都必须保持大盘在小盘的下面。求其解。

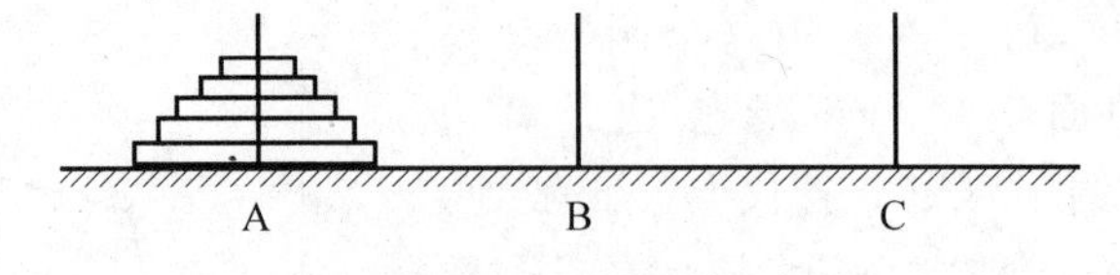

图 4-3 Hanoi 塔问题示意图

```
/*
 *Hanoi.c
 *Author Xiehua Sun, 2011.01.15
 *用递归算法解 Hanoi 塔问题
 */
```

```
#include<stdio.h>

void move(char getone, char putone){
    printf("%c=>%c,", getone, putone);
}

void hanoi(int n, char one, char two, char three){
    if(n==1)
        move(one, three);
    else{
        hanoi(n-1, one, three, two);
        move(one, three);
        hanoi(n-1, two, one, three);
    }
}

void main(){
    int m;
    printf("Please input the number of disks: ");
    scanf("%d", &m);
    printf("The step to moving %d disks:\n", m);
    hanoi(m, 'A', 'B', 'C');
    printf("\n");
}
```

运行结果如下：

```
Please input the number of diskes: 3
The step to moving 3 diskes:
A => C, A => B, C => B, A => C, B => A, B => C, A => C
```

在上述程序中，方法 hanoi(int n, char one, char two, char three)的定义中两次调用自身方法 hanoi(n－1,one,three,two)和 hanoi(n－1,two,one,three)，但这两次调用的参数是 n－1。从而保证了递归方法可以归结到 n＝＝1 的已知解答的情形。称这种已知解答的简单情形为**递归基础**。通过有限次递归能够将问题归结到递归基础是递归算法有解的必要条件，否则该算法将进入无限次递归的所谓“死循环”状态。

下面以 Fibonacci 数列 $F(n)$作为第二个递归算法的例题。Fibonacci 数列产生于古老的兔子数。关于“兔子数”的有趣故事，可以在任何一本趣味数学书中找到。而 Fibonacci 数列在现代计算机密码学、信息隐藏和信号处理等领域中都有重要的应用和研究。

例 4-8 Fibonacci 数列。Fibonacci 数列 $F(n)$的定义如下：

$$F(2)=F(1)=1,\quad F(n)=F(n-1)+F(n-2)\quad (n>2)$$

用递归算法编写程序计算 $F(n)$。

```
/*
 * Fibonacci.c
```

```
 * Author Xiehua Sun, 2011.01.15
 * 用递归算法计算 Fibonacci 数
 * F(n)=F(n-1)+F(n-2)(n>2), F(2)=F(1)=1
 */
#include<stdio.h>

int fibonacci(int n){
    if(n==1)         return 1;
    else if(n==2)    return 1;
    else             return(fibonacci(n-1)+fibonacci(n-2));
}

void main(){
    int m, n;
    printf("Please input an integer: ");
    scanf("%d", &n);
    m=fibonacci(n);
    printf("Fibonacci(%d)=%d\n", n, m);
}
```

运行结果如下：

```
Please input an integer: 18
Fibonacci(18) = 2584
```

从上述两个例子可以知道，递归方法是一种倒推的方法。要计算第 n 个结果，就要利用包括第 $n-1$ 个结果在内的以前的结果。因此，递归方法必须有一个递归基础。例如，对于例 4-7 的 Hanoi 塔问题，已知当 n＝1 时其解是 A＝＞C。又如，对于例 4-8 的 Fibonacci 数列 F(n)，已知 F(2)＝F(1)＝1。若没有这样的递归基础，递归将无结果。注意，递归方法虽然可以使程序简洁，但当递归层次的数目(常称为递归的**深度**)较大时，即当 n 较大时，运算效率将降低，甚至会出现“死机”现象。要解决递归深度很大的问题，最好的办法是将倒推的递归方法改为顺推的递推算法，或称为**循环方法**。

2. 函数递推调用

递推算法(recurrence)调用就像数学归纳法一样，从 n＝1 或 n＝k0 的已知的问题出发，推出 n＝2 或 n＝k0＋1 时问题的解，然后推出 n＝3 或 n＝k0＋2 时的解，依此类推得到所求的解。其算法实现的前提与递归方法一样，需要有已知问题的解作为基础。递推算法是一种“顺序”结构，与递归算法的“倒序”结构方向相反。

下面用递推算法编写程序计算 Fibonacci 数列 $F(n)$，看看算法上的改变将产生什么结果。

```
/*
 * Fibonacci2.c
 * Author Xiehua Sun, 2011.01.15
```

```
 * 用递推算法计算 Fibonacci 数:
 * F(n)=F(n-1)+F(n-2)(n>2), F(2)=F(1)=1
 */
#include<stdio.h>

int fibonacci(int n){
    int i, f1=1, f2=1, fib=0;

    if(n==1)      return 1;
    else if(n==2) return 1;
    else{

      for(i=3; i<=n; i++){
        fib=f1+f2;
        f1=f2;
        f2=fib;
      }
      return(fib);
    }
  }

void main(){
    int m, n;
    printf("Please input an integer: ");
    scanf("%d", &n);
    m=fibonacci(n);
    printf("Fibonacci(%d)=%d\n", n, m);
}
```

运行结果如下：

```
Fibonacci(45) = 1134903170
```

我们不妨分别用递归方法和递推方法计算较大的 Fibonacci 数，如计算 Fibonacci(45)。不难发现递推方法的计算速度要比递归方法快得多。由此可见，不同算法的效率有时相差很大。若进一步计算 Fibonacci(49)，将得到错误的结果 Fibonacci(49)=－811192543。这是因为程序产生的 Fibonacci 数很大，产生溢出了错误。我们将在第10章10.5节讨论递归和递推算法运行时间的精确比较，并作进一步的探讨。

4.3 函数与变量

C程序可以由若干个函数组成，在函数体内或函数体外都可以定义变量。不同位置定义的变量其作用范围不同。前面几章我们学过的变量都是定义在函数中，这些变量随函数的调用而生成，随函数的调用结束而消亡。本节将介绍变量的生命期和变量的存储类别。

4.3.1 全局变量和局部变量

依据变量的定义位置，变量分为全局变量和局部变量。在函数体内定义的变量称为**局部变量**，其作用范围是定义该变量的函数体内。即在函数内定义的变量只能在本函数中引用，一旦离开了这个函数就不能引用该变量。

在复合语句内定义的变量也称为局部变量，只能在该复合语句中引用，越出了该复合语句，就不能引用该变量。

在函数体外定义的变量称为**全局变量**，其作用范围是整个程序。即全局变量可被整个程序中的所有函数共用。全局变量被定义后，对于未被初始化的全局变量，系统自动为其赋初值0。

例如，

```
int a;                          //a是全局变量,可在main()和fun()函数中引用
void main(){
    int x, y;                   //x、y是局部变量,在main()函数中引用
    ⋮
}
fun(int z){                     //z是局部变量,在fun()函数中引用
    int c;                      //c是局部变量,在fun()函数中引用
    ⋮
}
```

通常将全局变量放在程序的头部，即第一个函数前面。

1. 全局变量

例4-9 错误程序，局部变量只能在本函数中引用。

```
//GlobalVarTest.c
#include<stdio.h>

void area(double r){
    double s;                   //局部变量s
    s=3.14*r*r;
}

void main(){
    area(3.0);
    printf("The area=%.2lf", s);    //第11行
}
```

编译结果出现如下错误信息：

```
globalvartest.c(11): error C2065: 's': undeclared identifier
```

上述信息表示第11行的“s”没有声明。其实,变量s在函数area()内声明,因其作用域在area()函数体的一对花括号{}内,所以,在此花括号外是“不可见”的。因此,系统认为变量s没有声明。改正这个错误的办法是将变量s移到area()函数体的一对花括号{}外,成为全局变量。上面的程序修改如下。

```
//GlobalVarTest2.c
#include<stdio.h>

double s;                        //全局变量 s-----------------

void area(double r){
    //double s;
    s= 3.14 * r * r,
)
                                       全局变量 s 的作用域

void main(){
    area(3.0);
    printf("The area=%.21f\n"s,);
}---------------------------------------------------------
```

修改后,变量s的作用域扩大了,覆盖了整个程序,从而成为全局变量。

例4-10 在主函数中输入a、b两个数,调用函数fun()计算a、b之和与积并输出。

```
//GlobalVarTest3.c
#include<Stdio.h>

float add, mult;                          //全局变量

void fun(float x, float y){
    add=x+y;
    mult=x * y;
}

void main(){
    float a, b;
    printf("Please input two numbers:\n");
    scanf("%f%f", &a, &b);
    fun(a, b);
    printf("add=%.2f mult=%.2f\n", add, mult);
}
```

运行结果如下:

```
Please input two numbers:
7.5 2.1
add = 9.60 mult = 15.75
```

[**运行结果说明**] 由于函数计算的结果有两个值，通过 return 语句函数只能返回一个值，所以设计两个全局变量 add 和 mult，使所有函数都可以引用。定义 fun()函数，将计算结果分别赋值给变量 add 和 mult，主函数中引用全局变量 add 和 mult 输出值。

2. 全局变量与局部变量同名

在同一个函数中不能定义具有相同名字的局部变量，但在同一个程序中全局变量名和函数中的局部变量名可以同名。当全局变量名与函数内的局部变量同名时，函数内使用的是同名局部变量，而同名全局变量在该函数中暂不可引用。

例 4-11 全局变量名与局部变量名同名时系统的处理方式。

```
//GlobalVarTest4.c
#include<Stdio.h>

double add, mult;                                    //全局变量

void fun(double x, double y){
    double add, mult;                                //局部变量
    add=x+y;                                         //引用局部变量 add
    mult=x * y;                                      //引用局部变量 mult
}

void main(){
    double a, b;
    printf("Please input two numbers:\n");
    scanf("%lf%lf", &a, &b);
    fun(a, b);
    printf("add=%.2f mult=%.2f\n", add, mult); //引用全局变量 add 和 mult
}
```

运行结果如下：

```
Please input two numbers:
7.5 2.1
add = 0.00 mult = 0.00
```

[**运行结果说明**] 本例全局变量 add、mult 与 fun()函数中的局部变量同名。在函数 fun 中，引用的是局部变量，即给局部变量 add 和 mult 赋值，但全局变量的值未被改变。返回主函数后，引用的是全局变量 add 和 mult 的输出值。

4.3.2 变量的生命期与存储类别

1. 变量的生命期

C 程序中定义的变量在程序执行过程中被分配内存单元用于存储数据，但内存单元有时会被收回，导致变量中的数据不再存在。变量从被分配内存单元开始到内存单元被

收回时的整个过程称为变量的**生命期**。

变量的生命期由变量的存储类别决定。变量存储类别通常有自动型(auto)、静态型(static)、外部变量(extern)以及寄存器型(register)。

2. 变量的存储类别

变量的存储类别定义的一般形式为

存储类别 类型 变量名列表;

其中,存储类型用来定义变量的存储类型,即 auto、static、extern 和 register 这 4 种类型。

1) 自动型变量(auto)

定义自动型变量时,在类型名前加 auto,也可省略 auto。自动型变量都定义在函数体内部(或复合语句中)。即只有局部变量才可以定义成自动型存储类别。

自动型变量的生命期是从函数调用开始到函数调用结束。也就是说,系统在每次进入函数时为变量分配内存单元,函数执行结束时内存单元被收回,存储在内的数据不复存在。

2) 静态变量(static)

定义静态变量时,在类型名前加 static。静态变量被定义后,对于未被初始化的静态变量系统自动为其赋初值 0。静态型变量分为**静态局部变量**和**静态全局变量**。

静态自动变量的生命期是从程序执行开始(即主函数执行开始)到整个程序结束(主函数结束)。其特点是主函数执行开始前,系统先为变量分配内存单元并初始化。每次进入函数时直接引用该变量,函数执行结束后内存单元保留,其值依然存在,当再次进入函数时变量的值就是上次存储在内的值。

例 4-12 静态局部变量与自动变量的区别。

```
//StaticVarTest.c
#include<stdio.h>

int fun1(){
    static int s=1;                     //静态局部变量
    s+=2;
    return(s);
}

int fun2(){
    int s=1;                            //局部变量
    s+=2;
    return(s);
}

void main(){
    printf("第 1 次调用 fun1()=%d ",fun1());
```

```
    printf("第 2 次调用 fun1()=%d\n",fun1());
    printf("第 1 次调用 fun2()=%d ",fun2());
    printf("第 2 次调用 fun2()=%d\n",fun2());
}
```

运行结果如下：

```
第1次调用fun1() = 3 第2次调用fun1() = 5
第1次调用fun2() = 3 第2次调用fun2() = 3
```

[**运行结果说明**] fun1 函数中 s 是静态局部变量。在程序开始执行前，分配内存单元并初始化为 1。首次调用 fun1()函数时，s 值 1，加 2 后的 s 值为 3，函数返回时变量 s 依然存在，数据保留。第二次调用 fun1()，s 值为 3，加 2 后的 s 值等于 5。而 fun2()函数中 s 是局部变量，在每次进入函数时，分配 s 内存单元并初始化为 1，加 2 后的 s 值为 3，函数返回时撤销变量 s。第二次调用 fun2()时，重新对 s 分配内存单元并赋初值 1，加 2 后的 s 值为 3，所以函数每次调用后返回值都是 3。

静态全局变量在定义全局变量的类型名前加 static。静态全局变量的特点是只能被所在文件中的所有函数引用，而不能被程序的所有文件中的函数引用，而全局变量可以被程序的各个文件中的函数引用。

3. 外部参照型变量(extern)

全局变量可以被整个程序所有文件中的函数引用。如果在每个文件中都定义一次全局变量，单个文件编译时没有语法错误，但当把所有文件连接起来时，就会产生对同一个全局变量多次定义的连接错误。事实上，全局变量只需在一个文件中定义，其他文件中若要引用该变量，只需用 extern 将变量声明为外部参照型，即告诉编译系统该变量已经定义在其他位置。例如：

文件 1：

```
#include<stdio.h>
int a;                          //全局变量
void fun();                     //函数声明
void main(){
    fun();
    printf("%d",a);
}
```

文件 2：

```
extern int a;                   //声明 a 为外部变量，这样在文件 2 的所有函数中均可引用 a
void fun(){
    printf("fun\n");
    a++;
}
```

4. 寄存器型变量(register)

寄存器变量是C语言所具有的汇编语言特性之一。它存储在CPU中,而不像普通变量那样存储在内存中。对寄存器变量的访问要比对内存变量的访问速度快得多。通常将使用频率较高的数据存放在所定义的register变量中,以提高运行时的存取速度。寄存器变量与计算机硬件关系较为紧密,可使用的个数和使用方式在不同型号的计算机中都有自己的约定。

习题4

一、填空题

1. 输入若干个正整数,判断每个数从高位到低位各位数字是否按值从小到大排列。其中input()返回输入的数据,且保证输入的数据是一个正整数。fun1()函数是判断正整数n是否按数字从小到大排列。试填空。

```
#include<stdio.h>

int input();
int fun1(int m);

void main(){
    int n;
    ____(1)____;
    if(fun1(n)==1)
        printf("%d中各位数字是按从小到大排列\n", n);
    else
        printf("%d中各位数字不是按从小到大排列!!!\n", n);
}

int input(){
    int n;
    printf("请输入一个正整数:\n");
    scanf("%d", &n);
    if(n>0) ___(2)___;
    do{
        printf("n必须是正整数,请重新输入n:\n");
        scanf("%d", &n);
    }while(n<0);
    return n;
}

int fun1( ___(3)___ ){
```

```
    int k;
    k=m%10;
    while(m!=0)
        if(m/10%10>k)return 0;
        else{
            ___(4)___;
            k=m%10;
        }
    return 1;
}
```

2. 输入一个末尾数非0的正整数,输出它的逆序数。其中,input()是数据输入函数,reverse()是数据逆序函数。试填空。

```
#include<stdio.h>

long input();
long reverse(long n);

void main(){
    int n;
    n=input();
    printf("逆序数是:%d\n", ___(1)___);
}

long input(){
    long n;
    printf("请输入 n:\n");
    scanf("%d", &n);
    if(___(2)___) return n;
    do{
        printf("n必须是正整数,且末尾数非 0,请重新输入 n: \n");
        ______(3)______;
    }while(n<0||n%10==0);
    return n;
}

long reverse(long n){
    long k=0;
    while(n){
        ___(4)___;
        n/=10;
    }
    return k;
}
```

3. 下列函数

$$f(x)=\sqrt{x+\sqrt{x+\cdots+\sqrt{x+\sqrt{x}}}}$$

实现 n 层嵌套平方根的计算。试填空。

```
#include<stdio.h>
____(1)____

double f(double x, int n){
    if(n==1)
        return sqrt(x);
    else
        return(____(2)____);
}

void main(){
    int n;
    double x;
    printf("Input x, n: ");
    scanf(____(3)____);
    printf("f(%.2f, %d)=%f\n", x, n, f(x, n));
}
```

4. 设 x、y、n 均为自然数，且 $x\neq y$。下面程序的功能是，对于给定的 n 求满足 n^x 和 n^y 的末 3 位数字相同且使 $x+y$ 最小的 x 和 y。试按照提示填空。

```
#include<stdio.h>

PowxMod3(int n, int x){
    int i, last=1;
    for(i=1;i<=x;i++)
        ____(1)____;                          //计算 n^x 的最后 3 位数字
    return last;
}

void main(){
    int x, n, min, flag=1;
    printf("Input an integer: ");
    scanf("%d",&n);
    for(min=2;flag;min++)
        for(x=1;x<min&&flag;x++)
            if(x!=min-x&& ____(2)____){       //n^x 和 n^x 的末 3 位数字相同
                printf("min=%d=%d+%d\n", min, x, min-x);
                flag=0;
            }
}
```

5. 零点存在定理：连续函数在闭区间两端点函数值异号，则在开区间内至少有一根。若函数 $f(x)$ 是单调的，则存在唯一的根。以下程序对单调函数在开区间(−10,8)内有唯一根，使用上述定理进行平分区间求根。试填空。

```
#include<stdio.h>
#include<math.h>

double f(double x){
    return x+exp(sin(x));
}

double root(double x0, double x1, double eps){
    double x;
    while(___(1)___){
        x=(x0+x1)/2;
        if(f(x0) * f(x)>0)
            ___(2)___;
        else
            ___(3)___;
    }
    return(x0+x1)/2;
}
void main(){
    printf("近似根=%lf\n",root(-10,8,1.0E-5));
}
```

二、编程题

1. 输入一个正整数，要求编写函数，计算该整数的各个数字之和。编程应用该函数，输出该数的各数字之和。

2. 所谓完全数是指一个数的所有因子之和等于该数本身，如 6、28 都是完全数：6=1+2+3；28=1+2+4+7+14。试编写一函数，判断一个正整数 a 是否为完全数，如果是完全数，函数返回值为 1；否则为 0。

3. 编程验证哥德巴赫猜想：所有大于 6 的偶数都能分解成两个素数之和。

4. 编写函数 int digit(int n,int k)，函数返回 n 中从右边开始的第 k 位数字的值，如：digit(231456,3)=4；digit(1456,5)=0。

5. 试编程，定义幂函数 $pow(x,n)=x^n$。输入一个整数 n 和一个浮点数 x，计算 3.14^3 的值。

6. 猴子吃桃子问题。猴子第一天摘下若干个桃子，吃了一半后，又吃了一个。第二天又将剩下的桃子吃了一半，又多吃了一个。以后，每天都是这样吃了前天剩下的一半加一个，到第 10 天时只剩下一个桃子。试分别用递归和递推两种算法编程，计算猴子第一天共摘了多少个桃子。

7. 回文数是指正整数 n 的逆序数与原数相等,如 121、2332、55 等都是回文数。输入正整数 a、b,输出 a、b 之间的所有回文数。要求定义一个函数判断正整数 n 是否为回文数。

8. 编程实现计算 $n!=1\times2\times\cdots\times n$ 的递归程序。

9. 根据公式

$$\mathrm{e}=1+\frac{1}{1!}+\frac{1}{2!}+\cdots+\frac{1}{n!}+\cdots \tag{4.1}$$

试将计算阶乘写成函数,然后计算 e 的近似值,精确到 $\mathrm{E0}=10^{-6}$。

10. 二项式系数具有如下规律:

$$\mathrm{C}_0^0=1;\quad \mathrm{C}_1^0=1;\quad \mathrm{C}_1^1=1;\quad \mathrm{C}_\mathrm{n}^0=1,\quad \mathrm{C}_\mathrm{n}^\mathrm{n}=1,$$

$$\mathrm{C}_n^k=\mathrm{C}_{n-1}^{k-1}+\mathrm{C}_{n-1}^k\quad(n=2,3,\cdots;k=1,\cdots,n-1)$$

试用递归和递推两种方法编程实现二项式系数 C_n^k 的计算。

11. 二项式系数具有如下关系:

$$\mathrm{C}_n^0=1,\quad \mathrm{C}_n^k=\mathrm{C}_n^{k-1}(n-k+1)/k\quad(k=1,\cdots,n)$$

还有性质

$$\mathrm{C}_n^k=\mathrm{C}_n^{n-k}$$

试用递归和递推两种方法编程实现二项式系数 C_n^k 的计算。

12. 试用递归和递推两种方法编写函数,实现计算

$$f(x,n)=\sqrt{n+\sqrt{(n-1)+\sqrt{(n-2)+\sqrt{\cdots+\sqrt{2+\sqrt{1+x}}}}}}$$

其中变量 x、n 都是正整数。

[**算法分析**] 不难得到如下关系:

$$f(x,1)=\sqrt{1+x},\quad f(x,n)=\sqrt{n+f(x,n-1)}$$

13. 试用递归和递推两种方法编写函数,实现计算

$$q(x,n)=\cfrac{1}{1+\cfrac{1}{2+\cfrac{1}{3+\cfrac{1}{\ddots\,n-1+\cfrac{1}{n+\cfrac{1}{x}}}}}}$$

其中变量 x、n 都是正整数。

[**算法分析**] 不难得到

$$q(x,1)=\cfrac{1}{1+\cfrac{1}{x}},\quad q(x,2)=q\left(2+\frac{1}{x},1\right)=\cfrac{1}{1+\cfrac{1}{2+\cfrac{1}{x}}}$$

一般地,通过归纳可得到如下关系:

$$q(x,n)=q\left(n+\frac{1}{x},n-1\right)$$

第5章 数组与字符串

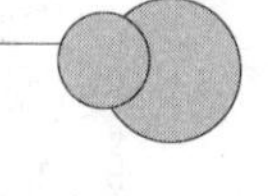

C语言提供一种构造类型数据——数组，可以有效地处理一批同类型的相关数据。**数组**是一批同类型相关数据的有序集合，其中每一个数据称为**元素**。这些元素有一个共同的名字即数组名，不同元素由其在数组中从0开始的序号即**下标**来标识。

5.1 一维数组

在程序中使用数组处理数据时可以方便地使用循环结构，使程序结构简洁、易读。

5.1.1 一维数组定义

1. 一维数组定义

与普通变量一样，在使用数组前要对它加以定义。数组定义的主要目的是确定数组的名称、大小和类型。由一个下标确定的数组称为**一维数组**。

一维数组定义的一般形式为

```
数组类型 数组名[常量表达式];
```

其中数组类型为C语言的类型说明符，标识数组元素的数据类型；数组名为C语言的合法标识符；常量表达式应为正整型常量，表示数组的长度即数组元素的个数；[]是数组的标志。

数组定义后，在程序执行时，内存中会为数组分配一块连续的存储空间。

例如，有定义语句“int a[5];”，C语言在内存中为int类型数组a分配5个连续的int型存储单元，如图5-1所示。

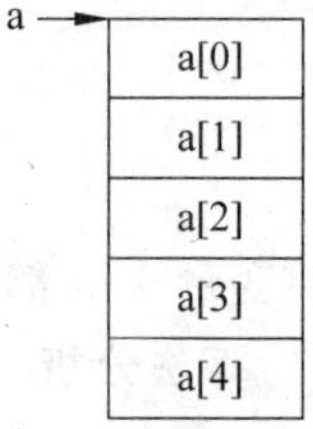

a → a[0] a[1] a[2] a[3] a[4]

图5-1 数组内存分配示意图

注意，不能用变量定义数组长度。如“int n=5,a[n];”是错误的。可以用符号常量定义数组大小。

2. 一维数组初始化

在定义数组的同时为数组元素赋初值，称为数组的**初始化**，形式如下：

```
数组类型 数组名[常量表达式]={表达式列表};
```

例如：

```
int a[5]={1,2,3,4,5};
```

C语言在为数组分配内存的同时，还为数组各元素赋初值。上面语句的结果是，a[0]的初值为1，a[1]的初值为2，…，a[4]的初值为5。

（1）对数组的所有元素赋初值，可以不指定数组的长度。例如，“int a[]={1,2,3,4,5};”与上面数组a的定义等价。系统会根据初值的个数确定数组的长度。

（2）若对部分元素赋初值，则从数组第一个元素起按顺序赋予初值，未赋初值的数值类型数组元素初值为0、字符类型数组元素初值为'\0'（转义字符，ASCII码值为0）。例如，语句“int a[5]={1,2,3};”给数组a的前三个元素赋值，依次为1、2、3，其余元素值赋值为0，而语句“char b[5]={'+','-'};”给数组b的前两个元素赋值依次为'+'、'-'，其余元素的值为'\0'。

（3）初值的个数不能多于数组长度。例如，语句“int a[5]={1,2,3,4,5,6};”是非法的。

5.1.2 一维数组引用

定义数组后就可在程序中使用它。对数组的使用是通过引用单个数组元素来实现的，不能将数组作为一个整体加以引用。一维数组元素的引用方式如下：

数组名[下标表达式]

下标表达式可以是正整型表达式，其取值范围是0～(数组长度-1)。一个数组元素即是一个普通变量。例如：

```
int a[10];
a[0]=5;                              //第1个元素值为5
a[1]=2*a[3/4];                       //第2个元素值为2*a[0],即10
a[5]=a[3%2]+a[6-6];                  //第6个元素值为a[1]+a[0],即15
```

例5-1 用模拟法编程，实现计算N个人中出现至少两人生日相同的事件的概率。

［**算法分析**］ 模拟法就是用反复进行随机抽样的方法模拟各种随机变量的变化，进而通过计算得到概率分布的一个统计方法。本题中生日最多有366，为便于实现不用日期方式表示生日，而用0～365之间的数字表示。每次试验过程随机生成N个人的生日，只要出现两个人生日相同，则计数器count增1，本次模拟立即结束。模拟若干次，得到出现相同生日的次数除以模拟总次数就是所求的概率。模拟次数越多，得到的概率越接近于正确值。

```
//BirthDay.c
#include<stdio.h>
#include<time.h>
#include<stdlib.h>

void main(){
```

```
    char date[366];                         //定义数组
    int num, count, total, i, j, k;
    printf("Please input number of people:\n");
    scanf("%d", &num);                      //输入人数
    printf("Please input simulation times:");
    scanf("%d", &total);                    //输入模拟试验次数
    count=0;                                //生日相同计数器初始化
    srand((unsigned)time(0));               //设置随机种子,使每次产生的随机数均不同
    for(i=0; i<total; i++){
        for(k=0; k<366; k++)                //初始化
            date[k]=0;                      //表示没有生日为 k 的人
        for(k=0; k<num; k++){
            j=rand()%366;                   //随机生成一个生日
            if(date[j]==0)                  //若没有生日为 j 的人
                date[j]=1;                  //修改 date[j],表示已有生日为 j 的人
            else{                           //若有生日为 j 的人
                count++;                    //生日相同计数器增 1
                break;                      //无必要再计算,跳出内层循环
            }
        }
    }
    printf("%d个人生日相同的概率为:%f%%\n", num,((float)count/total)*100);
}
```

运行结果如下：

```
Please input number of people:
2
Please input simulation times:10000000
2个人生日相同的概率为:0.274770%
```

例 5-2 约瑟夫环问题。设有 N 个人围坐一圈并按顺时针方向从 1 到 N 编号。从第 S 个人开始进行从 1 到 M 报数，按规则报数为 M 的人出圈。再从他的下一个人重新开始从 1 到 M 报数，如此进行下去直到所有人都出圈为止。给出这 N 个人的出圈顺序。

```
//JosephusProb.c
#include<stdio.h>
#define N 13                                //总人数 N

void main(){
    int S=3;                                //从第 S 个人开始报数
    int M=5;                                //报数为 M 的人出圈
    int p[N];
    int i, s, w, j;

    s=S;
    for(i=1; i<=N; i++)
```

```
        p[i-1]=i;                               //对每个人进行编号
    for(i=N;i>=2; i--){                         //总人数为 N,依次减 1
        s=(s+M-1)%i;                            //计算下一个报数 M 的人的位置
        if(s==0) s=i;                           //最后一个出圈人的位置存入变量 s 中
        w=p[s-1];                               //将出圈人的编号保存到变量 w 中
        for(j=s; j<=i-1; j++)
            p[j-1]=p[j];                        //从 s 位置开始,数组的内容依次前移
        p[j-1]=w;                               //将 w 存入到数组 p 中
    }
    printf("出圈顺序为:\n");
    for(i=N-1; i>=0; i--)
        printf("%d ", p[i]);
    printf("\n");
}
```

运行结果如下：

```
出圈顺序为:
7 12 4 10 3 11 6 2 1 5 9 13 8
```

此题是著名的约瑟夫环问题。首先将每个人的编号存入数组。因为每次是从第 s 个人开始报数,若是直队的话,则下一个开始报数的人所在的数组下标是 s+M−1。但这里是一个环,即最后一个人报完数后下一个人接着报数。所以这时下一个开始报数的人所在的数组下标是(s+M−1)%i,其中 i 是此时圈中的总人数。若所得的结果为 0,则说明要开始报数的人是最后一个人。在此人前面的那个人就是要出圈的人,使用循环将要出圈的人移至数组的最后,即将出圈人的顺序反向存入数组 p 中。开始时,总人数为 N,以后依次减 1,直到最后一个人出圈。

5.1.3 数组元素的排序与查找

1. 数组元素排序算法

排序是把一组数据按照值的**递增**(也称**升序**)或**递减**(也称**降序**)重新排列的过程。它是数据处理中常用的算法。利用数组的顺序存储特点,可方便地实现排序。排序算法有很多种,这里只讨论较易理解的冒泡(法)排序和选择(法)排序两种,且要求排序结果为升序。

冒泡排序的关键是从后向前对相邻的两个数组元素进行比较,若后面元素的值小于前面元素的值,则让这两个元素交换位置;否则,不进行交换。依次进行下去,第一趟排序可将数组中值最小的元素移至下标为 0 的位置。对于有 n 个元素的数组,循环执行 $n-1$ 趟扫描便可完成排序。当然,也可以从前向后对相邻的两个数组元素进行比较,但此时是将较大的数向后移。与较小者前移的冒泡法相对应,可将这种大者后移的排序称为**下沉法**。图 5-2 演示了有 6 个元素的数组实施冒泡法排序(较小的数前移)的前两趟比较与交换过程。可以看出,第一趟排序后最小数 12 已移到了下标为 0 的正确位置;第二趟排序

后次小数 17 移到了下标为 1 的正确位置。

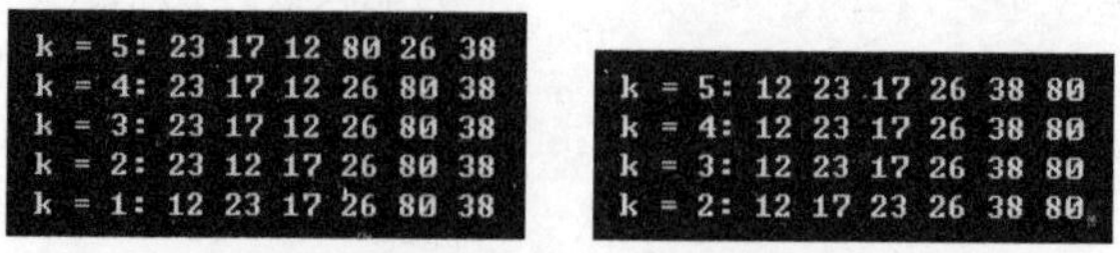

```
k = 5: 23 17 12 80 26 38
k = 4: 23 17 12 26 80 38
k = 3: 23 17 12 26 80 38
k = 2: 23 12 17 26 80 38
k = 1: 12 23 17 26 80 38
```

(a) 第一次排序(i=0)结果

```
k = 5: 12 23 17 26 38 80
k = 4: 12 23 17 26 38 80
k = 3: 12 23 17 26 38 80
k = 2: 12 17 23 26 38 80
```

(b) 第二次排序(i=1)结果

图 5-2 用冒泡法对 6 个数据进行排序的两趟扫描中比较与交换的过程

例 5-3 用冒泡法对 6 个数从小到大进行排序。

```
//SortTest.c
#include<stdio.h>

#define N 6

void main(){
    int i, k, l, temp;
    int arr[N];

    printf("Please input 6 integers:");
    for(i=0; i<N; i++)
        scanf("%d", &arr[i]);

    //冒泡排序
    for(i=0; i<N-1; i++){
        for(k=N-1; k>i; k--){
            if(arr[k]<arr[k-1]){                      //交换 arr[k]与 arr[k-1]
                temp=arr[k-1];
                arr[k-1]=arr[k];
                arr[k]=temp;
            }
            /*if(i==0){                               //用于输出中间过程
                printf("k=%d: ", k);
                for(l=0; l<N; l++)
                    printf("%d ", arr[l]);
                printf("\n");
            }*/
        }
    }

    printf("冒泡法排序的结果：");
    for(i=0; i<N; i++)
        printf("%d ", arr[i]);
    printf("\n");
}
```

运行结果如下：

```
Please input 6 integers:23 17 12 80 26 38
冒泡法排序的结果: 12 17 23 26 38 80
```

如果要验证冒泡排序算法的中间过程，可删除程序中的注释号/* 和 */，读者不妨试验。

冒泡法排序虽然比较容易理解，但排序过程中元素的交换次数较多。特殊情况下每次比较都要进行交换。例如，若要将以降序排列的数据 9、8、7、6、5、4 排列成 4、5、6、7、8、9，就需要每次进行交换。而下面的选择法排序每执行一次外循环只进行一次数组元素的交换，可使交换的次数大为减少。

选择法排序的基本思想是首先从待排序的 n 个数中找出最小的一个与 arr[0]对换；再将 arr1[1]到 arr1[n]中的最小数与 arr1[1]对换，依此类推。每比较一轮，找出待排序数中最小的一个数进行交换，共进行 $n-1$ 次交换便可完成排序。图 5-3 演示了这一过程。

数组下标	0	1	2	3	4	5	6	7
原始数据	78	70	2	5	−98	7	10	−1

每趟扫描的交换过程如下：

i=0,j 从 1 增至 7 后,k=4,交换	−98	70	2	5	78	7	10	−1
i=1,j 从 2 增至 7 后,k=7,交换	−98	−1	2	5	78	7	10	70
i=2,j 从 3 增至 7 后,k=2,交换	−98	−1	2	5	78	7	10	70
i=3,j 从 4 增至 7 后,k=3,交换	−98	−1	2	5	78	7	10	70
i=4,j 从 5 增至 7 后,k=5,交换	−98	−1	2	5	7	78	10	70
i=5,j 从 6 增至 7 后,k=6,交换	−98	−1	2	5	7	10	78	70
i=6,j 取 7 后,k=7,交换	−98	−1	2	5	7	10	70	78

图 5-3 选择法排序的交换过程

例 5-4 选择法排序。

```
//SelectTest.c
#include<stdio.h>

#define N 8

void main(){
    int i, j, k=0, t, l;
    int arr[]={78, 70, 2, 5,-98, 7, 10,-1};

    for(i=0; i<N-1; i++){                          //外循环开始
```

```
        k=i;
        for(j=i+1; j<N; j++)
            if(arr[j]<arr[k]) k=j;          //内循环只用 k 记录最小值的下标
        if(k>i){
            t=arr[i];                       //在外循环实施交换,可减少交换次数
            arr[i]=arr[k];
            arr[k]=t;
        }
        //输出中间结果,用于验证算法
        printf("中间结果: i=%d, k=%d: ", i, k);
        for(l=0; l<N; l++)
            printf("%d ", arr[l]);
        printf("\n");
    }
    printf("选择法排序的结果:\n");
    for(i=0; i<N; i++)
        printf("%d " , arr[i]);             //数组 arr 的值已在方法调用中被改变了
    printf("\n");
}
```

实际运行结果如下,与图 5-3 中列表的理论分析一致。

```
中间结果: i = 0, k = 4:  -98 70 2 5 78 7 10 -1
中间结果: i = 1, k = 7:  -98 -1 2 5 78 7 10 70
中间结果: i = 2, k = 2:  -98 -1 2 5 78 7 10 70
中间结果: i = 3, k = 3:  -98 -1 2 5 78 7 10 70
中间结果: i = 4, k = 5:  -98 -1 2 5 7 78 10 70
中间结果: i = 5, k = 6:  -98 -1 2 5 7 10 78 70
中间结果: i = 6, k = 7:  -98 -1 2 5 7 10 70 78
选择法排序的结果:
-98 -1 2 5 7 10 70 78
```

2. 数组元素查找算法

1) 顺序查找

顺序查找是一种最简单、最基本的查找方法。其基本思想是将数组的每个元素定义一个关键字。通过查找关键字寻找该元素。**顺序查找**就是从数组的首元素开始,逐个与待查找元素的关键字进行比较,直到找到相等的为止。若整个数组中没有与待查关键字相等的元素,则表示找不到该元素。

2) 二分法查找(折半查找)

为了查找数组 a[]的某个元素 p,通常是从头开始查找直到找到相匹配的元素为止。但如果含有 n 个元素的数组 a[]是有序的,那么可以先查看处于中间位置 k 的元素 a[k],如 p=a[k],则找到相匹配的元素;如 p>a[k],则在 a[k+1]和 a[n]之间查找与 p 相匹配的元素;否则,在 a[0]和 a[k−1]之间查找与 p 相匹配的元素。这样每次可使待查记录数量减半,如此反复直到找到待查元素或确定数组中不存在这个元素。例如,如果数组中有 1024 个元素,只需 10 次比较就可找到相匹配的元素或确定数组中不存在相匹配的元素。

而用线性查找方法，如数组中有和待查值相等的元素，找到这个元素平均需进行 512 次比较；如没有相匹配的元素，确定待查元素不在数组中需 1024 次比较。图 5-4 为用二分法在 list[]数组中查找元素 21 的过程示意图。

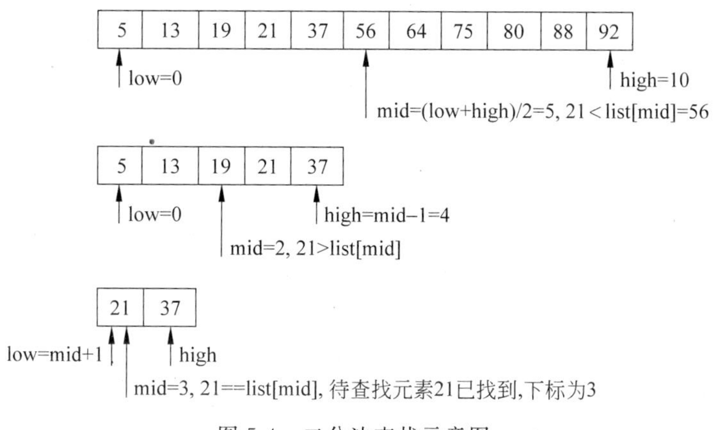

图 5-4 二分法查找示意图

例 5-5 折半查找。

```
//HalfSearch.c
#include<stdio.h>
#define N 11

void main(){
    int mid, low, high, midvalue, key, flag;
    int a[]={5, 13, 19, 21, 37, 56, 64, 75, 80, 88, 92};        //声明数组 a,并赋初值

    low=0;
    key=21;
    high=N-1;
    flag=1;

    while(flag){
        flag=0;
        mid=(low+high)/2;
        midvalue=a[mid];
        if(low==high){
            if(key==midvalue){
                printf("Find the key! The index of the key %d is: %d \n", key, mid);
            }
            else{
                printf("Can not find the key %d !\n", key);
            }
```

```
                flag=0;
                break;
            }

            if(key==midvalue){
                printf("Find the key! The index of the key %d is: %d \n", key, mid);
                flag=0;
                break;
            }
            else if(key<midvalue){
                high=mid-1;
                flag=1;
            }
            else{
                low=mid+1;
                flag=1;
            }
        }
    }
```

运行结果如下：

```
Find the key! The index of the key 21 is: 3
```

折半查找本质上是用中间点 mid=(low+high)/2 将数据分为两个相等的(可能相差一个数据)部分进行继续查找。用"中间点"分割数据是否最优呢？我国数学家华罗庚教授在优选法领域内证明了 0.618，即黄金分割$(\sqrt{5}-1)/2$的近似值是最优分割点。对于少量数据，0.618 法与折半查找在运算速度上并无多大差别，但在当今计算机处理的数据量越来越大，大到所谓"海量"数据时，0.618 法将会显示其优越性，读者不妨试试。

5.2 二维数组

在 C 语言中，数组元素又可以是一个数组，这样就构成了**多维数组**。**二维数组**是"数组的数组"，它是最简单的多维数组。数据有行列之分，用两个下标标识一个数组元素，适合处理矩阵。二维数组具有多维数组的基本特征，所以，我们将重点介绍二维数组的应用。

5.2.1 二维数组定义

1. 二维数组定义

二维数组定义一般形式为

数组类型 数组名[常量表达式][常量表达式];

其中,数组类型为 C 语言的类型说明符,标识数组元素的数据类型;数组名为 C 语言的合法标识符;常量表达式应为正整型常量,第一个常量表达式表示数组的行数,第二个常量表达式表示每一行的元素个数;[]是数组的标志。图 5-5 是二维数组内存分配示意图。

注意,不能用变量定义数组长度。如“int n=3, m=4, a[n][m];”是错误的。在定义二维数组时,行、列长度要分别用一对方括号括起,“int a[3,4];”也是不正确的。

定义数组后,C 语言编译系统即在内存中为二维数组分配一块连续的存储空间,元素在该区域内的存放顺序为按行存放。

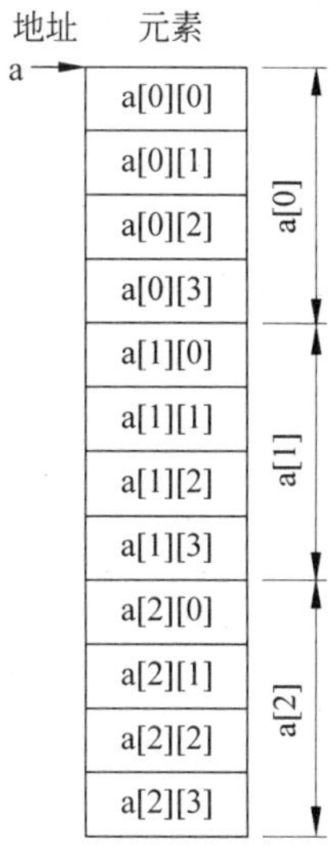

图 5-5　二维数组内存分配示意图

2. 二维数组初始化

在定义二维数组的同时可初始化数组,方法与一维数组初始化相似,格式如下:

```
数组类型 数组名[常量表达式][常量表达式]={{表达式列表 1},
{表达式列表 2},…};
```

或

```
数组类型 数组名[常量表达式][常量表达式]={表达式列表};
```

第一种方法按行初始化,将表达式列表 1 中的数值给数组的第一行、表达式列表 2 中的数值给数组的第二行,依此类推。第二种方法将所有初始化数据写在一对花括号内,自动按行初始化,没有被初始化的数据元素值为 0。例如,定义

```
int a[3][4]={{1,2,3},{4,5}};
```

则为数组 a 第 1 行各元素 a[0][0]、a[0][1]、a[0][2]、a[0][3]依次赋值 1、2、3、0;为第 2 行各元素 a[1][0]、a[1][1]、a[1][2]、a[1][3]依次赋值 4、5、0、0;而第 3 行各元素初值均为 0。

当对二维数组初始化时,可以省略数组定义中的第一维长度,此时数组行数由初始化数据的个数自行决定。但在多维数组定义时,其他各维的长度均不能缺省。例如:

```
int a[][4]={{1,2},{3,4,5},{6}};
```

与

```
int a[3][4]={{1,2},{3,4,5},{6}};
```

等价。又如:

```
int b[][3]={1,2,3,4,5,6,7};
```

表示数组 b 是 3 行 3 列数组。而语句

```
int a[][]={1,2,3,4,5,6};
```

不正确，因为不能确定每一行数组元素的个数。

5.2.2 二维数组引用

二维数组是由一组有行列之分的相同类型元素组成的。每一元素是一个变量，对这些变量的引用和操作与一维数组相似。二维数组元素的引用方式如下：

数组名[下标表达式 1][下标表达式 2]

其中，下标表达式 1 和下标表达式 2 均为正整型表达式，取值应限制在 0～(行长度－1)和 0～(列长度－1)。

例如，int x[2][3]，则数组元素为 x[0][0]、x[0][1]、x[0][2]、x[1][0]、x[1][1]、x[1][2]。每个元素是一个普通变量，可以参加相应运算。例如：

```
scanf("%d",&x[0][0]);                    //输入数组元素 x[0][0]的值
x[1][3-1]=x[0][0]%10;                    //将 x[0][0]的个位数赋值给 x[1][2]
x[1][2]++;                               //x[1][2]自增 1
```

例 5-6 某电影院为了方便观众购票及时反映上座情况，用矩阵形式显示座位卖出情况，要求统计座位票卖出数及上座率。

[算法设计] 电影院的座位由几排、几座两个数据确定位置，适于用二维数组处理。它由两个下标标识一个数组元素，分别表示这个元素所处的行列位置，与座位对应。

```
//Tacket.c
#include<stdio.h>
#define M 4
#define N 5

void main(){
    int a[M][N]={{0,1,1}, {1,1}, {1,1,1,1}, {0,0,0,0,1}};
    int i,j,n=0;                                    //n 存放已卖出票数
    printf("The circumstance of sold seats:\n");
    for(i=0; i<M; i++){                             //输出座位卖出情况
        for(j=0; j<N; j++)
            printf("%2d", a[i][j]);
        printf("\n");                               //按行列格式输出
    }
    for(i=0; i<M; i++){                             //输出座位卖出情况
        for(j=0; j<N; j++)
            n+=a[i][j];                             //统计已卖出票数
    }
    printf("The number of sold seats: %d\n",n);
    printf("The rate of sold seats: %.2f%%\n",(float)n/(M*N)*100);
}
```

运行结果如下：

```
The circumstance of sold seats
 0 1 1 0 0
 1 1 0 0 0
 1 1 1 1 0
 0 0 0 0 1
The number of sold seats: 9
The rate of sold seats: 45.00%
```

［**运行结果说明**］ 初始化数组 a 中的数据表示当前上座情况，用 1 表示该座位票已卖出，0 表示没卖出。为了使上座情况一目了然，输出数组元素值时用格式%2d 表示每个数占两列，与下一个输出换行符语句使得数据以行列对齐方式输出。注意，在 printf()函数中用"%%"输出%。

例 5-7 矩阵转置。

［**算法设计**］ 矩阵转置即行列互换，原矩阵第 i 行数据转置后变成第 i 列，就是数组元素 a[i][j]与 a[j][i]互换。

```
//MatrixTrans.c
#include<stdio.h>
#define N 4

void main(){
    double a[N][N],temp;
    int i, j;
    for(i=0; i<N; i++)
        for(j=0; j<N; j++)
            scanf("%lf", &a[i][j]);          //输入矩阵值
    for(i=0; i<N; i++){                      //矩阵转置
        for(j=0 ; j<N; j++){
            if(j<i){                         //满足条件的为下三角元素
                temp=a[i][j];                //以下三条语句交换 a[i][j]和 a[j][i]
                a[i][j]=a[j][i];
                a[j][i]=temp;
            }
        }
    }
    printf("Turn after placing:\n");
    for(i=0; i<N; i++){                      //对矩阵的每一行
        for(j=0; j<N; j++)                   //输出该行的所有元素
            printf("%8.2f", a[i][j]);
        printf("\n");                        //输出完一行后换行
    }
}
```

运行结果如下：

```
1 2 3 4
5 6 7 8
9 8 7 6
5 4 3 2
Turn after placing:
    1.00    5.00    9.00    5.00
    2.00    6.00    8.00    4.00
    3.00    7.00    7.00    3.00
    4.00    8.00    6.00    2.00
```

[**运行结果说明**] 本程序完成二维数组 a 的行列互换。在矩阵转置的嵌套循环中，其循环体是一条 if 语句。if 的条件判断表达式"j<i"(列下标小于行下标)表示只取下三角元素与它对应位置上的元素交换。在输出转置结果的嵌套循环中，以行列对齐格式输出。为此输出数组元素要加域宽与精度，每输出完一行后换行。

5.2.3 二维数组程序举例

例 5-8 输入一个日期，输出该日期是这一年中的第几天。

[**算法设计**] 因为闰年的二月份有 29 天，非闰年的二月份是 28 天，将每个月的天数存放在一个二维数组中，第一行存放非闰年的每月天数，第二行存放闰年的每月天数。累加该日期前的完整月的天数，再加上本月到该日期止的天数，就是该日期在这一年中的第几天。

```
//DateTest.c
#include<stdio.h>

void main(){
    //数组初始化,存放每月天数
    int m[][13]={{0, 31, 28, 31, 30, 31, 30, 31, 31, 30, 31, 30, 31},
                 {0, 31, 29, 31, 30, 31, 30, 31, 31, 30, 31, 30, 31}};

    int j, year, month, day, leap;
    printf("Please input date(yy-mm-dd): ");
    scanf("%d-%d-%d", &year, &month, &day);
    leap=(year%4==0)&&(year%100!=0)||(year%400==0); //闰年 leap=1,否则 leap=0
    for(j=0; j<month; j++)
        day+=m[leap][j];
    printf("%d\n",day);
}
```

运行结果如下：

```
Please input date(yy-mm-dd): 2010-12-25
359
```

5.3 字符串

字符串是一个用双引号括起来的以"\0"结束的字符序列，其中的字符可以包含字母、数字、其他字符、转义字符和汉字。例如，"Good"、"Study hard!"、"C 程序设计导引"等。

5.3.1　字符串的存储

在 C 语言中，字符串存储在一维字符数组中。每个字符串常量有一个字符串结束标志'\0'隐藏在串最后，标志着该字符串结束。字符串结束标志由系统自动添加在字符串常量最后。存储字符串数组的空间也许很大，但只有结束标志'\0'以前的字符序列才是字符串的实际内容。

一个字符串中字符的个数称为该字符串的**长度**(不包括串结束标志)。字符串中每个汉字相当于 2 个字符，占 2 个字节存储单元。

字符串内可不含字符，如""表示**空串**。单引号括起来的是字符，有且必须只有一个字符。"A"是字符串常量，包括'A'和'\0'两个字符，而'A'是字符常量，只有一个字符。例如：

```
char a[ ]={'C','H','I','N','A','\0'};
```

数组 a 中就存放了字符串"CHINA"，'\0'即是 ASCII 码值为 0 的字符，等于整数 0。数组初始化时，若给出了全部元素的初值，则可以省略数组长度。数组 a 的内存形式如图 5-6 所示。

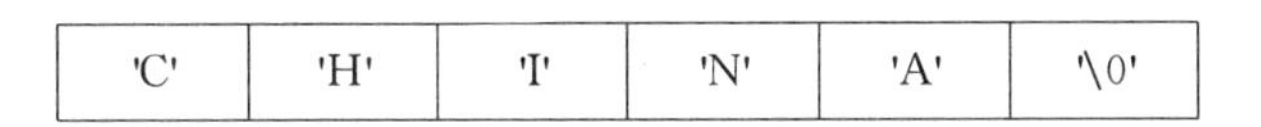

'C'	'H'	'I'	'N'	'A'	'\0'

图 5-6　用字符串初始化字符数组

也可以用字符串初始化数组，上述初始化等价于

```
char c[6]={"CHINA"};
```

或

```
char c[6]="CHINA";
```

例如：

```
char a[10];a[0]='C'; a[1]='H'; a[2]='I'; a[3]='N'; a[4]='A';
```

则数组 a 的内存形式如图 5-7 所示，未初始化或赋初值的数组元素值不确定。

'C'	'H'	'I'	'N'	'A'					

图 5-7　未初始化或赋初值的数组元素值不确定

不确定的值可以给后面的数组元素赋值'\0'，用以存储字符串。如语句“a[5]='\0';”或初始化数组“char a[10]={'C','H','I','N','A'};”，则数组 a 的内存形式如图 5-8 所示。

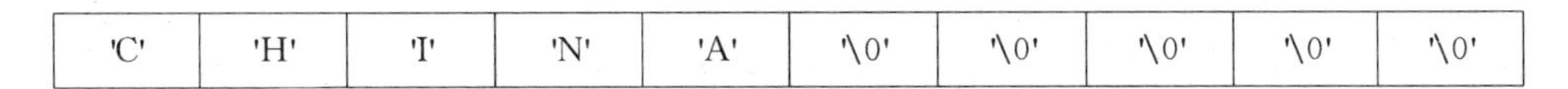

'C'	'H'	'I'	'N'	'A'	'\0'	'\0'	'\0'	'\0'	'\0'

图 5-8　为数组加入字符'\0'

注意：

(1) 数组的长度必须比字符串的元素个数多 1，用以存放字符串结束标志'\0'。

(2) 用字符串初始化字符数组时，可以省略数组长度的定义。

(3) 数组名是地址常量，不能将字符串直接赋给数组名。例如，“char c[6]; c="CHINA";”是错误的。

(4) 字符串到第一个'\0'结束。例如，char c[]="abc\0xyz"; 则数组 c 的长度为 8，但其中存放的字符串为“abc”。

5.3.2 字符串的输入与输出

字符串输入/输出有下面几种方法。

1. 整个字符串的输入与输出

在函数 scanf()和 printf()中用格式符“%s”可输入/输出整个字符串，对应的参数是数组名，即数组的起始地址或数组元素地址。

1) 用格式符%s 输出字符串

例如，语句

```
char a[]="Windows XP";
printf("%s",a);
```

输出结果为 Windows XP。函数 printf()逐个输出数组 a 中的每个元素，直到'\0'结束。

2) 指定宽度输出

用%ms 可以按指定宽度 m 输出字符串。当 m 小于实际宽度时不起作用；当 m 大于实际宽度时左边补空格；若在 m 前加负号，则右边补空格。用%.ns 指定只输出字符串的前 n(正整数)个字符。

例如：

```
printf("BEGIN%10s %-5sEND\n","Windows","XP");
printf("BEGIN%10.3s %.3s %-5.3sEND\n","Windows","Windows","XP");
```

输出结果如下：

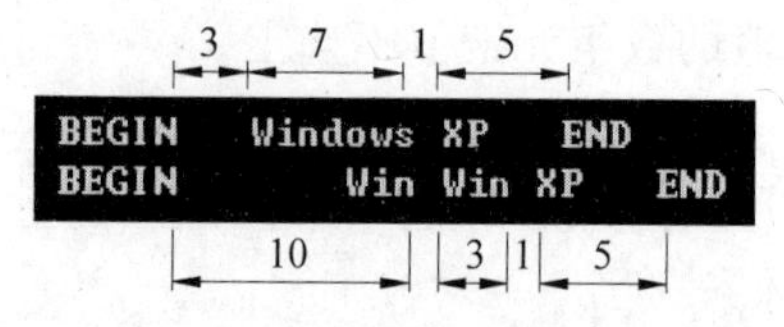

其结果分析如下。在第一句中，字符串“Windows”的输出设置是“%10s”，其本身长度是 7，所以在其前应补 3 个空格。字符串“XP”的输出设置是“%-5s”，其本身长度是 2，所以在其后应补 3 个空格。在第二句中，字符串“Windows”的输出设置是“%10.3s”，仅输出其前 3 个字符“Win”，所以在其前应补 7 个空格。第二个字符串“Windows”的输出设置是“%.3s”，仅输出其前 3 个字符“Win”，没有空格需要补充。字符串“XP”的输出设置是“%-5.3s”，其本身长度是 2，所以在其后应补 3 个空格。注意，还有一个字符的空格是函数 printf()的参数之间的空格。

3) 用格式符%s 输入字符串

例如：

```
char a[80];
```

当执行语句“scanf("%s",a);”时，若从键盘输入 CHINA，系统自动会在 CHINA 的后面加一个终止符'\0'存放到字符数组 a 中。

例 5-9 输入一行字符串，将其中的小写字母转换成大写字母，其余字符不变。

```
//ToCapital.c
#include<stdio.h>

void main(){
    char c[80];
    int i;

    printf("输入一字符串,以空格结束!\n");
    scanf("%s", c);
    for(i=0;c[i]!='\0';i++)
        if(c[i]>='a'&&c[i]<='z') c[i]-=32;
    printf("%s\n", c);
}
```

运行结果如下：

```
输入一字符串，以空格结束!
Welcome to Hangzhou!
WELCOME
```

将字符串存放在字符数组中，在处理时不以字符数组的长度为准，而是用检测字符'\0'来判别字符串是否处理完毕。所以，不能将“for(i=0;c[i]!='\0'; i++)”写成“for(i=0; i<80; i++)”。

scanf()函数用格式符“%s”输入若干字符(可以是汉字)到字符数组，遇空格、Tab、回车符终止，并写入串结束标志。所以，要想在字符串中包含空格、Tab 字符，无法用 scanf()函数中格式符“%s”输入，可以用下面介绍的 gets()函数输入。

2. 字符串输入函数 gets()

使用方式：

```
gets(str);
```

其中，参数 str 为字符数组名或字符串中某个字符的地址。

函数功能：读入一串以回车结束的字符，顺序存放到以 str 为首地址的内存单元中，最后写入字符串结束标志'\0'。

3. 字符串输出函数 puts()

使用方式：

```
puts(str);
```

其中，参数 str 为字符数组名或字符串中某个字符的地址。

函数功能：输出内存中从地址 str 起的若干字符，直到遇到'\0'为止，最后输出一个换行符。

例 5-10 字符串函数 gets()和 puts()的应用。

```
//GetsPutsTest.c
#include<stdio.h>

void main(){
    char c[80];
    int i;
    gets(c);
    for(i=0;c[i]!='\0';i++)
        if(c[i]>='a'&&c[i]<='z')
            c[i]-=32;
    puts(c);
}
```

运行结果如下：

```
Welcome to Hangzhou!
WELCOME TO HANGZHOU!
```

puts()函数与 printf()函数以格式符%s 输出字符串的区别是前者逐个输出字符到'\0'结束时会自动输出一个换行符，后者逐个输出字符到'\0'结束，不会自动输出换行符。

5.3.3 常用字符串函数

C 语言的库函数提供了许多处理字符串的函数。前面介绍的 gets()和 puts()就属于这类函数。常用的还有如下 4 个函数。

1. 字符串连接函数 strcat()

使用格式：

```
strcat(字符串 1, 字符串 2)
```

函数功能：将字符串 1 和字符串 2 连接成一个字符串，其结果放入字符串 1。调用该函数后得到的函数值为字符串 1 的地址。

例 5-11 将字符串"Welcome to"和"Hangzhou!"连接成一个字符串。

```
//StrcatTest.c
```

```
#include<stdio.h>
#include<string.h>

void main(){
    char a[50]={"Welcome to "};
    char b[]={"Hangzhou!"};

    printf("a=%s\n", a);
    printf("b=%s\n", b);
    strcat(a, b);
    printf("%s strlen(a)=%d\n", a, strlen(a));
}
```

运行结果如下：

```
a = Welcome to
b = Hangzhou!
Welcome to Hangzhou!  strlen(a) = 20
```

［**编程说明**］　连接后的字符串存放在字符串 1 中，所以，字符串 1 必须定义得足够大，否则不能容纳新串。比如，程序中若定义

```
char a[]={"Welcome to "};
```

编译通过，但在运行时将发生错误。

2. 字符串拷贝函数 strcpy()

使用格式：

strcpy(字符数组,字符串)

函数功能：将字符串拷贝到字符数组中。

3. 计算字符串长度函数 strlen()

使用格式：

strlen(字符串)

函数功能：计算机字符串长度。

例 5-12　字符串拷贝和字符串长度计算。

```
//StrcpyTest.c
#include<stdio.h>
#include<string.h>

void main(){
    char a[]={"Welcome to "};
    char b[]={"Hangzhou!"};
```

```
    char c[20]={"Shanghai!"};
    printf("c=%s\n", c);
    strcpy(c, b);
    printf("After strcpy(c, b), c=%s\n", c);
    printf("a=%s, len=%d\n", a, strlen(a));
    printf("c=%s, len=%d\n", c, strlen(c));
}
```

运行结果如下：

```
c = Shanghai!
After strcpy(c, b), c = Hangzhou!
a = Welcome to , len = 11
c = Hangzhou!, len = 9
```

[**编程说明**] 字符数组必须定义得足够大，以便能容纳被拷贝的字符串，否则将发生运行时错误。

4. 字符串比较函数 strcmp()

使用格式：

strcmp(字符串 1, 字符串 2)

函数功能：字母按字典次序比较两个字符串的大小。若字符串 1==字符串 2，函数返回 0；若字符串 1>字符串 2，函数返回一正数；若字符串 1<字符串 2，函数返回一负数。

例 5-13 输入 3 个字符串，输出其中最大的字符串。

```
//StrcmpTest.c
#include<stdio.h>
#include<string.h>
void main(){
    int i;
    char str[10],temp[10];
    printf("Please input 3 strings:\n");
    gets(temp);
    for(i=0;i<2;i++){
        gets(str);
        if(strcmp(temp,str)<0)
            strcpy(temp, str);
    }
    printf("The largest string is: %s\n",temp);
}
```

运行结果如下：

```
Please input 3 strings:
Hello C
Turbo C
Basic
The largest string is: Turbo C
```

5.4 数组与函数

当一个函数要访问数组时，可以用数组元素作为函数的参数。其用法与普通变量作函数的参数相同，也可用数组名作函数参数，使被调函数可以用主调函数的整个数组。

5.4.1 数组元素作为函数参数

单个数组元素可以作为函数实参，与简单变量作实参的表达式一样，属于单向的值传递。在此情况下，只需将单个元素看成一个简单变量即可。事实上，在例 5-4 的程序 SelectTest.c 中，语句

```
printf("%d ", arr[1]);
```

将一维数组元素 arr[1]作为 printf()的实参使用。在例 5-7 的程序 MatrixTrans.c 中，语句

```
printf("%8.2f", a[i][j]);
```

将二维数组元素 a[i][j]作为 printf()的实参使用。

例 5-14 输入 10 个学生成绩存放在一维数组 score 中，求其最高分。

```
//MaxScore.c
#include<stdio.h>

double max(double x, double y){
    if(x>y) return x;
    else    return y;
}

void main(){
    int i;
    double score[10], top;
    printf("请输入 10 个成绩:\n");
    for(i=0; i<10; i++)
        scanf("%lf", &score[i]);
    top=score[0];
    for(i=0; i<10; i++)
        top=max(score[i], top);                    //数组元素 score[i]作实参
    printf("最高分=%.1f\n", top);
}
```

运行结果如下：

```
请输入10个成绩:
80 55.5 97.5 58.5 63 76.5 84 71.5 88 90.5
最高分 = 97.5
```

5.4.2 数组名作为函数参数

数组名作函数参数时，须遵守以下原则：

(1) 形参为数组形式,实参为数组名。

(2) 实参数组与形参数组的数据类型必须相同,形参不用指明数组长度。

(3) 数组名不仅仅代表数组的名称,而且代表该数组在内存中的首地址。因此,用数组名作函数实参时,实参传递给形参的是数组的地址,属于典型的传址调用。于是,实参与形参数组共享同一段内存空间。

例 5-15 编写程序将一维数组中的 n 个整型元素逆序存放。

[**算法设计**] 逆序存放是指将第 $i(0\leqslant i\leqslant n-1)$个元素放到倒数第 i 个位置上。因此,只需用循环将第 $i(0\leqslant i\leqslant n/2)$个元素与第 $n-i-1$ 个元素交换即可。

```
//ReverseTest.c
#include<stdio.h>

void reverse(int b[], int n){
    int i, t;

    for(i=0; i<n/2; i++){
        t=b[i];
        b[i]=b[n-i-1];
        b[n-i-1]=t;
    }
}

void main(){
    int j, a[10]={2, 4, 6, 8, 10, 12, 14, 16, 18, 20};
    printf("原始数组:\n");
    for(j=0; j<10; j++)
        printf("%d ", a[j]);
    reverse(a, 10);
    printf("\n倒序后的数组:\n");
    for(j=0; j<10; j++)
        printf("%d ", a[j]);
    printf("\n");
}
```

运行结果如下:

```
原始数组:
2 4 6 8 10 12 14 16 18 20
倒序后的数组:
20 18 16 14 12 10 8 6 4 2
```

习题 5

一、填空题

1. 以下程序求矩阵中所有元素的乘积。试填空。

```
#include<stdio.h>
```

```
void main(){
    int i, j, f=1;
    int b[2][4]={1, 2, 3, 4, 5, 6, 7, 8};
    for(i=0;  (1)  ; i++){
        for(j=0; j<4; j++)
            f=f *  (2)  ;
    }
    printf("f=%d\n", f);
}
```

2. 以下程序求数组中最大元素及其下标。试填空。

```
#include<stdio.h>
void main(){
    int s[3][3],max,i,j,row,col;
    for(i=0;i<3;i++)
        for(j=0;j<3;j++)
            scanf("%d",&s[i][j]);
     (1)  =s[0][0];
    for(i=0;i<3;i++)
        for(j=0;j<3;j++)
            if(s[i][j]>max){
                 (2)  ;
                row=i;
                col=j;
            }
    printf("s[%d][%d]=%d\n",row,col,max);
}
```

3. 假设数组 a 中的数按从小到大的顺序存放，以下程序把 a 数组中相同的数删得只剩一个，然后以每行 5 个数的形式输出 a 数组中的数。试填空。

```
#include<stdio.h>
#define N 20
void main(){
    int a[N],i,j,n;
    for(i=0; i<N; i++)
        scanf("%d", &a[i]);

    n=i=N-1;
    while(  (1)  ){
        if(a[i]==a[i-1]){
            for(  (2)  ;j<=n;j++)
                a[  (3)  ]=a[j];
            n=  (4)  ;
        }
        i=  (5)  ;
```

```
    }
    for(i=0;i<=n;i++){
        if(  (6)   ) printf("\n");
        printf("%3d", a[i]);
    }
}
```

4. 输入两个字符串，程序将输出两个字符串中第一个不相同字符的ASCII码之差及其下标。试填空。

```
#include<stdio.h>
#include<string.h>

void main(){
    int i=0, m;
    char str1[50], str2[50];

    printf("Please input string 1:\n");
    gets(str1);
    printf("Please input string 2:\n");
    gets(str2);

    while(i<(int)strlen(str1)&&i<(int)strlen(str2)&&str1[i]==str2[i])
        ___(1)___;
    if(i<(int)strlen(str1)&&i<(int)strlen(str2)){
        m=___(2)___;
        printf(_____(3)_____);
    }
    else
        printf("All are the same.");
}
```

5. 程序能够按以下形式输出一个杨辉三角形，请将函数yahuei的下划线处补充完整。

```
1
1  1
1  2  1
1  3  3  1
1  4  6  4  1
⋮
#include<stdio.h>
#define N 5

void yahuei(int a[][N]){
   int i, j;
   a[0][0]=1; a[1][0]=1; a[1][1]=1;
   for(i=2; i<N; i++){
```

```
        a[i][0]=1; a[i][i]=1;
        for(j=1; ___(1)___ ; j++)
            a[i][j]=a[i-1][j-1]+ ___(2)___ ;
    }
}

void main(){
    int x[N][N], i, j;
    yahuei (___(3)___);
    for(i=0; i<N; i++){
        for(j=0; j<=i; j++)
            printf("%d", x[i][j]);
        printf("\n");
    }
}
```

6. 以下程序的功能是找出三个字符串中的最大串。试填空。

```
#include<stdio.h>
#include<string.h>
void main(){
    int i;
    char string[20],str[3][20];
    for(i=0;i<3;i++)
        gets(___(1)___);
    if(strcmp(str[0],str[1])>0)
        strcpy(string,str[0]);
    else
        strcpy(___(2)___);
    if(___(3)___)
        strcpy(string,str[2]);
    printf("The largest string is: %s\n", string);
}
```

二、编程题

1. 试编程，在数组 x 的 5 个数中求平均值 aver，并找出与 aver 相差最小的数组元素。

2. 试编程，将输入的一串十六进制数据转换成十进制数据。

3. 输入一个字符串，以回车符作为结束标志。统计并输出这个字符串中大写字母、小写字母和数字字符的个数。

4. 设有一头母牛，它每年年初生一头小母牛。每头小母牛从第 4 个年头开始，每年年初也生一头小母牛。问在第 20 年时，共有多少头牛？分别输出从第 1 年至第 20 年每年的母牛数。

5. 输入一个字符串，再输入一个字符，试编写函数 count()，统计该字符在字符串中出现的次数。

6. 编写一个函数实现计算字符串的长度。

7. 编写一个函数实现两个字符串的复制。

8. 输入一个字符串，判断其是否为C语言的合法标识符。

9. 简单加/解密程序。用A→B表示“字母A用B代替”。有一行电文，已按下面的规则

```
A→Z, B→Y, C→X, …, Z→A
a→z, b→y, c→x, … , z→a
```

译成密文。上面的规则就是英文第 i 个字母变为第 $26-i+1$ 个字母，非英文字母的字符不变。试编程。

10. 输入一个完整语句，统计该语句中单词的个数。

11. 输入一个英文句子，要求将每个单词的第一个字母改成大写字母。

12. 输入一个 2×3 矩阵 $\boldsymbol{A}$ 和一个 3×2 矩阵 $\boldsymbol{B}$，计算并输出 $\boldsymbol{A}\times\boldsymbol{B}$ 的结果。

13. 输入一个字符串，再输入一个字符，编写函数 delete()，将字符串中的该字符删除。

14. 判别一字符串是否是另一字符串的子串，如是则输出第一次出现的位置。

15. 不使用函数 strcmp()，编程实现两个字符串大小的比较。

16. 试编程，求一个 3×3 矩阵对角线的各元素之和。

17. 修改例 5-4 的程序 SelectTest.c，编程实现按绝对值从大到小排序。

18. 在 n 阶方阵中，若一个元素的值在该行上最大，在该列上最小，则称该元素为**鞍点**。试编程实现寻找 $n\leqslant5$ 阶方阵的鞍点，若存在鞍点，输出其下标。

19. 输入 $n(n\leqslant50)$ 个职工的工资（单位为元，一元以下部分舍去），计算工资总额，计算给职工发放工资时所需各种面额人民币的最小张数（分壹佰元、伍拾元、贰拾元、拾元、伍元、壹元 6 种）。

20. 存在一个排好序的一维数组。输入一个数，要求按原来的排序规律将它插入数组中。

21. 试编写函数 delete(char s[], int i, int n)删除字符串 s 中自第 i 个字符开始的 n 个字符，并使用该函数删除指定字符中的字符。

22. 编写一函数，输入一字符串，将此串中最长的单词输出。

[**解析**] 单词是全由字母组成的字符串。设函数 longest()的功能是找出最长字符串的起始位置。

23. 输入 5 个学生的 3 门课的成绩，分别用编写函数计算：

(1) 每个学生的平均分；

(2) 每门课程的平均分；

(3) 找出最高平均分的学生和相应的课程成绩；

(4) 计算平均分方差。方差用以下公式计算：

$$\sigma=\frac{1}{n}\sum_{i=1}^{n}\bar{x}_i^2-\left(\frac{\sum_{i=1}^{n}\bar{x}_i}{n}\right)^2$$

其中 $\bar{x}_i$ 是第 i 个学生的平均分。

第6章

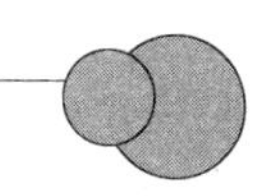

指针与动态内存分配

指针是一类特殊的变量，指针中存储的数值被解释成为内存的地址。指针是C语言中至关重要的数据类型，C语言的内存管理及访问硬件的能力得益于指针。正是由于指针的强大能力，也使得使用指针存在着风险。本章介绍指针的概念和基本操作、指针作为函数参数、指针与数组的关系、指针与字符串、指针数组和动态内存分配等，并通过程序实例详细解析指针的使用。要清楚地了解指针，需要弄清指针的4个方面内容：指针的类型、指针所指向的类型、指针的值、指针本身的内存区。

6.1 指针基础

生活中常见一些找人的例子。例如，想要到某学校寻找某位同学，你知道他的专业、班级、姓名和所住的公寓号，但不知道具体的房间，你如何去找呢？一般的过程是先到该公寓的收发室，告诉管理员你要找的同学姓名，然后查找到相应的房间号。那么这与指针有什么关系？你就相当于一个指针，房间号相当于一个地址，你需要的是一个地址，这个地址里有你要找的同学。指针中存放的是内存地址，需要用地址来赋值，内存地址里面存储所有的内容。

6.1.1 指针变量定义

前面已经学过了许多不同的数据类型，既然数据有相应的类型，那么存储这些数据的地址是否也有类型呢？当然也有，正如男生公寓中只能住男生，女生公寓中只能住女生一样。在整型地址中只能存放整型数，而在双精度数地址中只能存放双精度数。这是因为在不同类型的房间里，其布局不相同。内存中地址类型的不同决定了其数据在内存中的存储布局不相同。因此，对不同类型数据不能交叉使用。

由于地址类型不同也决定了指针具有类型。事实上，指针是复杂数据类型，是一类数据类型的统称。例如，下面的指针声明

```
int  *ptrI;
char *ptrC;
```

其中ptrI是一个指向int的指针变量，而ptrC则是一个指向char的指针变量，ptrI和ptrC都是指针类型。但由于其指向的地址是不同的类型，所以，它们就是不同类型的指

针。上面 ptrI 的指针类型为 int * ,ptrC 的指针类型为 char * 。

从书写格式上,声明中的"*"既可以挨近前面的数据类型如"int* ptrI;",也可以靠近后面的变量名如"int *ptrI;",或者是居于两者中间,如"int * ptrI;"。但要注意,并不是每个指针都有实在的类型,例如:

```
void * ptrV;
```

这里的 ptrV 则是一个**空类型**的指针。它是用来给其他类型的指针变量赋值的,但必须要经过强制类型转换。正如房子盖好了,但还没有决定做什么用。可能用作办公室,也可能用作教室,也可能改为宿舍,此时房间号是空指针。一旦决定了这个房间的作用(类型转换),布局也就定了,也就有了类型。

当编译器遇到指针声明的时候,会为其分配相应的内存空间。那么指针变量本身所占据的内存空间是否会随类型不同而不同呢? 以下程序用来测试不同类型指针在内存中是否占有同样数量的内存空间。

例 6-1 不同类型的指针在内存中占有同样大小的内存空间。

```
//PtrSizeTest.c
#include<stdio.h>

void main(){
    int    *ptrI;
    char   *ptrC;
    double *ptrD;
    //输出各指针所占有内存空间字节数
    printf("size of ptrI: %d\n", sizeof(ptrI));
    printf("size of ptrC: %d\n", sizeof(ptrC));
    printf("size of ptrD: %d\n", sizeof(ptrD));
}
```

运行结果如下:

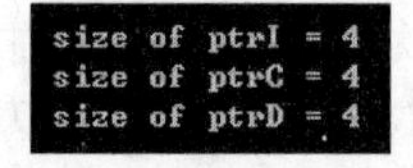

由此可知,在 32 位的系统中,指针变量所占内存空间为 4B,且不随所指向内容的变化而变化。对于 void * 由于没有具体的类型不能这样测试。

6.1.2 指针变量初始化

既然已经知道了指针变量的声明方法,是否也可以如其他基本数据类型一样进行初始化呢? 例如整型变量的初始化,需要用整型数,那么指针变量既然存放的是地址,初始化当然要用地址来完成。如下程序表明,既可以在声明同时进行初始化,也可以先声明然后再赋值,其中 & 为**取地址符**。

例 6-2 指针变量的赋值。

```
//PtrInitTest.c
#include<stdio.h>

void main(){
    int a=10;
    int b=20;
    int *ptrIa=&a;                                          //声明同时初始化
    int *ptrIb;                                             //先声明
    ptrIb=&b;                                               //声明后再赋值
    printf("address of ptrIa=%x\tptrIa=%x\n", &ptrIa, ptrIa);
    printf("address of     a=%x\t     a=%d\n", &a, a);
    printf("ptrIb=%x and address of b=%x\n", ptrIb, &b);
}
```

运行结果如下：

```
address of ptrIa = 12ff74       ptrIa = 12ff7c
address of     a = 12ff7c           a = 10
ptrIb = 12ff78 and address of b = 12ff78
```

在上述程序中，&ptrIa 是指针本身的地址 12ff74，ptrIa 里面存放的是 a 的地址 12ff7c，即 ptrIa 是指向 a 的指针，而 ptrIa 所指向的地址里面的内容即为 a 的值 10，而 ptrIa 本身有自己的地址 12ff74。如图 6-1 所示，其中每个量用两部分描述，第一部分为其本身的地址，第二部分为该地址中存储的内容。

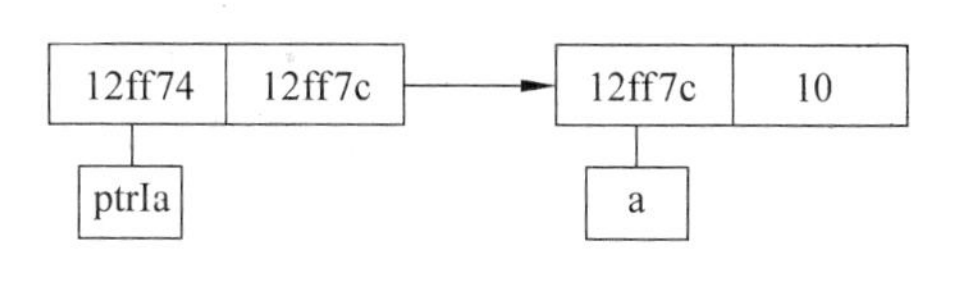

图 6-1 指针与地址

不同的系统中分配地址的具体值及其所指向的内容可能有不同。在其他变量赋值的时候，有可能会有隐形转换，比如可以用一个整型数给一个双精度变量赋值。那么，在指针初始化时，是否也可以用其他类型的地址赋值？例如下面的程序段

```
#include<stdio.h>
void main(){
    double b=20;
    int *ptrIb;
    ptrIb=&b;                                  //出错
}
```

在进行编译的时候，会出现如下的错误提示："error C2440：'='：cannot convert from 'double *' to 'int *'"。可见指向不同数据类型的指针无法相互隐形转换。因此在使用指针的时候，要注意指针类型与数据类型要相符合。

6.1.3 指针的间接引用

如何能够使指针对所指向的内容完成需要的操作呢，所用的工具就是指针的间接

引用。

例 6-3 指针的间接引用。

```
//PtrApp.c
#include<stdio.h>
void main(){
    int a=10;
    int *ptrIa=&a;
    printf("address of ptrIa=%x\t  ptrIa=%x\n", &ptrIa, ptrIa);
    printf("address of      a=%x\t       a=%d\n", &a, a);
    printf("reference of ptrIa=%d\t\n", *ptrIa);
    *ptrIa=20;                                    //指针的间接引用
    printf("a=%d\n", a);
    printf("reference of ptrIa=%d\t\n", *ptrIa);
}
```

运行结果如下：

```
address of ptrIa = 12ff78         ptrIa = 12ff7c
address of      a= 12ff7c             a=10
reference of ptrIa = 10
a = 20
reference of ptrIa = 20
```

[运行结果说明] 上面的程序在声明“int *ptrIa”中的“*”表示这是一个指针类型变量。但在后面语句中的“*ptrIa”中的“*”表示的是指针 ptrIa 的间接引用，所谓**间接引用**就是指针 ptrIa 所指向的内容。“*”的作用相当于图 6-1 中的箭头，使得 *ptrIa 成为 a 的等价描述。从程序的执行结果分析，当执行完语句“*ptrIa=20;”后，a 的值也变成了 20，可见 *ptrIa 表示的是变量 a，它们是等价的。这样通过指针的间接引用，实现了对其所指向的内容的操作，指针才有了意义。

6.1.4 指针基本运算

1. 指针的算术运算

指针的算术运算不像其他数据类型那样丰富，对于指针与整数的算术运算只有加与减，但其运算有着特殊的规律。通过下面的例子进行分析，当指针作加法或者减法时运算规则有什么特别之处。

例 6-4 指针的加法和减法运算。

```
//PtrAddMin.c
#include<stdio.h>
void main(){
    int a=10;
    int b=20;
    int c=30;
    int *ptrIb=&b;
```

```
    int *ptrIc=&c;
    printf("address of a=%x\t a=%d\n", &a, a);
    printf("address of b=%x\t b=%d\n", &b, b);
    printf("address of c=%x\t c=%d\n", &c, c);
    printf("address of ptrIc=%x\tptrIc=%x\t*ptrIc=%d\n", &ptrIc, ptrIc, *ptrIc);
    ptrIc++;                                          //指针加法
    printf("address of ptrIc=%x\tptrIc=%x\t*ptrIc=%d\n", &ptrIc, ptrIc, *ptrIc);
    printf("address of ptrIb=%x\tptrIb=%x\t*ptrIb=%d\n", &ptrIb, ptrIb, *ptrIb);
    ptrIb--;                                          //指针减法
    printf("address of ptrIb=%x\tptrIb=%x\t*ptrIb=%d\n", &ptrIb, ptrIb, *ptrIb);
}
```

运行结果如下：

```
address of a = 12ff7c    a = 10
address of b = 12ff78    b = 20
address of c = 12ff74    c = 30
address of ptrIc = 12ff6c      ptrIc = 12ff74   *ptrIc = 30
address of ptrIc = 12ff6c      ptrIc = 12ff78   *ptrIc = 20
address of ptrIb = 12ff70      ptrIb = 12ff78   *ptrIb = 20
address of ptrIb = 12ff70      ptrIb = 12ff74   *ptrIb = 30
```

［**运行结果说明**］ 从本例可见，当 ptrIc 进行增量运算的时候，其里面存放的地址从“12ff74”增加到“12ff78”，并不是增加到“12ff75”，而所指的内容当然成为了地址“12ff78”中的内容。但其本身的地址不变。同样，ptrIb 本身的地址不变，但其所指向的地址从“12ff78”减小到“12ff74”，所指的内容也成为了“12ff74”中的内容。因此，增量运算增加了 4，而不是 1；减量运算同样减小了 4，而不是 1。是否对其他类型的指针也是增加 4 呢？请看以下例题。

例 6-5 指针的增量运算。

```
//PtrInc.c
#include<stdio.h>

void main(){
    double a=10;
    double b=20;
    char   c='A';
    char   d='B';
    char   *ptrCd=&d;
    double *ptrDb=&b;

    printf("address of a     =%x\t     a=%d\n", &a, a);
    printf("address of b     =%x\t     b=%d\n", &b, b);
    printf("address of c     =%x\t     c=%c\n", &c, c);
    printf("address of d     =%x\t     d=%c\n", &d, d);
    printf("address of ptrDb=%x\tptrDb=%x\t*ptrDb=%d\n", &ptrDb, ptrDb, *ptrDb);
    printf("address of ptrCd=%x\tptrCd=%x\t*ptrCd=%c\n", &ptrCd, ptrCd, *ptrCd);
    ptrCd++;
```

```
    ptrDb++;
    printf("address of ptrDb=%x\tptrDb=%x\t*ptrDb=%d\n", &ptrDb, ptrDb, *ptrDb);
    printf("address of ptrCd=%x\tptrCd=%x\t*ptrCd=%c\n", &ptrCd, ptrCd, *ptrCd);
}
```

运行结果如下：

```
address of a     = 12ff78          a = 0
address of b     = 12ff70          b = 0
address of c     = 12ff6c          c = A
address of d     = 12ff68          d = B
address of ptrDb = 12ff60      ptrDb = 12ff70  *ptrDb = 0
address of ptrCd = 12ff64      ptrCd = 12ff68  *ptrCd = B
address of ptrDb = 12ff60      ptrDb = 12ff78  *ptrDb = 0
address of ptrCd = 12ff64      ptrCd = 12ff69  *ptrCd = ?
```

［**运行结果说明**］ 当双精度型指针ptrDb进行增量运算时，所指向的地址从"12ff70"增加到了"12ff78"，而字符型指针ptrCd进行增量运算时，所指向的地址从"12ff68"增加到了"12ff69"。

综合上述分析，可得到结论：指针的增量运算是按所指向的数据类型所占内存字节数为单位进行增加的。设指针变量为ptr，adptr表示其中所存放的地址，如果要进行操作"ptr=ptr±d"，其中d为一个整数，有如下计算公式：

adptr=adptr±d*sizeof(*ptr)

对于指针与指针间的算术运算只有减法运算，且两个指针的类型要相同。在下面的程序段中，ptrIa所指向的地址为"12ff7c"，而ptrIb所指向的地址为"12ff78"，且它们类型相同，可以作减法运算。

例6-6 指针与指针间的减法运算。

```
//PtrMinus.c
#include<stdio.h>

void main(){
    int a=10;
    int b=20;
    int *ptrIa=&a;
    int *ptrIb=&b;
    int d=ptrIa-ptrIb;
    printf("ptrIa=%x and ptrIb=%x\n", ptrIa, ptrIb);
    printf("ptrIa-ptrIb=%d\n", d);
}
```

运行结果如下：

```
ptrIa = 12ff7c and ptrIb = 12ff78
ptrIa - ptrIb = 1
```

［**运行结果说明**］ 从上述程序的结果可以看出，其运算结果为1，并不是实际的4。事实上，这个结果的由来与前面的加法和减法类似，其运算是按照所指数据类型所占内存

数为单位的。设 ptra 和 ptrb 为两个指针，用 d 表示两个指针间以数据类型所占字节数为单位的距离，则减法运算 ptra-ptrb 的公式如下：

```
d=(ptra-ptrb)/sizeof(*ptra)
```

2. 指针的关系运算

两个相同类型的指针可以进行关系运算，其结果反映的是两个指针所指向地址之间的前后位置关系。例如，设两个指针为 ptra 和 ptrb，它们所指向的数据类型相同，那么对于关系表达式“ptra<ptrb”，当结果为 true 的时候，表示 ptra 在 ptrb 之前，否则表示相等或在其后。

另外指针也可以与 NULL 进行相等的判断，以说明指针是否为空。例如：

```
ptra==NULL
```

如果结果为 true，说明是空指针。

综合以上的知识，设计一个指针基本运算示例如下。

例 6-7 指针基本运算。

```
//PtrOperation.c
#include<stdio.h>

void main(){
    int a[5]={1, 2, 3, 4, 5};
    int *p1, *p2, *p3, *p4;
    int sum=0;
    int average;
    p1=&a[0];
    p2=&a[4];
    p3=p1+2;
    printf("value pointed by p3=%d\n", *p3);
    for(p4=p1; p4<=p2; p4++)
        sum+=*p4;

    average=sum/(p2-p1);
    printf("sum=%d  average=%d\n", sum, average);
}
```

运行结果如下：

```
value pointed by p3 = 3
sum = 15      average = 3
```

[**运行结果说明**] 从例 6-7 中可见，p1 指向数组的第一个元素，而 p2 指向数组的第二个元素。p3 经过指针的加法并赋值后，指向了数组中的第三个元素。p4 作为指针变量，通过增量运算，从 p1 转向 p2，在这期间通过指针的间接引用将数组所有元素累加起来，并利用指针减法计算元素个数，从而求出平均值。

6.2 指针与数组

6.2.1 指向数组元素的指针

1. 指向一维数组元素的指针

前面已经学习了数组以及指针的基本使用。指针的强大功能不仅体现在对基本数据类型的操作上,还体现在与数组的相互配合上。指针既然可以指向一般的基本数据类型,当然也可以指向数组中的元素。

例 6-8 指针指向一维数组。

```
//PtrToArray.c
#include<stdio.h>

void main(){
    int a[10]={9, 8, 7, 6, 5, 4, 3, 2, 1, 0};
    int * p;
    p=a;              //用一维数组名给指针赋值
    printf("a=%x\ta[0]=%x\ta[0]=%d\t * a=%d\n", a, &a[0], a[0], * a);
    printf("p=%x\tp[0]=%x\tp[0]=%d\t * p=%d\n", p, &p[0], p[0], * p);
    printf("a[4]=%d\t * (a+4)=%d\tp[4]=%d\t * (p+4)=%d\n",a[4], * (a+4),p[4], * (p+4));
    printf("&a[4]=%x\ta+4=%x\t&p[4]=%x\tp+4=%x\n", &a[4], a+4, &p[4], p+4);
}
```

运行结果如下:

```
a = 12ff58       a[0] = 12ff58    a[0] = 9          *a = 9
p = 12ff58       p[0] = 12ff58    p[0] = 9          *p = 9
a[4]  = 5        *(a+4) = 5       p[4] = 5          *(p+4) = 5
&a[4] = 12ff68   a+4 = 12ff68     &p[4] = 12ff68    p+4 = 12ff68
```

[**运行结果说明**] 从第一句可见,数组名 a 实际上是一个指针。它代表的是数组的首地址,也等同于数组中第一个元素的地址,对其同样可以用间接引用。从后几句中可知,当经过前面的赋值语句“p = a;”后,用 p 代替 a 去完成同样的操作,得到的结果完全相同,p 完全可以代替 a。但要注意 C 语言中没有提供数组下标越界的检查,对指针同样也没有,这样会存在着风险,使用时要注意界限。

事实上,指针不仅可以用数组名来赋值,也可以用数组中某元素的地址来赋值。如 ptr=&a[3]等价于 ptr=a+3。但此时要注意,ptr 指向的是数组中下标为 3 的元素,而不是数组的首地址。另外,数组名虽然是指针,但却是指针常量,不能被赋值。以下的语句

```
a=p;
```

将出现错误提示“error C2440: '=': cannot convert from 'int * 'to 'int[10]'”。

2. 指向二维数组元素的指针

既然指针可以指向一维数组中的元素,那么指针是否可以指向二维数组中的元素呢?

答案是肯定的，但操作上要有些变化。

例 6-9　指针指向二维数组。

```
//PtrToArray2.c
#include<stdio.h>
#include<stdlib.h>

void main(){
    int a[3][4];
    int *p=a[0];
    int i, j;
    //二维数组中的第一行的首地址赋值
    for(i=0; i<3; i++){
        for(j=0; j<4; j++){
            a[i][j]=rand()%101;                    //产生 0~100 之间的整型数
            printf("a[%d][%d]=%d\t", i, j, a[i][j]);
        }
        printf("\n");
    }
    printf("a   =%x\ta[0]   =%x\t&a[0][0]=%x\n", a, a[0], &a[0][0]);
    printf("a+1=%x\ta[0]+1=%x\ta[1]     =%x\t&a[1][0]=%x\n", a+1, a[0]+1,a[1],
                                             &a[1][0]);
    printf("p   =%x\tp+1    =%x\t*p      =%d\n", p, p+1, *p);
}
```

运行结果如下：

```
a[0][0] = 41    a[0][1] = 85    a[0][2] = 72    a[0][3] = 38
a[1][0] = 80    a[1][1] = 69    a[1][2] = 65    a[1][3] = 68
a[2][0] = 96    a[2][1] = 22    a[2][2] = 49    a[2][3] = 67
a    = 12ff50   a[0]    = 12ff50 &a[0][0] = 12ff50
a+1  = 12ff60   a[0]+1  = 12ff54 a[1]     = 12ff60      &a[1][0] = 12ff60
p    = 12ff50   p+1     = 12ff54 *p       = 41
```

[**运行结果说明**]　上面的程序中，用 a[0]给指针 p 赋值。对于二维数组来说，数组名 a 和 a[0]及 a[1]各代表什么呢？程序中首先用随机函数生成了这个 3 行 4 列的二维数组，然后是 3 条输出语句。第一句中的 a 为二维数组的首地址，其值与 a[0]的值及元素 a[0][0]的地址相同。第二句中，a 增加 1 后，指向的地址为“12ff60”恰是 a[1]的值，也是元素 a[1][0]的地址。说明当 a 增加 1 时，是指向下一行的首地址，称 a 为**行指针**。另外，a[0]的值也与元素 a[0][0]的地址相同，而且当 a[0]增加 1 后，其值并不是元素 a[1][0]的地址，而是元素 a[0][1]的地址，而 a[1]的值为元素 a[1][0]的地址，因此，a[0]只是第 1 行元素的首地址，a[1]是第 2 行元素的首地址，称 a[0]或 a[1]为**列指针**，如图 6-2 所示。当用 a[0]给 p 赋值后，p 为列指

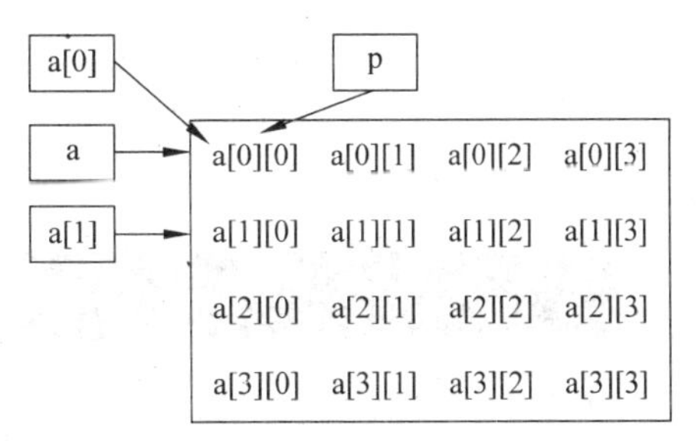

图 6-2　二维数组中的指针

针,但由于二维数组在内存中仍然以一维方式存储,且是以行主序,因此,可以用 p 完成对二维数组元素的引用,但必须通过二维下标向一维下标的转化。转换公式为

$$p[k] = a[i][j], \quad k = i * nCol + j$$

其中 k 为指针 p 的下标,i 和 j 分别为二维数组的行和列下标,nCol 为二维数组的列数。

二维数组名是行指针,一维数组名是列指针。二维数组的存储也是顺序存储,但逻辑关系上有所不同。

6.2.2 通过指针引用数组元素

既然指针可以指向数组中的元素,而且当用数组名为指针赋值的时候,指针可以用作数组名,那么就可以用指针来引用数组中的各元素。下例实现用指针引用数组中的元素,并找出该数组中值最大的元素及相应的下标。首先用一个变量 max 暂时存放第一个元素的值,作为当前的最大值,用 loc 来存放当前最大值的下标。然后依次比较其后面的所有值,如果某个值比当前最大值还大,就要更新 max 和 loc 来记录它,当比较完数组中所有元素的时候,将得到最大值及所在的位置。

例 6-10 通过指针引用一维数组元素。

```
//PtrUseArray.c
#include<stdio.h>
#include<stdlib.h>

void main(){
    int a[10];
    int *p;
    int i, max, loc;
    p=a;
    for(i=0; i<10; i++){
        a[i]=rand()%101;
        printf("%d", a[i]);
    }
    printf("\n");
    max=p[0]; loc=0;                        //max及loc的初始化
    for(i=0; i<10; i++){
        if(p[i]>max){ max=p[i]; loc=i;}     //比较数组元素与当前找到的最大值并记录
    }
    printf("max=%d  loc=%d\n", max, loc);
}
```

运行结果如下:

```
41  85  72  38  80  69  65  68  96  22
max = 96  loc = 8
```

[**运行结果说明**] 在上面的程序中,首先利用随机函数产生 10 个 0～100 之间的整型数。然后利用指针对数组元素进行访问,找到其中最大值及其所在位置的下标。

以下程序利用指针访问二维数组中的元素，并找到其中的最大值及所在位置的下标值。其算法类似于例 6-10 的算法。

例 6-11 通过指针引用二维数组元素。

```
//PtrUseArray2.c
#include<stdio.h>
#include<stdlib.h>

void main(){
    int a[3][4];
    int *p=a[0];
    int i, j;
    int max, loci, locj;
    for(i=0; i<3; i++){
        for(j=0; j<4; j++){
            a[i][j]=rand()%101;                    //产生 0~100 之间的随机数
            printf("a[%d][%d]=%d\t", i, j, a[i][j]);
        }
        printf("\n");
    }
    max=0; loci=0; locj=0;                         //max 等变量的初始化
    for(i=0; i<3; i++){
        for(j=0; j<4; j++){
            if(p[i*4+j]>max){
                max=p[i*4+j]; loci=i; locj=j;
            }
        }
    }
    printf("max=%d\tloci=%d\tlocj=%d\n", max, loci, locj);
}
```

运行结果如下：

```
a[0][0] = 41    a[0][1] = 85    a[0][2] = 72    a[0][3] = 38
a[1][0] = 80    a[1][1] = 69    a[1][2] = 65    a[1][3] = 68
a[2][0] = 96    a[2][1] = 22    a[2][2] = 49    a[2][3] = 67
max = 96        loci = 2        locj = 0
```

6.2.3 数组名作函数参数

如果函数的参数是数组，实际上是将数组的首地址传递给函数，即指针。在以下代码中，用了两种方式来完成形参的声明，但在实参传递中则使用同样的方式。

例 6-12 数组名和指针分别作函数参数。

```
//PtrAsParam.c
#include<stdio.h>
```

```
#include<stdlib.h>

int sum1(int array[], int n){                                    //数组名作形参
    int sum=0;
    int I;
    for(I=0; I<n; I++){
        sum+= * array;
        array++;
    }
    return sum;
}

int sum2(int * pa, int n){                                       //指针作形参
    int sum=0;
    int I;
    for(I=0; I<n; I++){
        sum+= * pa;
        pa++;
    }
    return sum;
}

void main(){
    int a[10];
    int s1, s2, i;
    for(i=0; i<10; i++){
        a[i]=rand()%101;
        printf("%d", a[i]);
    }
    printf("\n");
    s1=sum1(a, 10);                                              //传递数组名
    printf("sum1=%d\n", s1);
    s2=sum2(a, 10);                                              //传递数组名
    printf("sum2=%d\n", s2);
}
```

运行结果如下：

```
41  85  72  38  80  69  65  68  96  22
sum1 = 636
sum2 = 636
```

［**运行结果说明**］ 在上述代码中，首先用随机函数生成 10 个 0～100 之间的整型数，然后调用函数 sum1()。在 sum1()中，用数组作函数参数，那么在实际传递的时候用数组名作实参，而实际传递的内容并不是将整个数组元素复制过去，而是将数组首地址复制给形参数组名，实质上是地址的传递。另一种等价的方式就是函数 sum2()的方式，形参就

是一个指针，而实参用数组首地址来传递。从执行结果可见，其效果完全一样，而后一种参数声明方式更容易理解。

6.2.4 指针数组

正如整型数组由整型数构成一样，指针数组中的所有元素都是同一类型的指针，例如：

```
int *pI[10];
char *proname[]={"Fortran","C","C++"};
```

数组名为 pI，其中包括了 10 个元素，每一个元素都是指向整型数的指针。而第二个字符型指针数组 proname 中包含了 3 个字符串。

下面的程序实现了指针数组的基本使用，包括赋值、初始化和间接引用。

例 6-13 指针数组示例。

```
//PtrArrayTest.c
#include<stdio.h>

void main(){
    int a=10;
    int b[5]={1,2,3,4,5};
    int c[8]={9,8,7,6,5,4,3,2};
    int *pa[5]={&a, b, &b[2], c, c+4};              //指针数组的初始化
    printf("pa[0]=%x\t&a=%x\t*pa[0]=%d\n", pa[0], &a, *pa[0]);
    printf("pa[1]=%x\tb  =%x\t*pa[1]=%d\n", pa[1], b, *pa[1]);
    printf("pa[2]=%x\t&b[2]=%x\t*pa[2]=%d\n", pa[2], &b[2], *pa[2]);
    printf("pa[3]=%x\t  c=%x\t*pa[3]=%d\n", pa[3], c, *pa[3]);
    printf("pa[4]=%x\tc+4=%x\t*pa[4]=%d\n", pa[4], c+4, *pa[4]);
}
```

运行结果如下：

```
pa[0] = 12ff7c  &a = 12ff7c     *pa[0] = 10
pa[1] = 12ff68  b  = 12ff68     *pa[1] = 1
pa[2] = 12ff70  &b[2] = 12ff70  *pa[2] = 3
pa[3] = 12ff48    c = 12ff48    *pa[3] = 9
pa[4] = 12ff58  c+4 = 12ff58    *pa[4] = 5
```

［**运行结果说明**］ 在上述程序中 pa 是一个整型指针数组，包含 5 个元素，分别用普通的整型数地址、数组名、数组中元素的地址进行了初始化。从执行结果中可见，指针数组中的元素都是地址，如 pa[1]是指向数组 b 的指针，而 pa[4]是指向数组 c 中第 5 个元素的指针。由此可知，利用一个指针数组可以使其中每个指针所指向的内容长度不同，这与“二维数组中每行元素必须相同”是不同的。

6.2.5 指向指针的指针

指向指针的指针称为**二级指针**。顾名思义，它本身是一个指针，所指向的地址也是一个指针的地址，如下面的程序示例。

例 6-14 二级指针示例。

```
//PtrToPtr.c
#include<stdio.h>

void main(){
    int a=10;
    int * p=&a;
    int **pp=&p;
    printf("&pp =%x\tpp =%x\t * pp= %x\n", &pp, pp, * pp);
    printf("&p  =%x\tp  =%x\t * p  =%d\n", &p, p, * p);
    printf("&a  =%x\ta  =%d\n", &a, a);
}
```

运行结果如下：

```
&pp = 12ff74    pp = 12ff78     *pp = 12ff7c
&p  = 12ff78    p  = 12ff7c     *p  = 10
&a  = 12ff7c    a  = 10
```

[**运行结果说明**] 程序中 p 是指向整型数的指针，里面存储的是 a 的地址“12ff7c”，而 pp 是指向整型指针的指针，其本身的地址为“12ff74”，里面存储的是 p 的地址“12ff78”，其间接引用则是 p 里面的内容，即 a 的地址。如图 6-3 所示，图中每个元素分为两部分，第一部分为本身的地址，第二部分为其中所存储的内容。

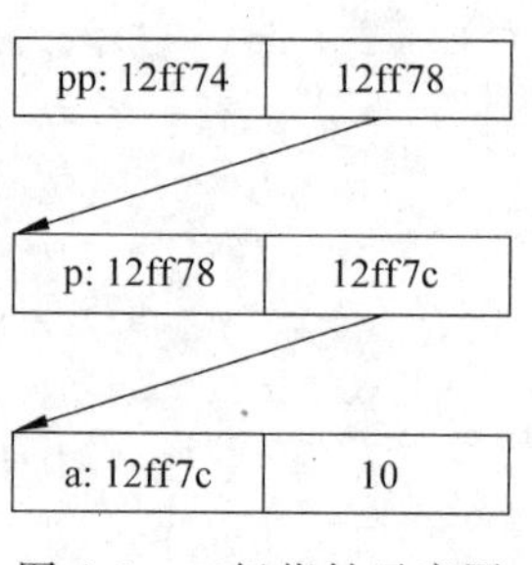

图 6-3 二级指针示意图

指针数组的数组名就是指向指针的指针。传递指针数组给函数，就是传递二级指针给函数。下面的示例说明指针数组作函数参数时的传递方式。

例 6-15 指针数组作函数参数。

```
//PtrArrayAsPrm.c
#include<stdio.h>
void print(char * [], int);                          //指针数组作形式参数

void main(){
    char * pn[]={"a","b","barney","wilma","betty"};
    int num=sizeof(pn)/sizeof(char * );
    print(pn, num);                                  //传递指针数组名
}
void print(char * arr[],int len){
    int i;
    for(i=0; i<len; i++)
        printf("arr[%d]=%x\tarr[%d]=%s\n", i, arr[i], i, arr[i]);
}
```

运行结果如下：

```
arr[0] = 420038 arr[0] = a
arr[1] = 430034 arr[1] = b
arr[2] = 42002c arr[2] = barney
arr[3] = 420024 arr[3] = wilma
arr[4] = 42001c arr[4] = betty
```

[运行结果说明]　当以指针数组作形参时，实参也用一个指针数组名来传递。它将实参的指针数组的首地址复制给形参。在函数 print()中输出各字符串的地址和内容。

前面学习过数值型数据的排序，那么字符串是否可以排序呢？如姓名，总可以按某种规则排一下顺序。下面介绍利用字符指针数组进行字符串的排序，采用前面学习过的选择排序方法。但由于是对字符串的排序，且利用指针数组，因此，并不需要真正的字符串的交换，只需要对指向这些字符串的指针进行交换即可，如图 6-4 所示。

p[0]	420044
p[1]	42003c
p[2]	420034
p[3]	420fb4
p[4]	420fac
p[5]	420024
p[6]	420020

420044	"Michael"
42003c	"Barris"
420034	"Barney"
420fb4	"Wilma"
420fac	"Betty"
420024	"Williams"
420020	"Tom"

图 6-4　字符数组排序的初态

图 6-4 中是初始状态，当第一轮选择的时候，选择其中最小的值应该是"Barney"，那么交换的应该是 p[0]与 p[2]的地址，而不是将字符串中的内容交换，字符串部分不变，而指针数组变成 p[0]＝420034，而 p[2]＝420044。图 6-5 为排序的终态。

p[0]	420034
p[1]	42003c
p[2]	420fac
p[3]	420044
p[4]	420020
p[5]	420024
p[6]	420fb4

420044	"Michael"
42003c	"Barris"
420034	"Barney"
420fb4	"Wilma"
420fac	"Betty"
420024	"Williams"
420020	"Tom"

图 6-5　字符数组排序的终态

例 6-16　选择排序实现字符串排序。

```
//StringSort.c
#include<stdio.h>
#include<string.h>

void print(char * [], int);
void Sorting(char * [], int);
```

```
void main(){
    char *pn[]={"Michael","Barris","Barney","Wilma","Betty","Williams","Tom"};
    int num=sizeof(pn)/sizeof(char *);          //计算指针数组中的字符串个数

    print(pn, num);                             //打印初始状态
    printf("\n");
    Sorting(pn, num);                           //字符串排序
    printf("\n");
    print(pn, num);                             //打印最终状态
}

void print(char* arr[], int len){
    int i;
    for(i=0; i<len; i++)
        printf("%s\t", arr[i]);
    printf("\n");
}

void Sorting(char *p[ ], int n){
    int i, j, loc;
    char *mins;
    char *t;
    for(i=0; i<n-1; i++){                       //选择排序的趟数
        mins=p[i]; loc=i;                       //最小值的初始化
        for(j=i+1; j<n; j++){
            if(strcmp(p[j], mins)<0){
                mins=p[j]; loc=j;
            }
        }
        //比较字符串,若找到更小的则记录
        t=p[i]; p[i]=p[loc]; p[loc]=t;
        print(p, n);
    }
}
```

运行结果如下：

```
Michael Barris  Barney  Wilma   Betty   Williams        Tom

Barney  Barris  Michael Wilma   Betty   Williams        Tom
Barney  Barris  Michael Wilma   Betty   Williams        Tom
Barney  Barris  Betty   Wilma   Michael Williams        Tom
Barney  Barris  Betty   Michael Wilma   Williams        Tom
Barney  Barris  Betty   Michael Tom     Williams        Wilma
Barney  Barris  Betty   Michael Tom     Williams        Wilma

Barney  Barris  Betty   Michael Tom     Williams        Wilma
```

［**运行结果说明**］ 从上面的程序中可以看到，利用指针数组完成了字符串的交换，字符串的大小按字典序排序。其中在字符串比较时用了函数 strcmp()。如果第 1 个参数

比第二个参数小，则返回值为－1，如果相等则返回 0，如果第一个参数大于第二个参数，则返回值为 1。

6.2.6　指针数组与二级指针的等价性

指针数组中的元素是指针。根据指针与数组的等价性，指针数组中的“数组”也可以用另外一个指针来代替。例如，用指针数组处理字符串组可以改为用二级指针变量来处理，如图 6-6 所示。

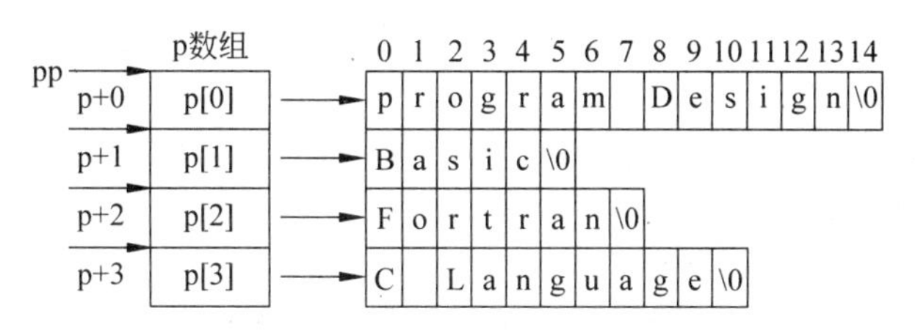

图 6-6　指针数组与二级指针示意图

例 6-17　用二级指针处理多个字符串。

```
//P2PApp.c
#include<stdio.h>

void main(){
    static char *p[]={"Program Design", "Basic", "Fortran", "C Language"};
                                            //定义指针数组并赋值
    char **pp;                              //定义二级指针
    int i;
    for(i=0; i<4; i++){
        pp=p+i;                             //将指针数组元素地址分别赋予 pp
        printf("%s\n", *pp);                //引用二级指针变量 pp
    }
}
```

运行结果如下：

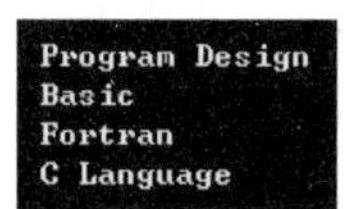

［运行结果说明］　程序中 p 为指针数组，p[0]（即 *p）存放字符串“Program Design”的首地址，p[1]（即 *(p+1)）存放字符串“Basic”的首地址，……，依此类推。在第一次循环中，将 p+0 的值赋予 pp，*pp 就是 p[0]。printf()按“%s”格式输出 *pp，输出的是第一个串；第二次循环中，将 p+1 的值赋予 pp，使 pp 指向 p[1]，按“%s”格式输出 *pp，输出的就是第二个串，依此类推。如果二级指针 pp 已被赋予 p 的值，则 pp+i 就是 p+i，*(p+i)就是 p[i]，*(*(p+i))就是 *p[i]，二者等价，可以互换。

6.3 指针与字符串

6.3.1 字符串的表示形式

前面已经学过字符数组。事实上,字符数组也是字符串。在最后一个字符后要有一个'\0'来结尾。因为数组名是数组的首地址,因此字符数组名同样也是字符串的首地址。那么指向字符的指针又会是什么呢？例如：

```
char *p="hello";
```

上面的语句即是将字符串的首地址赋值给指针 p,并不是将字符串的内容复制给 p。编译器在编译该语句时,在内存中的常量区分配空间,并将字符串存储起来,然后将其所在的首地址赋值给指针 p。

字符数组的声明方式则与字符指针不同,例如：

```
char a[]="world! ";
```

此时,编译器在内存中的相应位置分配空间。若是全局数组和静态数组,则在数据区分配空间。若是局部数组则在栈区分配空间,而 a 即为指向字符的指针常量。下面的程序实现了字符指针与字符数组的比较。

例 6-18 字符数组与字符串常量。

```
//CharArray.c
#include<stdio.h>

void main(){
    char *pc1="one world!";
    char *pc2="one world!";
    char c1[]="one dream!";
    char c2[]="one dream!";
    int a=(c1==c2);                              //字符数组的比较
    int b=(pc1==pc2);                            //字符指针的比较
    printf("%x\t%x\n", pc1, pc2);
    printf("%x\t%x\n", c1, c2);
    printf("%s %s\n", pc1, c1);
    printf("%s %s\n", pc1+4, c1+4);
    printf("a=%d\n", a);
    printf("b=%d\n", b);
}
```

运行结果如下：

```
42004c  42004c
12ff6c  12ff60
one world! one dream!
world! dream!
a = 0
b = 1
```

[运行结果说明] 从上面的程序及执行结果可见，当c1与c2进行比较时结果为假，而pc1与pc2比较时结果为真。从前两句的输出中可以看出，pc1和pc2的地址相同，这是由于它们两个字符串的内容相同，在内存的常量区内就只存储一份，因此地址相同。因为c1和c2是局部数组名，比较的也是数组名，即比较的是两个数组的首地址，它们在内存中分属不同的地址，因此结果为假。如果要实现两个字符数组内容的比较，也可以用系统函数strcmp(char *,char *)。另外，输出操作中字符指针与字符数组名完全相同。但要注意，字符指针是变量，因此可以改变；而字符数组名是常量，不能改变。

6.3.2 字符串指针作函数参数

字符串指针同其他基本类型指针一样可以作函数的参数，传递的也是字符串的首地址。下面的程序完成了字符串的逆转。该函数中用指针指向字符串的第一个元素，并用len记录字符串的长度，从而知道最后一个元素的位置。从第一个元素开始，依次与和它呈中心对称位置的元素进行交换，直到字符串中间的位置结束，从而完成字符串的逆转。

例 6-19 字符串指针作函数参数。

```
//ChPtrAsPrm.c
#include<stdio.h>
#include<string.h>

void StrTrans(char *pc){
    int i;
    int len=strlen(pc);                              //求字符串的长度
    char t;

    //从第1个位置交换到字符串中间
    for(i=0; i<=len/2; i++){
        t=pc[i];
        pc[i]=pc[len-1-i];
        pc[len-1-i]=t;
    }
}

void main(){
    char pc1[ ]="one world!";
    printf("%s\n", pc1);
    StrTrans(pc1);
    printf("%s\n", pc1);
}
```

运行结果如下：

```
one world!
!dlrwo eno
```

[**运行结果说明**] 上面的程序使用了函数 strlen(char *),其功能是求字符串的长度,但并不包含字符'\0'。因此字符串中最后一个字符的下标为 len-1。函数的形参为字符串指针,而实际传递时传递了一个字符数组名,是地址的传递。程序完成了字符串的逆转,子函数 StrTrans()中的循环从第 1 个字符开始依次和与其对称的字符进行交换,从而完成了该功能。

6.3.3 常用字符串函数

C 语言提供的处理字符串的预定义函数原型在头文件 string.h 中定义。要使用它们,在程序中必须包含相应的头文件。系统提供的字符串处理函数有许多,表 6-1 列出了部分函数。

表 6-1 常用字符串处理函数

函数原型	函数功能
char * strcpy(char * dest,const char * src)	将字符串 src 复制到 dest
char * strcat(char * dest, const char * src)	将字符串 src 连接到 dest 末尾
int strcmp(const char * s1,const char * s2)	比较字符串 s1 与 s2 的大小,返回大于 0 的值表示大于;返回 0 表示等于;返回小于 0 的值表示小于
size_t strlen(const char * s)	返回字符串的长度
char * strlwr(char * s)	将字符串 s 中的所有大写字母转换成小写字母
char * strupr(char * s)	将字符串 s 中的所有小写字母转换成大写字母

加密变换是将一个字符数组中的元素通过一定的加密方式进行加密,使得原来有意义的一句话变得不知所云。本算法利用随机函数来产生加密数字,如果产生的数字是 4,而原字符为"c",那么变换的结果为字符"g",即在原字符的基础上加上 4。但如果原字符为"y",则加密后的结果取"c",即为循环方式加密。加密仅适用于英文字母。

例 6-20 字符串加密。

```
//StringCipher.c
#include<stdio.h>
#include<stdlib.h>
#include<string.h>

void Encryption(char * p){
    int fen=strlen(p);
    int i, n;
    char c;
    for(i=0; i<fen; i++){
        c=p[i];
        n=rand()%11;                                    //产生加密密码
        if((c>='a'&&c<='z')||(c>='A'&&c<='Z')){         //字母加密
            if(c<'Z'&&c+n>'Z'||c<'z'&&c+n>'z')
```

```
                p[i]=c+n-26;
            else
                p[i]=c+n;
        }
    }
}

void main(){
    char src[]="This Is An Encryption Example";
    printf("%s\n", src);
    Encryption(src);
    printf("%s\n", src);
}
```

运行结果如下：

```
This Is An Encryption Example
Bqrt Nx Bn Lskxfsarqu Mhgtxqk
```

这是一个简单的加密变换，其中使用了伪随机数产生变换密码。其实这个加密变换可以设计得更复杂些。本例变换的只是英文字母，并没有变换其他字符，因此相对简单。但从中仍然可见，在加密结果中很难找到规律，因为同样一个字符随机变换的结果也不相同。

6.4　指针与函数

6.4.1　指针作函数的参数

指针类型也可以像其他基本数据类型一样作为函数参数进行传递。例如函数声明

```
void f(int *pa,int *pb);
```

其参数列表中的 pa 与 pb 均为整型指针。下面以程序为例说明指针作为函数参数的使用方法。

例 6-21　指针作为函数参数。

```
//PtrAsPrm.c
#include<stdio.h>

void f(int *pa, int *pb);                              //指针作函数参数

void main(){
    int a=10;
    int b=20;
    printf("address of a=%x\ta=%d\n", &a, a);
    printf("address of b=%x\tb=%d\n", &b, b);
```

```
    f(&a, &b);                                    //传递地址
}

void f(int *pa, int *pb){
    printf("pa=%x\t *pa=%d\n", pa, *pa);
    printf("pb=%x\t *pb=%d\n", pb, *pb);
}
```

运行结果如下：

```
address of a = 12ff7c    a = 10
address of b = 12ff78    b = 20
pa = 12ff7c       *pa = 10
pb = 12ff78       *pb = 20
```

［**运行结果说明**］ 在上面的程序中可以看出，当以指针为参数时，实参传递以相应类型的地址传递。例如 a 的地址复制给 pa，而 b 的地址复制给 pb。这样，pa 所指向的内容为 a 的值 10，而 pb 所指向的内容为 b 的值 20。从执行结果可以很清楚地看到实参的传递方式。

在第 5 章 5.1.3 节已介绍了选择法排序算法。下面的例 6-22 以指针作选择法排序函数的形参完成一列数据的升序排列。注意本例与不使用指针完成同样功能的例 5-4 程序 SelectTest.c 之间的区别。

例 6-22 选择排序示例。

```
//SelectSort.c
#include<stdio.h>
#include<stdlib.h>

void SelectSort(int *p, int n){
    int i, j, k, min, loc, temp;
    for(i=0; i<n-1; i++) {                  //i 控制选择最小值的次数,即排序的趟数
        min=p[i]; loc=i;                    //初始化当前最小值及位置
        for(j=i; j<n; j++){                 //选择剩余元素中最小的元素,并记录位置
            if(p[j]<min){
                min=p[j]; loc=j;
            }
        }
        temp=p[i]; p[i]=min; p[loc]=temp; //最小元素与下标为 i 的元素交换
        printf("%dth: ", i+1);
        for(k=0; k<10; k++)                 //输出一次选择排序后的结果
            printf("%d ", p[k]);

        printf("\n");
    }
}
```

```
void main(){
    int i, a[10],
    printf("The data before sorting:\n");
    //输出排序前的数据
    for(i=0; i<10; i++){
        a[i]=rand()%101;
        printf("%d ", a[i]);
    }
    printf("\n\n");

    SelectSort(a, 10);
    printf("\nThe data after sorting:\n"); //输出排序后的数据
    for(i=0; i<10; i++)
        printf("%d ", a[i]);
}
```

运行结果如下：

```
The data before sorting:
41 85 72 38 80 69 65 68 96 22

1th: 22 85 72 38 80 69 65 68 96 41
2th: 22 38 72 85 80 69 65 68 96 41
3th: 22 38 41 85 80 69 65 68 96 72
4th: 22 38 41 65 80 69 85 68 96 72
5th: 22 38 41 65 68 69 85 80 96 72
6th: 22 38 41 65 68 69 85 80 96 72
7th: 22 38 41 65 68 69 72 80 96 85
8th: 22 38 41 65 68 69 72 80 96 85
9th: 22 38 41 65 68 69 72 80 85 96

The data after sorting:
22 38 41 65 68 69 72 80 85 96
```

下面的例题传递两个整型指针作函数参数，实现指针对所指向的内容的交换。

例 6-23　实现指针对所指向的内容的交换。

```
//PtrSwap.c
#include<stdio.h>

void swap(int *pa, int *pb);

void main(){
    int a=10;
    int b=20;
    printf("address of a  =%x\taddress of b  =%x\n", &a, &b);
    printf("a   =%d\tb   =%d\n", a, b);
    swap(&a, &b);
    printf("a   =%d\tb   =%d\n", a, b);
}

void swap(int *pa, int *pb){
```

```
    int t;
    printf("pa  =%x\tpb  =%x\n", pa, pb);
    printf("address of pa=%x\taddress of pb=%x\n", &pa, &pb);
    printf("*pa=%d\t*pb=%d\n", *pa, *pb);
    t=*pa; *pa=*pb; *pb=t;                    //指向的内容的交换
    printf("*pa=%d\t*pb=%d\n", *pa, *pb);
}
```

运行结果如下：

```
address of a  = 12ff7c  address of b  = 12ff78
a   = 10        b   = 20
pa  = 12ff7c    pb  = 12ff78
address of pa = 12ff24  address of pb = 12ff28
*pa = 10        *pb = 20
*pa = 20        *pb = 10
a   = 20        b   = 10
```

［**运行结果说明**］ 从执行结果来看，a 与 b 里面的内容在 a 与 b 不知情的情况下已经被交换了。那么交换是如何完成的呢。如图 6-7 所示，其中图(a)为调用函数 swap()之前时的状态。当进入到 swap()时，将 a 与 b 的地址通过复制，传递给 pa 和 pb，如图(b)所示。当进入 swap()后，为 t 分配了空间，pa 和 pb 中分别存放的是 a 和 b 的地址。当执行完 swap()中的 3 个赋值语句后，由于 *pa 和 *pb 分别与 a 和 b 等价，那么实际上是完成了 a 与 b 的内容交换，如图(c)所示。但并不是通过 a 与 b，而是通过指针的间接引用，a 与 b 并不知情。当调用完 swap()函数返回后，虽然作为局部变量的指针不复存在，但 a 与 b 的内容已经发生改变。可见指针虽然功能强大，但也存在风险。

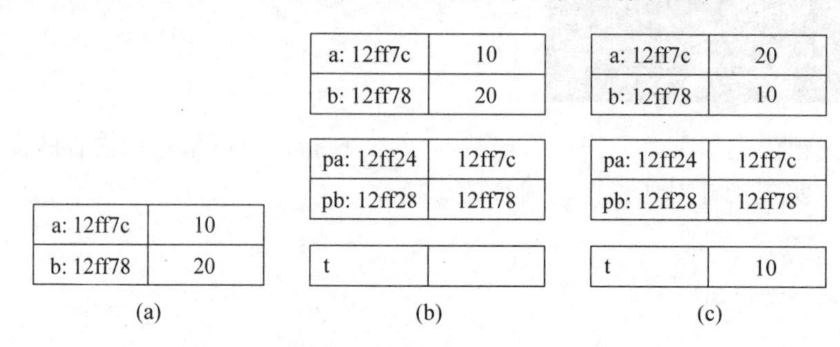

图 6-7 指针对所指向的内容的交换示意图

那么，是否传递地址就一定能完成指向内容的交换呢？答案是并不一定，关键要看函数的使用。

例 6-24 传递地址行动失败。

```
//PtrSwap2.c
#include<stdio.h>
void swap2(int *pa,int *pb);

void main(){
    int a=10;
```

```
    int b=20;
    printf("a=%d\tb=%d\n", a, b);
    swap2(&a, &b);
    printf("a=%d\tb=%d\n", a, b);
}

void swap2(int * pa, int * pb){
    int * t;
    t=pa;                          //指针的交换
    pa=pb;
    pb=t;
}
```

运行结果如下：

```
a = 10  b = 20
a = 10  b = 20
```

其实，这个程序只是在函数 swap2()中完成了两个指针值的交换，即 pa 和 pb 分别变成指向 b 和 a，并没有交换 a 和 b 中的内容。这两个指针只不过是局部变量，当函数结束时将不复存在。而函数

```
void swap3(int pa,int pb){                //形参值的交换
    int t;
    t=pa;
    pa=pb;
    pb=t;
}
```

只是完成了两个局部变量 pa 和 pb 的内容交换，当函数执行结束后，也将不复存在。

6.4.2 指针作函数返回值

指针在使用中也可以如同其他基本数据类型一样用作函数的返回值，但在使用中有些特殊要求。例 6-25 实现了全局、静态和局部三种不同类型数据的地址返回。

例 6-25 指针作函数返回值示例。

```
//ReturnPtr.c
#include<stdio.h>

int global=0;
int * getglobal(){
    global++;
    return &global;
}
int * getstat(){
    static int statvalue=200;
```

```
    statvalue++;
    return &statvalue;
}
int *getlocal(){
    int a=20;
    return &a;
}
void f(){
    int b[5]={1, 2, 3, 4, 5};
    printf("This is in function f()!\n");
}
void main(){
    int *p1=getglobal();
    int *p2=getstat();
    int *p3=getlocal();
    printf("global=%d\n", *p1);
    printf("static=%d\n", *p2);
    printf("local=%d\n", *p3);
    f();
    printf("global=%d\n", *p1);
    printf("static=%d\n", *p2);
    printf("local=%d\n", *p3);
}
```

运行结果如下：

```
global = 1
static = 201
local  = 4198851
This is in function f()!
global = 1
static = 201
local  = 4198913
```

[运行结果说明] 对上面的程序进行编译时，会出现一个警告："18：warning C4172：returning address of local variable or temporary"，表明在第18行出现了返回局部变量的问题。因为局部变量在内存的栈区分配空间，在函数调用结束后会释放所占用的空间，这样所返回的地址将不再归该函数所用，里面的内容会有变化。而由于全局变量和静态变量存储在数据区中，只有当整个程序执行结束时才会释放，它们的作用域会延伸至程序结束，因此返回它们的地址是安全的。从执行结果中也可以看到，当返回局部变量的地址后，再输出其中的值，会看到其中的值发生了变化，并不是原来地址中的内容。

6.4.3 指向函数的指针

函数代码是程序算法指令的一部分。它们同样占有内存空间，存放在代码区，每个函数都有自己的地址。指向函数地址的指针称为**函数指针**。函数指针的定义形式如下：

```
int(*func)(char a, char b);
```

其中(*func)的括号表明这是一个函数指针,int 表示的是所指向的函数的返回值类型,而后面的(char a,char b)是所指向的函数的参数列表,即指针 func 是指向 int f(char,char)这一类的函数指针。函数名其实就是函数的首地址,因此用函数名来给函数指针来赋值。

不同的函数类型不能给函数指针赋值,即用函数名给指针赋值时,一定要类型相符。

例 6-26 函数指针示例。

```
//FunPtrTest.c
#include<stdio.h>

int fn1(int a, int b){
    if(a>b)return a;
    else return b;
}
int fn2(int a, int b){
    return a*b;
}

void main(){
    int(*func)(int a, int b);                    //声明函数指针
    int c;
    func=fn1;                                    //函数指针赋值
    c=func(2,4);
    printf("c=%d\n", c);
    func=fn2;
    c=func(2, 4);
    printf("c=%d\n", c);
}
```

运行结果如下:

```
c = 4
c = 8
```

[**运行结果说明**] 从程序可知,之所以可能用 fn1 和 fn2 来给 func 赋值,是因为这两个函数的类型与该函数指针所指向的类型相符合。函数指针 func 首先用 fn1 来赋值,则通过 func 调用的就是函数 fn1,完成了求两个参数中较大值的操作,其后用 fn2 来赋值,完成了求两个参数乘积的操作。

函数指针也可构成指针数组,如例 6-27 所示,利用函数指针数组完成了一个简单的显示功能。

例 6-27 函数指针数组示例。

```
//FunPtrArray.c
#include<stdio.h>
```

```
typedef void(*MenuFun)();
void f1(){printf("Good\n\n");}
void f2(){printf("Better\n\n");}
void f3(){printf("Best\n\n");}

MenuFun fun[]={f1,f2,f3};

void main(){
    int choice;
    do {
        printf("1------------display Good\n");
        printf("2------------display Better\n");
        printf("3------------display Best\n");
        printf("0------------Exit\n");
        printf("Enter your choice: ");
        scanf("%d", &choice);
        switch(choice){
            case 1: fun[0](); break;
            case 2: fun[1](); break;
            case 3: fun[2](); break;
            case 0: return;
            default:printf("You enter a wrong key.\n");
        }
    }while(choice);
}
```

运行结果如下：

```
1------------display Good
2------------display Better
3------------display Best
0------------Exit
Enter your choice: 3
Best
```

［**运行结果说明**］ 在上面的程序中，fun数组就是一个函数指针数组，利用了类型定义完成其声明，然后利用一个循环实现了菜单方式的输出和菜单的选择。

6.4.4 函数指针作函数的参数

函数指针既然是指针，也就可以同其他指针一样用作函数的参数，下面的示例用函数指针作函数参数，从而实现了对不同函数的调用。

例6-28 函数指针作函数参数。

```
//FunPtrAsPrm.c
#include<stdio.h>
#include<math.h>
```

```
double sigma(double(*func)(double), double dl, double du){
    double dt=0.0;
    double d;
    for(d=dl; d<du; d+=0.1)
        dt+=func(d);
    return dt;
}

void main(){
    double dsum;
    dsum=sigma(sin, 0.1, 1.0);
    printf("The sum of sin from 0.1 to 1.0 is %f\n",dsum);
    dsum=sigma(cos,0.5,3.0);
    printf("The sum of cos from 0.5 to 3.0 is %f\n",dsum);
}
```

运行结果如下：

```
The sum of sin from 0.1 to 1.0 is 5.013881
The sum of cos from 0.5 to 3.0 is -2.446448
```

[**运行结果说明**]　从程序可见，sigma()函数完成由两个参数决定的区间段内某函数值求和。第一次调用 sigma()传递的是数学中的正弦函数 sin()，即求正弦函数在区间[0.1,1.0]内的和。第二次调用传递的是余弦函数，求的是余弦函数 cos()在区间[0.5,3.0]内的和。

6.5　const 指针

6.5.1　指向常量的指针

指向常量的指针形式为

```
const int *iPtr;
```

表示指向的对象是常量，即指针所指内存中的内容是常量，不允许更改。但仍然可以用变量的地址来赋值。下面程序说明了指向常量的指针的使用。

例 6-29　指向常量的指针示例。

```
//ConstPtr.c
#include<stdio.h>

void main(){
    const int a=78;
    const int b=20;
    int c=18;
    const int *iPtr=&a;
```

```
    * iPtr=60;                          //error
    a=80;                               //error
    iPtr=&b;
    * iPtr=60;                          //error
    iPtr=&c;
    * iPtr=60;                          //error
    c=90;                               //ok
}
```

在编译时会出现同一类型的 4 处错误。错误提示为“error C2166: l-value specifies const object”,说明被赋值的为常量,是不允许赋值的。

定义指针常量的指针只限制指针的间接访问操作,而当指针指向的值本身不是常量时,不能限制指针指向的值本身的操作。

6.5.2 指针常量

指针常量的形式如下:

```
int * const iPtr;
```

表示指针本身是常量,而不是所指向的内容是常量。值得注意的是,在定义指针常量时必须初始化,初始化的值是变量地址,不能是常量的地址。

例 6-30 指针常量示例。

```
//PtrConst.c
#include<stdio.h>

void main(){
    int b=28;
    int * const p1=&b;
    const int c=28;
    int * const p2=&c;                  //error
}
```

程序段编译时出现了错误“error C2440: 'initializing': cannot convert from'const int *' to 'int * const',表明在用一个常量的地址给一个指针常量赋值时,虽然其指针是常量,但其所指向的应该是变量,不允许用常量地址来赋值。

指针常量的意义是指针本身是常量,但指针所指向的内存当中的内容不是常量。因此,“* p1+=1;”是合法的。另外,数组名就是一个指针常量,函数名也是指针常量。

6.5.3 指向常量的指针常量

指向常量的指针常量形式为

```
const int * const iPtr;
```

在定义时必须初始化,初始化值可以是常量地址,也可以是变量地址。当用变量进行初始化时,变量本身的操作是允许的,但不允许指针的间接引用。

例 6-31 指向常量的指针常量示例。

```
//PtrConst2.c
#include<stdio.h>

void main(){
    const int ci=7;
    int ai=6;
    const int * const cpc=&ci;
    const int * const cpi=&ai;
    ai=40;                                  //ok
    cpi=&ci;                                //error;
    * cpi=50;                               //error
}
```

上面的程序在进行编译时会出现两个错误提示:"error C2166: l-value specifies const object",表明其左值是常量,不能被赋值。

指向常量的指针常量的意义是指针与指针所指向的内容都是常量,不允许被修改。

6.6 动态内存分配

堆是内存空间的一个区域,允许程序在运行时申请某个大小的内存空间。一般来说,在 C 语言中定义数组时,它的大小在程序编译时是已知的,因为必须用一个常量来对数组的大小进行声明。例如:

```
int a[10];
```

其中[]中的量必须是常量。但并不是在编写程序时总能知道所用数组需要的内存容量有多少,其容量是随问题的规模而变化的,因此,需要动态地分配内存空间,这部分空间只能在堆中来进行分配。

6.6.1 用 malloc()分配内存空间

C 语言动态内存分配和释放使用两个标准库函数 malloc()和 free()来实现,在头文件 malloc. h 中声明。

1. malloc()函数

函数原型:

```
void * malloc(unsigned int size);
```

其中 size 表示需要分配的内存块的大小。若内存分配成功,其返回值是一个空类型的指针 void *,即并不是确定的数据类型,需要在使用时对其进行强制转换,即返回的地址必须经过类型转换才可以为其他类型的指针进行赋值。

动态分配内存需要有一个指针变量记录内存的起始地址。其一般方式是，先定义一个指针，然后将 malloc()函数返回值赋给所定义的指针。例如：

```
int *pt;
pt=(int *)malloc(n*sizeof(int));
```

2. free()函数

由 malloc()所分配的内存空间当使用完毕后必须人工返还给系统。释放动态内存由函数 free()实现。其函数原型如下：

void free(void*pt);

其中参数 pt 是函数 malloc()分配内存成功时返回的指针，即 malloc()分配的内存块的首地址。

malloc()函数与 free()函数需要成对地使用。当 malloc()分配的内存不再有用时，应该使用 free()函数释放内存。动态内存分配的主要作用有两个：

(1) 作为可变长数组使用。

(2) 构造链表数据结构。

我们将在 6.6.2 节介绍可变长数组(即动态数组)。链表将在第 7 章中学习。下面的例题实现了动态内存分配与释放，运行时从键盘输入一个数组的大小，然后完成动态分配，并用一个局部数组与之进行对比。

例 6-32 动态内存分配与释放。

```
//MallocTest.c
#include<stdio.h>
#include<malloc.h>
#include<stdlib.h>

void main(){
    int arraysize;
    int *array;
    int count;
    int b[10];
    printf("please input a number of array:\n");
    scanf("%d", &arraysize);
    array=(int*)malloc(arraysize * sizeof(int));        //动态分配数组空间
    if(array==NULL){                                     //判断分配成功与否
        printf("can't allocate more memory, terminating.\n");
        exit(1);                                         //分配不成功则退出程序
    }

    for(count=0; count<arraysize; count++){              //数组元素赋值
        array[count]=rand()%101;
```

```
        printf("%d\t", array[count]);
    }
    printf("\n");
    printf("address of array=%x\n", array);
    printf("address of b=%x\n", b);
    free(array);
}
```

运行结果如下：

```
please input a number of array:
5
41      85      72      38      80
address of array = 431d60
address of b = 12ff4c
```

[**运行结果说明**] 当运行时输入数字 5 时，系统为指针 array 分配了 5 个整型数的空间，空间量随需要而变化。

malloc()中的参数有一个系数 sizeof(int)，这是因为 malloc()中参数表示的是需要分配的字节数，而不是元素个数，因此必须计算出 5 个整型元素所需要的字节数。在输出数组 array 和 b 的地址时，可以进一步看到其地址并不在一个区段内，分属于内存的不同区域。

6.6.2 动态数组的实现

1. 一维动态数组的实现

在程序运行过程中数组大小保持不变，这种数组称为**静态数组**。静态数组的缺点是无法做到既满足程序处理需要，又不浪费内存空间。所谓**动态数组**是指在程序运行过程中可根据实际需要指定大小的数组。在 C 语言中，可利用动态内存分配和释放，利用指向数组的指针变量作为数组名使用的特点来实现动态数组。动态数组的本质是指向数组的指针变量。

输入一个数 n，用 scanf()接收这个数，然后定义一个长度为 n 的数组 p[n]，在数组定义中这是不允许的。下面的例子用动态内存分配可以实现这个功能。

例 6-33 一维动态数组的实现。

```
//Array1.c
#include<stdio.h>
#include<stdlib.h>

void main(){
    int i,n;
    int *p=NULL;
    printf("Enter an integer n(<=40): ");
    scanf("%d", &n);
    p=(int *)malloc(n*sizeof(int));
    if(p==NULL){
```

```
        printf("Not enough memory to allocate buffer\n");
        exit(0);
    }
    p[0]=1; p[1]=1;
    for(i=2;i<n;i++)
        p[i]=p[i-1]+p[i-2];
    for(i=0;i<n;i++)
        if((i+1)%5==0)
            printf("%-12d\n",p[i]);
        else
            printf("%-12d",p[i]);
    printf("\n");
    free(p);
}
```

运行结果如下：

```
Enter an integer n(<=40): 30
1           1           2           3           5
8           13          21          34          55
89          144         233         377         610
987         1597        2584        4181        6765
10946       17711       28657       46368       75025
121393      196418      317811      514229      832040
```

2. 二维动态数组的实现

下面的例子用动态内存分配可以实现二维动态数组。

例 6-34 二维动态数组的实现。

```
//Array2.c
#include<stdio.h>
#include<stdlib.h>

double **malloc_a2d(int m, int n){
    int i;
    double **p;
    p=(double **)malloc(m*sizeof(double *));
    for(i=0; i<m; i++)
        p[i]=(double *)malloc((n+1)*sizeof(double));
    return p;
}

void free_a2d(double **p, int m, int n){
    int i;
    for(i=0; i<m; i++)
        free(p[i]);
    free(p);
```

```
}

void outputmat(double **a, int m, int n){
    int i, j;
    for(i=0; i<m; i++){
        for(j=0; j<=i; j++)
            printf("%5.0f", a[i][j]);
        printf("\n");
    }
}

void main(){
    int i, j, n;
    int count=0;
    double **a;

    printf("输入一个整数 n: ");
    scanf("%d", &n);
    a=malloc_a2d(n,n);
    a[0][0]=1;
    a[1][0]=1;
    a[1][1]=1;

    for(j=2; j<n; j++){
        a[j][0]=1; a[j][j]=1;
        for(i=1; i<j; i++)
            a[j][i]=a[j-1][i-1]+a[j-1][i];
    }
    outputmat(a, n, n);
    free_a2d(a, n, n);
}
```

运行结果如下：

```
输入一个整数 n: 5
    1
    1    1
    1    2    1
    1    3    3    1
    1    4    6    4    1
```

习题 6

一、填空题

1. 下面程序的功能是通过指针操作找出 3 个整数中的最小值并输出。试填空。

```
#include<stdio.h>
```

```
void main(){
    int *a, *b, *c, min, x, y, z;
    a=&x; b=&y; c=&z;
    printf("输入 3 个整数: ");
    scanf("%d%d%d", a, b, c);
    min=*a;
    if(*a>*b)___(1)___;
    if(min>*c)___(2)___;
    printf("最小的整数是: %d\n", min);
}
```

2. 下面程序的功能是将字符串 s2 接到 s1 的后面,实现字符串的连接。试填空。

```
#include<stdio.h>
#include<string.h>

void conn(char *,char *);

void main(){
    char s1[80],s2[80];
    gets(s1);
    gets(s2);
    conn(s1,s2);
    puts(s1);
}

void conn(char *p1,char *p2){
    while(*p1)___(1)___;
    while(*p2){
        *p1=___(2)___;
        p1++; p2++;
    }
    *p1='\0';
}
```

3. 一个字符串,若其逆序排列与顺序排列相同,则称其为“回文”。以下函数判别字符串 s 是否为回文,若是返回 1,否则返回 0。试填空。

```
#include<stdio.h>
#include<string.h>

int fun(char *s){
    char *p, *q;
    int n;
    n=strlen(s);
    q=___(1)___;
```

```
    for(p=s; p<=q; q--, ____(2)____)
        if(*p!=*q) break;
    if(p<q) ____(3)____;
    else return(1);
}
```

4. 以下程序计算二维数组 a 中的最大值与二维数组 b 中的最大值之差,试填空完成程序。

```
#include<stdio.h>
#include<string.h>

float find_max(____(1)____){
    int i, j;
    float max=**x;
    for(i=0; i<m; i++)
        for(j=0; j<n; j++)
            if(*(*(x+i)+j)>max) max=____(2)____;
    return max;
}

void main(){
    int i, j;
    float a[3][3], b[3][2], ____(3)____;
    for(i=0; i<3; i++) pa[i]=a[i];
    for(i=0; i<3; i++) pb[i]=b[i];
    printf("输入 3×3 矩阵:\n");
    for(i=0; i<3; i++)
        for(j=0; j<3;j++)
            scanf("%f", &a[i][j]);
    printf("输入 3×2 矩阵:\n");
    for(i=0; i<3; i++)
        for(j=0; j<2; j++)
            scanf("%f", &b[i][j]);
    printf("%f\n", ____(4)____);
}
```

二、编程题

1. 设二维数组为

$$a=\begin{bmatrix}1 & 3 & 5 & 7 & 9\\ 11 & 13 & 15 & 17 & 19\\ 21 & 23 & 25 & 27 & 29\end{bmatrix}$$

试说明以下各量的意义:

a，a＋2，&a[0]，a[0]＋3，*(a＋1)，*(a＋2)＋1，*(a[1]－2)，
&a[0][2]，*(&a[0][2])，*(*(a＋2)＋1)，a[1][3]

并编程验证。

2. 利用指针将3×3矩阵转置。

3. 试编写字符替换函数

```
void replace(char * str, char ch1, char ch2)
```

实现在已知字符串str中将所有字符ch1都用字符ch2代替。

4. 编写一个函数，从字符串str中删除指定字符ch：

```
int strDel(char * str, char ch)
```

若字符ch未出现在字符串str中，返回0，否则返回字符出现的次数。

5. 试编写函数

```
void reverse(char * str)
```

将字符串中的字符逆序排列。

6. 试编程将字符串中连续相同的字符仅保留一个，比如，字符串aabbbcc经处理变为abc。

7. 试编写一函数

```
char * strCut(char *,int m, int n)
```

实现从字符串str的第m个字符开始截取n个字符的子串，输出该子串。

8. 编写一个函数从字符串str中删除第n个字符。

第7章 结构体、共用体和枚举类型

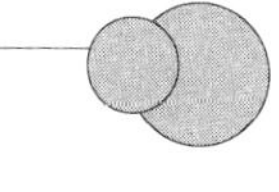

在现实中经常会遇到这样的现象，几个数据之间有着密切的联系，它们用来刻画同一事物的几个方面，但并不属于同一种数据类型。例如，新生入学登记表要记录每个学生的学号、姓名、性别、年龄、身份证号、家庭住址和家庭联系电话等信息。显然，这些项都与某一个学生有联系。如果将它们分别定义为独立的基本变量，不能反映它们之间的内在联系。如果用一个数组来存放这组数据，它们又不属于同一种数据类型。

针对这种情况，C语言给出了另一种构造数据类型——结构体。利用结构体将属于同一对象的不同类型的数据组成一个有联系的整体。如新生入学登记表，可以将属于同一个学生的各种不同类型的数据组合在一起，形成整体的结构体类型数据；然后利用结构体类型变量存储、处理单个学生的信息。

本章主要介绍结构体类型的定义、结构体变量、结构体数组、指向结构体数组的指针以及链表的相关操作。

7.1 结构体类型

结构体是一种构造类型，属于自定义类型。结构体类型在使用之前需要先定义。结构体的使用分为以下三步：

(1) 定义结构体类型；

(2) 定义结构体变量；

(3) 使用结构体变量。

7.1.1 结构体类型及其变量的定义

结构体类型定义的一般形式为

```
struct 类型名
{
    成员列表;
};
```

其中：

(1) 类型名是结构体类型的名称，其构成规则与标识符构成规则相同；

(2) 成员列表是若干不同数据类型成员的集合,各成员的类型既可以是基本数据类型,也可以是已经定义的结构体类型;成员之间用分号“;”分开。

例如:

```
struct stu                    //struct 是关键字,stu 是类型名
{                             //该结构体类型由 5 个成员组成,分别属于不同的数据类型
    long num;
    char name[20];
    char sex;
    int  age;
    char addr[30];
};                            //结构体类型定义必须以分号";"结束
```

结构体类型只是定义了数据的一种结构,要想在程序中使用结构体,应当定义结构体类型变量,并在其中存放具体数据。结构体类型变量的定义有以下 3 种方法,以上面定义的 stu 为例加以说明。

1. 先定义结构体类型后定义变量

其一般形式为:

struct 类型名 变量名列表;

例如:

```
struct stu student1,student2;
```

定义两个 stu 类型的变量 student1 和 student2。注意,struct 关键字不可省略。

2. 同时定义结构体类型和变量

其一般形式为

```
struct [类型名]                    //[]中的内容是可选项
{
    成员列表;
}变量名列表;
```

例如:

```
struct [stu] {
    long num;
    char name[20];
    char sex;
    int age;
    char addr[30];
}student1,student2;
```

其作用与第一种方法相同,即定义了两个 stu 类型的变量 student1 和 student2。若结构

体名 stu 省略,则无法在程序的其他地方再使用此结构体类型。

注意:

(1) 类型和变量是不同的概念,编译时只对变量分配空间,对类型不分配空间,赋值、存取或运算只能针对变量,不能针对类型。

(2) 结构体中的成员可以是普通变量,也可以是除自身之外的其他结构体变量。例如:

```
struct date {                          //声明一个结构体变量
    int month;
    int day;
    int year;
};
struct stu {
    long num;
    char name[20];
    char sex;
    struct date birthday;              //成员 birthday 是 struct data 类型
    char addr[30];
} student1, student2;
```

首先定义一个结构体 struct date,由 month、day、year 三个成员组成。在定义变量 student1 和 student2 时,其中的成员 birthday 被定义为 struct date 结构类型。

(3) 成员名可与程序中的其他变量同名,二者不代表同一对象,互不干扰。例如,程序中可以定义一个变量 num,它与 struct student 中的 num 是不同的对象。

(4) 结构体变量定义以后,系统为其分配存储空间。在 Visual C++ 6.0 环境下分配存储空间的大小与所设置的字节对齐有关,这是 Visual C++ 6.0 对变量存储的一个特殊处理。为了提高 CPU 的存储速度,Visual C++ 6.0 对一些变量的起始地址做了“对齐”处理。在默认情况下,Visual C++ 6.0 规定各成员变量存放的起始地址相对于结构的起始地址的偏移量必须为该变量的类型所占用的字节数的倍数。若字节对齐设置为一个字节,则分配的存储空间为结构体中各分量所占字节数的和。下面用一个例子来说明字节对齐设置问题。

例 7-1　字节对齐设置举例。

```
//PragmaPack.c
#include<stdio.h>
#pragma pack(1)                        //设置为一字节对齐

void main(){
    struct test {
        char m1;
        int m2;
        double m3;
    }m;
```

```
    printf("变量 m所占字节数为: %d\n", sizeof(m));
}
#pragma pack()                              //恢复对齐状态
```

运行结果如下：

```
变量 m所占字节数为: 13
```

注意：在默认情况下，字节对齐方式为 8 字节对齐，程序输出结果为：

```
变量 m所占字节数为: 16
```

3. 使用 typedef 定义类型名

对于上面的方法，在定义了结构体类型后，定义其变量名时还要保留关键词 struct：

```
struct 类型名 变量名;
```

这种定义变量的方法与通常定义 int、char 等类型变量的方法不一致。使用下面的方法

```
typedef struct
{
    成员列表;
}类型名;
```

定义类型名后，可用类型名直接定义结构体变量，不需要关键词 struct 了。例如

```
typedef struct{
    double real,
           img;
}COMPLEX;
```

定义一个复数结构体类型。用

```
COMPLEX a, b;
```

定义两个结构体变量 a 和 b。这种定义方式与定义 int、char 等类型变量相同。

7.1.2 结构体变量的使用

结构体变量定义之后就可以使用了。但需要注意以下 4 个问题。

(1) 结构体变量的使用方式是分别使用变量中的各个成员，而不能整体使用。

使用结构体变量中一个成员的形式为

```
结构体变量名.成员名
```

其中，“.”运算符是成员运算符。例如：

```
student1.num=11301;
scanf("%s",&student1.name);
```

都是正确的。

```
scanf("%…",&student1);
printf("%…",student1);
```

都是错误的。

(2) 如果成员本身又是结构体类型,则需使用成员运算符逐级访问。例如:

```
student1.birthday.year
```

(3) 同一种类型的结构体变量之间可以整体赋值。例如:

```
student2=student1;
```

其作用是把 student1 中的成员值依次赋给 student2 中的相应成员。

(4) 可以使用结构体变量成员的地址,也可以使用结构体变量的地址。例如:

```
scanf("%d",&student1.num);              //从键盘输入一个整数赋给 student1.num
printf("%o",&student1);                 //输出 student1 的首地址
```

7.1.3　结构体变量的初始化

结构体变量在定义时直接赋值称为结构体变量的**初始化**。初始化数据用{}括起来,其顺序与结构体中的各成员顺序保持一致,数据之间用逗号","分开。

例 7-2　结构体变量初始化。

```
//StructInit.c
#include<stdio.h>
struct{
    long no;
    char name[20];
    char sex;
    int  age;
    char addr[30];
}stu1={11301,"Wang Lin",'M',19,"200 Beijing Road"};

void main(){
    printf("no=%ld, name=%s, sex=%c, age=%d, addr=%s\n",
        stu1.no,stu1.name,stu1.sex,stu1.age,stu1.addr);
}
```

运行结果如下:

```
no=11301, name=Wang Lin, sex=M, age=19, addr=200 Beijing Road
```

结构体变量也可以在定义以后再赋值,这时只能对各成员单独赋值。

例 7-3　结构体变量赋值。

```
//StructInit2.c
#include<stdio.h>
```

```
#include<string.h>                              //包含字符串运算的头文件

struct{
    long no;
    char name[20];
    char sex;
}STUDENT;

void main(){
    STUDENT.no=11201;
    strcpy(STUDENT.name, "Li Ping");      //使用字符串复制函数实现字符数组赋值
    STUDENT.sex='M';
    printf("no=%ld, name=%s, sex=%c\n",STUDENT.no, STUDENT.name, STUDENT.sex);
}
```

运行结果如下：

```
no. = 11201, name = Li Ping, sex = M
```

例 7-4 提供了结构体赋值的另一种方法。

例 7-4 复数相加。

```
//ComplexAdd.c
#include<stdio.h>

typedef struct{
    double real,
           img;
}COMPLEX;

COMPLEX AddComplex(COMPLEX x, COMPLEX y){
    COMPLEX z;
    z.real=x.real+y.real;
    z.img=x.img+y.img;
    return z;
}

void main(){
    COMPLEX a={1, 2}, b={3, 4}, c;                    //结构体变量赋值
    c=AddComplex(a, b);
    printf("a+b=%.1f+%.1fi\n", c.real, c.img);
}
```

```
a + b = 4.0+6.0i
```

读者可以补充复数减法、乘法和除法。

7.2　结构体数组

一个结构体变量可以存放一个学生的一组数据。如果存放一个班的学生信息，显然要用数组，数组中的每个元素都是一个结构体类型的数据，即**结构体数组**。

7.2.1　结构体数组的定义

结构体数组的定义方法和结构体变量相似，也有两种定义方法。

(1) 先定义结构体类型，再定义结构体数组。例如：

```
struct STUDENT student[5];
```

(2) 在定义结构体类型的同时定义结构体数组。例如：

```
struct STUDENT{                        //此处若省略结构体名 stu 则构成无名结构体
    long no;
    char name[20];
    char sex;
    int  age;
    char addr[30];
}student[5];
```

这两种方式都定义了一个结构数组 student[5]，共有 5 个元素，分别为 student[0]～student[4]。结构体数组中某元素成员的使用格式为

数组名[下标].成员名

7.2.2　结构体数组的初始化

和其他数据类型的数组一样，结构体数组可以初始化。初始化数据用{}括起来；当对全部元素赋初值时，也可省略数组长度。例如：

```
struct STUDENT{
    long no;
    char name[20];
    char sex;
    char addr[30];
}student[3]={{11001,"Li ping",'M',"103 Beijing Road"},
             {11002,"Zhang ping",'M',"150 Shanghai Road"},
             {11003,"He fang",'F',"012 Zhongshan Road"}};
```

例 7-5　输出一个班级中每个学生的成绩、所有学生的平均成绩以及不及格人数。

```
//StudentScores.c
#include<stdio.h>
#include<string.h>
```

```
struct STUDENT{
    long no;
    char name[20];
    char sex;
    float score;
}student[5]={{11001,"Li ping", 'M',45},
             {11002,"Zhang ping",'M',62.5},
             {11003,"He fang",'F',92.5},
             {11004,"Chen bing",'F',87},
             {11005,"Wang ming",'M',58}};          //初始化一个结构体数组

void main(){
    int i, c=0;
    float ave, s=0;
    for(i=0; i<5; i++){
        s+=student[i].score;
        if(student[i].score<60) c+=1;
    }
    ave=s/5;
    //计算所有学生的总分和不及格的人数
    printf("no      name        score\n");
    for(i=0; i<5; i++)                                //输出所有学生的成绩
        printf("%-8ld%-12s%-4.2f\n",student[i].no,student[i].name,student[i].score);
    printf("average=%4.2f\ncount =%2d\n", ave, c); //输出平均分和不及格人数
}
```

运行结果如下：

```
no      name        score
11001   Li ping     45.00
11002   Zhang ping  62.50
11003   He fang     92.50
11004   Chen bing   87.00
11005   Wang ming   58.00
average=69.00
count  = 2
```

［**运行结果说明**］ 本程序定义了有5个元素的全局结构体数组student，并进行了初始化。在main()函数中用for语句逐个累加各元素的score成员值存于s中，如score的值小于60(不及格)计数器c即加1，循环完毕后计算平均成绩，并输出全班总分、平均分及不及格人数。

7.3 结构体指针变量

指向结构体类型数据的指针变量称为**结构体指针变量**。结构体指针变量中的值是所指向的结构体变量的首地址，通过结构体指针可以间接访问该结构体变量的各成员值。下面说明结构体指针变量的定义以及变量成员的引用。

结构体指针变量定义的一般形式如下：

struct 结构体名 *结构体指针变量名;

例如，语句"struct STUDENT *p;"定义了一个结构体指针变量。它可以指向一个struct STUDENT结构体类型的变量。

通过结构体指针变量访问结构体变量成员的形式如下：

(1) (***结构体指针变量名).成员名**

注意：运算符"."的优先级比运算符"*"高。

(2) **结构体指针变量名－＞成员名**

其中，－＞是指向成员运算符，很简洁，更常用。例如，可以使用(*p).no或p－＞no访问p指向的结构体的no成员。

7.3.1 指向结构体的指针

例7-6 用结构体变量指针输出结构体各成员的值。

```
//PtStruct.c
#include<stdio.h>
#include<string.h>

void main(){
    struct STUDENT {
        long no;
        char name[20];
        char sex;
        int score;
    }student={11001, "Li ping",'M', 45};

    struct STUDENT *p;

    p=&student;
    printf("no=%ld, name=%s, sex=%c, score=%d\n",student.no,
           student.name, student.sex, student.score);
    printf("no=%ld, name=%s, sex=%c, score=%d\n",(*p).no,
           (*p).name,(*p).sex,(*p).score);
    printf("no=%ld, name=%s, sex=%c, score=%d\n", p->no,
            p->name, p->sex, p->score);
}
```

运行结果如下：

```
no=11001, name=Li ping, sex=M, score=45
no=11001, name=Li ping, sex=M, score=45
no=11001, name=Li ping, sex=M, score=45
```

[**运行结果说明**] 程序定义了一个结构体类型 struct STUDENT，定义了结构体类型变量 student 并进行了初始化，还定义了一个指向 STUDENT 类型的指针变量 p。在函数的执行部分将结构体变量的起始地址赋给指针变量 p，第一个输出语句用变量 student 输出其各个成员的值，第二个输出语句用指针变量输出 student 中各成员的值。

可以看出三个输出语句的输出结果是相同的，三种变量成员的引用形式是等价的。

7.3.2 指向结构体数组的指针

指针变量可以指向一个数组，同样可以指向一个结构体数组。指针变量的初值就是结构体数组的首地址，下面通过例子说明它的应用。

例 7-7 用指向结构体数组的指针输出结构体数组中各成员的值。

```
//StructPt.c
#include<stdio.h>
#include<string.h>

void main(){
    struct STUDENT {
        long no;
        char name[20];
        char sex;
        float score;
    }student[5]={{11001,"Li ping", 'M', 45},
                 {11002, "Zhang ping", 'M', 62.5},
                 {11003, "He fang", 'F', 92.5},
                 {11004, "Cheng ling", 'F', 87},
                 {11005, "Wang ming", 'M', 58}};

    struct STUDENT *p;                              //定义指针 P 指向结构体数组
    printf("no        name          sex     score\n");
    for(p=student;p<student+5;p++)                  //输出数组中各成员的值
        printf("%-8ld %-12s %-5c %.1f\n", p->no, p->name, p->sex, p->score);
}
```

运行结果如下：

```
no       name          sex    score
11001    Li ping        M     45.0
11002    Zhang ping     M     62.5
11003    He fang        F     92.5
11004    Cheng ling     F     87.0
11005    Wang ming      M     58.0
```

[**运行结果说明**] 程序中定义了 struct STUDENT 结构类型的数组 student 并进行了初始化，定义了指向结构体数组 student 的指针 p。在程序的执行部分 for 循环语句中 p 被赋予 student 的首地址，然后循环 5 次，输出 student 数组中各成员的值。注意：

(1) 如果 p 的初值为 student，即指向第一个元素，则 p 加 1 后就指向下一个元素。

例如,(++p)->num先使p加1,然后得到它指向的元素中的no成员值。(p++)->num先得到no的成员值,然后使p自加1,指向stu[1]。

(2) 注意(++p)->no和(p++)->no的不同,同时注意它们与++p->num不同,++p->no是对成员no的值加1。

(3) 一个结构体指针变量虽然可以用来访问结构体变量或结构体数组元素的成员,但是不能指向其中一个成员。也就是说不允许p=&student[1].no,只能是p=&student或者p=&student[0]。

7.3.3 结构体变量和结构体指针变量作函数参数

结构体变量和结构体指针变量都可以像其他类型变量一样作为函数的参数,也可以将函数定义为结构体类型或结构体指针类型,即函数返回值类型为结构体或结构体指针。

1. 结构体变量作为函数参数

结构体变量作函数参数是采用"传值"方式,即分别为形参和实参分配内存空间,"形实参结合"就是将实参各成员值传递给形参所对应的成员。当然,实参和形参的结构体变量类型应当完全一致。

例 7-8 将例7-6中的输出功能用一个函数实现。

```
//PtStruct2.c
#include<stdio.h>
#include<string.h>

struct STUDENT{
    long  no;
    char  name[20];
    char  sex;
    float  score;
};

void main(){
    void print(struct STUDENT);
    struct STUDENT student1={11001, "Li ping", 'M', 45};
    print(student1);
}

//以不同方式输出结构体 student 中各成员值
void print(struct STUDENT student){
    struct STUDENT *p;
    p=&student;
    printf("no=%ld, name=%s, sex=%c, score=%.1f\n", student.no,
            student.name, student.sex, student.score);
    printf("no=%ld, name=%s, sex=%c, score=%.1f\n",(*p).no,
```

```
            (*p).name,(*p).sex,(*p).score);
    printf("no=%ld, name=%s, sex=%c, score=%.1f\n", p->no,
            p->name, p->sex, p->score);
}
```

程序输出结果与例 7-6 相同。

2. 指向结构体变量的指针作函数参数

通过指针传递结构体变量的地址给形参，再通过形参指针变量引用结构体变量中成员的值。结构体指针变量作函数参数是采用“传址”方式，“形实参结合”是指将实参值传递给形参指针变量。

例 7-9 将例 7-7 中的输出功能用一个函数实现。

```
//StructPt2.c
#include<stdio.h>
#include<string.h>

struct STUDENT{                                     //结构体定义
    long no;
    char *name;
    char  sex;
    float score;
};

void main(){
    void print(struct STUDENT *);
    struct STUDENT student[5]={{11001,"Li ping", 'M', 45},
                               {11002, "Zhang ping", 'M', 62.5},
                               {11003, "He fang", 'F', 92.5},
                               {11004, "Cheng ling", 'F', 87},
                               {11005, "Wang ming", 'M', 58}};     //结构体初始化
    struct STUDENT *p1;
    printf("no        name        sex     score  \n");
    for(p1=student; p1<student+5; p1++)
    print(p1);
}

void print(struct STUDENT *p){
    printf("%-8ld  %-12s  %-5c  %.1f\n", p->no, p->name, p->sex, p->score);
}
```

程序输出结果与例 7-7 相同。

7.4　链表

7.4.1　链表概述

用数组存放数据时，必须事先定义数组的长度。例如，用数组存放一个班所有学生的数据，事先难以确定班级的人数，则必须把数组定义得足够大，以便能存放所有学生的数据。显然这样会浪费内存空间。而动态数据结构可以根据需要动态地分配内存单元。本节介绍的链表是一种最简单、最常用的动态数据结构。

链表有单向链表、双向链表、循环链表等形式，图 7-1 所示是最简单的单向链表。链表中有一个"头指针"变量，图中以 head 表示，它存放的是链表中第一个元素的首地址。链表中每一个元素称为**结点**，每个结点都包含两部分：**数据域**和**指针域**。数据域存放用户需要使用的数据，指针域存放下一个结点的首地址。链表中最后一个结点称为**表尾**。它的指针域为空，用 NULL 表示。

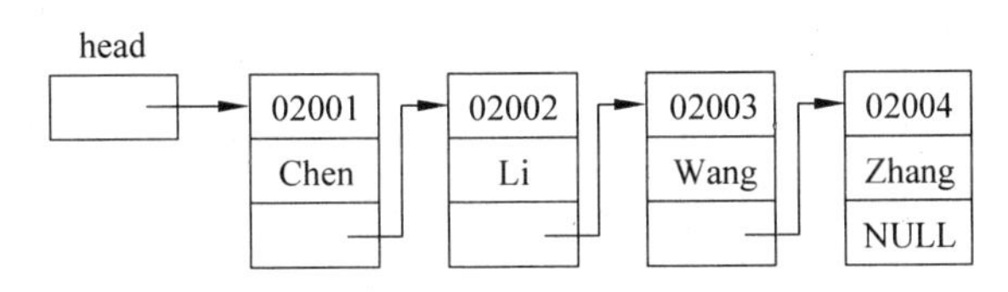

图 7-1　单向链表结构示意图

由于链表中的每个结点都有一个指针域用于指向下一个结点，因此各元素在内存中分配的地址可以是不连续的。这样可以根据需要分配内存空间，并且添加、删除结点时不用移动任何结点，只需修改指针的值即可。但是要找某一个元素，必须知道链表的"头指针"，由表头开始依次查找。因此可以用结构体变量表示链表中的结点，一个结构体变量包含若干个成员，这些成员可以是 C 语言中除 void 以外的任何数据类型，但必须有一个指向本结构体类型的指针成员用于存放下一个结点的首地址。图 7-1 中所示的结点可定义如下：

```
struct STUDENT {
    long  no;
    char  * name;
    struct STUDENT * next;
};
```

其中成员 no 用来存放结点中的数据，next 是指向 struct STUDENT 的指针类型成员。它指向 struct STUDENT 类型数据，其结构如图 7-1 所示。每一个结点都是 struct STUDENT 类型，它的成员 next 存放下一个结点的地址。程序员可以不必知道各结点的具体地址，只要保证将下一个结点的地址放到前一个结点成员的 next 中即可。

7.4.2　链表的基本操作

链表操作最常用的有建立链表、输出链表、插入和删除结点以及查找等操作。为了操作的方便，一般在链表的第一个结点之前增加一个结点，称为**头结点**。它的指针域存放第一个元素的首地址，数据域一般为空，也可以存放一些诸如链表的长度等辅助信息。这样，即使空链表也会有一个结点，处理起来就可以不分链表是否为空等情况。具有头结点的单向链表结构如图 7-2 所示。

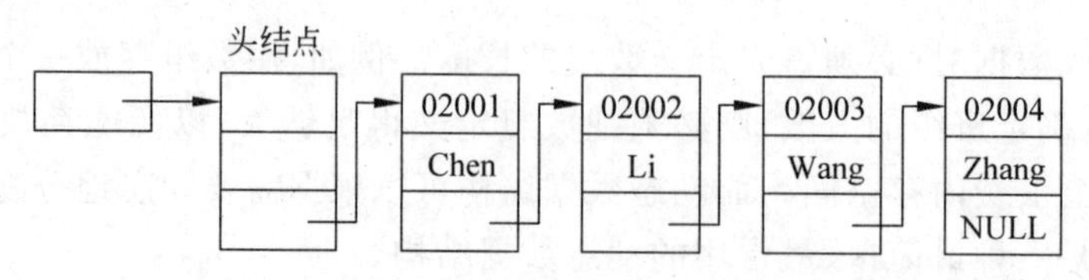

图 7-2 具有头结点的单向链表结构

1. 建立链表

建立链表是指逐个添加结点，输入各结点数据，并建立起各结点之间的前后逻辑关系。

例 7-10 编写函数建立一个存储学生数据的有头结点的单向链表。

［**算法分析**］ 建立有头结点的单向链表的步骤如下。

(1) 先建立一个头结点，并由 head 指针指向它，指针域的初始值为 NULL，然后将建立的结点依次插入到链表中，链表中的最后一个元素由指针 p1 指向它。

(2) 用 malloc()函数开辟第一个结点，并让 p2 指向它。

(3) 从键盘输入一个学生的数据赋给 p2 所指的结点。约定学号不为零，如果学号为零说明链表建立完毕；如果输入的 p2－>no 不等于 0，则将 p2 插入到 p1 之后，然后 p1 指针后移指向新插入的结点。若建立的结点为链表中第一个结点，过程如图 7-3(a)所示；若不是第一个结点，过程如图 7-3(b)所示。

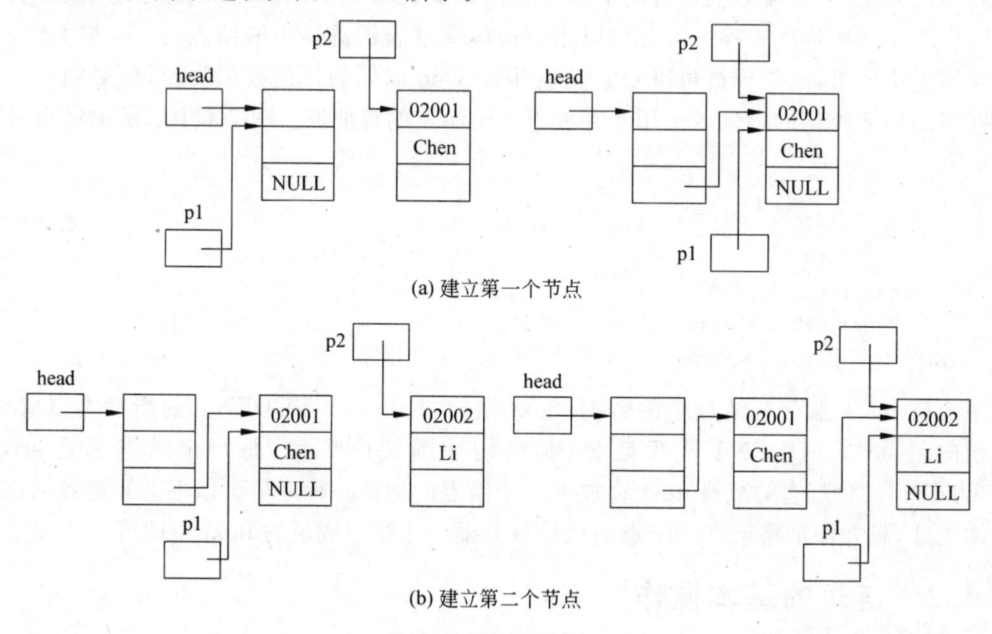

图 7-3 链表的建立

(4) 重复(2)、(3)直到学号为零。

```
#include<stdio.h>
#include<malloc.h>
#define NULL 0
#define LEN sizeof(struct STUDENT)

struct STUDENT{
    long no;
    float score;
    struct STUDENT * next;
};
int n;
struct STUDENT * create(){
    struct STUDENT * head, * p1, * p2;
    head=(struct STUDENT * )malloc(LEN);            //建立头结点
    head->next=NULL;
    p1=head;
    p2=(struct STUDENT * )malloc(LEN);              //建立第一个结点
    scanf("%ld, %f",&p2->no, &p2->score);
    while(p2->no !=0){                              //将建立的结点依次插入到表尾
        p2->next=p1->next;
        p1->next=p2;
        p1=p2;                                      //p1 始终指向链尾结点
        p2=(struct STUDENT * )malloc(LEN);
        scanf("%ld,%f", &p2->no, &p2->score);
    }
    free(p2);                             //最后一个结点并没有加入到链表中,需要释放
    return(head);
}
```

调用 create()函数后，函数的返回值是所建立的链表的头结点的首地址，学生的数据从第一个结点开始存储。

2. 输出链表

输出链表是指将链表中的各结点的数据依次输出。

例 7-11　编写函数 print()，输出链表中各元素的值。

[**算法设计**]　要输出链表，首先要知道链表头结点的地址，也就是要知道头指针 head 中的值，然后定义一个指针变量 p，先指向第一个结点，输出该成员的值，再将 p 后移一个结点继续输出，直到链表末尾。

输出链表函数如下：

```
void print(struct STUDENT * head){
    struct STUDENT * p;
```

```
    printf("\nThese %d nodes are:\n", n);
    p=head->next;                                //指针 p 指向第一个结点
    while(p!=NULL){                              //依次输出链表中各结点的值
        printf("%ld %5.1f\n", p->no, p->score);
        p=p->next;                               //p 指针后移
    }
}
```

调用 print()函数后，从 head 所指的第一个结点出发，顺序输出各结点中成员的值。

3. 插入结点

将一个结点插入到链表中的某个位置，需要知道待插入结点的前一个结点的位置，即插入结点分为查找插入点和插入结点两个步骤。

例 7-12 若已有一个学生链表，各结点按学号的值由小到大排列，现要插入一个新生的结点，要求插入后保持学号由小到大的顺序。

［**算法设计**］ head 为链表的头指针，假设 p0 指向待插入结点，p1 指向第一个结点，p2 为 p1 的前驱结点。将 p0－＞no 与 p1－＞no 相比较，如果 p0－＞no＞p1－＞no，将 p1 后移，并将 p2 指向 p1 所指结点。继续比较，直到 p0－＞no≤p1－＞no 或 p1 所指的已经是表尾结点为止。这时将 p0 所指结点插到 p2 所指结点之后。

插入语句为：p0－＞next＝p2－＞next；p2－＞next＝p0，插入过程如图 7-4 所示。

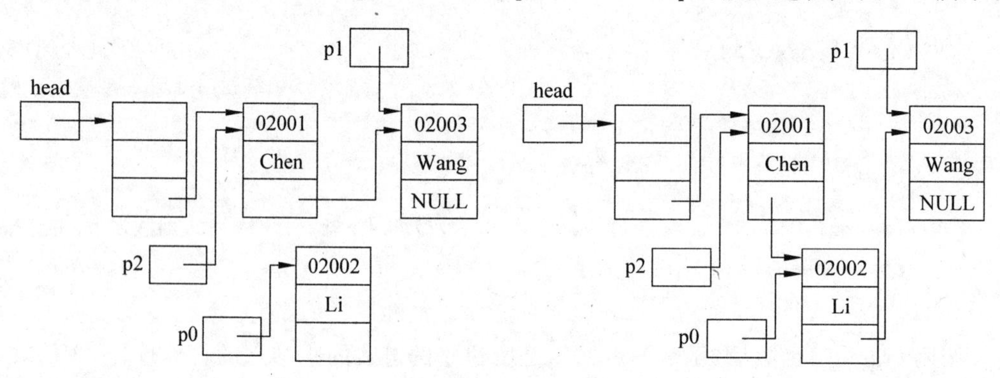

图 7-4 插入结点示意图

插入结点函数如下：

```
void insert(struct STUDENT * head,struct STUDENT * p0){
    struct STUDENT *p1, *p2;
    p1=head->next;
    p2=head;
    while((p0->no>p1->no)&&(p1!=NULL)){                  //查找插入结点
        p2=p1; p1=p1->next;
    }
    p0->next=p2->next;
    p2->next=p0;
}
```

此函数中参数为 head 和 student，student 也是一个指针变量，从实参传来待插入结点的地址给 student。

4. 删除结点

从链表中删除一个结点，与插入结点类似，需要确定删除结点的前一个结点。因此，删除结点也分为查找删除结点和删除结点两个步骤。

例 7-13　编写函数删除链表中指定的结点。

［**算法设计**］ head 为链表的头指针，设两个指针 p1 和 p2，先使 p1 指向第一个结点，p2 为 p1 的前驱结点。如果要删除的不是第一个结点，将 p1 的值赋给 p2，然后使 p1 后移，重复上述过程直到找到待删除结点为止，过程如图 7-5 所示。

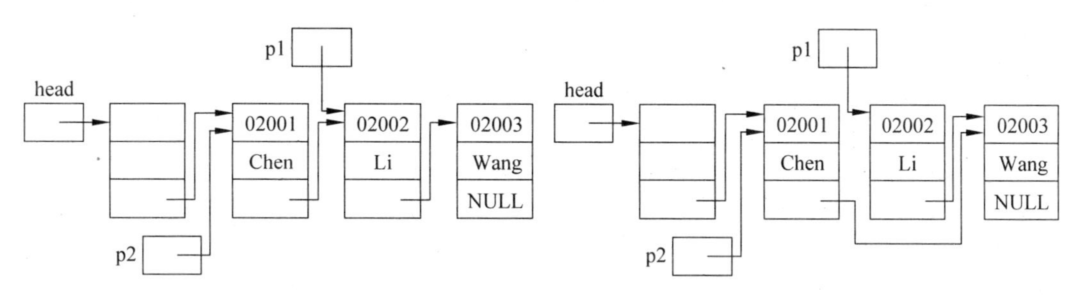

图 7-5　删除结点示意图

如果要删除的结点是第一个结点，则将 p1－＞next 赋给 head－＞next。如果要删除的结点不是第一个结点，则将 p1－＞next 赋给 p2－＞next。在具体操作中还要考虑链表是空和找不到要删除结点的情况。

删除结点函数如下：

```
int delete(struct STUDENT * head, long num){
    struct STUDENT * p1, * p2;
    p1=head->next;
    if(head->next==NULL)                    //链表为空表
        return-1;
    while(num!=p1->no && p1!=NULL){         //查找删除结点
        p2=p1;
        p1=p1->next;
    }
    if(!p1)                                 //删除结点不存在
        return 0;
    p2->next=p1->next;                      //将删除结点从链表中摘除
    free(p1);                               //释放删除结点
    return 1;
}
```

5. 完整程序及其运行

例 7-14　完整的链表操作程序。

```
//ListTest.c
```

函数 create()、print()、insert()和 delete()参见例 7-10～例 7-13，main()函数及运行结果如下：

```
void main(){
    struct STUDENT *p, *p0;
    p0=(struct STUDENT *)malloc(LEN);                    //建立头结点
    p0->next=NULL;
    p0->no=3;
    p0->score=83;
    p=create();
    print(p);
    delete(p, 2);
    printf("\n删除 no=2 的结点后:");
    print(p);
    insert(p, p0);
    printf("\n插入 no=3 的结点后:");
    print(p);
}
```

运行结果如下：

```
1, 81
2, 82
4, 84
5, 85
0
```

```
These 4 nodes are:
1  81.0
2  82.0
4  84.0
5  85.0
```

```
删除no=2的节点后:
These 3 nodes are:
1  81.0
4  84.0
5  85.0
```

```
插入no=3的节点后:
These 4 nodes are:
1  81.0
3  83.0
4  84.0
5  85.0
```

7.5 共用体

在程序编写过程中，有时需要将几种不同类型的变量存放到同一段内存单元中。现假设有三种不同类型的数据，分别是 char 型、int 型和 float 型，它们在内存中占的字节数不同，但都从同一地址开始存放。这种几个不同的变量共占同一段内存的结构，称为**共用体**类型的结构。

7.5.1 共用体类型的定义

共用体类型定义的一般形式为

```
union 共用体名
{
    成员列表;
};
```

例如：

```
union data{
```

```
    char  cval;
    int   inal;
    float fval;
};
```

定义了一种共用体类型 union data，三种类型的数据共用一段存储单元。

7.5.2　共用体类型变量的定义

共用体类型变量的定义方式有两种。

(1) 先定义共用体类型，后定义变量。如 union data 是已经定义的共用体类型，变量定义如下：

```
union data a, b, c;
```

定义 3 个 union data 类型的共用体变量 a、b、c。

(2) 定义类型的同时定义变量。例如：

```
union data                          //此处若省略共用体名,则构成无名共用体
{
    char cval;
    int inal;
    float fval;
} a, b, c;
```

共用体在形式上和结构体类似，但它们有着本质的区别。结构体变量的每个成员都拥有自己的内存单元，可以同时使用，互不干扰；而共用体变量的各成员是共同拥有一段内存单元，在某一时刻只能有一个成员起作用。在字节对齐方式为一个字节的情况下，分配给共用体存储空间的大小为成员中所占字节数最大的一个，字节对齐方式设置同例 7-1。

7.5.3　共用体变量的使用

共用体变量的使用方式和结构体相同，都是在定义了变量以后，用“变量名.成员名”的形式引用变量中的成员，而不能作为整体使用。例如：

```
union data a, *p;
printf("%c,%d,%f",a.cval,a.inal,a.fval);
```

或

```
printf("%c,%d,%f",p->cval,p->inal,p->fval);
```

是不妥的。

例 7-15　为共用体各成员赋值，并输出各成员的值。

```
//UnionTest.c
#include<stdio.h>
```

```
void main(){
    union {
        float  m;
        int    n;
        char   c;
    }temp;
    temp.m=25.6F;
    temp.n=12;
    temp.c='a';
    printf("共用体各成员的值:\n");
    printf("temp.m=%.2f\ntemp.n=%d\ntemp.c=%c\n", temp.m, temp.n, temp.c);
}
```

运行结果如下：

```
共用体各成员的值:
temp.m = 0.00
temp.n = 97
temp.c = a
```

[**运行结果说明**] 从程序运行结果可以看出，尽管对共用体变量的成员赋予不同的值，但它只接受最后一个赋值，即只有成员 c 的值是确定的，而成员 m 和 n 的值是不可预料的，使用的时候需要注意。

7.6 枚举类型

如果一个变量只有几种可能的值，则可以定义为**枚举类型**。所谓枚举是指将变量可能的取值一一列举出来，变量值只限于此范围内。只能取预先定义值的数据类型是枚举类型。

1. 枚举类型定义

枚举类型定义格式为

enum 枚举类型名{枚举元素列表};

例如：

```
enum weekday{sun,mon,tue,wed,thu,fri,sat};
```

2. 枚举变量定义

(1) 定义枚举类型的同时定义变量：

enum [枚举类型名] {枚举常量列表} 枚举变量列表;

(2) 先定义类型后定义变量：

enum 枚举类型名 枚举变量列表;

例如，语句

```
enum weekday{sun,mon,tue,wed,thu,fri,sat};
```

定义了枚举类型 enum weekday。语句

```
enum weekday week1,week2;
```

定义 enum weekday 枚举类型的变量 week1 和 week2，其取值范围是 sun，…，sat。可以用枚举常量给枚举变量赋值，例如：

```
week1=wed; week2=fri
```

注意：

(1) enum 是标识枚举类型的关键词，定义枚举类型时应当用 enum 开头。

(2) 枚举元素(枚举常量)由程序设计者自己指定，命名规则同标识符。这些名字是符号，可以提高程序的可读性。

(3) 在编译时，枚举元素按定义时的排列顺序取值 0、1、2、…(类似于整型常数)。

(4) 枚举元素是常量，不是变量(看似变量，实为常量)，可以将枚举元素赋值给枚举变量。但是不能给枚举常量赋值。在定义枚举类型时可以给这些枚举常量指定整型常数值(未指定值的枚举常量的值是前一个枚举常量的值+1)。例如：

```
enum weekday{sun=7, mon=1, tue, wed, thu, fri, sat};
```

(5) 枚举常量不是字符串。

(6) 枚举变量和常量一般可以参与整数能参与的运算，如算术运算、关系运算和赋值运算等。例如：要打印 sun，…，应该用 if(week1==sun) printf("sun")。切记不要用 week1=sun; printf("%s",week1);

3. 枚举变量的使用

枚举类型变量一般用于循环控制变量，枚举常量用于多路选择控制情况。

例 7-16 枚举类型应用。

```
//EnumTest.c
#include<stdio.h>

void main(){
    enum season{Spring, Summer, Autumn, Winter};
    enum season sea;
    for(sea=Spring; sea<=Winter; sea++)
    switch(sea){
        case Spring: printf("Spring, ");break;
        case Summer: printf("Summer, ");break;
        case Autumn: printf("Autumn, ");break;
        case Winter: printf("Winter");break;
```

```
    }
    printf("\n");
}
```

运行结果如下：

```
Spring, Summer, Autumn, Winter
```

习题 7

一、填空题

1. 下面的程序输入学生姓名和成绩，然后输出。试填空。

```
#include<stdio.h>

struct STUDENT{
    char name[10];
    float score;
}student, *p;

void main(){
    p=&student;
    printf("Please input name:");
    gets(___(1)___);
    printf("Please input score:");
    scanf("%f",____(2)____);
    printf("Output: %s, %.0f\n", p->name, p->score);
}
```

2. 以下函数 fun()的功能是将结构体中的 name 按照字典顺序从小到大重排结构体数组 a[]。试填空。

```
struct STUDENT{
    long sno;
    char name[10];
    float score;
}

void fun(struct STUDENT a[], int n){
    int i, j;
    ____(1)____t;
    for(i=0; i<n; i++)
        for(j=___(2)___;j<n;j++)
            if(strcmp(___(3)___)>0){
```

```
            t=a[i]; a[i]=a[j]; a[j]=t;
        }
}
```

3. 以下程序中已经建立一个带有头结点的单向链表，表中各结点按数据域的递增有序链接。函数 fun()的功能是把形参 x 的值放入一个新结点并插入到链表中。插入后链表的数据域仍保持递增有序。试填空。

```
typedef struct list{
    int data;
    struct list * next;
}SLIST;

void fun(SLIST * h, int x){
    SLIST * p, * q, * s;
    s=(SLIST)malloc(sizeof(SLIST));
    s->data=___(1)___;
    q=h;
    p=h->next;
    while(p!=NULL&&x>p->data){
        q=___(2)___;
        p=p->next;
    }
    s->next=p;
    q->next=___(3)___;
}
```

4. 下面的程序将键盘输入的字符串通过函数 ins()建立反序链表，然后输出链表。试填空。

```
#include<stdio.h>
#include<stdlib.h>

struct NODE{
    char data;
    struct NODE * link;
} * head;

void ins(struct NODE * q){
    if(head==NULL){
        q->link=NULL;
        head=q;
    }
    else{
        q->link=head;
```

```
            (1)    ;
        }
    }

    void main(){
        char ch;
        struct NODE * p;
        head=NULL;

        while((ch=getchar())!='\n'){
            p=(struct NODE *)malloc(sizeof(      (2)      ));
            p->data=ch;
            (3)    ;
        }
        p=head;
        while(p!=NULL){
            printf("%c", p->data);
            (4)    ;
        }
        printf("\n");
    }
```

二、编程题

1. 试编程,用结构体定义复数,实现复数减法、乘法和除法。

2. 定义由年(year)、月(month)、日(day)组成的结构体 date,实现输入一个日期(年、月、日),输出该天是当年的第几天。

3. 学生的记录由学号和成绩组成,N 名学生的数据已在主函数中放入结构体数组 s 中。试编写函数 find(),其功能是:函数返回指定学号的学生数据。若没找到指定学号,在结构体变量中给学号和成绩均置-1。

4. 定义一个结构类型(包括学号、成绩),并建立一个有序链表。编写一个函数能将结点中提供的学号和成绩按成绩高低顺序插入到该链表中。

5. 已有两个链表 heada 和 headb,编写函数将两者合并成一个链表并返回该链表的头指针。

6. 试编程,实现将已有链表逆序输出。

7. 要求用链表实现程序。13 个人围成一圈,从第一个人开始顺序报号 1、2、3。凡报到"3"者退出圈子,找出最后留在圈子中的人原来的序号。

8. 有理数就是可以写成分数的实数,其分子和分母都是整数。试构造有理数结构体完成有理数加、减、乘、除运算,以及求分子和分母的函数。注意,在有理数的加、减法中还要注意通分和化简。

第8章 输入/输出与文件

在以前各章介绍的C程序中,数据的存储和处理都是在内存进行的。涉及数据的输入/输出时,仅以控制台(键盘和显示器)为对象。然而实际程序在运行过程中常常要将一些中间结果或最终结果输出到磁盘等外部设备中存放,或从磁盘及其他外设中输入数据到内存进行处理。C语言对所有外设的输入/输出都是通过标准库函数实现的。

C语言最初是在UNIX系统上开发的,它自身没有定义输入/输出语句,其输入/输出功能依赖于UNIX环境。输入/输出看成是文件操作,即把文件作为输入/输出操作的对象,并将库函数分为两大类:处理文本文件(即ASCII文件)的缓冲文件系统和处理二进制文件的非缓冲文件系统。其他环境中(如DOS)的C语言编译程序也是参照UNIX上的C语言编译程序实现。新的ANSI C标准规定只使用缓冲文件系统,并将缓冲文件系统加以扩充使之也能处理二进制文件。本章给出ANSI C标准规定的函数。从可移植性考虑,建议读者在实际应用时尽量采用符合ANSI C标准规定的函数。

8.1 概述

在计算机技术领域中经常使用"文件"(file)的概念。如C语言源程序文件是由若干个字符按C语言的语法规则组成的用户文件;而C语言库文件是由一组标准函数组成的系统文件。一般地说,多个相关数据的集合体称为**文件**。用户使用的文件一般称为**逻辑文件**,用户可以通过文件名按照文件的逻辑结构存取文件中的数据。而实际的文件数据是保存在各种物理存储介质(如磁盘、磁带等)上的,因此称为**物理文件**。物理文件由操作系统的文件管理系统(简称文件系统)负责管理,并由文件系统向用户提供统一、方便的存取文件数据的方法。这样用户可以不涉及文件的物理组织和具体存储设备的输入/输出细节,直观地操作文件。

一般地,文件系统应具有以下功能:

(1) 创建一个新文件或删除一个旧文件。

(2) 对文件中的数据进行读/写操作。

(3) 用户可以按文件符号名对文件进行访问,而不涉及实际文件的物理组织。

(4) 对存放文件的存储空间进行管理。

(5) 对文件操作状态和出错的检测,以保证系统的安全。

(6) 限定文件的使用权限，提供对文件存取的保密性。

文件系统一般是作为操作系统中负责管理文件和提供存取文件数据的软件系统。为了能随机存取和共享使用文件，文件系统通常放在磁盘上，故有时称为磁盘文件系统。用户通过磁盘文件系统使用文件。C 程序是通过操作系统中缓冲文件系统使用文件，并统一用库函数存取文件数据。用这些函数可以完成文件处理过程的各种操作。对文件的处理过程为：

打开文件→读/写文件中数据→关闭文件。

下面将分别介绍这些内容。

8.1.1 C 语言文件的概念

C 语言文件概念的含义相当广泛，操作系统把所有外设（包括磁盘文件）都看成是文件。这种文件称为**设备文件**。对文件的读/写就是对设备的输入/输出，向文件中写入数据就是将数据输出到磁盘设备；从文件中读出数据就是从设备中输出数据。

C 语言通过系统提供的标准函数库中的输入/输出函数来读/写所有设备文件，系统为每种设备文件分别规定了一个文件名。C 语言编译系统规定了 5 个特殊的设备文件，见表 8-1，它们由系统自动打开，并由系统自动关闭。用户不能控制它们的打开和关闭。

表 8-1 特殊设备文件

文件名	文件号	文　　件	由系统分配的设备
stdin	0	标准输入文件	键盘
stdout	1	标准输出文件	显示器
stderr	2	标准错误输出文件	显示器
stdaux	3	标准辅助文件	串行口
stdprn	4	标准打印文件	打印机口

例 8-1 从键盘输入一个字符，然后向显示器输出。

```
//PutcharTest.c
#include<stdio.h>

void main(){
    int c;
    while((c=getchar())!=EOF)
        putchar(c);
}
```

运行结果如下：

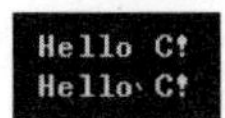

在上面的程序中，通过函数 getchar()从键盘输入一个字符到内存，然后通过函数

putchar()将数据从内存区输出到显示器，其中用到了系统隐含指定的设备文件 stdin(键盘)和 stdout(显示器)。我们使用第 2 章 2.5.2 节中介绍的输入/输出函数，就可直接对这两种标准文件进行读/写操作。程序中不必指定对这两种设备文件的打开和关闭的操作，因为这两种设备文件的打开和关闭是由系统自动进行的。stderr、stdprn 和 stdaux 三种设备在使用时也是由系统自动打开和关闭，但在进行读/写操作时，要给出其文件描述符(文件名或文件号)。不能用第 2 章 2.5 节中介绍的控制台(键盘和终端)输入/输出函数进行读写。在 8.1.2 节中，我们会看到第 2 章 2.5 节介绍的控制台输入/输出函数实际上也是标准磁盘 I/O 函数的一种特例。

8.1.2　文本文件和二进制文件

如前所述，在 C 语言中把文件看成是有输入/输出功能的外部设备。由于各种外部设备的特性不同，因此对文件的处理也不同。例如，磁盘文件可随机存取，而向打印机输出文件数据只能顺序进行，如果要将磁盘上的文件写到打印机，只能选用顺序文件才能有效输出。

为灵活处理各种外设的文件，C 语言将所有文件看成是由计算机及外设都能统一处理的字节序列，也称为**字节流**(stream)。一个字节既可用来表示一个二进制数，也可用来代表一个字符(一个 ASCII 码代表一个字符)，由这两种字节序列组成的文件分别称为**二进制文件**(二进制流)和**文本文件**(字符流)。虽然这两种文件都可看作字节序列，但它们表示数据的形式和存储方式不同，所以 C 语言对它们要区别处理。它们表示数据有以下特点。

(1) 一般地说，用二进制形式存储数据能节省存储空间。以整数为例，－32 768～＋32 767 之间的整数在内存中只占 2B，用二进制形式输出到磁盘时，也只占 2B，而用 ASCII 码输出时最多达 6B。例如，－32 768 的二进制和文本方式的存储空间占用情况如表 8-2 所示。

表 8-2　二进制和文本方式存储空间占用情况

ASCII 方式						二进制方式	
00101101	00110011	00110010	00110111	00110110	00111000	10000000	00000000
"－"	"3"	"2"	"7"	"6"	"8"	－32 768	

可见，数值型数据用二进制形式存储可节省空间。

(2) 在文本文件中，字符流以 80B 为一组，用换行符结尾。每个字节存放一个 ASCII 码，在向显示器等设备输出时，需作字符转换(将 ASCII 码转换成字符形式)。在显示器上用 DOS 命令可以直接看到磁盘文本文件中的内容。因此，一般文章、源程序等文件都以文本形式存放以便于编辑处理。二进制文件在磁盘中存放时，没有任何界限标志，在向其他设备输出时也不进行转换，而是直接将内存中的二进制形式数据原封不动地复制到文件中去，其输入/输出效率高。但二进制文件中每一个字节并不分别对应一个字符，因此不能直接在字符设备(如显示器、打印机等)上显示其内容。

8.1.3 文件类型指针

在缓冲文件系统中，一旦打开一个文件，系统就在内存中建立一个“文件信息区”，用来存放该文件的有关信息。C语言在头文件stdio.h中定义了以下的“文件信息区”的数据类型：

```
typedef struct {
    short       level;                      //缓冲区满/空程度
    unsigned    flags;                      //文件状态标志
    char        fd;                         //文件描述符(文件号)
    unsigned    char  bold;                 //读回字符
    short       bsize;                      //缓冲区长度
    unsigned    char * buffer;              //文件缓冲区指针
    unsigned    char * curp;                //当前位置指针
    unsigned    istemp;                     //临时文件标志
    short       token;                      //有效标记
}FILE;
```

也就是定义了一个FILE类型。它是一个结构体类型，每当打开一个文件时，在内存文件缓冲区就创建一个FILE类型的结构体。如果要用到几个文件，则在文件缓冲区建立几个具有FILE文件类型的结构体。系统通过这些结构体中的信息去管理正在处理的文件。这些信息仅供系统内部使用，C语言的用户不能直接存取这个结构体中的任何成员，而要通过定义一个指向FILE类型结构体的指针来实现文件的各种操作。例如：

```
FILE * fp1, * fp2;
```

定义了两个FILE类型的结构体指针变量，可以分别用它们处理这两个文件。

在不同的C语言编译系统中，文件信息结构体内成员项的个数、名字和内容不完全相同。但一般都应包含文件名(文件号)、文件状态和文件当前位置等信息。

8.2 文件打开与关闭

8.2.1 打开文件

在对磁盘文件进行操作之前，必须先打开需要读写的文件(对标准设备文件由系统自动打开)。打开文件用标准函数库中的fopen()函数实现。此函数返回一个FILE类型的指针值，它就是“文件信息区”中结构体变量的起始地址。通过这个指针，可以访问此文件。

1. 调用方式

```
FILE * fp;
fp=fopen(文件名, 使用文件方式);
```

其中，文件名是一个字符串，它可以是 C 语言允许的标识符，也可以是 DOS 中有效的文件名，包括驱动器名和路径名。例如：

```
fp=fopen("c:\\tc\\tc8_1.c","r");
```

表示打开在 C 盘的子目录\tc 中的文件 tc8_1.c。注意路径名中的两个反斜杠“\\”，第一个反斜杠是转义符，第二个反斜杠是子目录分隔符。如果直接用 DOS 系统上说明路径的方法

```
c:\tc\tc8_1.c
```

看上去很正确，但是打不开 tc8_1.c 文件，因为路径字符串中字符\t 在 C 语言中将被看成是专门的字符(跳格控制)。

2. 使用文件方式

fopen()函数中的第二个参数“使用文件方式”指出对要打开的文件进行何种操作。例如，在上例中的“r”是打开一个只读数据的文件。如果对只读文件进行写，系统将拒绝这种操作，从而起到保护文件的目的。在使用方式中还可以说明是打开一个二进制文件还是文本文件。在 C 语言中有 12 种使用文件方式，见表 8-3。

表 8-3 使用文件方式

文件使用方式	意　义	文件使用方式	意　义
"r"	(只读)为输入(读)打开一个文本文件	"r+"	(读写)为读/写打开一个文本文件
"w"	(只写)为输出(写)打开一个文本文件	"w+"	(读写)为读/写建立一个新文本文件
"a"	(追加)向文本文件尾增加数据	"a+"	(读写)为读/写打开一个文本文件
"rb"	(只读)为输入打开一个二进制文件	"rb+"	(读写)为读/写打开一个二进制文件
"wb"	(只写)为输出打开一个二进制文件	"wb+"	(读写)为读/写建立一个新的二进文件
"ab"	(追加)向二进制文件尾增加数据	"ab+"	(读写)为读/写打开一个二进制文件

对表 8-3 的有关内容说明如下：

(1) 用只读方式打开一个文件时，文件必须已存在，否则打开文件操作失败。

(2) 用只写或读/写方式打开一个文件时，如果原来文件不存在，则在打开时新建立一个指定文件名的文件；如果已存在同名文件，则已存在的同名文件将被覆盖，即删去原来文件的内容，重新建立一个新文件。

(3) 用追加方式打开文件时，数据添加到已存在文件的末尾或者创建一个新文件。

3. 指针值的检测

如果在 fopen()操作时出错，该函数将返回一个空值(NULL)。出错的原因可能是磁盘空间满、磁盘不在指定驱动器或写保护等。因此打开一个文件时常用以下方式检测 fopen()的返回值：

```
if((fp=fopen("c:\\filel.c","r"))==NULL){
    printf("cannot open this file\ n");
    exit(0);
}
```

if 语句检查打开是否出错,如有错就在显示器上显示不能打开文件的提示,并通过 exit()函数返回系统。用 exit()返回时,系统将关闭所有文件,终止执行正在调用的所有函数。

8.2.2 关闭文件

文件使用完毕后,要将文件关闭。关闭文件用标准函数 fclose()完成。其调用方式为:

```
fclose(文件指针);
```

执行此函数后,系统将文件缓冲区中的数据写入磁盘,切断"文件指针"与文件信息区的联系。下面先给出一个简单的例子,初步了解文件操作的过程。

例 8-2 建立一个名为 temp 的文件。

```
//OpenCloseTest.c
#include<stdio.h>

void main(){
    FILE *fp;
    fp=fopen("temp", "w");
    if(fp==NULL)
        exit(0);
    fclose(fp);
}
```

运行结果是在 DOS 当前目录中建立了文件 temp,但该文件中还未写入具体内容,用 DOS 的 dir 命令看这个文件的字节数为 0。

上面的程序在打开文件后立即关闭该文件,虽然很简单,但它包含了操作一个文件的全过程。下面说明 main()函数中各行的作用。

第 1 行,定义一个 FILE 类型的指针变量,可以用这个指针变量指向一个文件。

第 2 行,用库函数 fopen()打开一个文件,文件名由函数的第一个参数即"temp"指定。fopen()带回一个地址值赋给指针变量 fp,使得 fp 与一个文本文件(字符流)联系起来,在磁盘上建立一个名为 temp 的文件。另外在执行 fopen()函数时,系统还在 FILE 结构体中的各个成员中存放了有关这个文件的信息,供系统管理该文件用,而 C 语言则通过 fp 存取该文件。fopen()中的第二个参数是文件使用方式,本例中文件是以"只写"方式打开。因此如果原来磁盘上文件不存在,则建立名为 temp 的文件;如果磁盘上已有名为 temp 的文件,则删除原文件内容,重新以此名建立一个文件。

第 3 行是检测 fopen()函数返回值是否为空值,如果由于某种原因(如磁盘已满),用 fopen()打不开文件,函数返回一个空指针,则执行第四行 exit()函数退出程序,返回系统。

如果文件被有效打开，执行第五行 fclose()函数，关闭 fp 所指的文件，在关闭之前先将缓冲区中未输出的数据送到磁盘上，然后释放文件类型指针，即释放文件信息结构体的存储空间，切断了程序与该磁盘文件的联系。在程序执行完毕后建立了一个名为 temp 的文件，其字节数为 0，因为在文件打开后什么也没有往文件中写。fclose()函数返回一个整数值，如果关闭成功，返回一个 0 值，否则返回非 0 值。这个返回值可由 ferror()函数来测试。

应当注意，打开的文件在使用完后一定要关闭，否则可能会丢失数据，因为在向磁盘写数据时，数据先被写到文件缓冲区，待缓冲区满时系统会自动将缓冲区数据写到磁盘上。如果不关闭文件就使程序结束，则最后一次存在缓冲区中的数据有可能由于未装满整个缓冲区而没有被写入文件，此时缓冲区中的数据就可能丢失。

8.2.3 文件缓冲区的控制

如前所述，在缓冲文件系统中，系统为每一个打开的文件自动设立文件输入/输出缓冲区，每个区定为 512B。有时为提高文件存取效率，希望对缓冲区的大小能由用户程序作适当调整，C 语言提供了这种控制缓冲区大小的方法，有 4 个库函数用于缓冲区控制，它们分为以下两类。

1. 刷新缓冲区

刷新缓冲区就是先将缓冲区数据写到磁盘上，然后清空文件缓冲区。在程序中对文件操作完成后，用 fclose()或 exit()函数在关闭文件时就刷新缓冲区，然而有时我们希望在程序执行过程中随时刷新缓冲区，可以用 flush()和 flushall()两个库函数完成。它们的原型为：

```
int flush(FILE * fp);
int flushall(void);
```

flush()刷新由“文件指针”指定的那个文件缓冲区，而 flushall()刷新所有文件缓冲区。用这两个函数可以在任何时刻刷新缓冲区，通常它们被用在当一个关键信息写到文件缓冲区后，为防止万一程序错误或机器故障，应马上刷新缓冲区，使缓冲区内容写到磁盘上保留起来，这样可提高程序的可靠性。

2. 控制缓冲区的大小

有两个库函数 setbuf()和 setvbuf()可用来控制缓冲区的大小。setbuf()函数原型是：

```
void setbuf(FILE * fp, char * buf);
```

其中，fp 为文件指针，buf 为指定缓冲区。setbuf()函数可以在程序中使用自定义的缓冲区或关闭缓冲区，这个函数要在刚打开一个文件或刚刷新一个文件缓冲区之后使用，否则，可能引起缓冲区内容的混乱。下例说明 setbuf()的使用方法。

例 8-3 setbuf()的使用方法。

```
//SetbufTest.c
#include <stdio.h>
#define  BUFSIZE 80

char     mybuf[BUFSIZE];                    //定义一个有 BUFSIZE 个元素的字符数组

void main(){
    FILE *fp1, *fp2, *fp3;
    fp1=fopen("file1.txt", "r+");
    fp2=fopen("file2.txt", "r+");
    fp3=fopen("file3.txt", "r+");
    setbuf(fp2, NULL);                      //关闭 fp2 所对应的缓冲区
    setbuf(fp3, mybuf);                     //将 fp3 指向的文件的缓冲区定义为 mybuf
}
```

在这个程序中,fp1 指向的文件使用了由系统为它自动分配的缓冲区;fp2 指向的文件在调用 setbuf()后关闭了缓冲区(缓冲区大小为 NULL,即 0);fp3 指向的文件使用了一个用户定义的缓冲区。

setvbuf()函数可以控制缓冲区的大小,其原型为:

```
int setvbuf(FILE *fp,char *buf,int type,unsigned size);
```

其中,第一个参数是指向一个被打开文件的指针;第二个参数是一个指向自定义的文件缓冲区的指针;第三个参数是缓冲区类型。缓冲区的类型必须是下列 3 种之一:

(1) _IONBF: 表示关闭缓冲区。当用这个参数时,第二、四个参数忽略不计(填 0)。

(2) _IOLBF: 表示每当向文件写入一新行,缓冲区就自动被刷新。读操作时一次读入全部缓冲区所需数据。

(3) _IOFBF: 这是默认方式,表示所指定大小的内存空间都用来作为缓冲区。第四个参数指出缓冲区的大小。下面给出一个使用 setvbuf()的例子。

例 8-4 使用 setvbuf()的例子。

```
//SetvbufTest.c
#include <stdio.h>
#define  BUFSIZE 4096

char     mybuf[BUFSIZE];                    //定义一个有 BUFSIZE 个元素的字符数组

void main(){
    FILE *fp1, *fp2, *fp3;
    fp1=fopen("file1.txt", "r+");
    fp2=fopen("file2.txt", "r+");
    fp3=fopen("file3.txt", "r+");
    setvbuf(fp1, NULL,_IONBF,0);                      //关闭 fp1 所对应的缓冲区
```

```
    setvbuf(fp2, mybuf,_IOFBF,sizeof(mybuf));    //用数组 mybuf 作为 fp2 的缓冲区
    setvbuf(fp3, NULL, _IOFBF,1024);             //用 1024 字节作 fp3 对应的缓冲区
}
```

程序执行后,fp1 指向的文件将无缓冲区。fp2 指向的文件使用在程序开头定义的4096B 数组作为缓冲区。fp3 指向的文件被分配 1024B 的缓冲区。这 1024B 存储空间是系统通过 malloc()函数动态分配的,调用 malloc()函数所返回的指针指向该存储空间。这种调用方式只有使用 fclose()函数才能释放被分配的内存缓冲区。

注意,自定义的文件缓冲区(如上面的 mybuf[4096])一般定义为外部或局部静态的存储类别。否则,若函数在文件关闭之前退出,而后面的文件操作要求使用该缓冲区,但缓冲区已撤销了,这可能会导致系统的崩溃。

8.2.4 文件状态检测

在文件处理过程中,很多输入/输出函数都给出操作的状态信息。例如是否读写到文件尾,是否出错等,特别是当文件操作出错时,要及时检测和处理。否则可能会丢失出错信息,影响系统正常工作。C 语言经常使用的文件状态检测的库函数有 feof()、ferror()和 clearerr()。下面介绍这 3 个函数。

1. feof()函数

feof()函数的功能是返回文件结束状态。在缓冲文件系统中,既要处理文本文件,也要处理二进制文件。在读写文本文件时,用 EOF(即-1)可以检测是否到文件尾。而在二进制的文件中,-1 也是合法的二进制数据,不能用它作文件结束标志,不能用检测 EOF 来判断是否到文件尾。因此,C 语言提供用 feof()函数来判断是否读到文件尾,其函数原型为

```
int feof(FILE * fp);
```

它要求用文件类型指针作为参数,函数返回一个整数。若遇到文件尾,则返回非 0 值,否则返回 0。例如,语句

```
while(feof(fp)==0)
      getc(fp);
```

读一个二进制文件,每次读入一个字符,一直读到文件尾结束。

2. ferror()函数

ferror()函数的功能是返回对文件最后一次读/写操作中产生的错误标志。在用 fputc()、fgetc()等函数读写文件时,如果遇到文件尾则返回 EOF,如果出错也是返回 EOF。用 ferror()可判断在文件操作期间是否出错,其函数原型如下:

```
int ferror(FILE * fp);
```

它要求用文件类型指针作为参数，函数返回一整数。如果文件操作出错返回非 0 值，否则返回 0。由于多数输入/输出函数都设置错误条件，即执行这些函数过程中出错时会给出一个出错代码。因此，在每次文件操作后立即调用 ferror()可以检查对文件的操作是否有错误，否则在接着调用一些函数如 rewind()和 clearerr()时会改变这些错误标志。

3. clearerr()函数

clearerr()函数是用来清除在指定文件操作期间所有的错误标志。其函数原型如下：

```
void clearerr(FILE * fp);
```

它要求用文件类型指针作参数，函数无返回值。

8.3 文本文件读/写

标准磁盘文件的读/写在 C 语言中是用标准 I/O 库函数实现的。下面介绍文本文件读/写和相关的一些库函数。

8.3.1 按字符读/写

C 语言提供对磁盘文件按字符读/写的函数见表 8-4。它们与控制台(键盘和显示器)按字符输入/输出函数 getchar()和 putchar()的功能相似，只是在使用这些函数前后，需在程序中用 fopen()和 fclose()函数打开和关闭所用的文件。而控制台文件的打开和关闭是由系统自动完成的。

表 8-4 按字符存取的文件读/写函数

函数原型	功能
int fgetc(FILE * fp)	从一个文件中得到下一个字符
int fputc(int c,FILE * fp)	将一个字符送至一个文件

表中函数 fgetc()返回读出的字符，当遇到文件结束符返回 EOF(−l)。若函数 fputc()调用成功，返回读出的字符，否则返回 EOF(−1)。

下面举例说明字符读/写函数的使用方法。

例 8-5 从键盘输入一些字符，然后把它们存到磁盘上。

```
//FputcTest.c
#include <stdio.h>

void main(){
    FILE * fp;
    char  c, filename[40];
    gets(filename);                          //从键盘输入一个字符串(文件名)
```

```
    if((fp=fopen(filename,"w"))==NULL){      //以"只写"方式打开指定的文件
        printf("cannot open this file\n");
        exit(0);
    }
    while((c=getchar())!='\n')               //从键盘读入字符,直至遇到换行符为止
        fputc(c,fp);                         //将读入的字符输出到指定文件中
    fclose(fp);
}
```

运行时输入如下两行字符串：

```
test.txt<CR>
program example<CR>
```

其结果在磁盘上生成文件 test.txt。用 DOS 的 type 命令可显示出其内容：program example。

例 8-6 读磁盘文件中的若干字符,然后输出到显示器上。

```
//FgetcTest.c
#include<stdio.h>

void main(){
    FILE *fp;
    char  c, filename[40];
    gets(filename);                              //从键盘输入一个字符串(文件名)
    if((fp=fopen(filename,"r"))==NULL){          //以"只读"方式打开指定的文件
        printf("cannot open this file\n");
        exit(0);
    }
    while((c=fgetc(fp))!=EOF)                    //从打开的文件中读字符
    putchar(c);                                  //将读入的字符输出至显示器
    fclose(fp);                                  //关闭文件
}
```

假定当前目录中已有文件 test.txt,其中内容为 program example,运行时从键盘输入如下一行字符串：

```
test.txt<CR>
```

显示器上显示出如下内容：

```
program example
```

如果当前目录中没有 test.txt 文件,则运行上面程序后将显示：

```
cannot open this file
```

8.3.2 按字符串读/写

在第5章5.3.2节中，介绍过以控制台为对象的字符串输入/输出函数gets()和puts()。相应地对磁盘文件以字符串为单位的输入/输出也有两个函数fgets()和fputs()。它们的函数原型是：

```
char * fgets(char * str,int n,FILE * fp);
int  fputs(char * str,FILE * fp);
```

fgets()和fputs()在其参数中要给出指定文件的文件指针fp。fgets()从fp指向的文件中读取$n-1$个字符，并把它放到字符数组str中。当读了$n-1$个字符或遇到换行符“\n”时，函数结束读入。fputs()把字符数组str中的字符串输出到fp所指向的文件中。

gets()和puts()的返回值分别与fgets()和fputs()的返回值相同。fgets()在调用成功时返回字符串str；在遇到文件结束或出错时返回NULL。fputs()在调用成功时返回最后写入文件的字符，否则返回EOF。但gets()和puts()并不是fgets()和fputs()的特例。即使指定用stdin和stdout作参数时，这两组函数在处理字符串的功能上也不相同，因此处理结果也是不同的。这们的主要区别如下。

(1) gets()把从键盘(stdin)读入的字符串尾的换行符'\n'换成空字符'\0'，而fgets()则把从文件(包括stdin)读入的字符串中的换行符作为字符存储。如果该换行符是字符串尾，则再加上一个字符'\0'。例如，从键盘输入字符串“read”，执行语句

```
gets(str);
```

后，字符数组str的存放结果如图8-1(a)所示。而执行语句

```
fgets(str,6,stdin);
```

后，字符数组str的存放结果如图8-1(b)所示。

图8-1 用gets()和fgets()读入字符串的比较

(2) fgets()可以在参数中指定读入的字符串长度，而gets则只能遇到换行符('\n')时才停止读入。例如，从键盘输入字符串“read string”并回车，则执行语句

```
gets(str);
```

后，字符数组str的存放结果如图8-2(a)所示。而执行语句

```
fgets(str,9,stdin);
```

后，字符数组str的存放结果如图8-2(b)所示。

在fgets()函数中，因为限制读入9个字符，除字符串结束符'\0'外，只能读入8个字符，到“r”为止。

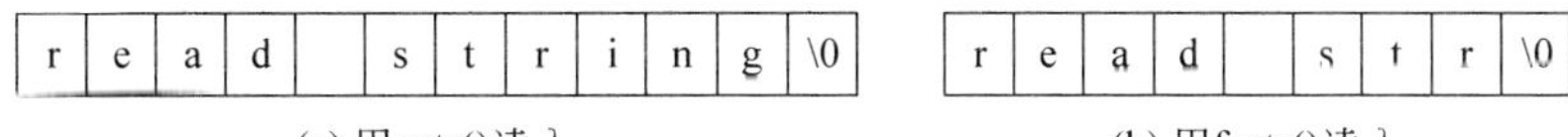

(a) 用gets()读入　　　　(b) 用fgets()读入

图 8-2　字符数组存放结果

(3) puts()把字符串尾的空字符'\0'变为换行符后输出字符串，而 fputs()在输出字符串时舍弃字符串尾的空字符'\0'。例如，语句

```
char * str1="read ";
char * str2="string";
```

中，str1 和 str2 的存储分配如图 8-3 所示。执行语句

str1	r	e	a	d		\0	
str2	s	t	r	i	n	g	\0

图 8-3　str1 和 str2 的存储分配

```
puts(str1);
puts(str2);
```

在显示器上显示

```
read
string
```

而执行语句

```
fputs(str1,stdout);
fputs(str2,stdout);
```

在显示器上则显示

```
read string
```

理解了以上区别，读者将不难理解下面的例子中程序的功能及其得到的结果。

例 8-7　从键盘输入若干行字符，然后把它们存到磁盘上。

```
//FputsTest.c
#include<stdio.h>
#include<string.h>

void main(){
    FILE * fp;
    char str[81],filename[80];
    gets(filename);                              //从键盘输入文件名
    if((fp=fopen(filename,"w"))==NULL){          //以"写"方式打开指定文件
        printf("cannot open this file.\n");
        exit(0);
    }
    while(strlen(gets(str))>0){                  //输入一个字符串并求其长度
        fputs(str, fp);                          //将输入的字符串写到指定文件中
        fputs("\n",fp);                          //在字符串尾加换行符
    }                                            //输入字符串长度为 0 时退出循环
```

```
    fclose(fp);
}
```

运行结果如下：

这个结果存在磁盘上，文件名为 test. txt。可以用记事本打开，内容如图 8-4 所示。

例 8-8 读出磁盘文件的全部内容，输出到显示器上。

```
//FgetsTest.c
#include <stdio.h>
void main(){
    FILE * fp;
    char str[81], filename[80];
    gets(filename);
    if((fp=fopen(filename,"r"))==NULL){        //以"读"方式打开指定文件
        printf("cannot open this file\n");
        exit(0);
    }

    while((fgets(str,81,fp))!=NULL)            //从指定文件中读一行字符，直至文件尾
        printf("%s",str);
    fclose(fp);
}
```

图 8-4 文件 test. txt

假定当前目录中有例 8-7 程序建立的文件 test. txt，则运行结果如下：

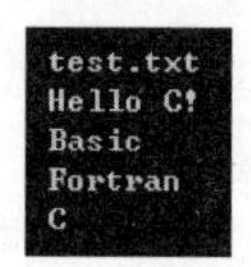

8.3.3 格式化读/写

与控制台的格式化输入/输出函数 scanf()和 printf()相对应，也有两个对一般文件格式化输入/输出函数 fscanf()和 fprintf()。它们的函数原型如下：

```
int fprintf(FILE * fp, char * format…);
int fscanf(FILE * fp, char * format…);
```

这两个函数的参数中，用文件类型指针指定其输入/输出的文件。如果文件指针为 stdin 或 stdout 时，则其输入/输出为控制台。与 scanf()和 printf()的功能完全一样，格式化控制参数 format 也与 scanf()和 printf()中的格式控制参数一样。其对应的实参可以是字符串常量(即格式字符串)，也可以是字符数组的首地址，在该字符数组中存放一个格式字

符串。下面介绍一个简单例子。

例 8-9　以文本格式存储一个实型数组。

```
//FprintfTest.c
#include<stdio.h>

float f[]={3.14F, -3.33F, 5.00F};                //定义并初始化一个实型数组
void main(){
    FILE *fp;
    int  i;
    if((fp=fopen("numfloat","w"))==NULL){
        printf("Error. Couldn'd create file\n");
        exit(0);
    }
    for(i=0; i<3; i++)                           //将数组数据按指定格式写入文件
        fprintf(fp, "num%d=%.2f\n", i, f[i]);
    fclose(fp);
}
```

运行结果是在磁盘的当前目录中建立了一个名为 numfloat 的文本文件。可以用记事本打开，内容如图 8-5 所示。

```
numfloat - 记事本
文件(F)  编辑(E)  格式(O)  查看(V)  帮助(H)
num0=3.14
num1=-3.33
num2=5.00
```

图 8-5　numfloat 文件的内容

例 8-10　以文本格式读出一个实型数组。

```
//FscanfTest.c
#include<stdio.h>

void main(){
    FILE *fp;
    int i;
    float f;
    if((fp=fopen("numfloat", "r"))==NULL){
        printf("Error. Cannot open file!");
        return;
    }
    while(fscanf(fp, "num%d=%f\n", &i, &f)!=EOF){
        printf("num%d=%.2f\n", i, f);
    }
    fclose(fp);
}
```

运行结果如下：

```
num0 = 3.14
num1 = -3.33
num2 = 5.00
```

8.4 二进制文件读/写

如果文件是由多个字节组成的若干数据块(也称无结构记录)的集合体,例如一次读/写若干个实数或若干个结构体变量,那么按数据块读取文件既方便又可提高存取效率。早期只有在非缓冲文件系统中提供按数据块读/写的函数,ANSI C 标准在对缓冲文件系统进行扩充时设置了两个标准函数 fread()和 fwrite(),其函数原型为

```
int fread(void * p,int size,int nitems,FILE * fp);
int fwrite(void * p,int size,int nitems,FlLE * fp);
```

其中各参数的作用如下:

p 是一个指向数据块的指针变量。对 fread(),p 是读入数据块的起始地址;对 fwrite(),它是要写出的数据块的起始地址,指针类型取决于数据块类型。

size 表示要读/写的数据块的字节数。

nitems 表示要读/写文件中的数据块个数。

fp 指向由 fopen()所打开的文件的文件类型指针。

fread()和 fwrite()函数的返回值为实际已读出或写入文件的数据块个数(即 nitems 的值)。

8.4.1 写入二进制文件

下面的例题是写入二进制数据文件。

例 8-11 以二进制方式存储实型数组。

```
//BinFwrite.c
#include<stdio.h>

float real[]={3.14f, -3.33f, 0.16f};

void main(){
    FILE * fp;
    if((fp=fopen("number.dat","w"))==NULL){          //以二进制只写方式打开文件
        printf("Error!Couldn't create file\n");
        return;
    }
    fwrite(real, sizeof(float), 3, fp);     //将数组 real 的 3 个实数写入 number.dat
    fclose(fp);
}
```

运行结果是在磁盘的当前目录中建立一个名为 number. dat 的二进制文件。由于用二进制形式表示数据,所以不能用 type 命令显示其中的字符。

在上面的程序中,在函数 fwrite()的参数中,real 是数组 real 的起始地址,每个数组

元素的长度用运算符 sizeof 求出，数值 3 表示读写数据的个数，fp 指向要打开的文件。

顺便指出，如果指定以文本方式(ASCII 码)打开文件，当从磁盘文件读字符时，遇到回车/换行符(CR/LF，ASCII 码 13/10)系统自动将这两个字符转换成单个换行符，当向磁盘文件写时将单个换行符转换成回车/换行符。这可能使 fread()或 fwrite()所返回的数目与磁盘文件中的字符数不一致；而以二进制方式读/写文件时则不存在此问题。

例 8-12 写结构体数据到文件。

```
//BinFwrite2.c
#include<stdio.h>

typedef struct{
    int  num;
    char name[10];
}STUDENT;

void input(FILE * fp){
    STUDENT one;

    do{
        printf("\n 请输入学号, 输入-1 结束: ");
        scanf("%d", &one.num);
        if(one.num<0)
            break;
        printf("\n 请输入姓名: ");
        scanf("%s", &one.name);
        fseek(fp, one.num * sizeof(STUDENT), SEEK_SET);
        fwrite(&one, sizeof(STUDENT), 1, fp);
    }while(1);
}

void main(){
    FILE * fp;
    if((fp=fopen("student.dat","w"))==NULL){
        puts("打开文件出错!");
        return;
    }
    input(fp);
    fclose(fp);
}
```

运行结果如下：

```
请输入学号，输入-1结束：1
请输入姓名：张三
请输入学号，输入-1结束：2
请输入姓名：李四
请输入学号，输入-1结束：3
请输入姓名：王五
请输入学号，输入-1结束：-1
Press any key to continue
```

8.4.2 读出二进制文件

下面的例题读出例 8-10 存储的二进制文件的数据。

例 8-13 读出二进制文件中的数据。

```
//BinFread.c
#include<stdio.h>

void main(){
    FILE  *fp;
    float f;

    if((fp=fopen("number.dat", "r"))==NULL){        //以二进制只读方式打开文件
        printf("Error!Couldn't create file\n");
        return;
    }
    while(fread(&f, sizeof(float), 1, fp)==1)        //读出一个浮点数给 f
        printf("%.2f ", f);

    printf("\n");
    fclose(fp);
}
```

运行结果如下：

```
3.14 -3.33 0.16
Press any key to continue
```

例 8-14 可以查询例 8-12 存储的信息。

例 8-14 把学生信息(学号、姓名)结构体存入文件，然后输入学号在文件中查找姓名。

```
//BinFread2.c
#include<stdio.h>

typedef struct{
    int  num;
    char name[10];
}STUDENT;
```

```
void find(FILE * fp, int x){
    STUDENT one;

    fseek(fp, x * sizeof(STUDENT), SEEK_SET);
    if(fread(&one,sizeof(STUDENT),1,fp)!=1){
        puts("该学生信息不在本文件中");
        return;
    }
    if(x==one.num)
        printf("学号: %d\t 姓名: %s\n", one.num, one.name);
    else
        printf("文件信息发生错误!");
}

void main(){
    FILE * fp;
    int n;
    if((fp=fopen("student.dat","r"))==NULL){
        puts("打开文件出错!");
        return;
    }
    printf("\n 请输入查找的学号, 输入-1 结束: ");
    scanf("%d", &n);
    while(n!=-1){
        find(fp, n);
        printf("\n 请输入查找的学号, 输入-1 结束: ");
        scanf("%d", &n);
    }
    fclose(fp);
}
```

运行结果如下:

```
请输入查找的学号, 输入-1结束: 3
学号: 3 姓名: 王五

请输入查找的学号, 输入-1结束: 5
该学生信息不在本文件中

请输入查找的学号, 输入-1结束: -1
```

8.5 文件定位与随机存取

在 8.1.3 节中介绍过,在文件类型结构体 FILE 中有一个位置指针变量(curp),它始终跟踪文件当前读/写的位置。以前介绍的读/写操作都是顺序进行的。在这种顺序文件操作中,如果按字符读/写,则每次读/写完一个字符后,该位置指针就自动移动指向下一个字符位置。如果按字符串(或数据块)读/写,该位置指针就指向下一字符串(或数据块)的位置。然而,在程序中经常需要改变位置指针,使之指向需要的位置,这种操作称为文件的**定位**。例如,需要直接读文件中第100个字节的内容,可以将位置指针定到文件的相应位置,然后读入当前字符即可。但文件类型结构体中的成员是由系统使用的,用户程序只能通过标准库函数中的有关定位函数来操纵文件位置指针。C语言的定位函数中经常使用的是将位置指针移到文件开头的rewind()函数和用于进行文件随机读/写的fseek()函数。下面介绍这两个函数。

8.5.1 文件定位

函数rewind()的作用是移动文件位置指针,使之指向文件的起始位置。其函数原型是:

```
int rewind(FILE * fp);
```

该函数要求文件类型指针作为参数,函数返回一个整型值。返回0表示成功,非0表示失败,并清除文件结束标志和出错标志。

例 8-15 两次读文件numbin,每次都显示从文件中读出的内容。

```
//RewindTest.c
#include<stdio.h>

float f[3]={3.14f, -3.33f, 5.00f};

void main(){
    FILE * fp;
    if((fp=fopen("numbin","rb"))!=NULL)
        fwrite(f,sizeof(float),3,fp);
    else
        printf("Error!Couldn't create file\n");
    //第一次读文件
    rewind(fp);                          //使文件位置指针指向文件起始位置
    while(feof(fp)==0)                   //如果读到文件尾或读过程中出错,退出循环
        printf("%u",getc(fp));
    printf("\n");
    rewind(fp);                          //重新使文件位置指针指向文件起始位置
    //第二次读文件
    while(feof(fp)==0)
        printf("%u",getc(fp));
    fclose(fp);
}
```

运行结果如下:

```
1952457264184308519200160644294967295
1952457264184308519200160644294967295
```

[**运行结果说明**] 这个程序从存放实型数组的文件中从头两次读出数据，这些数据是以二进制形式存放的，逐个字节读出后按无符号十进制整数显示出来，两次读出的结果应是相同的。

8.5.2 随机读/写

所谓**随机读/写**是指可以直接读/写文件中任意位置的数据。显然对键盘、打印机等顺序设备文件是不可能随机读/写的，而磁盘文件既可顺序读/写，也可以随机读/写，关键是如何操纵文件位置指针。如果能将文件位置指针移至文件中的任意位置，则可实现随机读/写。在 C 中可以下面的函数实现随机读/写：

```
fseek(文件类型指针, 位移量, 起始位置);
```

其中，起始位置可用三个符号常量表示：

```
SEEK_SET   文件开始位置    0
SEEK_CUR   文件当前位置    1
SEEK_END   文件末尾位置    2
```

它们已在 stdio.h 中定义。例如，用 SEEK_SET 和用 0 表示是等价的。

“位移量”是指以“起始位置”为基点，向文件尾方向移动的字节数。移过文件尾进行写是允许的，但移过文件尾进行读将出现错误。这个位移量定义为有符号长整型，这样位移量可大于 64KB，还可以在文件中上下移动。例如：

```
fseek(fp,100L,SEEK_SET);           //将位置指针从文件开始位置向尾部移 100B
fseek(fp,50L, SEEK_CUR);           //将位置指针从当前位置向尾部移 50B
fseek(fp,-10L,SEEK_END);           //将位置指针从文件尾向文件头方向移动 10B
```

例 8-16 在一个零件数据库中，将一个零件数据存放在一个货存文件 myfile.dat 中的第 3 个记录位置上。

```
//FseekTest.c
#include<stdio.h>

typedef struct my_parts                //定义零件结构体类型
{
    int    part_code;                  //零件编号
    int    quantity;                   //零件数量
    float  price;                      //零件价格
}PART;

void main(){
    FILE * fp;
    PART mypart[]={{15,300,1.25f},{10,200,1.00f},{20,350,2.00f},{5,150,0.8f},
                   {25,400,1.5f}};
    if((fp=fopen("myfile.dat","wb+"))!=NULL){
```

```
        fseek(fp,(long)sizeof(PART) * 3,SEEK_SET);  //定位在第 3 个记录处
        fwrite(&mypart,sizeof(PART),1,fp);
        fclose(fp);
    }
    else
        printf("Error opening file…\n");
}
```

运行后将零件数据存放在文件的第 3 个记录处。注意偏移变量类型转换成 long 型，其作用是偏移量可以超过 65 535B 的长度。

习题 8

一、填空题

1. 在文本文件 a.dat 和 b.dat 中，按递增顺序存放整数数据，数据之间用空格作分隔。下面的程序将这两个文件数据合并为满足按递增顺序存放的新文件 c.dat，参见程序运行结果。试按照注释提示填空。

```
#include<stdio.h>
#include<stdlib.h>

void main(){
    FILE * f1, * f2, * f3;
    int x, y, flag1=1,                  //文件 a.dat 读完标志,0 表示读完,1 表示未读完
             flag2=1;                   //文件 b.dat 读完标志,0 表示读完,1 表示未读完
    if((f1=fopen("a.dat","r"))==NULL){
        printf("不能打开文件 a.dat!\n");
        return;
    }
    if((f2=fopen("b.dat","r"))==NULL){
        printf("不能打开文件 b.dat!\n");
        return;
    }
    if(___(1)___)==NULL){               //以"只写"方式打开文件 c.dat
        printf("不能打开文件 c.dat!\n");
        return;
    }
    fscanf(f1,"%d", &x);
    ___(2)___;                          //从文件 b.dat 中读取 y
    while(flag1&&flag2){
        if(x<y){
            ______(3)______;            //将 x 存入文件 c.dat
            if(!feof(f1))
```

```
                ____(4)____;              //从文件 a.dat 中读取 x
            else
                ____(5)____;              //标志文件 a.dat 读完
        }
        else{
            fprintf(f3,"%d ", y);
            if(!feof(f2))
                fscanf(f2,"%d ", &y);
            else
                flag2=0;
        }
    }
    if(__(6)__){                          //若文件 b.dat 已读完
        ____(7)____;                      //将 x 存入文件 c.dat
        while(!feof(f1)){
            ____(8)____;                  //从文件 a.dat 中读取 x
            fprintf(f3,"%d ", x);
        }
    }
    if(!flag1){
        fprintf(f3,"%d ", y);
        while(!feof(f2)){
            fscanf(f2,"%d ", &y);
            fprintf(f3,"%d ", y);
        }
    }
    fclose(f1); fclose(f2); fclose(f3);
}
```

参考结果如下：

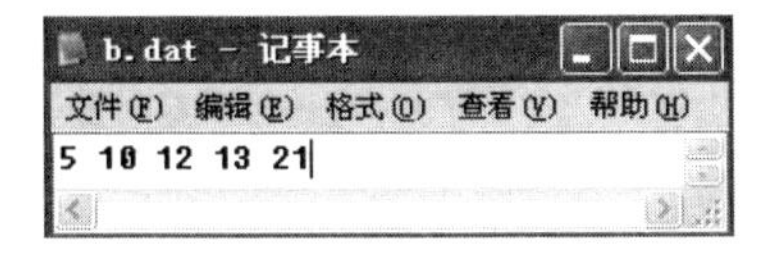

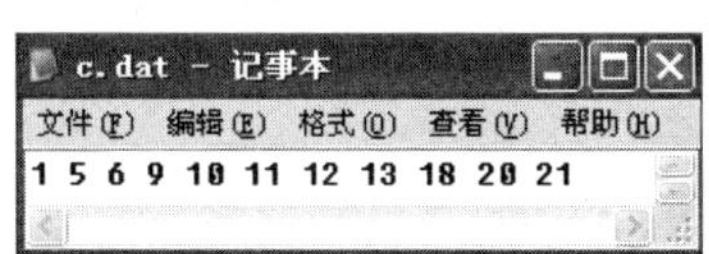

2. 设文件 inform. dat 保存了 3 个从大到小顺序存放的整型数据。程序将从键盘输入的一个整数插入到文件中，使文件数据仍保持递减的顺序。程序使用了一个临时文件 temp. dat 存放新数据，最后，删除原文件，将临时文件 temp. dat 改名为 inform. dat。

```
#include<stdio.h>
#include<stdlib.h>
```

```
void main(){
    FILE *f1, *f2;
    int score, sc,
        flag=1;                        //写新数据标志,1表示未写入,0表示已写入
    if((f1=fopen("inform.dat","r"))==NULL){
        printf("不能打开文件 aa.dat!\n");
        return;
    }
    if((f2=fopen("temp.dat","w"))==NULL){
        printf("不能打开文件 bb.dat!\n");
        return;
    }
    printf("输入一个成绩: \n");
    scanf("%d", &score);

    while(fscanf(f1,"%d", &sc)!=EOF){
        if(__(1)__){                   //若 score>sc 且新数据未写入
            fprintf(f2, "%d ", score);
            __(2)__;                   //标志新数据已写入
        }
        __(3)__;                       //写入原数据
    }
    if(flag)
        __(4)__;                       //在末尾写入新数据
    fclose(f1); fclose(f2);
    remove("inform.dat");              //删除原文件
    rename("temp.dat", "inform.dat");  //将 temp.dat 改名为 inform.dat
}
```

参考运行结果如下:

输入一个成绩:
85

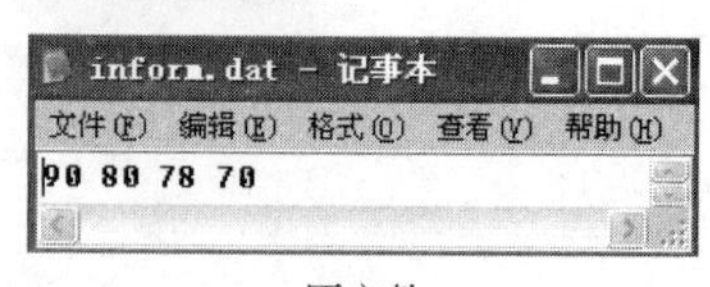

原文件

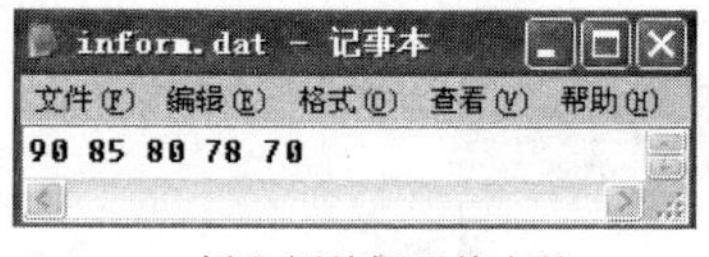

插入新数据后的文件

二、编程题

1. 试编程,将计算 Fibonacci 数得到的数据存入一个文本文件。
2. 试编程,读出第 1 题的文本文件,并显示在屏幕上。
3. 试编程,输入 3 个同学的姓名、学号和成绩,写入一个文本文件。
4. 试编程,读出第 3 题的文本文件中的姓名、学号和成绩,并显示在屏幕上。

5. 试编程，输入一个同学的学号，从第 3 题建立的文件中删除该同学的信息。

6. 设 $x0=0.711$，使用 Logistic 混沌映射

$$x = 4x(1-x)$$

计算 100 个 float 型数据，试编程，将这些数据存入一个二进制文件。

7. 试编程，读出第 6 题的二进制文件，并显示在屏幕上。

8. 试编程，实现将两个文本文件合并为一个文件。

9. 试编程，统计一个文本文件的行数。

10. 试编程，将一文本文件的内容反序存储到另一文件中。

11. 有 5 个学生，每个学生有 3 门课的成绩，试编程，从键盘输入以上数据(包括学生号、姓名、3 门课成绩)，计算出平均成绩，将原有数据和计算出的平均分数存放在磁盘文件 stud 中。

设 3 名学生的学号、姓名和 3 门课成绩如下：

101	Wang	98,88,78
102	Chen	66,77,87
103	Long	89,79,63

在向文件 stud. dat 写入数据后，应检查验证 stud. dat 文件中的内容是否正确。

12. 试编程，将第 11 题 stud 文件中的学生数据按平均分进行排序处理，将已排序的学生数据存入一个新文件 stu_sort 中。在向文件 stu_sort 写入数据后，应检查验证 stu_sort 文件中的内容是否正确。

13. 试编程，将第 12 题已排序的学生成绩文件进行插入处理。插入一个学生的 3 门课成绩。程序先计算新插入学生的平均成绩，然后将它按成绩高低顺序插入，插入后建立一个新文件。

要插入的学生数据为：

105　　Dong　　87,75,77

在向新文件 stu_new 写入数据后，应检查验证 stu_new 文件中的内容是否正确。

第9章 位运算及其应用

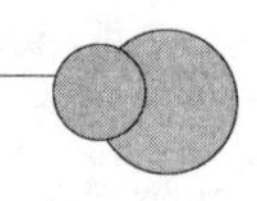

所有的数据在计算机内部都是用二进制的位序列来表示的。连续8个二进制位构成一个字节，一个字节只可用于存储ASCII的一个字符，不同数据类型的变量占用不同字节数的存储单元。

位运算符只适合于整型操作数，不能用来操作实型数据。这些操作数的数据类型包括有符号的char、short、int、long类型和无符号的unsigned char、unsigned short、unsigned int、unsigned long类型。通常将位运算的操作作用于unsigned类型的整数。需要指出的是，位运算是与机器有关的。

9.1 概述

计算机中内存储器的最基本存储单位是**位**(bit)。一个位有0和1两种逻辑状态，可分别表示二进制数的0和1。所谓**位运算**是指二进制位的运算。这是以计算机中最基本存储单元为处理对象的，这种操作通常由机器指令和汇编语言来完成。C语言可以直接存取这些二进制位，反映了C语言除具有一般高级语言的特点外，还有低级语言的某些功能。下面先介绍有关位的知识。

9.1.1 位与字节

1. 位、字节和模

一位只能有0和1两个不同状态。为存储更多的数据，就要把若干位组成一个**位序列**。一般地，由8位组成一个**字节**(byte)，作为计算机中存放数据和指令的基本存储单元。例如，整数2在一个字节中的存放形式如图9-1所示。

一个位序列所能存放的数是有限的，这个限度叫做**模**。例如，一个字节为8位，它的二进位的模为$2^8=256$。因为逢2^8就进1，进位位将被丢失，如图9-2所示。

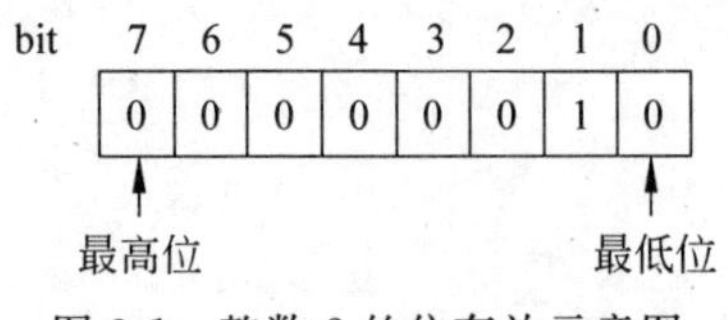

图9-1 整数2的位存放示意图

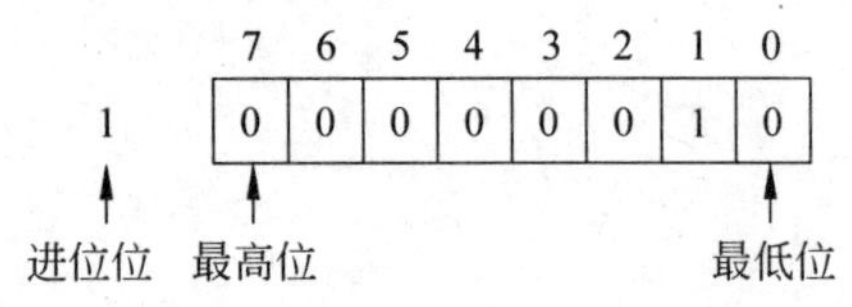

图9-2 进位位被丢失示意图

一个模为 2^8 的存储单元，有 256 种状态编码，可以表示 0～255 之间的整数，也可表示一个 ASCII 码字符集（见附录 A）。在 C 语言中，位序列可以用整数类型变量存储：

字符型变量占 1 个字节（1B），模为 2^8；

整型变量占 2 个字节（2B），模为 2^{16}；

长整型变量占 4 个字节（4B），模为 2^{32}；

实型变量也是位序列（如 float 型占 4B），但这种类型的位序列分为指数和尾数部分，分别有不同的模，以不同的程序进行处理。因此，按位运算不能用于实型变量。

2. 有符号数和补码运算

在计算机中，对正负数的处理，一般用最高位作为符号位。0 代表正，1 代表负，其余各位代表数的绝对值，例如，+2 和 −2 的二进制数在一个字节中存放的形式如图 9-3 所示。

由于符号占了一位，因此数值部分（绝对值）的表示范围将减少一半，即数的最大绝对值为 2^7-1，二进制数的这种表示方法称为**原码**。

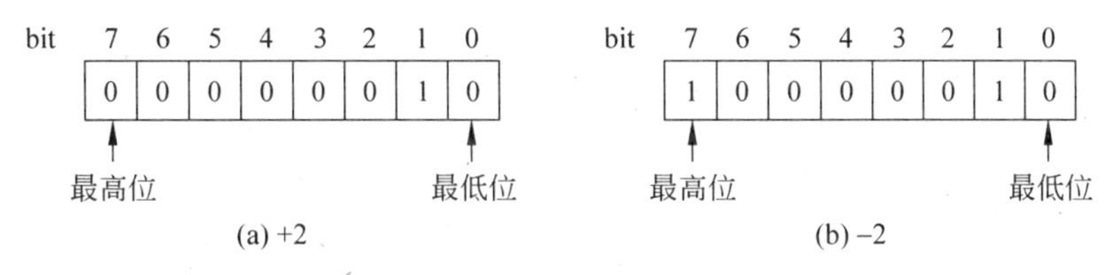

图 9-3 正负整数的位存放示意图

由于原码在运算中要单独处理符号，例如 +2 和 −2 相加，必须先判断各自的符号位，然后对后 7 位进行相应的处理，很不方便。最好能将符号位和其他位统一处理。对减法也按加法来做，因此，计算机中一般都采用一种称为“补码”的数据表示和运算方法。

补码的原理也用到了模的概念，为便于理解，可以用时钟来说明。如图 9-4 所示时钟采用的是十二进制数。一个十二进制数的表示范围为十进制数的 0～11，模为 12。时针指向 12 将重新从 0 点开始。而 13 点在时钟上就是 1 点。实际上是进位后得到的十二进制数 $11_{(12)}$，即十进制数的 13 点，同样 14 点是十二进制 12，高位不保留，在时钟上 14 点就是2 点，用十进制数可表示为

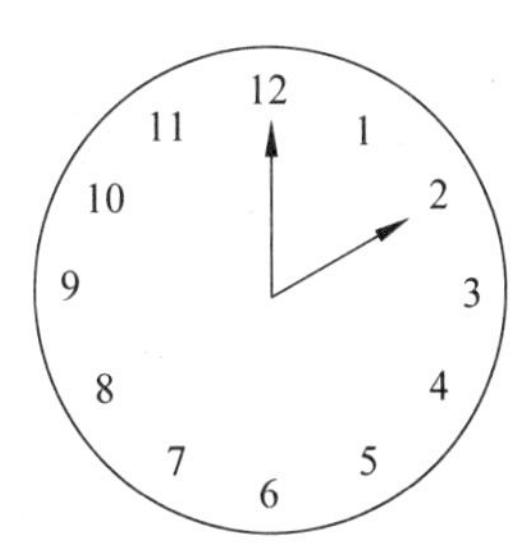

图 9-4 模 12 进制示意图

$$13-12=1$$
$$14-12=2$$
$$\vdots$$

在任何一个钟点（如 9 点）上可以向前（顺时针）拨至 2 点，也可以向后（逆时针）拨至 2 点。

$$9+5=14 \quad （向前拨 5 个钟点）$$
$$9-7=2 \quad （向后拨 7 个钟点）$$

可见，14 点和 2 点在时钟上都是一个位置。其中，十二进制数的 5 和 7 相对模 12 互为

补数。

对一个一位的十进制数，如果有一个数值 9，通过运算得到 2，可以用减法：

$$9-7=2$$

也可加 7 的补数 3(10－7＝3)相加

$$9+3=12$$

然后去掉高位 1，得到 2。即**减去一个数可用加上这个数的补数实现。**

这个原理可进一步推广至二进制数。二进制的补码是这样规定的：

对于正数，其补码与原码相同。例如，＋2 的原码是 00000010，补码也是 00000010。

对于负数，可以这样求负数的补码：

(1) 最高位为 1；

(2) 其余各位为原码的对应位取反；

(3) 对整个数加 1。例如：

```
－2 的原码：        1 0 0 0 0 0 1 0
后 7 位各位取反：   1 1 1 1 1 1 0 1
加 1             +               1
─────────────────────────────────
－2 的补码：        1 1 1 1 1 1 1 0
```

也可以这样求负数的补码：

(1) 将该负数(不包括 0)先加 1；

(2) 将其绝对值以二进制数表示；

(3) 对其各位求反。

例如，－2 先加 1，得－1，其绝对值以二进制数表示为 00000001，再对所有位按位取反得到 11111110。按以上规定：

＋0 的补码表示为：0 0 0 0 0 0 0 0

－0 的补码表示如下：

```
   ¦1 0 0 0 0 0 0 0
   ¦1 1 1 1 1 1 1 1
 + ¦              1
 ──────────────────
  1¦0 0 0 0 0 0 0 0
  ↑
 丢弃
```

丢掉进位位 1，因此，－0 的补码也是 00000000，即 0 的补码是唯一的。

用补码运算，减法可以用加法实现，例如：

```
   0 0 0 0 0 0 1 0  ← ＋2 的补码          ¦0 0 0 0 0 0 1 1  ← ＋3 的补码
 + 1 1 1 1 1 1 0 1  ← －3 的补码        + ¦1 1 1 1 1 1 1 0  ← －2 的补码
 ─────────────────                      ──────────────────
   1 1 1 1 1 1 1 1  ← －1 的补码         1¦0 0 0 0 0 0 0 1  ← ＋1 的补码
                                         ↑
                                        丢弃
```

9.1.2 位序列的输出

在 C 语言程序中，一般数据都是用日常习惯的十进制数表示的，运算结果也是以十进制数输出的。如何将十进制数转换成二进制数呢？下面的例题提供了十进制整数转换成二、八、十六进制数的统一方法。

例 9-1 将十进制整数转换成二、八、十六进制数。

```
//ToNum.c 十进制数转换成二、八、十六进制数
#include<stdio.h>

void main(){
    static char b[16]={'0','1','2','3','4','5','6','7','8','9','A','B','C','D',
                        'E','F'};
    int c[64];
    long n;
    int i=0, base;

    printf("请输入整数: ");
    scanf("%ld", &n);
    printf("请输入进制基数: ");
    scanf("%d", &base);

    do{
        c[i++]=n%base;
        n=n/base;
    }while(n!=0);

    //输出结果
    while(--i>=0)
        printf("%c", b[c[i]]);
    printf("\n");
}
```

运行结果如下：

请输入整数: 32767
请输入进制基数: 8
77777

请输入整数: 32767
请输入进制基数: 16
7FFF

也可以利用输入/输出函数中的格式控制符将十进制数转换成对应的十六进制或八进制数输出。

例 9-2 十进制数转换成十六进制或八进制数输出。

```
//BitArrayOut.c
#include<stdio.h>
```

```
void main(){
    int i;
    printf("请输入一个整数：");
    scanf("%d", &i);
    printf("%d的十六进制码=%4x \n", i, i);
}
```

程序的两次运行的情况如下：

```
请输入1个整数: 255
255的十六进制码 =   ff
```

```
请输入1个整数: -256
-256的十六进制码 = ffffff00
```

9.2 位运算符及其使用方法

C语言的位运算符分为只有一个操作数的单目运算符和有左、右两个操作数的双目运算符两种类型，如表9-1所示。

表9-1 C语言的位运算符

运算符	含义	运算符	含义	运算符	含义
～	按位取反	>>	按位右移	|	按位或
<<	按位左移	&	按位与	^	按位异或

表中只有按位取反运算符“～”属于单目运算符。

为简便起见，在下面的描述中将整型变量(int型和unsigned int型)设定为2B，对于4B的整型变量，其计算方法是相同的。

9.2.1 按位取反运算

按位**取反**的意思就是对二进制的每个位取反，即将1变成0，将0变成1。例如，对于下面的语句：

```
int i=85;
printf("~i=%d\n", ~i);
```

执行的结果为

```
~i=-86
```

此处i的值为

$$(85)_{10} = (0000\ 0000\ 0101\ 0101)_2$$

其值按位取反后为

$$(1111\ 1111\ 1010\ 1010)_2$$

这时，最高位为1，表示按位取反后为负数。在计算机中，负数是以补码的形式存放的，因此，$(1111\ 1111\ 1010\ 1010)_2$的补码为它的真值。计算过程如下

$$
\begin{aligned}
(1111\ 1111\ 1010\ 1010)|_{补码} &= (1111\ 1111\ 1010\ 1010)|_{反码} + 1 \\
&= (1000\ 0000\ 0101\ 0101)_2 + 1 \\
&= (1000\ 0000\ 0101\ 0110)_2 \\
&= (-86)_{10}
\end{aligned}
$$

所以，当 int i=85 时，$\sim i=(1000\ 0000\ 0101\ 0110)_2=(-86)_{10}$

又如，有如下语句

```
unsigned int i=85;
printf("~i=%u \ n",~i);
```

语句执行结果为：~i=65450。在这里 i 的值为

$$(85)_{10} = (0000\ 0000\ 0101\ 0101)_2$$

按位取反后，成为

$$(1111\ 1111\ 1010\ 1010)_2$$

因为 i 无符号型，所以~i 值就是 i 按位取反后的值

$$\sim i = (1111\ 1111\ 1010\ 1010)_2 = (65450)_{10}$$

从上面的例子可以看出，虽然 C 语言允许对有符号数进行位运算，但在一般情况下，不便于掌握和控制程序本身的计算结果。因此，建议读者在程序设计时，对需要进行位运算操作的变量，应定义成 unsigned 型。

例 9-3　不同类型的变量进行按位取反运算的规则。

```
//ReverseTest.c
#include<stdio.h>
#include<stdlib.h>
#include<conio.h>

void main(){
    int i1=32767, i2=-32767, i3=10, i4=-10;
    unsigned int u1=65535, u2=0, u3=10;
    printf("i1=%d, ~i1=%d\n", i1, ~i1);
    printf("i2=%d, ~i2=%d\n", i2, ~i2);
    printf("i3=%d, ~i3=%d\n", i3, ~i3);
    printf("i4=%d, ~i4=%d\n", i4, ~i4);
    printf("u1=%u, ~u1=%u\n", u1, ~u1);
    printf("u2=%u, ~u2=%u\n", u2, ~u2);
    printf("u3=%u, ~u3=%u\n", u3, ~u3);
}
```

运行结果如下：

```
i1 = 32767, ~i1 = -32768
i2 = -32767, ~i2 = 32766
i3 = 10, ~i3 = -11
i4 = -10, ~i4 = 9
u1 = 65535, ~u1 = 4294901760
u2 = 0, ~u2 = 4294967295
u3 = 10, ~u3 = 4294967285
```

在程序中，各变量的值采用的都是十进制，其实这些变量的值也可以采用八进制或十六进制来表示。计算机运算时，实际采用的是二进制数。

9.2.2 按位左移运算

按位**左移**表达式的形式为

$$\mathbf{m<<n}$$

其中，m 和 n 均为整型，且 n 的值必须为正整数。

表达式 m<<n 的作用是将 m 的二进制位全部左移 n 位，右边空出的位补零。例如，对于下面的语句：

```
unsigned int m=65;
prinft("m<<2=%u\n",m<<2);
```

语句执行的结果为

$$m<<2=260$$

在这里 m 的值为 $m=(65)_{10}=(0000\ 0000\ 0100\ 0001)_2$，左移 2 的作用如下：

$$m<<2=\boxed{00}\ 00000001000001\ \boxed{00}$$

丢弃　　　　补入

于是，$m<<2=(0000\ 0001\ 0000\ 0100)_2=260$。

请注意，对于有符号的整型数，符号位是保留的，例如，对下面的语句：

```
int n=-65;
prinft("n<<1=%u \n",n<<1);
```

语句执行的结果为

$$n<<1=-130$$

在这里 n 的值为 $n=(-65)_{10}=(1000\ 0000\ 0100\ 0001)_2$。在计算机中，是对其补码进行运算的，过程如下：

$$\begin{array}{rl} 1111111110111110 & \leftarrow -65\text{ 的反码} \\ +\ 0000000000000001 & \\ \hline 1111111110111111 & \leftarrow -65\text{ 的补码} \end{array}$$

因为负号仍然保留，所以，最后结果应为 1111 1111 0111 1110 的补码，即为 n<<1 的结果：

$$n<<1=(1111\ 1111\ 0111\ 1110)|_{\text{补码}}=(1000\ 0000\ 1000\ 0010)_2=-130$$

从上面的例子可以看出，左移 1 位相当于原操作数乘以 2。因此，左移 n 位，相当于操作数乘以 2^n。

请注意下面的情况：

若 n 为有符号整型变量，则语句“n<<14;”表示 n 的每一个二进制位向左移 14 位，这样 n 的最低位就移到了除符号位外的最高位，如果 n<<15，则 n 的最低位左移后溢出，将舍弃不起作用，因此，对于 n<<15 而言，只有两种结果：

(1) 当 n 为偶数时，n<<15=0；

(2) 当 n 为奇数时，n<<15= −32768(与具体的编译器有关)。

同理，不难推出，若 n 为无符号整型值，对于 n<<15 而言，也只有两种结果：

(1) 当 n 为偶数时，n<<15=0；

(2) 当 n 为奇数时，n<<15=32768。

例 9-4 按位左移运算的规则。

```
//LeftShift.c
#include<stdio.h>

void main(){
    int i;
    unsigned int u;
    printf("变量为有符号的整型数:\n");
    i=11<<3;
    printf("11<<3=%d\n",i);
    i=-11<<3;
    printf("-11<<3=%d\n",i);
    i=17<<15;
    printf("17<<15=%d\n",i);
    i=-17<<15;
    printf("-17<<15=%d\n",i);
    i=18<<15;
    printf("18<<15=%d\n",i);
    i=-18<<15;
    printf("-18<<15=%d\n",i);
    printf("变量为无符号的整型数:\n");
    u=23<<3;
    printf("23<<3=%u\n",u);
    u=17<<15;
    printf("17<<15=%u\n",u);
    u=18<<15;
    printf("18<<15=%u\n",u);
}
```

运行结果如下：

```
变量为有符号的整型数:
11<<3=88
-11<<3=-88
17<<15=557056
-17<<15=-557056
18<<15=589824
-18<<15=-589824
变量为无符号的整型数:
23<<3=184
17<<15=557056
18<<15=589824
```

9.2.3 按位右移运算

按位**右移**表达式的形式为

$$m >> n$$

其中,m 和 n 都是整数,且 n 必须是正整数。表达式 m>>n 的作用是将 m 的二进制位全部右移 n 位,对左边空出的位,分两种情况处理:

(1) 当 m 为正数时,m 右移 n 位后,左边补 n 个零。

(2) 当 m 为负数时,m 右移 n 位后,左边补 n 个符号位。

例如,下面的语句

```
int m=65, n=-65;
printf("m>>2=%d\t n>>2=%d\n", m>>2, n>>2);
```

执行的结果为:

$$m >> 2 = 16$$
$$n >> 2 = -17$$

在这里,$m=(65)_{10}=(0000\ 0000\ 0100\ 0001)_2$。

m >> 2 = **0 0** 0 0 0 0 0 0 0 0 0 0 1 0 0 0 0 **0 1**

补入　　　　丢弃

于是,$m>>2=(0000\ 0000\ 0001\ 0000)_2=16$。

对于变量 n 而言,$n=(-65)_{10}=(1000\ 0000\ 0100\ 0001)_2$。

在计算机中,-65 的补码为:1111 1111 1011 1111,所以

$(n)_{补}$ >> 2 = **1 1** 1 1 1 1 1 1 1 1 1 0 1 1 1 1 **1 1**

补入　　　　丢弃

因为负号仍然保留,所以,最后结果应对其再求补码而得,即

$$n >> 2 = (1111\ 1111\ 11110\ 1111)\,|_{补码} = (1000\ 0000\ 0001\ 0001)_2 = -17$$

在 C 语言中,按位右移后左边补零的情况称为**逻辑右移**,左边补 1 的情况称为**算术右移**。也就是说,对于整型变量 m:

若 m>0,则 m>>n 为逻辑右移;

若 m<0,则 m>>n 为算术右移。

对于逻辑右移的情况,m>>n 的值相当于 $m/2^n$。也就是说,每右移一位,相当于原操作数除以 2。实际操作时,注意不要移出数据的有效范围,以避免数据出现恒为零值的情况。

对于算术右移的情况,m>>n 的值相当于$(1/2^n)+1$,这时每右移一位,相当于原操作数除以 2 再加 1。实际操作时,注重移出的位数不要超出数据的有效范围,以避免数据出现恒为-1 的情况。

例 9-5 按位右移的运算规则。

```
//RightShift.c
#include<stdio.h>

void main(){
    int i;
    unsigned int u;
    printf("有符号的整型变量:\n");
    i=11>>3;                                    //逻辑右移
    printf("1--(11>>3)=%d\n", i);
    i=-11>>3;                                   //算术右移
    printf("2--(-11>>3)=%d\n", i);
    i=65>>37;                                   //错误,奇数逻辑右移,最高位移出最低位
    printf("3--(65>>17)=%d\n", i);
    i=-65>>-5;                                  //错误:右移位数为负数
    printf("4--(-65>>-5)=%d\n", i);
    i=18>>15;                                   //偶数逻辑右移,最高位移到最低位
    printf("5--(18>>15)=%d\n", i);
    i=-18>>15;                                  //偶数算术右移,最高位移到最低位
    printf("6--(-18>>15)=%d\n", i);
    printf("无符号的整型变量:\n");
    u=23>>3;
    printf("7--(23>>3)=%u\n", u);
    u=65>>15;                                   //奇数逻辑右移,最高位移到最低位
    printf ("8--(65>>15)=%u\n", u);
    u=224>>15;                                  //偶数逻辑右移,最高位移到最低位
    printf ("9--(224>>15)=%u\n", u);
}
```

运行结果如下:

```
有符号的整型变量:
1--(11>>3) = 1
2--(-11>>3) = -2
3--(65>>17) = 0
4--(-65>>-5) = -1
5--(18>>15) = 0
6--(-18>>15) = -1
无符号的整型变量:
7--(23>>3) = 2
8--(65>>15) = 0
9--(224>>15) = 0
```

注意程序中的一些错误的表达式,编译器并不对这些错误进行检查,相反还会给出计算结果,显然这种结果是不可信的。在程序设计中尤其要避免这样的情况发生。

在上面这个程序中,还要注意逻辑右移和算术右移的区别,并注意当最高位移出最低位的情况(符号位除外)和右操作数为负数的情况。

9.2.4 按位与运算

按位与是对两个参加运算的数据进行"与"运算,其运算结果如表9-2所示。

表 9-2 按位与运算结果

位 1	位 2	表达式	运算结果	位 1	位 2	表达式	运算结果
1	1	1&1	1	0	1	0&1	0
1	0	1&0	0	0	0	0&0	0

例如，对于下面的语句：

```
unsigned int a=73, b=21;
printf("a&b=%u\ n",a&b);
```

语句执行结果为

```
a&b=1
```

在这里，$a=(73)_{10}=(0000\ 0000\ 0100\ 1001)_2$，$b=(21)_{10}=(0000\ 0000\ 0001\ 0101)_2$。算式如下：

```
  0000 0000 0100 1001
& 0000 0000 0001 0101
---------------------
  0000 0000 0000 0001   ←  a&b 的二进制值
```

所以，a&b 的十进制值为 1。如果将变量 b 的值取为负值，如 int a=73，b=−21，则 a&b 的结果为 73。这是因为

$$b|_{原码} = (-21)_{10} = (1000\ 0000\ 0001\ 0101)_2$$
$$b|_{补码} = (1111\ 1111\ 1110\ 1011)_2$$

a&b 就成为：

```
  0000 0000 0100 1001
& 1111 1111 1110 1011
---------------------
  0000 0000 0100 1001   ←  a&b 的二进制数
```

所以，a&b=73。

对于按位与运算，由于其结果不容易直观地判断出来。因此，在程序中常常是利用按位与运算的特点进行一些特殊的操作，如清零、屏蔽等，而不是随意地对两个变量的值进行与运算。

根据按位与运算规则，可以看出与运算具有以下特点。

1. 清零

对于任一整型变量 a，a&0 的结果总是为零。事实上，两个不为零的整数进行按位与运算，结果也有可能为零。

如 unsigned a=84，b=35，则有 a&b=0。这是因为

$$a = (84)_{10} = (0000\ 0000\ 0101\ 0100)_2$$
$$b = (35)_{10} = (0000\ 0000\ 0010\ 0011)_2$$

2. 屏蔽

可以通过和某个特定的数进行与运算，将一个 unsigned 整型数据低位字节的值取出

来。这特定值就是 255。

例如 unsigned a=25914,b=255,则 a&b=58。这是因为

```
   0110 0101 0011 1010
&  0000 0000 1111 1111
----------------------
   0000 0000 0011 1010   ← a&b 的二进制数
```

即 a&b=$(0000\ 0000\ 0011\ 1010)_2=(58)_{10}$,恰好是 a 的低位字节的值。

记 mask=$(127)_{10}=(0111\ 1111)_2$,MASK=$(128)_{10}=(1000\ 0000)_2$。在后面的 9.3.5 节,例 9-14 的程序 Compress.c 将利用任一字节 ch 与 mask 作与运算;将获取 ch 二进制数的低 7 位,ch 与 MASK 作与运算,将获取 ch 二进制数的第 8 位:

```
   * * * *  * * * *   ← ch             * * * *  * * * *   ← ch
&  0 1 1 1  1 1 1 1   ← 127         &  1 0 0 0  0 0 0 0   ← 128
-------------------                 -------------------
   0 * * *  * * * *   ← ch&127         * 0 0 0  0 0 0 0   ← ch&128
```

利用按位运算的特性,可以对任何无符号整数输出其对应的二进制值。

例 9-6 编写程序,从键盘输入一个无符号数,输出该数的二进制值,以 Ctrl+Z 或数字 0 作为输入的结束。

```c
//AndTest.c
#include<stdio.h>
#include<conio.h>

void main(){
    int x, c, temp=1;
    temp=temp<<15;
    printf("请输入 1 个整数,输入 0 结束程序: ");
    scanf("%d", &x);
    do{
        if(x>0)
            printf("%d 的二进制码为:\n",x);
        else
            printf("%d 的二进制补码为:\n",x);
        for(c=1; c<=16; c++){
            putchar(x&temp ? '1': '0');
            x=x<<1;
        }
        printf("\n-----------------\n");
        printf("请输入 1 个整数,输入 0 结束程序: ");
        scanf("%d", &x);
    }while(x);
    printf("程序结束!\n");
}
```

运行结果如下:

```
请输入1个正整数: 32
32的二进制为:
0000000000100000
------------------------
请输入1个正整数: 164
164的二进制为:
0000000010100100
------------------------
请输入1个正整数:
189
189的二进制为:
0000000010111101
------------------------
请输入1个正整数:
289
289的二进制为:
0000000100100001
------------------------
请输入1个正整数: 0
程序结束!
```

[**运行结果说明**] 这个程序通过一个屏蔽变量 temp=1000 0000 0000 0000 将一个无符号数值 x 的二进制值从高位到低位依次输出。利用按位与运算 x&temp 来判断 x 的最高位是 1 还是 0,然后 x 向左移 1 位,通过 16 次循环,依次输出了 x 变量的二进制值。

9.2.5 按位或运算

按位或是对两个参与运算的数据进行"或"运算,其运算结果如表 9-3 所示。

表 9-3 按位或运算结果

位 1	位 2	表达式	运算结果	位 1	位 2	表达式	运算结果
1	1	1|1	1	0	1	0|1	1
1	0	1|0	1	0	0	0|0	0

例如,对于下面的语句:

```
unsigned int a=73,b=21;
printf("a|b=%u \ n",a|b);
```

执行结果为

```
a|b=93
```

在这里,$a=(73)_{10}=(0000\ 0000\ 0100\ 1001)_2$,$b=(21)_{10}=(0000\ 0000\ 0001\ 0101)_2$。

```
  0000 0000 0100 1001
| 0000 0000 0001 0101
---------------------
  0000 0000 0101 1101  ← a | b 的二进制数
```

所以,a|b 的十进制值为 93。

若将变量 b 取负值,如 int a=73,b=-21,则 a|b 的结果为 -21,这个结果请读者参照 9.2.4 节中的按位与 a&b 中 a 和 b 的二进制值自行推导。

在按位或的运算中,任何二进制位(0 或 1)与 0 相"或"时,其值保持不变,与 1 相"或"时其值为 1。根据按位或运算的这个特征,可以把某个数据指定的二进制位全部改成 1。

例如,要将变量 a 值低字节的 8 个位值全换成 1,只需要将变量 a 与 255(即 0000 0000 1111 1111)进行按位或运算即可:

```
  XXXX XXXX XXXX XXXX  ←  a
| 0000 0000 1111 1111  ←  b
---------------------
  XXXX XXXX 1111 1111  ←  a|b
```

此处,X 表示 0 或 1。

从上面的结果可以看出,任何二进制数(0 或 1)与 0 进行“或”运算的结果将保持自身的值不变;与 1 进行“或”运算的结果将变成 1,不论它的原值是 0 还是 1。同按位与运算一样,由于按位或运算的结果不容易直观地判断出来,且容易出现不同的值按位或运算得到相同结果的情况,因此,设计程序时,往往利用按位或运算的特点来达到某种目的。

例 9-7 编写程序,从键盘输入一个无符号的整型数 x,将 x 从低位数起的奇数位全部换成 1(如果原来该位值为 1,则仍为 1 不变),偶数位保持不变。例如:

x = 0000 1111 0001 1110 0011 0111 0001 1011

则改变后为

x = 0101 1111 0101 1111 0111 0111 0101 1111

[**算法设计**] 问题的关键就是要找到一个合适的过滤值 y,通过或运算使 x 的奇数位变成 1,而使 x 的偶数位保持不变。根据位运算的规则,这个过滤值 y 可以取为

y = 0101 0101 0101 0101 0101 0101 0101 0101

通过位运算 x=x| y 可以求得变化后的 x 值。

```
//OrTest.c
#include<stdio.h>
#include<math.h>
#include<conio.h>

void showbitvalue(unsigned int x);

void main(){
    unsigned int x, y=1, i;
    printf("请输入变量 x 的值:");
    scanf("%u", &x);
    printf("整型变量 x 的二进制为: ");
    showbitvalue(x);                    //输出 i 的二进制值
    for(i=0; i<32; i++){
        y=y<<2; y++;
    }
    printf("过滤器 y 的二进制值为: ");
    showbitvalue(y);
    printf("执行位运算(x|y)后,x 的二进制值为:");
    x=x|y;
```

```
        showbitvalue(x);
        printf("执行位运算(x|y)后,x 的十进制值为:%u\n", x);
    }
    //输出无符号整型变量 x 的二进制值
    void showbitvalue(unsigned int x){
        unsigned int c, temp=1;
        temp=temp<<31;
        for(c=1; c<=32; c++){
            putchar(x&temp? '1': '0');
            x=x<<1;
        }
        printf("\n");
    }
```

运行结果如下：

```
请输入变量x的值:189
整型变量x的二进制为: 00000000000000000000000010111101
过滤器y的二进制值为: 01010101010101010101010101010101
执行位运算(x|y)后, x的二进制值为:01010101010101010101010111111101
执行位运算(x|y)后, x的十进制值为:1431655933
```

9.2.6 按位异或运算

按位**异或**是对两个参与运算的数据进行“异或”运算，其结果如表 9-4 所示。

表 9-4　按位异或运算结果

位 1	位 2	表达式	运算结果	位 1	位 2	表达式	运算结果
1	1	1^1	0	0	1	0^1	1
1	0	1^0	1	0	0	0^0	0

例如，对于下面的语句

```
unsigned int a=73,b=21;
printf("a^b=%u \ n",a^b);
```

执行结果为 a^b＝92。算式如下

```
  0000 0000 0100 1001
^ 0000 0000 0001 0101
---------------------
  0000 0000 0101 1100   ←  a^b 的二进制数
```

若将变量 b 取负值，如 int a＝73，b＝－21，则 a^b 的结果为－94。这个结果可参照 9.2.4 节中 73 的二进制值的表示和－21 的二进制值的表示自行推导。

在按位异或的运算中，任何二进制值(0 或 1)与 0 相“异或”时，其值保持不变，与 1 相“异或”时，其值取反。根据这个性质，可以用来完成以下一些特定的功能。

(1) 将变量指定位的值取反，设有 unsigned int a＝841，对其低 8 位的二进制值取反，则只需将其与 255(即 0000 0000 1111 1111)进行按位异或运算。因为 255 的二进制数为

0000 0000 1111 1111

所以，只用 a^255 即可。

```
  0000 0000 0100 1001   ←  十进制数 841 的低 8 位
^ 0000 0000 1111 1111   ←  十进制数 255
  0000 0000 1011 0110   ←  a^b 的十进制数 182
```

(2) 交换两个变量值。对这个问题，常规方法是使用一个临时变量，然后进行变量赋值进行转换。利用按位异或运算，可以不需要这个临时变量而将两变量的值进行交换。如要交换 a 和 b 的值，只需通过下面的语句即可。

```
a=a^b;          ->a 的值变成了其他的值
b=b^a;          ->b 的值变成了原 a 的值
a=a^b;          ->a 的值变成了原 b 的值
```

例 9-8　编写程序，将两个无符号的整数 x 和 y 从低位数开始的奇数位上的值取反，偶数位上的值保持不变，改变后再交换两变量的值。例如：

x = 0000 1111 0001 1110 0011 0111 0001 1011

将 x 从低位数开始的奇数位上的值取反，改变后为

x = 0101 1010 0100 1011 0110 0010 0100 1110

［**算法设计**］　问题的关键就是要找到一个合适的过滤值 k，通过异或运算，可使 x 的奇数位的值取反，而使偶数位保持不变。根据位运算的规则，这个过滤值 k 可以取为

k = 0101 0101 0101 0101 0101 0101 0101 0101

通过位运算 x=x^k 可以求得变化后的 x 值。

```
//XorTest.c 将两个变量值的奇数位取反后进行交换
#include<stdio.h>
#include<conio.h>

void showbitvalue(unsigned int x);
void xorSwap(int *x, int *y);

void main(){
    unsigned int a, b, i, k=1;
    printf("请输入 a 和 b 的值:\n");
    scanf("%u%u", &a, &b);
    printf("输入的值分别为:\n");
    printf("a=%u, a 二进制值为:a=", a);
    showbitvalue(a);
    printf("b=%u, b 二进制值为:b=", b);
    showbitvalue(b);
    for(i=0; i<32; i++){
        k=k<<2; k++;
    }
    printf("--------------------\n");
```

```
    printf("过滤值 k 的二进制值为:k=", k);
    showbitvalue(k);
    printf("--------------------\n");
    printf("用表达式(a^k)将 a 的奇数位取反:a=");
    a=a^k;
    showbitvalue(a);
    printf("--------------------\n");
    printf("用表达式(b^k)将 b 的奇数位取反:b=");
    b=b^k;
    showbitvalue(b);
    printf("--------------------\n");
    printf("奇数位取反后,a,b 的值分别为:\n");
    printf("a=%u\tb=%u\n", a, b);
    xorSwap(&a, &b);                                  //交换 a, b 的值
    printf("--------------------\n");
    printf("交换后,a,b 的值分别为:\n");
    printf("a=%u, 二进制为 a=", a);
    showbitvalue(a);
    printf("b=%u, 二进制为 b=", b);
    showbitvalue(b);
}

//输出 x 的二进制值
void showbitvalue(unsigned int x){
    unsigned int c, temp=1;
    temp=temp<<15;
    for(c=1; c<=16; c++) {
        putchar(x&temp? '1': '0');
        x=x<<1;
    }
    printf("\n");
}

//用异或交换 a, b 的值
void xorSwap(int *x, int *y){
    if(x!=y){
        *x^=*y;  *y^=*x;  *x^=*y;
    }
}
```

运行结果如下:

```
请输入a和b的值:
87691
72463
输入的值分别为:
a = 87691, a二进制值为:a = 0101011010001011
b = 72463, b二进制值为:b = 0001101100001111
--------------------
过滤值k的二进制值为:k = 0101010101010101
--------------------
用表达式(a^k)将a的奇数位取反:a = 0000001111011110
--------------------
用表达式(b^k)将b的奇数位取反:b = 0100111001011010
--------------------
奇数位取反后, a, b的值分别为:
a = 1431569374  b = 1431588442
--------------------
交换后, a, b的值分别为:
a = 1431588442, 二进制为a = 0100111001011010
b = 1431569374, 二进制为b = 0000001111011110
```

注意程序中交换 a 和 b 两个变量的值所用的算法：

```
//用异或交换 a, b 的值
void xorSwap(int * x, int * y){
    if(x!=y){
        * x^= * y ;  * y^= * x ; * x^= * y ;
    }
}
```

9.2.7 复合位运算符

与算术运算符一样，位运算符和赋值运算符一起可以组成复合位运算赋值运算符，如表 9-5 所示。

表 9-5 复合位运算赋值运算符

运算符	表达式	等价表达式	运算符	表达式	等价表达式
&=	a&=b	a=a&b	>>=	a>>=b	a=a>>b
|=	a|=b	a=a|b	^=	a^=b	a=a^b
<<=	a<<=b	a=a<<b			

在编写程序时，可以根据自己的爱好和风格选择其中一种表达形式即可。

9.3 位运算应用举例

9.3.1 位运算用于分离 IP 地址

在互联网络中计算机都是通过 IP 地址进行通信的。计算机中的每一个 IP 地址都用一个 32 位的 unsigned long 型变量保存，它分别记录了这台计算机的网络 ID 和主机 ID。

例 9-9 编写程序，从一个正确的 IP 地址中分离出它的网络 ID 和主机 ID。

[**算法设计**] 要解决这个问题，实际上还需要用到该计算机的子网掩码。子网掩码也是一个 32 位的 unsigned long 型变量，它用来控制该网络段中所能容纳的主机数量。

一个32位的IP地址可以分解成4个字节，每一个字节代表了IP地址的段，如202.103.96.68就代表了一个合法的IP地址。

如果用ip表示某计算机的IP，用mask表示其子网掩码，则可以通过ip&mask获得该计算机的网络ID；其主机ID为：ip-(ip&mask)。

用sect1～sect4代表IP地址从高到低4个字节的值；ip代表计算机的IP地址；netmask代表计算的子网掩码；netid和hostid分别代表计算机的网络IP和主机IP。

IP地址和子网掩码的值都通过键盘输入来模拟获取，设计函数unsigned long getIP()来获取IP和子网掩码的值。

```
//GetIP.c 模拟分离 IP 地址
#include<stdio.h>
#include<conio.h>

unsigned long getIP();

void main() {
    unsigned int sect1, sect2, sect3, sect4;
    unsigned long IP, netmask, netid, hostid;
    printf("请输入一个合理的 IP 地址:\n");
    IP=getIP();                              //完成模拟生成 IP 的值
    printf("请输入一个合理的子网掩码:\n");
    netmask=getIP();                         //完成模拟生成子网掩码变量 netmask 的值
    printf("------------------------\n");
    netid=IP&netmask;                        //获取网络 ID
    hostid=IP-netid;                         //获取主机 ID
    printf("32 位 IP 的值为: %lu\n", IP);
    printf("子网掩码的值: %lu\n", netmask);
    //分离网络 IP
    sect1=netid>>24;
    sect2=(netid>>16)-((long)sect1<<8);
    sect3=(netid>>8)-((long)sect1<<16)-((long)sect2<<8);
    sect4=0;                                 //完成分离 IP 地址变量各 IP 段的值
    printf("网络 IP: %d.%d.%d.%d\n", sect1, sect2, sect3, sect4);
    printf("主机 IP: %lu\n", hostid);
}

unsigned long getIP(){
    unsigned int ip;
    unsigned int sect1, sect2, sect3, sect4;
    scanf("%d.%d.%d.%d", &sect1, &sect2, &sect3, &sect4);
    ip=sect1;
    ip=ip<<8;
```

```
    ip+=sect2;
    ip=ip<<8;
    ip+=sect3;
    ip=ip<<8;
    ip+=sect4;
    return ip;
}
```

运行结果如下：

```
请输入一个合理的IP地址:
202.197.96.1
请输入一个合理的子网掩码:
255.255.255.0
----------------------------
32位IP的值为: 3401932801
子网掩码的值: 4294967040
网络IP: 202.197.96.0
主机IP: 1
```

[**运行结果说明**]　程序中的变量 IP 和 netmask 分别代表地址变量和子网掩码变量。在本程序中通过对键盘输入的值进行位运算而模拟获取的。实际应用时采用其他方法直接获取到它们的值，然后再对它们进行分离。

由于实际应用时，IP 地址的值和子网掩码的值都不是通过键盘输入的，所以，为了减少无关的程序代码，在程序中没有对其输入值的合法性进行判断。因此，如果输入了不正确的 IP 值和不正确的子网掩码的值，程序的结果将不具有真实性。

9.3.2　均匀二分查找

均匀二分查找(Uniform Binary Search)是经典二分查找算法的一种优化版本。该算法由美国计算机最高奖图灵奖获得者 D. Knuth 提出[2]。

1. 算法设计思路

该算法使用一个查找表更新数组下标，而不是在每次迭代中使用下标上下界的中点。其优点是：

(1) 查表运算一般比加法运算与移位运算更快；

(2) 许多查找都是在相同的数组或者相同长度的多个数组上进行。

2. 算法的 C 语言代码

例 9-10　均匀二分查找算法测试实例。

```
//BinSearch.c
#include<stdio.h>
#define LOG_N 42
#define N 10
static int delta[LOG_N];
```

```
void make_delta(int N){
    int power=1;
    int i=0;
    do{
        int half=power;
        power<<=1;
        delta[i]=(N+half)/power;
    }while(delta[i++]!=0);
}

int unisearch(int *a,int key){
    int i=delta[0]-1;                //midpoint of array
    int d=0;
    while(1){
        if(key==a[i]) return i;
        else if(delta[d]==0)return -1;
        else{
            if(key<a[i]) i-=delta[++d];
            else i+=delta[++d];
        }
    }
}

void main(){
    int i,a[N]={1,3,5,6,7,9,14,15,17,19};
    make_delta(N);
    for(i=0; i<20; ++i)
        printf("%d is at index%d\n",i,unisearch(a,i));
}
```

运行结果如下：

```
0 is at index -1
1 is at index 0
2 is at index -1
3 is at index 1
4 is at index -1
5 is at index 2
6 is at index 3
7 is at index 4
8 is at index -1
9 is at index 5
10 is at index -1
11 is at index -1
12 is at index -1
13 is at index -1
14 is at index 6
15 is at index 7
16 is at index -1
17 is at index 8
18 is at index -1
19 is at index 9
```

9.3.3　二进制 GCD 算法

二进制 GCD 算法(Binary GCD Algorithm)用于计算两个非负整数的最大公约数。它使用移位操作代替乘、除操作,提高了欧几里得算法的效率。对于嵌入式平台,处理器不直接支持除法操作。该算法于 1967 年由德国人 Josd Stein 发表,但事实上,公元一世纪中国人已经掌握了该算法。现在该算法一般被称为 Stein 算法。

1. 算法设计基本原理与思路

记正整数 x 和 y 的最大公约数为 gcd(x,y),则函数 gcd(x,y)具有如下的一些性质。

(1) gcd(0,v)=v,因为任何数都可以整除 0,而 v 是能整除 v 的最大数。同样,gcd(u,0)=u,而gcd(0,0)无意义。

(2) 如果 u 和 v 两者都是偶数,则 gcd(u,v)=2 * gcd(u/2,v/2),因为 2 是公因子。

(3) 如果 u 是偶数而 v 是奇数,则 gcd(u,v)=gcd(u/2,v)。如果 u 是奇数而 v 是偶数,则 gcd(u,v)=gcd(u,v/2)。

(4) 如果 u 和 v 都是奇数,且 u≥v,则 gcd(u,v)=gcd((u−v)/2,v);如果 u<v,则 ged(u,v)=ged((v−u)/2,u)。

(5) 重复步骤(3)和(4)直到 u=v,或者直到 u=0。无论哪种情况,结果是 2^kv,这里 k 是在步骤(2)中发现的公因子 2 的数目。

2. 算法的 C 语言代码

例 9-11　二进制 GCD 算法。

```
//GCD.c
#include<stdio.h>

typedef unsigned int Uint;

Uint gcd(Uint u, Uint v){
    int shift;
    Uint diff;
    if(u==0||v==0)
        return u|v;

    //shift 是用 2^k 同时整除 u 和 v 的最大的 k
    for(shift=0; ((u|v)&1)==0; ++shift) {
        u>>=1;
        v>>=1;
    }
    while((u&1)==0)
        u>>=1;
```

```
    //从这儿开始,u一直是奇数
    do{
        while((v&1)==0)
            v>>=1;
        //现在u和v都是奇数,因此u与v的差是偶数
        //让 u=min(u,v),v=diff(u,v)/2
        if(u<v)
            v -=u;
        else{
            diff=u-v;
            u=v;
            v=diff;
        }
        v>>=1;
    }while(v!=0);
    return u <<shift;
}

void main(){
    int x, y;
    printf("Input two integers: ");
    scanf("%d%d", &x, &y);
    printf("gcd(%d, %d)=%d \n", x, y, gcd(x,y));
}
```

运行结果如下：

```
Input two integers: 36 48
gcd(36, 48) = 12
```

9.3.4 在计算机密码学中的应用

位运算加密法是由于计算机的出现而引出的一种加密算法。其加密的基本思想是对“原文本”中字符的各个位进行某种指定的操作。用这种办法加密出来的“密码文本”用文本方式显示是完全不可认识的,看起来就像一堆无用的乱七八糟的数据,大大增加了加密效果。

一般来说,位运算加密只适合于计算机内的文件。因为它所产生的密码文本是不可打印的,因此,只能假设位运算法产生的“密码文本”总是驻留在计算机存储介质(如磁盘)中。

C语言是最适合于位运算法加密的语言,因为它提供了多种位操作。最简单也是最容易被破译的位操作加密法就是按位“求反”。把一个字节的每位都求一次反,1变成0,0变成1。“原文本”求反一次后变成“密码文本”,“密码文本”求反一次后又变成“原文本”。但这种简单的“求反”位操作法有两个缺点。第一,加密解密过程不能人为控制,因此任何

人都可以对"密码文本"进行解密，就像有一个门但没有上锁，谁找到这个门都能进去。第二，这种方法过于简单，很容易被有经验的程序员破译。

克服这两个缺点的办法之一就是以"异或"来代替"求反"，增加一个"密钥"来控制加密解密过程。"密钥"就相当于开门的钥匙，谁都可以知道门在什么地方，但只有掌握钥匙的人才能进去。具体办法是在加密时，把"原文本"的每个字节和作为密钥的一个字节进行"异或"，产生"密码文本"。在解密时，按同样的办法进行处理，就恢复成"原文本"。密钥不一定是一个字节长，可以是多个字节长，也可以有多个密钥。为了简洁起见，下面这个程序中的密钥只有一个，且只有一个字节长。

例 9-12 密码学 Tea 算法。

```
//Tea.c 卢开澄．计算机密码学[15]
//Revised by Xiehua Sun
#include <stdio.h>

//加密
void encipher(long * const v, const long * const k){
    long y=v[0], z=v[1], sum=0, delta=0x9e3779b9;
    long a=k[0], b=k[1], c=k[2], d=k[3], n=32;
    while(n-->0){
        sum+=delta;
        y+=(z<<4)+a^z+sum^(z>>5)+b;
        z+=(y<<4)+c^y+sum^(y>>5)+d;
    }
    v[0]=y;
    v[1]=z;
}

//解密
void decipher(long * const v, const long * const k){
    long y=v[0], z=v[1],
         sum  =0xc6ef3720,
         delta=0x9e3779b9;
    long a=k[0], b=k[1], c=k[2], d=k[3], n=32;
    while(n-->0){                          //sum=delat<<5,in general sum=delta * n
        z -=(y<<4)+c^y+sum^(y>>5)+d;
        y -=(z<<4)+a^z+sum^(z>>5)+b;
        sum -=delta;
    }
    v[0]=y;
    v[1]=z;
}

void main(){
```

```
    long v[2]={0x12345678, 0x9abcdef0};  //明文
    long k[4]={0x11223344, 0x55667788, 0x99aabbcc, 0xddeeff00};    //密钥

    printf("\n 明文(十六进制)=%X%X", v[0], v[1]);
    printf("\n 密钥(十六进制)=%X%X%X%X", k[0], k[1], k[2], k[3]);
    encipher(v, k);
    printf("\n 密文(十六进制)=%X%X", v[0], v[1]);
    decipher(v, k);
    printf("\n 解密(十六进制)=%X%X\n", v[0], v[1]);
}
```

运行结果如下：

```
明文<十六进制> = 123456789ABCDEF0
密钥<十六进制> = 112233445566778899AABBCCDDEEFF00
密文<十六进制> = BA05A16BEAACD06C
解密<十六进制> = 123456789ABCDEF0
```

异或运算广泛地应用于计算机密码学的序列密码中。例 9-13 使用 Logistic 混沌映射

$$x = 4x(1 - x)$$

用密钥 $0 < x0 < 1$ 迭代产生一个混沌字符序列。将这个字符序列与需要加密的字符进行异或运算，产生加密字符。关于 Logistic 混沌等方面的知识和应用可参阅[11,Ch. 14]。

例 9-13 混沌序列加/解密

```
/*
 * CipherTest.c 混沌序列加/解密
 * Version 1.0   2011.03.12
 * Author  Xiehua Sun
 */
#include<stdio.h>
#include<stdlib.h>

void ChaosCipher(char * input, char * output, int key);

void main(){
    int key;
    unsigned char s[80], infile[80], outfile[80];

    printf("请选择:\n 加密-------E\n 解密-------D\n 退出-------Q\n");
    gets(s);
    * s=toupper(* s);
    switch(* s)
    {
    case'E':
        printf("输入需要加密的文件名:\n");
```

```
        gets(infile);
        printf("输入加密文件名:\n");
        gets(outfile);
        printf("密钥 key(0<key<999):");
        scanf("%d", &key);
        ChaosCipher(infile, outfile, key);
        break;
    case'D': printf("输入需要解密的文件名:\n");
        gets(infile);
        printf("输入解密文件名:\n");
        gets(outfile);
        printf("密钥 key(0<key<999):");
        scanf("%d", &key);
        ChaosCipher(infile, outfile, key);
        break;
    case'Q': break;
    }
}

void ChaosCipher(char * input, char * output, int key){
    int i, ch;
    char chaos;
    double x=key/1000.0;
    FILE * fp1, * fp2;
    if((fp1=fopen(input,"r"))==0){
        printf("Cannot open input file\n");
        exit(0);
    }
    if((fp2=fopen(output,"w"))==0){
        printf("Cannot open output file\n");
        exit(0);
    }
    for(i=0;i<100;i++)
        x=4 * x * (1-x);
    while((ch=getc(fp1))!=EOF){
        x=4 * x * (1-x);
        chaos=(char)(x * 95);
        ch=ch^chaos;
        putc(ch,fp2);
    }
    fclose(fp1);
    fclose(fp2);
}
```

运行前在C程序所在的当前目录下应有文件data.dat,文件中只有简单的一句“This

is a test file for cipher only. 2011.03.12”。运行后，在当前目录下生成加密文件 data.enc 或解密文件 data.ori，可打开查看。运行结果如下：

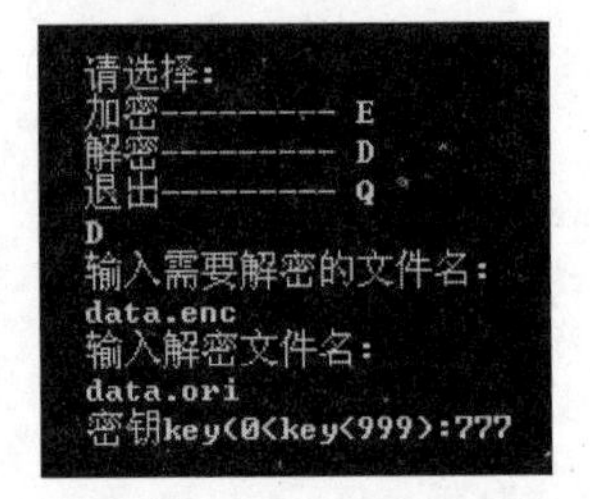

图 9-5 是原文件 data.dat、加密文件 data.enc 和解密文件 data.ori 的内容，可以用记事本打开。

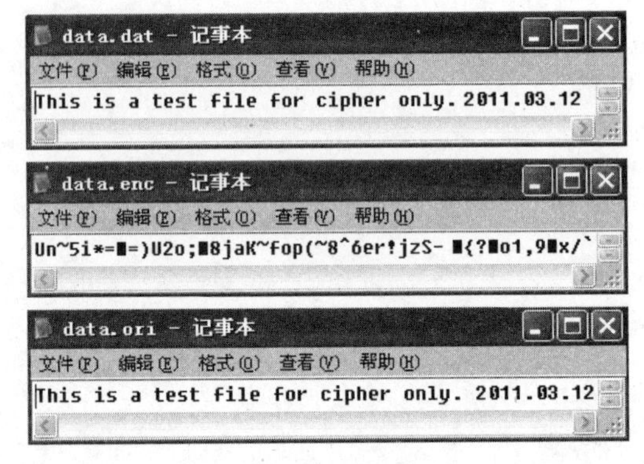

图 9-5　例 9-13 的原文件、加密文件和解密文件

注意，本例仅使用了 0～95 的 ASCII 码。若要增加安全系数，可增加 ASCII 码的范围，这是读者可以发挥和创新的题材。

9.3.5　在数据压缩中的应用

在计算机系统中经常用数据压缩技术节约存储空间，并提供某些安全保密性。实际的数据压缩方法有很多。本节仅介绍与位运算相关且比较简单的一种方法——位压缩算法。这种方法的基本思想是一个字节内存储多于一个字母的信息。

在计算机中存储文本文件是通过一个字节存储一个字母的方式实现的。通常的英文文件，包括 C 程序代码所用的英文字母和符号的代码值都不超过 127（参见附录 A 的 ASCII 字符代码）。所以，可以把 8 位压缩成 7 位。以下算法和程序仅适用英文文本文件。下面说明压缩的原理与算法。

考虑下面 8 个字节，每个字节代码表示一个字符

```
字节 1  0111 0101
字节 2  0111 1101
字节 3  0010 0011
字节 4  0101 0110
字节 5  0001 0000
```

字节 6　0110 1101
字节 7　0010 1010
字节 8　0111 1001

因为只用7位，所以第8位都是0。现在将第1个字符的后7位“分配”到第2～8个字节的第8位，结果如下：

字节 2　1 111 1101
字节 3　1 010 0011
字节 4　1 101 0110
字节 5　0 001 0000
字节 6　1 110 1101
字节 7　0 010 1010
字节 8　1 111 1001

这是压缩算法的思想。但真正要编程实现，还需要细化算法。比如：

(1) 不足8个字节部分如何处理？

(2) 若设计不足8字节部分不压缩，按原文输出。则还有一个问题：若不足8字节部分是7个字节，当所有8个字节都压缩成7个字节输出到压缩文件，而最后7个字节是未经压缩的原文输出到压缩文件时，在解压缩中将产生如何区分压缩的7个字节和未经压缩的7个字节呢？

下面是本书作者提出的一种位压缩算法：

(1) 读出源文件8个字节按上面的方法压缩成7个字节输出。

(2) 若不足8个字节已到达文件结束，若这部分是7个字节，则添加一个特殊字符ch＝127组成8个字节压缩输出。

(3) 若不足8个字节部分少于7个字节，不压缩直接输出。

解压缩算法如下：

(1) 读出压缩文件的7个字节。

(2) 若不足7个字节已到达文件结束，这部分不解压直接输出。

(3) 从7个字节的每个字节取出其第8位，按先后次序得到原来的第1个字节的后7位，第8位添0组成一字节输出；对7个字节的后7位，分别在第8位添0组成一个字节按原来的字节先后次序输出。

例 9-14　数据压缩算法。

```
/*
 * Compress.c
 * Version 1.0 2011.02.02
 * Author  Xiehua Sun
 */

#include<stdio.h>
#include<ctype.h>
```

```
#define mask 127
#define MASK 128

void main(){
    int i, j, c0 , ch,
        flag,                                   //do-while结束标志
        s[8];                                   //存储8个字节数据
    FILE * fpr, * fpw;

    if((fpr=fopen("test.txt","r"))==0){         //打开源文件
        printf("Cannot open input file\n");
        return;
    }
    if((fpw=fopen("test.cmp","w"))==0){         //打开压缩文件
        printf("Cannot open output file\n");
        return;
    }

    flag=0;
    do{
                                                //读出8个字节数据
        for(i=0; i<8; i++){
            c0=getc(fpr);
            if(c0==EOF){
                if(i==7){                       //满7个,特殊处理
                    s[7]=255;                   //添加一特殊字符,凑成8个压缩
                    c0=s[0];
                    c0=c0<<1;
                    for(j=0; j<7; ++j){
                        ch=s[j+1];
                        ch=ch&mask;
                        ch=ch|((c0<<j)&MASK);
                        putc(ch, fpw);
                    }
                }
                else{                           //不满7个时,不压缩直接输出
                    for(j=0; j<i; j++)
                        putc(s[j], fpw);
                }
                flag=1;                         //do-while结束
                break;                          //跳出for循环
            }
```

```
            else s[i]=c0;
        }

        //将 8 个字节数据压缩为 7 个字节
        if(!flag){
            c0=s[0];
            c0=c0<<1;
            for(j=0; j<7; ++j){
                ch=s[j+1];
                ch=ch&mask;
                ch=ch|((c0<<j)&MASK);
                putc(ch, fpw);
            }
        }
    }while(!flag);
    fclose(fpr);
    fclose(fpw);
}
```

运行结果如图 9-6 所示。

(a) 源文件test.txt(15 B)

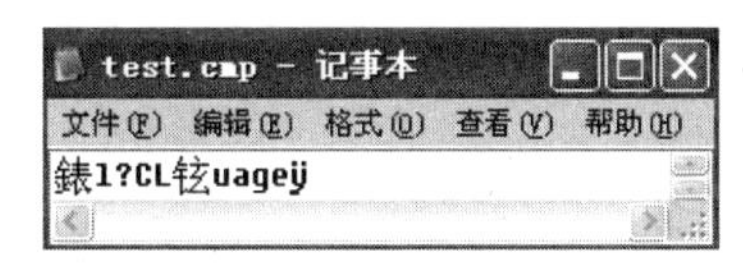

(b) 压缩文件test.cmp(14 B)

图 9-6　例 9-14 的源文件和压缩文件

解压缩算法是压缩算法的相反过程,其代码如下。

```
/*
 * Decompress.c
 * Version 1.0 2011.02.02
 * Author  Xiehua Sun
 */

#include<stdio.h>
#include<ctype.h>

#define mask 127
#define MASK 128

void main(){
    FILE *fpr, *fpw;
    int i, j, c0, ch,
```

```
    flag,                                   //do-while结束标志
    s[7];                                   //存储7个字节数据

if((fpr=fopen("test.cmp","r"))==0){         //打开压缩文件
    printf("Cannot open input file\n");
    return;
}

if((fpw=fopen("test.ori","w"))==0){         //打开解压文件
    printf("Cannot open output file\n");
    return;
}

flag=0;
do{
    //读出7个字节数据
    for(i=0; i<7; i++){
        c0=getc(fpr);
        if(c0==EOF){                        //若文件结束
            for(j=0; j<i; j++)              //不解压,直接输出数据
                putc(s[j], fpw);

            flag=1;                         //do-while结束
            break;                          //跳出for循环
        }
        else s[i]=c0;
    }
    if(!flag){
        c0=0;
        //将7个字节解压
        for(j=0; j<7; ++j){
            ch=s[j];
            s[j]=ch&mask;
            ch=ch&MASK;
            ch=ch>>(j+1);
            c0=c0|ch;
        }
        putc(c0, fpw);                      //写入第1个字符c0
        if(s[6]==mask){                     //若第7个是特殊字符mask
            for(j=0; j<6; j++)              //最后一个不写入文件
                putc(s[j], fpw);
        }
        else{
```

```
                for(j=0; j<7; j++)
                    putc(s[j], fpw);
            }
        }
    }while(!flag);
    fclose(fpr);
    fclose(fpw);
}
```

解压结果如图 9-7 所示。

图 9-7 解压文件 test.ori(15B)

习题 9

一、填空题

1. 用位运算实现下述目标(设 16 位二进制数的最低位为零位):

(1) 输出无符号正整数 m 的第 i 个二位进制位的数值。

(2) 把 m 的第 i 个二进制位的数值置 1,其余的位不变,然后输出 m。

```
#include<stdio.h>
void main(){
    unsigned k, i, m=0;
    scanf("%d%d", &m, &i);
    ____(1)____;                    //取出 m 的第 i 个二位进制位的值
    printf("%d\n", k);
    k=1<<i;                         //用 1 右移,计算 pow(2,i);
    ____(2)____;                    //m 的第 i 个二进制位置 1,其余的位不变
    printf("%d\n",m);
}
```

2. 以下程序的功能是取出一个 16 位的二进制数的奇数位(从左起第 1、3、5、…、15 位)构成一个数。例如,输入八进制数 252,则$(252)_8=(10101010)_2$,取奇数位得 $(1111)_2=(17)_8$,输出 17。

```
#include<stdio.h>

unsigned int getbits(unsigned int value){
    int i, j;
    unsigned int z, a, q;
    z=0;
    for(i=1; i<=15; i+=2){
        q=1;
        for(j=1; j<=(16-i-1)/2; j++)
            q=q*2;
        ____(1)____;                    //将 value 右移
```

```
        a=a&1;                              //取出其最低位
        ____(2)____;
    }
    return(z);
}

void main(){
    unsigned int a;
    printf("输入一个八进制数: \n");
    ____(3)____;
    printf("%o\n", getbits(a));
}
```

二、编程题

1. 编写函数

```
unsigned short move(unsigned short value,int n)
```

实现 value 的左右循环移位，n 为位移的位数，n<0 表示左移，n>0 表示右移。例如，n=3 表示右移3 位，n=－3 表示左移 3 位。

2. 试编程，实现输入一个十进制整数，输出这个数的 16 位补码。

3. 试编程，从右开始取整数 a 的 3～6 位。

4. 试编程，实现对无符号整数 x 从右至左的第 p 位开始的 n 位求反，其他位保持不变。

5. 编写程序，计算任意无符号正整数的二进制数位的个数。例如，$(88)_{10}=(1011000)_2$，有 7 位。

6. 编写程序，检查所用的计算机系统的 C 语言编译系统在执行右移时是按照逻辑右移的原则还是按照算术右移的原则。如果是逻辑右移，请编一个函数实现算术右移；如果是算术右移，请编一个函数以实现逻辑右移。

7. 试编程，通过位移运算实现计算 $number\times 2^{pow}$，结果分别返回整数和二进制形式输出。

8. 编写函数 move(value, n)实现左右循环移位，其中 value 为要进行循环移位的数，n 为移位的位数。当输入的 n>0 时循环右移，输入的 n<0 时，循环左移。循环移位与通常的移位概念的不同之处在于移位过程中被删除的几位将在另一端补入。所以：

循环右移进行运算(value >> n) | (value << (16 − n))

循环左移进行运算(value << n) | (value >> (16 − n))

三、证明题

记正整数 x 和 y 的最大公约数为 gcd(x, y)，试证函数 gcd(x, y)具有如下的一些性质。

(1) $gcd(0,v)=v$, $gcd(u,0)=u$。

(2) 如果 u 和 v 两者都是偶数,则 $gcd(u,v)=2*gcd(u/2,v/2)$。

(3) 如果 u 是偶数而 v 是奇数,则 $gcd(u,v)=gcd(u/2,v)$;如果 u 是奇数而 v 是偶数,则 $gcd(u,v)=gcd(u,v/2)$。

(4) 如果 u 和 v 都是奇数,且 $u \geqslant v$,则 $gcd(u,v)=gcd((u-v)/2,v)$;如果 $u<v$,则 $gcd(u,v)=gcd((v-u)/2,u)$。

第10章 算法设计与分析

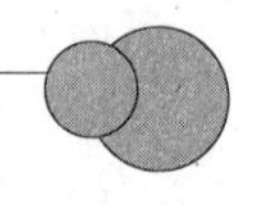

有不少人认为计算机软件或者计算机科学仅仅是编写程序和调试程序而已，其实不然。计算机科学虽然年轻，但它和数学、物理等历史悠久的学科一样，具有自身的规律和理论。计算机科学的一个核心问题就是算法理论，它研究常用的、有代表性的算法，并分析算法的复杂度和评判准则。许多程序设计学习者之所以最终没有成为专业的软件工作者，算法分析与设计理论功底不够扎实是其主要原因之一。

本章将从C语言实例出发，简要介绍穷举法、回溯法、分治法和贪心算法等。通过对一些常见而又具有代表性的算法及其实现的讨论，使读者可以初步领略算法设计的奇妙，理解其一般原理，更好地领会程序设计应该是算法设计和语言技巧的完美结合。

10.1 穷举法

穷举法也称为**穷举搜索法**，又称**枚举法**，就是搜索问题的每一种情况直到找到问题的解或得出无解的结论。它需要对可能是解的众多候选解按某种顺序进行逐一搜索和检验，并从中找出那些符合要求的候选解作为问题的解。也就是说，如果不知道解的评价准则是什么，则采用穷举法时将无法确认需要寻找的解。

穷举法的优点是简单，唯一要做的事情是系统地搜索问题的每一个可能解。由于每一个可能解都需要进行评估，所以这些解的产生和评估的次序是不相关的。

10.1.1 百钱百鸡问题

下面通过一个实例来说明如何使用穷举法。

例 10-1 百钱百鸡问题。公元5世纪，我国古代数学家张丘建在《算经》中提出了如下问题：鸡翁一值钱五，鸡母一值钱三，鸡雏三值钱一。凡百钱买百鸡，问鸡翁、母、雏各几何？

[**算法设计**]

(1) 确定穷举变量及穷举范围。本题可以直接穷举公鸡、母鸡和小鸡数量，分别设为cock、hen和chick。因为只有一百钱，所以，$0 \leqslant cock \leqslant 20$，$0 \leqslant hen \leqslant 33$，$0 \leqslant chick \leqslant 99$。

(2) 确定评价准则。满足“百钱”、“百鸡”两个条件的变量cock、hen和chick就是要求的解。

“百鸡”即 cock＋hen＋chick＝100，已经用来计算 hen、chick 的范围，后面不再考虑。

“百钱”即 5 * cock＋3 * hen＋chick/3＝100，并且，小鸡一钱三只，用的钱必须是整数，chick 必须是三的整数倍，即 chick％3＝＝0。

因为，3 * hen≤3 * hen＋chick＝100－5 * cock，所以

$$\text{hen} \leqslant (100 - \text{cock} * 5)/3 \tag{10.1}$$

又因为只买一百只鸡，所以还可以进一步缩小穷举的范围，0≤cock≤20。0≤hen≤(100－cock * 5)/3，chick＝100－cock－hen。

以下是解决本题的穷举算法程序。

```
//CocksProb.c
#include<stdio.h>

void main(){
    int cock, hen, chick;                    //一百钱可以买公鸡、母鸡、小鸡的只数
    int maxhen;
    for(cock=0; cock<=20; cock++){
        maxhen=(100-cock * 5)/3;
        for(hen=0; hen<=maxhen; hen++){
            chick=100-cock-hen;
            if((chick%3==0) && (5 * cock+3 * hen+chick/3==100))
                printf("100 钱买公鸡%d 只,母鸡%d 只,小鸡%d 只\n", cock, hen, chick);
        }
    }
}
```

运行结果如下：

```
100钱买公鸡0只,母鸡25只,小鸡75只
100钱买公鸡4只,母鸡18只,小鸡78只
100钱买公鸡8只,母鸡11只,小鸡81只
100钱买公鸡12只,母鸡4只,小鸡84只
```

穷举法最大的缺点就是时间效率极低。通常，即使寻找一个中等规模问题的解也会使人筋疲力尽，而很多实际问题的搜索空间往往会更大，很多问题可能需要花费几个世纪的时间才能检查完每一个可能解。

穷举法用时间上的牺牲换来了解的全面性保证，如果你要解决的是一个小问题且有时间枚举出这个搜索解空间时，用穷举法可以找到最优解。但如果面临一个较大的问题，最好不要使用这种方法，因为可能你永远无法枚举完所有情况。但是，随着计算机运算速度的飞速发展，穷举法的形象已经不再是最低等和原始的无奈之举。比如经常有黑客在几乎没有任何已知信息的情况下利用穷举法来破译密码，足见这种方法还是有其适用的领域。

10.1.2 提高穷举效率

穷举法是一种简单的解题策略，也是最容易想到的，不重复、一个不漏、一个不增地逐

一列举出问题的解的所有可能状态。由于穷举法需要列举出问题的解的所有状态，其最大的弱点在于当穷举量太大时，运行速度会慢得无法忍受。因此，利用穷举法解题时，要尽可能地减少穷举状态，提高程序效率。通过对问题的分析，挖掘出问题的隐含条件，减少穷举状态的总数(即减少穷举变量的个数和穷举变量的值域)，尽可能排除不可能的状态。下面仍以百钱买百鸡问题为例，说明如何减少穷举量，提高穷举效率。

1. 百钱百鸡问题新算法

因为小鸡一钱 3 只，用的钱必须是整数，所以小鸡数量必须是 3 的整数倍。据此设公鸡、母鸡、小鸡只数分别为 x、y 和 $3z$，其中 x、y 和 z 都是整数。

(1) 确定穷举变量及穷举范围。因为只有一百钱，可以知道，$0\leqslant x\leqslant 20$，$0\leqslant y\leqslant 33$，$0\leqslant 3z\leqslant 99$。

(2) 根据“百鸡”条件得 $x+y+3z=100$，根据“百钱”条件得 $5x+3y+z=100$，由此得到方程组

$$\begin{cases}x+y+3z=100\\5x+3y+z=100\end{cases}$$

它有 3 个变量，只有两个方程。这类方程数少于变量数的方程组，称为**不定方程**。但其变量仅限于整数，所以，在变量的一个有限范围内，只有有限个整数解。所以，这类问题就是**不定方程(组)的整数解问题**。

可以注意到在式(10.1)中，只有当小鸡数 chick=0 时，才有可能成立等于号，即以下不等式

$$y\leqslant(100-5x)/3$$

是不“精确”的。它扩大了母鸡数 y 的搜索范围。为此，将方程组中的第二个方程两边乘以 3，再减去第一个方程，消去方程组中的变量 z，得到

$$7x+4y=100$$

由此可得

$$y=(100-7x)/4 \tag{10.2}$$

因为 $y\geqslant 0$，所以

$$100-7x\geqslant 0,\quad x\leqslant 100/7$$

这样，公鸡数的范围可缩小为 $0\leqslant x\leqslant 14$，由式(10.2)可得到算法如下：

(1) 当 x=0、1、…、14 时，

(2) 若(100－7x)%4==0，计算

y=(100－7x)/4

z=100－x－y

输出问题的一个解 x,y,z。

(3) 否则，x=x+1，回到第(1)步。

(4) 当 x=14 的情况搜索完成后，程序结束。

以下是实现上述算法的程序。

例 10-2 百钱买百鸡问题解法二。

```
/*
 * CocksProb2.c
 * Version 1.0 2011.02.06
 * Author  Xiehua Sun
 */
#include<stdio.h>

void main(){
    int cock, hen, chick;
    for(cock=0; cock<15; cock++){
        if((100-7*cock)%4==0){
            hen=(100-7*cock)/4;
            chick=100-cock-hen;
            printf("100钱买公鸡%d只,母鸡%d只,小鸡%d只\n", cock, hen, chick);
        }
    }
}
```

运行上述程序,得到相同的结果。

2. 新算法与原算法的分析和比较

可以分析两个程序解"百钱买百鸡问题"算法的效率。因为加减法的速度比乘除法快得多,所以只近似地估计两个程序中的乘除法次数。

在CocksProb.c中,第一个for循环进行了21次。语句"maxhen=(100-cock*5)/3;"中有2次乘除法,共有21×2=42次乘除法。

另外,在二重for循环

```
for(cock=0; cock<=20; cock++)
    for(hen=0; hen<=maxhen; hen++)            //maxhen=(100-cock*5)/3;
```

中,当cock=0时,maxhen=33,循环进行34次;当cock=1时,maxhen=31,循环进行32次。用类似的方法可以得到循环的总次数为

$$\begin{aligned}&34+32+31+29+27+26+24+22+21+19\\&+17+16+14+12+11+9+7+6+4+2\\=\ &363(\text{次})\end{aligned}$$

在"if((chick%3==0) && (5*cock+3*hen+chick/3==100))"的第一个判断(chick%3==0)中,只有一次乘除法,所以有363次乘除法。注意到"A&&B"是一种"短路与"运算,即当第一个判断表达式A=0时不再进行第二个表达式B的计算。而chick=100-cock-hen中有1/3次,即363/3=121次"chick%3==0"成立,此时进行第二个判断式"5*cock+3*hen+chick/3==100",其中有3次乘除法,所以,有121×3=363次乘除法。于是程序进行的乘除法总次数等于

$$42+363+363=768(\text{次})$$

再计算 CocksProb2.c 中乘除法的总次数。for 循环共进行 15 次，因此有 15×2=30 次乘除法。另外，在

```
if((100-7*cock)%4==0){
    hen=(100-7*cock)/4;
    chick=100-cock-hen;
    ⋮
}
```

中，有 4 次满足“(100－7 * cock)%4＝＝0”，在语句“hen＝(100－7 * cock)/4;”中有两次乘除法，所以，共有 30＋4×2＝38 次乘除法。

由上面关于乘除法的次数，可以得到

$$\frac{\text{CocksProb.c 中乘除法的次数}}{\text{CocksProb2.c 中乘除法的次数}}=\frac{768}{38}\approx\frac{20}{1}$$

由此可知，程序 CocksProb.c 和 CocksProb2.c 的运行时间之比约为 20∶1。

3. 新算法与原算法程序运行时间比较

下面在两个程序中分别加入计算运行时间的语句，为与理论估计进行比较，将花费较多时间的输出语句注释掉，即进行纯粹计算时间的估计，两程序各进行重复 1 亿次运行。

原算法的运行时间估计程序如下。

```
//CocksProbT.c
#include<stdio.h>
#include<time.h>

void main(){
    int cock, hen, chick, maxhen, i;
    clock_t start, end;
    double t;

    start=clock();
    for(i=0;i<10000000;i++){
        for(cock=0; cock<=20; cock++){
            maxhen=(100-cock*5)/3;
            for(hen=0; hen<=maxhen; hen++){
                chick=100-cock-hen;
                if((chick%3==0) && (5*cock+3*hen+chick/3==100))
                    ;//printf("100 钱买公鸡%d 只,母鸡%d 只,小鸡%d 只\n", cock, hen,
                     //chick);
            }
        }
    }
    end=clock();
    t=(end-start)*1.000000/CLK_TCK;
```

```
    printf("1 亿次运算运行时间=  %f\n", t);          //22.187s
}
```

运行结果如下：

```
1亿次运算运行时间 = 22.187000
```

新算法的运行时间估计程序如下。

```
/*
 * CocksProbT2.c
 * Version 1.0 2011.02.06
 * Author  Xiehua Sun
 */
#include<stdio.h>
#include<time.h>

void main(){
    int cock, hen, chick, i;
    clock_t start, end;
    double t;
    start=clock();
    for(i=0;i<10000000;i++){
        for(cock=0; cock<15; cock++){
            if((100-7*cock)%4==0){
                hen=(100-7*cock)/4;
                chick=100-cock-hen;
                //printf("100 钱买公鸡%d 只,母鸡%d 只,小鸡%d 只\n", cock, hen,
                //chick);
            }
        }
    }
    end=clock();
    t=(end-start)*1.0/CLK_TCK;
    printf("1 亿次运算运行时间=%f\n", t);
}
```

运行结果如下：

```
1亿次运算运行时间 = 1.187000
```

根据这两个运行时间，可得到实际运行时间之比等于

$$22.187/1.187 = 18.7$$

可见实际运行时间之比与理论分析的结果是基本符合的，产生的误差是由于忽略了加减法运算时间。

上面从算法效率的理论分析到实际运行程序对不同算法的运行时间进行比较的目的

是让读者体会算法设计对于计算机运行的效率有多大的影响。新算法仅对原算法的两个三元一次方程进行了消元，消去一个变量 z 得到了一个二元一次不定方程。由此得到的新算法与原算法在效率上已发生了巨大的变化。新算法程序所花的运行时间不到原程序的 1/18。值得注意的是，这样大的效率提高仅仅是因为对算法进行了一点初等数学的处理。本书后面还将用实例说明算法的数学处理和算法的合理使用对程序的运行效率会产生的巨大作用，有时甚至是关键的乃至"致命"的作用。这个"致命"的意义将在后面讲解。

10.1.3 局部穷举

有时可以把穷举策略用在某一问题求解的局部范围，为解题带来方便。

1. 缩小穷举范围

例 10-3 五人合伙捕鱼问题。有 A、B、C、D、E 5 人合伙夜间捕鱼，凌晨时各自在河边的树丛中睡着了。A 第一个醒来，他将鱼平分成 5 份，把多余的一条扔回湖中，拿走一份回家去了。B 第二个醒来，也将鱼平分为 5 份，扔掉多余的一条，只拿走自己的一份。接着 C、D、E 依次醒来，也都按同样的办法分鱼。试计算，5 人至少合伙捕到多少条鱼？每个人醒来后看到鱼的数量是多少条？

[**算法设计**] 设 A、B、C、D、E 每个人看到的鱼数分别为：fish[k] (k=0,1,2,3,4)。

(1) 由问题可知，每个人分鱼的方法都是一样的：将看到的鱼平分为 5 份，把多余的一条扔回湖中，拿自己的一份回家去了。可以写出分鱼的递推公式如下。

设第 1 个人所看到的鱼数为 fish[0]，第 i 个人所看到的鱼数为

$$fish[i] = (fish[i-1]-1)*4/5 \quad (i=1,2,3,4) \tag{10.3}$$

因为不知道初始值 fish[0]应为多少，可以运用穷举法，从小到大穷举所有的自然数。然而 fish[0]是 5 个数中最大的，需要穷举的次数比较多。如果穷举 5 个数中最小的 fish[4]，再由 fish[4]倒推到 fish[0]，可以减少穷举的次数。因此将分鱼的公式变更如下。

设第 5 个人所看到的鱼数为 fish[4]，由式(10.3)得，第 i 个人所看到的鱼数为

$$fish[i] = fish[i+1]*5/4+1 \quad (i=0, 1, 2, 3) \tag{10.4}$$

(2) 已知 E 将鱼分成 5 份后还多了一条，fish[4]的初始值可以从最小的整数 6 开始。当所假设的 fish[4]的初始值在倒推到前面某一人时如果不够分，需要增加 fish[4]的值再试。因为要分成 5 份，fish[4]应以 5 为增量从小到大穷举。在假设 E 看到的鱼数时应用穷举思想，将递推的过程进一步求精。因为 fish[4]是假设的数，根据递推公式(10.4)可知，"不够分"是因为 fish[i+1]不是 4 的整数倍，即 fish[i+1]%4!=0。

另外，已经由 fish[4]倒推出了 fish[0]，即推出了每个人看到的鱼数，但外层循环的循环体未结束，fish[4]多加了一次外层循环才结束。外层循环结束后应将 fish[4]减去 5。

(3) 对程序中的重要变量的用途说明如下。

```
int fish[5]={0,0,0,0,6};  //记录每人醒来后看到的鱼数。设 fish[4]合适的最小整数为 6
int i;                    //fish[ ]的下标。一旦 i 为 0,则找到了满足条件的最小整数,程序结束
```

程序如下。

```
/*********************************************
 * FishesProb.c
*********************************************/
#include<stdio.h>

void main(){
    int fish[5]={0,0,0,0,6};                    //记录每人醒来后看到的鱼数
    int i;
    do{
        for(i=3; i>=0; i--){
            if(fish[i+1]%4!=0)
                break;                          //不够分,重新假设 fish[4]
            else
                fish[i]=fish[i+1] * 5/4+1;      //递推第 i 人看到的鱼数
        }
        fish[4]=fish[4]+5;                      //让 E 看到的鱼数增 5 再试
    }while(i>=0);

    fish[4]=fish[4]-5;                          //当未推到 A 时,继续递推
    for(i=0; i<5; i++)                          //输出计算结果
        printf("%d\t", fish[i]);
    printf("\n");
}
```

运行结果如下:

```
3121    2496    1996    1596    1276
```

2. 进一步缩小穷举范围

因为 E 将看到的鱼分作 5 份,把多余的一条扔回湖中,所以

$$fish[4] = 5k + 1 \quad (k = 0,1,\cdots) \tag{10.5}$$

根据式(10.4),fish[i+1](i=0,1,2,3)必定被 4 整除。由于 fish[4]能被 4 整除,所以

$$fish[4] = 5k + 16 \quad (k = 0,1,\cdots)$$

设 m 为一整数,则 k=4m。代入上式

$$fish[4] = 20m + 16 \quad (m = 0,1,\cdots) \tag{10.6}$$

由式(10.6)可得到范围更小的穷举算法程序。

```
/*********************************************
 * FishesProb2.c
*********************************************/
#include<stdio.h>
```

```
void main(){
    int fish[5]={0, 0, 0, 0, 16};                    //记录每人醒来后看到的鱼数
    int i;
    do{
        for(i=3; i>=0; i--){
            if(fish[i+1]%4!=0)
                break;                               //不够分,重新假设 fish[4]
            else
                fish[i]=fish[i+1] * 5/4+1;           //递推第 i 人看到的鱼数
        }
        fish[4]=fish[4]+20;                          //让 E 看到的鱼数增 20 再试
    }while(i>=0);

    fish[4]=fish[4]-20;                              //当未推到 A 时,继续递推
    for(i=0; i<5; i++)                               //输出计算结果
        printf("%d\t", fish[i]);
    printf("\n");
}
```

3. 完全的数学解法

上面的式(10.6)的推导只利用了条件 fish[4]能被 4 整除。继续利用 fish[3]、fish[2]和 fish[1]都能被 4 整除的性质,可以得到完全的数学解法。这个数学解法,对于我们应用数学处理设计和理解算法是有意义的。下面给出完全的数学解法。

由式(10.4)得到

$$\begin{aligned}\text{fish}[3] &= (20m+16)*5/4+1 = (5m+4)*5+1\\ &= 25m+21 = (24m+20)+m+1\end{aligned}$$

因为 fish[3]能被 4 整除,所以,$m+1=4n$ (n 为整数),即 $m=4n-1$,代入式(10.6)得

$$\text{fish}[4] = 20(4n-1)+16 = 80n+76 \quad (n=0,1,\cdots) \tag{10.7}$$

于是

$$\begin{aligned}\text{fish}[3] &= (80n+76)*5/4+1 = 100n+96\\ \text{fish}[2] &= \text{fish}[3]*5/4+1 = (100n+96)*5/4+1\\ &= (124n+24*5)+(n+1)\end{aligned}$$

因为 fish[2]能被 4 整除,所以,$n+1=4r$ (r 为整数),将 $n=4r-1$,代入式(10.7)得

$$\text{fish}[4] = 320r+316 \quad (r=0,1\cdots) \tag{10.8}$$

类似地,利用 fish[1]能被 4 整除,推出 $r=4s-1$,代入(10.8)得

$$\text{fish}[4] = 1280s+1276 \quad (s=0,1\cdots)$$

由此可知,满足条件的最小的

$$\text{fish}[4] = 1276$$

根据式(10.4)可以得到其他的 fish[i]($i=3,2,1,0$)。

10.2 分治法

分治法的基本思想是把一个看似较为复杂的问题先分解为若干个较小的问题，再分别解决这些较小的问题。最后由这些小问题的解来构造整个问题的解。

分治法的一般框架是：

(1) 将原始问题 P 分解为若干个子问题：P_1、P_2、…、P_k。

(2) $i=1$。

(3) 对问题 P_i 求解，如果问题 P_i 的规模 size(P_i)小于指定阈值 p，则求解问题 P_i，得到解 S_i，然后跳转到第(5)步；否则执行第(4)步。

(4) 递归地调用分治法，分解问题 P_i。

(5) 将解 S_i 组合到最终解中。

10.2.1 二分法求解方程

局部搜索法是一种近似算法，在人工智能中经常使用。虽然一般而言，这种方法不能给出最优解，但却能给出一个可以接受的局部最优解(比较好的解)。

局部搜索法不是对整个解空间实行穷举搜索，而是只针对某个特定解的局部近邻搜索。这个过程可以用4个步骤来说明：

(1) 从搜索空间中找出一个解并且评估其质量，将它定义为**当前解**。

(2) 变换当前解为一个新解并评估它的值。

(3) 如果新解比当前解更好，则将新解作为当前解；否则抛弃新解。

(4) 重复第(2)步和第(3)步，直到在给定集中找不到更好的新解。

局部搜索法的关键在于当前解的变换类型。如果这个变换集合包括了所有可能的变换，则这个方法会给出最优解。一般情况下，这个变换集合是所有变换集合的一个真子集，从而实际上可以执行一个经选择的集合中所有的变换，这种变换就是局部变换。因此这种方法被称为局部搜索法。下面通过一个实例来说明该方法的应用。

例10-4 用二分法编程求解方程的解。

对二分法求方程问题说明如下。

问题：采用二分法求3次方程 $2x^3-4x^2+3x-6=0$ 的根

输入：输入原始区间[x1,x2]中的数值。

限制：要求f(x1)和f(x2)异号，以确保该区间有实数解。

输出：输出区间[x1,x2]内的近似解，保留小数点后4位数字，要求近似解的函数绝对值小于 10^{-5}。

二分法的思想是：给定一个区间[x1,x2]。如果函数f(x)在该区间之内是单调变化的，则可以根据f(x1)与f(x2)是否同号来确定方程f(x)=0在区间[xl,x2]内是否存在一个实数解。如果f(x1)和f(x2)不同号，则方程f(x)=0在区间[x1,x2]内存在一个实数解；否则需要调整x1和x2的值。一旦确定方程f(x)=0在区间[x1,x2]内存在一个实数解，那么就用二分法将区间[x1,x2]一分为二，再判断在哪一个区间内有实数解。如此将判断继续下去，直到小区间满足精度要求为止。

例 10-4 的具体算法描述如下。

(1) 输入 x1 和 x2 的值。

(2) 计算 f(x1)和 f(x2)的值。

(3) 如果 f(x1)和 f(x2)同号，则重复第(1)步和第(2)步，直到 f(x1)和 f(x2)不同号为止。

(4) 计算 x1 和 x2 的中点：x0＝(x1＋x2)/2.0。

(5) 计算 f(x0)的值。

(6) 判断 f(x1)和 f(x0)是否同号。如果 f(x1)和 f(x0)同号，将区间调整为[x0,x2]；如果f(x1)和 f(x0)不同号，将区间调整为[x1,x0]。

(7) 判断 x0 的绝对值是否不小于一个指定值(10^{-5})，如果不小于该数值，则重复第(4)～(7)步；否则执行第(8)步。

(8) 输入 x0 的值作为近似解。

例 10-4 的源程序如下。

```
//SolveEq.c
//二分法求函数的解,局部搜索法实例程序
#include<stdio.h>
#include<stdlib.h>
#include<math.h>

//函数 f.需要求解的函数
double f(double x){
    double y;
    y=x*((2*x-4)*x+3)-6;
    return y;
}

//主函数
void main(){
    double x0, x1, x2, f0, f1, f2;
    //输入初始区间数值
    do{
        printf("请输入 x1 和 x2(例如 2, 4, 4.5):");
        scanf("%lf, %lf", &x1, &x2);
        f1=f(x1);
        f2=f(x2);
    }while(f1*f2>0);
    //分法求解近似解
    do{
        //计算中点
        x0=(x1+x2)/2.0;
```

```
        f0=f(x0);
        //判断 f(x0)和 f(x1)是否同号
        if(f0 * f1 <0){
            x2=x0;
            f2=0;
        }
        else{
            x1=x0;
            f1=f0;
        }
    }while(fabs(f0)>=1e-5);
    printf("近似解是: %.4f\n", x0);
    system("PAUSE");
}
```

运行结果如下：

```
请输入x1和x2(例如2. 4. 4.5):-10.10
近似解是: 2.0000
请按任意键继续. . .
```

局部搜索法可能出现两种极端情况。第一种情况是当前解就是一个潜在解，这时当前解对任何一个新解的概率都没有影响，实质上就变成了枚举搜索。由于可能重复选取已经选过的点，此时局部搜索法比枚举法更糟糕。第二种情况是局部搜索法总是返回当前值，这样就毫无进展。

总之，在弄清楚评估函数和表示方法之前，还要明智地选择解的变换方法，这是正确使用局部变换法的关键。

10.2.2 快速排序法

下面通过经典的快速排序法说明分治法的使用方法。和前面讲解过的冒泡排序算法比较，快速排序的效果更好。

例 10-5 请用快速排序法编程，实现对一个字符串的升序排序。

对例 10-5 中的问题描述如下。

问题：采用快速排序法对一个字符串按从小到大的次序排序。

输入：输入一行字符。

输出：输出排序后的字符串。

对一个数组进行快速排序的基本思想是分区。其一般过程是：先选择一个比较数的值，称该数为**分区数**。然后将数组分为两段：大于等于分区数的元素放在一边，小于分区数的元素放另一边。然后对数组的两段分别重复上述方法分段，直到该数组完成排序。

例如，字符数组的数值是

```
fedacb
```

则快速排序的过程如下：

(1) 选择中间点的数据'd'作为分区数。

(2) 将数组分成左右两个区域：**左边区域**是比分区数'd'小的数据；**右边区域**是大于等于分区数'd'的数据。为达到这个目的，采用如下的基本步骤：

① 先把分区数'd'与最左边的元素交换，即字符数组内容变成 defacb。

② 把所有比分区数'd'小的元素与分区数'd'后面的属于右边区域的第一个元素交换，这个过程如表 10-1 所示。

表 10-1 元素交换过程

条件	左边区域	右边区域	交换	字符数组
e>d,f>d		ef		defacb
a<d	a	fe	a↔e	dafecb
c<d	ac	ef	c↔f	dacefb
b<d	acb	fe	b↔e	dacbfe

所以，字符数组的数值变成 dacbfe。

③ 再把分区数'd'与最后一个小于它的元素值交换，即字符数组的数值变成 bacdfe。

(3) 递归地对左边区域的字符串"bac"进行快速排序。

(4) 递归地对右边区域的字符串"fe"进行快速排序。

例 10-5 中自定义了函数 quick()、swap()和 quicksort()。函数 quick()的原型是：

```
void quick(char * items, int count);
```

函数 quick()是快速排序初始函数，其功能是对字符串 items 中的 count 个元素实现快速排序。

函数 swap()的原型是：

```
void swap(char * items,int i,int j);
```

函数 swap()的功能是：交换字符串 items 的第 i 个元素和第 j 个元素值。

函数 quicksort()的原型是：

```
void quicksort(char * items, int left, int right);
```

函数 quicksort()是快速排序主函数，其功能是对字符串 items 中从下标 left 到 right 之间的字符串实现快速排序。

快速排序 quicksort()函数的算法描述如下：

(1) 如果 items 中指定区域内元素个数小于 2，则排序过程终止。

(2) 设置 last 变量初值为 left。last 将要保存最后一个小于分区数的元素值的下标。

(3) 将中间点元素，即下标为(left+right)/2 的元素的值作为分区数。把分区数和下标为 left 的元素值交换。

(4) 设置 i 初值为 left+1。

(5) 如果 items[i]<items[left]，则交换 items[i]和 items[last]两个数值。

(6) last＝last＋1。

(7) i－i＋1。

(8) 如果i小于等于right,即还有数据没有搜索,则跳转到第(5)步继续搜索;否则执行第(9)步。

(9) 交换items[left]和items[last]两个元素值。

(10) 对左边区域排序。即递归调用quicksort()函数,对字符串items中从left到last－1之间的子串排序。

(11) 对右边区域排序。即递归调用quicksort()函数,对字符串items中从last＋1到right之间的子串排序。

例10-5的源程序如下。

```
//FastSort.c 快速排序法
#include<stdio.h>
#include<stdlib.h>
#include<string.h>

void quicksort(char * items, int left, int right);

//函数 quick: 快速排序初始函数
void quick(char * items, int count){
    quicksort(items, 0, count-1);
}

//函数 swap: 交换 items 的第 i 个元素和第 j 个元素值
void swap(char * items, int i, int j){
    char temp;
    temp=items[i];
    items[i]=items[j];
    items[j]=temp;
}

//函数 quicksort: 快速排序主函数
void quicksort(char * items, int left, int right){
    int i, last;
    //如果数组元素个数小于两个,排序过程终止
    if(left>=right)
        return;
    last=left;
    //将分区数设置到数组最左边
    swap(items,left,(left+right)/2);
    //把所有小于分区数的元素值放置在数组左边区域
    for(i=left+1;i<=right;i++)
        if(items[i]<items[left])
```

```
            swap(items,++last,i);
    //把分区数放置在正确位置
    swap(items,left,last);
    quicksort(items,left,last-1);                //对左边区域排序
    quicksort(items,last+1,right);               //对右边区域排序
}

void main(){
    char s[81];
    printf("\n 快速排序算法\n");
    printf("请输入一行字符：");
    gets(s);
    quick(s,strlen(s));
    printf("排序后的字符串是:");
    puts(s);
    system("PAUSE");
}
```

运行结果如下：

```
快速排序算法
请输入一行字符: aahgfssjf
排序后的字符串是:aaffghjss
请按任意键继续. . .
```

10.3 回溯法

穷举法需要检查搜索空间中的每一个解，直到找到最好的全局解，因此穷举法的时间效率极低。与此不同的是，回溯法是一种选优搜索法，它在穷举法的基础上进行了改进，按选优条件向前搜索，以达到目标。为了解决某个问题，回溯法需要逐次尝试解的各个部分，并加以记录，组成部分解。当搜索到某一步，发现某部分失败（原先的选择并不优或达不到目标）时，则将之从部分解中删除，然后退回一步重新选择。这种走不通就退回再走的技术被称为**回溯法**，而满足回溯条件的某个状态点被称为**回溯点**。

回溯法是既带有系统性又带有跳跃性的搜索算法。它在包含问题的解空间树中，按照深度优先策略，从根结点出发搜索解空间树。当搜索至解空间树的任一结点时，总是先判断该结点是否肯定不包含问题的解。如果肯定不包含，则跳过对以该结点为根的子树搜索，逐层向其祖先结点回溯。否则，进入该子树，继续按深度优先策略进行搜索。

回溯法在求解问题的所有解时要回溯到根，只有根结点的所有子树都已被搜索过，算法才结束。回溯法适用于解一些组合数较大的问题。

回溯法的算法的一般框架是：

(1) 针对所给的问题，定义问题的解空间。应用回溯法求解问题时，首先应明确定义问题的解空间。问题的解空间应至少包含问题的一个（最优）解。

(2) 确定了解空间的组织结构后，回溯法就从开始结点（根结点）出发，以深度优先的

方式搜索整个解空间。这个开始结点就成为一个活结点，同时也成为当前的扩展结点。

(3) 在当前的扩展结点处，搜索向纵深方向移至一个新结点。这个新结点就成为一个新的活结点，并成为当前的扩展结点。

(4) 如果在当前的扩展结点处不能再向纵深方向移动，则当前扩展结点就成为死结点。换句话说，这个结点不再是一个活结点。此时，应往回移动(回溯)至最近的一个活结点处，并使这个活结点成为当前的扩展结点。

(5) 回溯法即以这种工作方式递归地在解空间中搜索，直至找到所要求的解或解空间中已没有活结点时为止。

回溯搜索可以用递归或非递归形式实现。

10.3.1　递归回溯法

下面通过经典的八皇后问题来说明如何使用回溯法编写程序。八皇后问题是一个著名的问题，也是回溯算法的典型例题。该问题由 19 世纪数学家高斯手工解决。有人用图论的方法解出八皇后问题有 92 种方案，现在用 C 语言递归程序，可以很容易地求出这 92 种方案。

例 10-6　用递归回溯法编程求解八皇后问题。对八皇后问题说明如下。

问题：在 8×8 的国际象棋棋盘上放置 8 个皇后，使得它们不能相互攻击。问有多少种放置的方案。

限制：任意两个皇后不能处于同一行、同一列或者同一斜线上。

输出：输出所有可能解，输出第 1～8 行 8 个皇后的列号。

1. 选择数据结构

解决八皇后问题的第一个问题是如何表示国际象棋的棋盘和任意一个可能解。图 10-1(a)是八皇后问题 92 种解中的一种；图 10-1(b)是棋盘的坐标表示。首先把棋盘的横坐标定为 i(列号)，纵坐标定为 j(行号)，i 和 j 的取值都是 0～7。

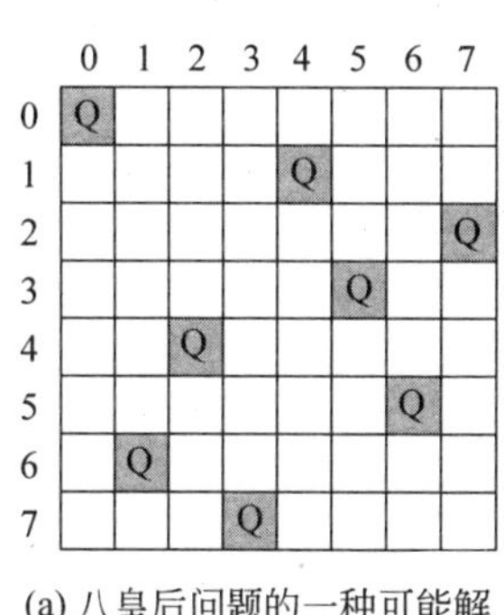

(a) 八皇后问题的一种可能解

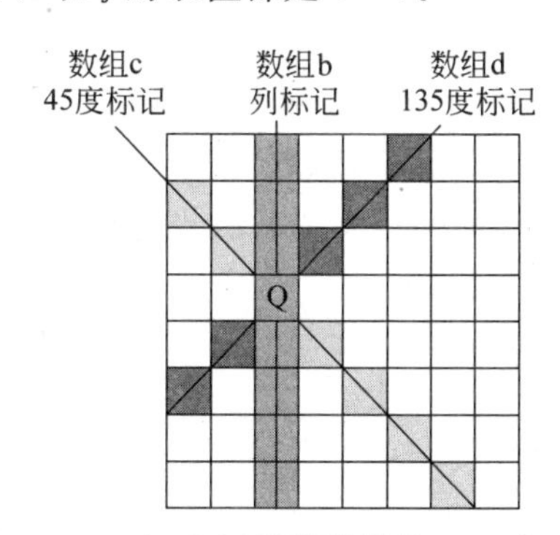

(b) 八皇后问题的棋盘

图 10-1　八皇后问题解示意图

由于每个皇后分别放置在不同的行上，8 个皇后就对应了 8 个不同的列号，即 i 的每个取值上都有一个皇后。所以，不必用二维数组表示整个 8×8 的棋盘，而只需要定义一

个一维数组就可以描述八皇后问题任意一个解。定义数组

```
int queen[8];
```

表示 8 个皇后的位置，其中，queen[i]记录第 i+1 行中皇后的位置，i 取值为 0～7。

另一个关键问题是，如果在棋盘中任选一个位置放置第一个皇后，那么如何表示由该皇后形成的禁区，即棋盘中哪些位置不能再放置皇后？图 11-1(b)描述了上述问题的一个典型例子。如果在第 4 行第 3 列中放置第一个皇后(用 Q 表示)，那么应该在 4 条线上形成禁区，这 4 条禁区线分别是：

(1) 行线禁区。queen[3]是用来保存第 4 行皇后的列号，一旦给 queen[3]赋值为 3，就表示把一个皇后放置在第 4 行第 3 列，同时也表示该行已经无法放置第二个皇后，所以行线禁区不必明显表示，定义数组 queen 时就已经隐含地定义了。

(2) 列线禁区。第 4 行第 3 列中放置第一个皇后之后，第 3 列不能再放置第二个皇后。程序中定义数组 b 表示棋盘上的列线禁区，元素 b[j]用来记录第 j+1 列有无皇后，数值 1 表示第 j 列上已经有皇后了；数值 0 表示第 j 列上没有皇后。

(3) 45 度线禁区。在第 4 行第 3 列中放置第一个皇后之后，与第 4 行第 3 列在同一条 45 度线上的格子就变成了禁区。棋盘上共有 15 条 45 度线，每一条 45 度线上的行号和列号的和值(i+j)是常量，取值范围是 2～16。程序中定义数组 c 表示 45 度线禁区，其中元素 c[i+j]记录从棋盘左上角数第 i+j+1 条 45 度线(从对角线)上有无皇后。数值 1 表示有皇后；0 表示无皇后。

(4) 135 度线禁区。在第 4 行第 3 列中放置第一个皇后之后，与第 4 行第 3 列在同一条 135 度线上的格子就变成了禁区。棋盘上共有 15 条 135 度线，每一条 135 度线的行号和列号的差值(i−j)为常量，取值为−7～7。程序中定义数组 d 表示 135 度线禁区，其中元素 d[i−j+7]记录从棋盘右上角数第 i−j+8 条 135 度线(主对角线)上有无皇后。数值 1 表示有；0 表示无。程序定义了以下数组

```
int b[8],c[15],d[15];
```

分别表示列线禁区、45 度线禁区和 135 度线禁区。其中 b[j]记录第 j+1 列有无皇后；c[i+j]记录从棋盘左上角数第 i+j+1 条 45 度线(从对角线)上有无皇后；d[i−j+7]记录从棋盘右上角数第 i−j+8 条 135 度线(主对角线)上有无皇后。

程序定义了全局变量

```
int queennum=0;
```

表示当前解的序号。

2. 算法设计

程序中定义了两个函数，它们的原型是

```
void print();
void tryqueen(mt 1);
```

其中，函数 print()的功能是打印八皇后问题的当前解。它按顺序输出当前解的序号以及当前解中从第1行到第8行共8个皇后的列号。函数 tryqueen()的功能是为第i个皇后选择合适位置，也就是为第i+1行放置一个皇后。

主函数的基本思路是：

(1) 初始化棋盘。

(2) 为第一个皇后选择合适位置。

其中，第(2)步是通过调用 tryqueen(0)来实现的。

函数 tryqueen()运用回溯法，采用了递归函数形式。该函数的作用是正确地放置第i+1行(i=0,1,…,7)上的皇后。

八皇后程序的 tryqueen()函数算法描述如下：

(1) j=0，表示从第1列开始试探。

(2) 检测第i+1行第j+1列是否存在位置冲突。若没有冲突，执行第(3)步；否则跳转到第(7)步。

(3) 在位置(i+1,j+1)上放置一个皇后；并且设置列线、45度线和135度线等禁区标记。

(4) 如果第8个皇后还没有放置好，则调用 tryqueen(i+1)，表示继续放置下一个皇后。

(5) 如果8个皇后全部放置好，则调用 print()函数输出当前解。

(6) 释放位置(i+1,j+1)，也就是消除由于当前解形成的所有禁区标记。

(7) j=j+1，如果j小于8，则跳转到第(2)步试探下一列。

(8) 如果j等于8，函数结束。

```
//Queens8.c 八皇后问题,回溯法
#include<stdio.h>
#include<stdlib.h>

int queen[8], b[8], c[15], d[15];

/*
 * queen[i]记录第 i+1 行中皇后的位置
 * b[j]记录第 j+1 列有无皇后, 1 表示有
 * c[i+j]记录从左上角数第 i+j+1 条斜率为-1 的线(从对角线)上有无皇后
 * d[i-j+7]记录从右上角数第 i-j+8 条斜率为 1 的线(主对角线)上有无皇后
 */

int queennum=0;

//函数 print: 打印结果
void print(){
    int k;
    queennum++;
```

```
        printf("\t%d: ", queennum);
        for(k=0; k<8; k++)
            printf("%d ", queen[k]);
        if(queennum%3==0)
        printf("\n");
    }

    //函数 tryqueen: 为第 i 个皇后选择合适位置
    void tryqueen(int i){
        int j;
        //每个皇后都有 8 种可能位置
        for(j=0; j<8; j++){
            //判断位置是否冲突
            if((b[j]==0)&&(c[i+j]==0)&&(d[i-j+7]==0)){
                queen[i]=j+1;                   //摆放第 i+1 行的皇后到 j+1
                b[j]=1;                         //宣布占领第 j+1 列
                c[i+j]=1;                       //宣布占领两个对角线
                d[i-j+7]=1;
                if(i<7)                         //如果 8 个皇后没有摆完,递归摆放下一皇后
                    tryqueen(i+1);
                else
                    print();                    //完成任务,打印结果
                b[j]=0;                         //回溯
                c[i+j]=0;
                d[i-j+7]=0;
            }
        }
    }

    void main(){
        int k;
        printf("\t 八皇后问题解: \n");
        //数据初始化
        for(k=0; k<15; k++){
            b[k]=0;
            c[k]=0;
            d[k]=0;
        }
        tryqueen(0);
        system("PAUSE");
    }
```

八皇后问题共有 92 个解,运行结果如下:

```
八皇后问题解:
1: 1 5 8 6 3 7 2 4       2: 1 6 8 3 7 4 2 5       3: 1 7 4 6 8 2 5 3
4: 1 7 5 8 2 4 6 3       5: 2 4 6 8 3 1 7 5       6: 2 5 7 1 3 8 6 4
7: 2 5 7 4 1 8 6 3       8: 2 6 1 7 4 8 3 5       9: 2 6 8 3 1 4 7 5
10: 2 7 3 6 8 5 1 4      11: 2 7 5 8 1 4 6 3      12: 2 8 6 1 3 5 7 4
13: 3 1 7 5 8 2 4 6      14: 3 5 2 8 1 7 4 6      15: 3 5 2 8 6 4 7 1
16: 3 5 7 1 4 2 8 6      17: 3 5 8 4 1 7 2 6      18: 3 6 2 5 8 1 7 4
19: 3 6 2 7 1 4 8 5      20: 3 6 2 7 5 1 8 4      21: 3 6 4 1 8 5 7 2
22: 3 6 4 2 8 5 7 1      23: 3 6 8 1 4 7 5 2      24: 3 6 8 1 5 7 2 4
25: 3 6 8 2 4 1 7 5      26: 3 7 2 8 5 1 4 6      27: 3 7 2 8 6 4 1 5
28: 3 8 4 7 1 6 2 5      29: 4 1 5 8 2 7 3 6      30: 4 1 5 8 6 3 7 2
31: 4 2 5 8 6 1 3 7      32: 4 2 7 3 6 8 1 5      33: 4 2 7 3 6 8 5 1
34: 4 2 7 5 1 8 6 3      35: 4 2 8 5 7 1 3 6      36: 4 2 8 6 1 3 5 7
37: 4 6 1 5 2 8 3 7      38: 4 6 8 2 7 1 3 5      39: 4 6 8 3 1 7 5 2
40: 4 7 1 8 5 2 6 3      41: 4 7 3 8 2 5 1 6      42: 4 7 5 2 6 1 3 8
43: 4 7 5 3 1 6 8 2      44: 4 8 1 3 6 2 7 5      45: 4 8 1 5 7 2 6 3
46: 4 8 5 3 1 7 2 6      47: 5 1 4 6 8 2 7 3      48: 5 1 8 4 2 7 3 6
49: 5 1 8 6 3 7 2 4      50: 5 2 4 6 8 3 1 7      51: 5 2 4 7 3 8 6 1
52: 5 2 6 1 7 4 8 3      53: 5 2 8 1 4 7 3 6      54: 5 3 1 6 8 2 4 7
55: 5 3 1 7 2 8 6 4      56: 5 3 8 4 7 1 6 2      57: 5 7 1 3 8 6 4 2
58: 5 7 1 4 2 8 6 3      59: 5 7 2 4 8 1 3 6      60: 5 7 2 6 3 1 4 8
61: 5 7 2 6 3 1 8 4      62: 5 7 4 1 3 8 6 2      63: 5 8 4 1 3 6 2 7
64: 5 8 4 1 7 2 6 3      65: 6 1 5 2 8 3 7 4      66: 6 2 7 1 3 5 8 4
67: 6 2 7 1 4 8 5 3      68: 6 3 1 7 5 8 2 4      69: 6 3 1 8 4 2 7 5
70: 6 3 1 8 5 2 4 7      71: 6 3 5 7 1 4 2 8      72: 6 3 5 8 1 4 2 7
73: 6 3 7 2 4 8 1 5      74: 6 3 7 2 8 5 1 4      75: 6 3 7 4 1 8 2 5
76: 6 4 1 5 8 2 7 3      77: 6 4 2 8 5 7 1 3      78: 6 4 7 1 3 5 2 8
79: 6 4 7 1 8 2 5 3      80: 6 8 2 4 1 7 5 3      81: 7 1 3 8 6 4 2 5
82: 7 2 4 1 8 5 3 6      83: 7 2 6 3 1 4 8 5      84: 7 3 1 6 8 5 2 4
85: 7 3 8 2 5 1 6 4      86: 7 4 2 5 8 1 3 6      87: 7 4 2 8 6 1 3 5
88: 7 5 3 1 6 8 2 4      89: 8 2 4 1 7 5 3 6      90: 8 2 5 3 1 7 4 6
91: 8 3 1 6 2 5 7 4      92: 8 4 1 3 6 2 7 5
```

回溯法的实质是检测所有可能的解，也就是穷尽所有可能情况，从中寻找问题的答案。实际运用时，通常需要用到启发信息，用启发函数来判断每一个可能的部分，按其函数值的大小将所有可能的部分排成一列。换言之，把导致算法成功可能性大的部分排在前面，这样很快就能得到问题的答案。

10.3.2 非递归回溯法

由于递归算法效率低下且有些计算机语言不能递归，所以，递归算法的非递归化是一个研究方向。下面给出非递归的回溯法编写的程序。

例 10-7 用非递归回溯法编程求解八皇后问题。

```
//Queens8_2.c 主要功能：搜索算法，八皇后问题(非递归)
#include<stdio.h>

const int N=9;
int num;                //记录方案数
int q[9];               //记录 8 个皇后所占的列号，皇后行列位置由(i,j)->(i,q[i])表示
int c[9];               //1,2,…,8，当前列 q[i]是否安全
int L[17];              //1,2,…,16,(i-q[i])对角线是否安全
int R[17];              //1,2,…,16, (i+q[i])对角线是否安全

void Queen();

void main(){
    int i;
    num=0;
```

```
    for(i=0; i<9; i++)                      //置所有列为安全
        c[i]=1;
    for(i=0; i<17; i++)                     //置所有对角线为安全
        L[i]=R[i]=1;
    Queen();                                //放置 8 个皇后
}

void Queen(){
    int i, k;

    q[1]=0;                                 //从第 1 列开始放置皇后
    i=1;
    while(i>0){
        q[i]++;                             //开始试着放在下一列
        while(q[i]<=8 && !(c[q[i]] && L[i-q[i]+N] && R[i+q[i]]))
            q[i]++;                         //寻找下一个可以放置的列位置
        if(q[i] <=8){                       //结点可以扩展
            if(i==8){                       //放完 8 个皇后(8 行)
                num++;
                printf("%d: ", num);
                for(k=1; k<=8; k++)
                    printf("%d", q[k]);
                printf("\n");
            }
            else{                           //未放完 8 个皇后,扩展该结点
                c[q[i]]=0;                  //修改安全标志
                L[i-q[i]+N]=0;
                R[i+q[i]]=0;
                i++;                        //继续放下一行的皇后
                q[i]=0;
            }
        }
        else{                               //结点不能扩展,回溯
            i--;                //q[i]>8,本行所有列都不能放皇后,回溯到上一行的结点
            c[q[i]]=1;                      //恢复安全标志
            L[i-q[i]+N]=1;
            R[i+q[i]]=1;
        }
    }                                       //while end
}
```

10.4 贪心算法

贪心策略(Greedy Method)是一种试图通过局部最优达到全局最优的策略。犹如登山,并非一开始就选择出一条到达山顶的最佳路线。而是首先在视力所及的范围内看中

一个高处目标，选择一条最佳路径。然后在新的起点上，再选择一条往上爬的最佳路径。该算法试图通过每一阶段的最佳路径构造全局的最佳路径。也就是说，贪心策略总是不断地将原问题变成一个相似的而规模更小的问题，然后做出当前在局部意义上的最优选择。

显然，贪心策略不能保证对所有的问题求得的最后解都是最优的，特别是不能用来求最大或最小解问题。但是许多情况下，用贪心策略可以得到最优解的近似结果。因此，初学者应当通过分析和经验积累，了解哪些问题适合用贪心策略，并掌握如何选择合适的贪心策略。

10.4.1　旅行商问题

1. 问题描述

例 10-8　旅行费用问题，又称旅行商问题或货郎担问题。问题描述如下。

一个游客要到如图 10-2(a)所示的 A、B、C、D、E 这 5 个景点旅行。图中标出了 5 个景点之间的交通费用。试问，该游客从 A 出发，如何以最小费用走过每一个景点最后返回 A?

2. 解题策略

按照贪心策略，局部寻优的过程可以用图 10-2(b)表示，得到的路径为 A－＞B－＞E－＞C－＞D－＞A，总费用为 10＋30＋20＋12＋80＝152。显然这一结果并非最优，因为最优路径为 A－＞B－＞E－＞D－＞C－＞A，总费用为 10＋30＋30＋12＋21＝103。

1）数据结构

(1) 费用网络描述(图的邻接矩阵的描述)

```
int expense [5][]={{ 0, 10, 21, 80, 50}, {10, 0, 36, 43, 30}, {21, 36, 0, 12, 20},
                   {80, 43, 12, 0, 30}, {50, 30, 20, 30, 0}};
```

(2) 定义枚举变量

```
enum scenes{a, b, c, d, e};
```

这样，就会形成如下对应关系：

```
expense [a][b]~expense[0][1]~10
expense [a][c]~expense[0][2]~21
expense [a][d]~expense[0][3]~80
expense [b][c]~expense[0][4]~50
expense [b][c]~expense[1][2]~36
expense [b][d]~expense[1][3]~43
expense [a][e]~expense[1][4]~30
```

2）贪心过程

从图 10-2 可以看出，采用贪心法求解本题的程序框架如下。

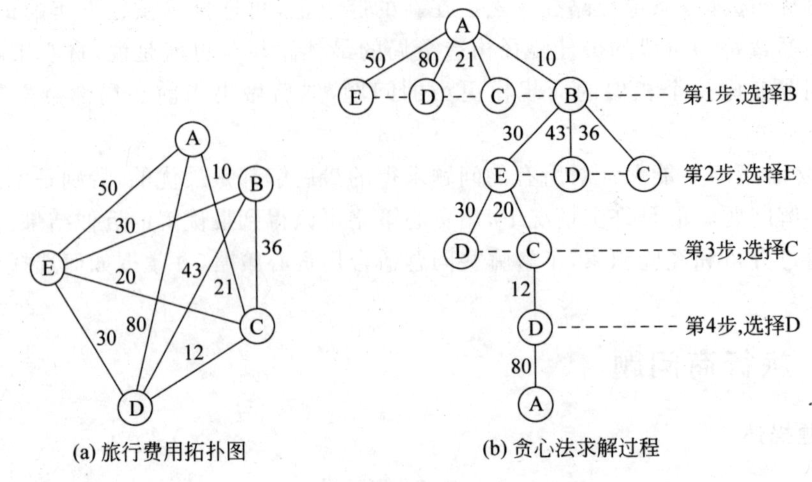

图 10-2　旅行费用问题求解示意图

```
{
    初始化所有结点的费用标志;
    设置出发结点 v;
    for( i=1; i<=n-1; i ++){
        s=从 v 至所有未曾到过的景点中费用最少的景点;
        累加费用;
        设置 v 为已访问标志;
        v=s;                                    //新起点
    }
    计算最后一个景点返回第一个景点的累加费用;
}
```

程序实现如下。

```
//GreedyTest.c
#include<stdio.h>
#define N 5                                     //结点个数

void main(){
    int expense [N][N]={{0,10,21,80,50}, {10,0,36,43,30}, {21,36,0,12,20},
                        {80,43,12,0,30}, {50,30,20,30,0}};
    enum scenes{a, b, c, d, e};
    enum scenes v, s;
    enum scenes start, j;
    int sum=0, min;
    int flag[N]={0, 0, 0, 0, 0};
    int i;
    v=a;                                        //设置出发结点
    start=v;                                    //保留出发结点
```

```
    for(i=1; i<=N-1; i++){
        min=65535;                        //设置一个尽量大的值
        for(j=a; j<=N-1; j++){
            if(flag[j]==0 && expense[v][j]!=0){
                if(expense[v][j]<min){
                     min=expense[v][j];
                     s=j;
                }
            }
        }
        sum=sum+min;
        flag[v]=1;                        //v已访问标志
        v=s;                              //新的起点
    }
    sum=sum+expense[v][start];            //最后一个景点返回第一个景点的累加费用
    printf("sum=%d\n", sum);
}
```

运行结果如下：

```
当 v=a 时,sum=152
当 v=b 时,sum=103
当 v=c 时,sum=103
```

10.4.2 删数问题

删数问题也可用贪心算法求解，问题如下。

例 10-9 从键盘输入一个大整数 N(不超过 240 位)，删除其中 S 个数字，剩下的数字按原顺序组成一个新的整数。对给定的 N 和 S，寻找一种方案，使剩下的数字组成的新整数最小。要求输出无空格的数字字符串。

1. 删数问题贪心算法设计

考虑数字字符串 2398674557。根据其从左到右各位数字递增和递减的情况，将其分段如下：

23[**986**][74]557

其中“986”一段中的 3 个数字构成递减的最长的段，称其为**递减区间**。显然，若以这种递减区间来分段，还有其他一些递减区间。但我们注意的是最左边的递减区间。

删数问题贪心算法如下。

(1) 每次从数字串最左端的一个递减区间删除该区间的首字符。

(2) 当无递减区间时，则删除最后一个数字。

例如，以从字符串 2398674557 中删除 5 个数字为例，各次删除见表 10-2。

表 10-2 删数算法示例

数字字符串	最左递减区间	删除数字	数字字符串	最左递减区间	删除数字
23[**986**]74557	**986**	9	23[**64**]557	**64**	6
23[**86**]74557	**86**	8	234557	无	7
236[**74**] 557	**74**	7	23455		

2. 适用贪心算法解问题的一般特征

1）贪心选择性质

贪心选择性质就是可以通过局部最优选择达到全局最优。这种局部选择可能依赖于已经作出的所有选择，但不依赖有待于下一步的选择或子问题的解。例如，在上述问题中，当前要删除的数字不依赖于下一个要删除的数，只考虑当前最优。

2）最优子结构

若问题的最优解包含子问题的最优解，称为**最优子结构**。例如，本题要从数字2398674557 中删除 5 个数字。首先要删除的数字必定是 9，因为 9 是“区间”23986 中的最大者，所以问题的最优解包含在“从数字 238674557 中删除 4 个数字”的子问题之中。类似地，下一个删除的数字应是 8，所以原始问题的最优解包含其子问题的子问题“从数字 23674557 中删除 3 个数字”之中。依此类推，最后，可得到问题的最优解。

3. 删数问题贪心算法程序实现

```
//DelDigits.c
#include<stdio.h>
#include<string.h>

char *striDel(char *str, int i);

void getMinInteger(char *digitStr, int n){
    int i, j, flag=0;

    for(j=n; j>0; j--){                                    //逐一删除 n 个数字
        flag=0;
        for(i=0; i<(int)strlen(digitStr)-2; i++){          //搜索递减区间
            if(*(digitStr+i)>*(digitStr+i+1)){             //存在递减区间
                striDel(digitStr, i);                      //删除第 i 个数字
                flag=1;
                break;
            }
        }
        if(flag==0)                                        //无递减区间
            *(digitStr+(strlen(digitStr)-1))='\0';         //删除最后数字
```

```
        }
    }

    //删除第 i 个数字的函数
    char * striDel(char * str, int i){
        * (str+i)='\0';
        strcat(str, str+i+1);
        return str;
    }

    void main(){
        int n;
        char digitStr[240];

        printf("请输入一个数字串：");
        scanf("%s", digitStr);
        printf("请输入需删除数字个数：");
        scanf("%d", &n);
        getMinInteger(digitStr, n);
        printf("%s\n", digitStr);
    }
```

运行结果如下：

```
请输入一个数字串: 2398674557
请输入需删除数字个数: 5
23455
```

10.5 再论递归与递推算法

使用递归能把某些复杂问题描述得非常简单，因而编程也相对容易。有些教材用较大的篇幅介绍递归算法并配有大量的习题练习递归，给人的印象是递归算法十分重要且有用。本节将用实例验证递归算法是效率很低的算法。当不用递归算法能解决问题时尽量不要使用递归，只有在其他关系不明，而用递归比较容易的情况下才使用递归算法，比如 Hanoi 塔问题。

10.5.1 递归和递推的效率

下面，我们在第 4 章例 4-8 的 Fibonacci. c 中添加计时语句，看看程序计算一个 Fibonacci 数的运行时间是多少。

例 10-10 递归算法计算 Fibonacci 数的运行效率。

```
    /*
     * Fibonacci.c
     * Author Xiehua Sun, 2011.01.15
```

```
 * 用递归算法计算 Fibonacci 数
 */
#include<stdio.h>
#include<time.h>

double fibonacci(double n){
    if(n==1)        return 1;
    else if(n==2) return 1;
    else            return(fibonacci(n-1)+fibonacci(n-2));
}

void main(){
    int n;
    clock_t start, end;
    double t, m;
    printf("Please input an integer: ");
    scanf("%d", &n);
    start=clock();                                    //开始计时
    m=fibonacci(n);
    end=clock();                                      //结束计时
    t=(end-start)*1.000000/(60.0*CLK_TCK);           //计算运行时间
    printf("\n运行时间=%.2f分\n", t);                 //显示
    printf("Fibonacci(%d)=%.0f\n", n, m);
}
```

程序运行结果如下(在不同的计算机上运行时间可能不同):

```
fibonacci(45)=1 134 903 170,  1.54分
fibonacci(46)=1 836 311 903,  2.54分
fibonacci(47)=2 971 215 073,  4.14分 (用int型,错误fib(47)=-1323752223)
fibonacci(48)=4 807 526 976,  6.67分
fibonacci(49)=7 778 742 049,  11.03分
```

由以下函数

```
double fibonacci(double n){
    if(n==1)        return 1;
    else if(n==2)return 1;
    else            return(fibonacci(n-1)+fibonacci(n-2));
}
```

可知,计算 fibonacci(n)需要递归地计算 fibonacci(n－1)和 fibonacci(n－2),并将得到的两个数相加,所以,计算 fibonacci(n)的运行时间至少是计算 fibonacci(n－1)和 fibonacci(n－2)所花时间之和。由此可得如下运行时间计算公式:

$$\text{计算 fibonacci(n) 的时间} \geqslant \text{计算 fibonacci}(n-1) \text{ 的时间} + \text{计算 fibonacci}(n-2) \text{ 的时间} \quad (10.9)$$

这里不等号是因为还有一次加法运算以及计算机进行递归的影响。所以，用递归算法计算 fibonacci(n)，其运行时间也以 fibonacci 序列增长的方式增加，参见表 10-3。

表 10-3 计算 fibonacci(n)运行时间

计算 fibonacci(n)	45	46	47	48	49	50	51	52	53	54
时间(分)	1.54	2.54	4.14	6.67	11.03	17.7	28.73	46.43	75.16	121.59

注：50～54 的时间值为用式(10.9)的估计时间。

现在将计时语句写入例 4-8 的递推算法程序 Fibonacci2.c。

例 10-11 递推算法计算 Fibonacci 数的运行效率。

```
/*
 * Fibonacci2.c
 * Author Xiehua Sun, 2011.01.15
 * 用递推算法计算 Fibonacci 数
 * F(n)=F(n-1)+F(n-2) (n>2), F(2)=F(1)=1
 */
#include<stdio.h>
#include<time.h>

double fibonacci(double n){
    int i;
    double f1=1, f2=1, fib=0;

    if(n==1)       return 1;
    else if(n==2) return 1;
    else{
        for(i=3; i <=n; i++){
            fib=f1 +f2;
            f1=f2;
            f2=fib;
        }
        return (fib);
    }
}

void main(){
    int n;
    clock_t start, end;
    double t, m;
    printf("Please input an integer: ");
    scanf("%d", &n);
    start=clock();
    m=fibonacci(n);
```

```
    end=clock();
    t=(end-start)*1.000000/CLK_TCK;
    printf("\n运行时间=%f\n", t);
    printf("Fibonacci(%d)=%.0f\n", n, m);
}
```

运行结果如下：

```
Fibonacci(77)=55279397 00884757
Fibonacci(78)=89443943 23791464
```

计算 fib(78)的时间还不到 0.001s。由此可知，递推算法的效率要比递归算法高得多。在计算 Fibonacci 数这个问题上，效率相差达到千万倍！

10.5.2 递归算法非递归化

由于递归算法效率低下且有些语言不能递归，所以，递归算法的非递归化是一个研究方向。下面给出非递归的 Hanoi 问题程序。

例 10-12 Hanoi 问题程序的非递归化。

```
/*
 * Hanoi2.c  用递推算法，使用简单数组
 * Version 1.0 2011.02.09
 * Author Xiehua Sun
 */
#include<stdio.h>
#include<math.h>
#include<time.h>

int r[2000000], temp[2000000];

void new_hanoi(int n){
  int i, j, k, t;
  r[0]=2;

  for(i=2; i <=n; i++){
    for(j=0; j <pow(2, i -1) -1; j++){
      t=r[j];
      switch(t){
        case 1: temp[j]=2; break;                //"1"->"2"
        case 2: temp[j]=1; break;                //"2"->"1"
        case 3: temp[j]=5; break;                //"3"->"5"
        case 4: temp[j]=6; break;                //"4"->"6"
        case 5: temp[j]=3; break;                //"5"->"3"
        case 6: temp[j]=4; break;                //"6"->"4"
        default: break;
```

```
        }
      }

      temp[j]=2; j++;

      for(k=0; k <pow(2, i -1) -1; k++){
        t=r[k];
        switch(t){
          case 1: temp[j+k]=3; break;             //"1"->"3"
          case 2: temp[j+k]=4; break;             //"2"->"4"
          case 3: temp[j+k]=1; break;             //"3"->"1"
          case 4: temp[j+k]=2; break;             //"4"->"2"
          case 5: temp[j+k]=6; break;             //"5"->"6"
          case 6: temp[j+k]=5; break;             //"6"->"5"
          default:break;
        }
      }
      for(k=0; k <pow(2, i) -1; k++)
        r[k]=temp[k];
    }
  }

void main(){
    int i, n, u;
    clock_t start, end;
    double t;
    printf("请输入一个整数(不超过 20): ");        //n=20 时,已达 100 万步
    scanf("%d", &n);
    start=clock();
    new_hanoi(n);
    end=clock();
    t=(end-start)*1.000000/CLK_TCK;
    printf("\n运行时间=%f\n", t);
    printf("The enc!!!\n");
    //显示结果
    for(i=0; i <pow(2, n) -1; i++){
      u=r[i];
      switch(u){
        case 1: printf("A->B "); break;
        case 2: printf("A->C "); break;
        case 3: printf("B->A "); break;
        case 4: printf("B->C "); break;
        case 5: printf("C->A "); break;
        case 6: printf("C->B "); break;
```

```
        }
    }
    printf("\n");
}
```

10.6 大整数相加算法

当用程序 Fibonacci2.c 计算 Fibonacci(79)时，发生数据溢出错误。用简单的算术加法不难得到

```
      55279397 00884757   ←  Fibonacci(77)
  +   89443943 23791464   ←  Fibonacci(78)
  ---------------------
    1 44723340 24676221   ←  Fibonacci(79)
```

但在计算机中用 double 进行整数计算却发生错误。

例 10-13 用 double 进行整数计算发生的错误。

```
/*
 * addError.c
 * Author Xiehua Sun, 2011.02.12
 * 16位 double 数相加发生错误的例
 */
#include<stdio.h>
#include<time.h>

void main(){
    double sum, n1=5527939700884757, n2=8944394323791464;
    sum=n1+n2;
    printf("error sum=%.0f ", sum);
    //正确 sum=1 4472334024676221
    //错误 sum=1 4472334024676220
}
```

运行结果如下：

```
error sum = 14472334024676220
```

可见用双精度(double)型进行大的整数的算术运算不能精确到个位数。如何设计算法实现精确到个位数的大数的加法呢？

10.6.1 大整数相加算法设计与实现

C 语言的整型 int 和长整型 long 能表示的范围是 $-2^{31} \sim 2^{31}-1$，而无符号整型 unsigned int 能处理的范围是 $0 \sim 2^{32}-1$，即 0～4 294 967 295。这表明在 32 位计算机中，无论整型还是长整型都不能处理超过 10 位的整数。但在实际程序设计中，常遇到远远超过 10 位的整数计算问题。例如，13！和 fibonacci(45)以后的数已经超出了上述范围。在

现代科学和工程计算中,大整数的使用和计算是非常普遍的问题,如人类基因数据的处理、大型工程仿真计算和计算机密码学中的应用等。

本节仅介绍大整数相加的算法,稍作修改可得到相减的算法,对大整数的乘除算法可参阅文献[15]。

1. 进制概念的深入

关于进制,有二进制、八进制、十进制和十六进制。这些都是计算机中使用的进制。其实,日常应用的进制还有"时:分:秒组成的 60 进制"。虽然它只有 3 位,秒位、分位和时位,由于已满足应用的要求,所以无须设置以后的位。其他的进制,如七进制:7 天等于 1 星期,又如,十二进制:12 件等于 1 打。目前,我们遇到的最大的进制可能是由 B:K:M:G 组成的 4 位"K 进制"。因为,1K=1024B,1MB=1024KB,1GB=1024MB。由此可知,进制并不神秘,只要有必要,我们可以设置任何进制。下面为了进行大数的加法,我们将设置"亿进制",将 1 亿作为一位的进制。

2. 大整数的表示原理——"亿进制"的应用

大整数的概念与计算机表示整数的范围有关。本书将超过 32 位整型(int)表示范围的整数称为**大整数**。如何表示大整数呢? 因为上面的 int、long int 和 unsigned int 能表示的最大 10 位整数是 4 294 967 295,超过这个数,即产生截断效应。我们可以利用数组,将一个大整数从个位数起每 8 位数字存入数组的一个元素,例如,大整数 $D=$ 333 88888888 77777777 99999999 的数字可存入数组 x[4],参见图 10-3。称满足以上条件表示的大整数数组为**大整数表示数组**。

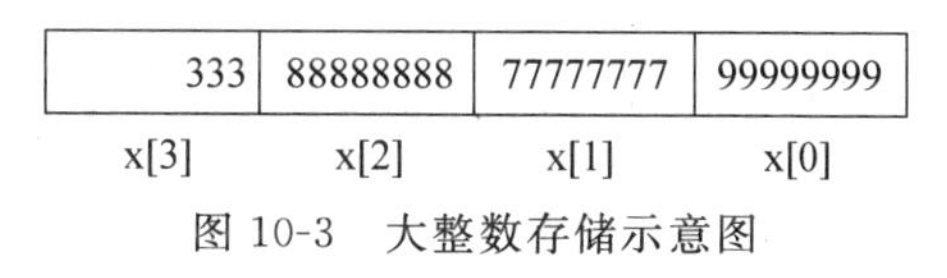

图 10-3　大整数存储示意图

上面的表示法实际上使用了 1 亿进制。记 $N=10^8$,事实上

$$D = 333N^3 + 88888888N^2 + 77777777N + 99999999$$

将 99999999 存入 x[0],将亿位数 77777777 存入 x[1],依此类推,可表示大整数 D。由此可知,大整数的相加运算施加在相应数组元素的运算上,但要考虑到相加时的进位。这就是大整数表示和相加的原理。

3. 大整数表示数组的算法设计

若用函数 scanf()接收数字,根据以上分析,接收的数不能大于 4 294 967 295,所以,算法设计采用

```
scanf("%s", c);
```

接收数字字符串。下面介绍从接收数字字符串开始到转变为满足大整数运算条件的数组形式的算法。它是大整数相加算法的预处理算法。

大整数表示数组算法设计如下。

(1) 用 scanf("%s",c)接收数字字符串,计算串 c 的长度 len。

(2) 将字符数组 c[i](i=0,1,…,len−1)的每一元素,转变为整型数组元素 d[len−i−1](i=0,1,…,len−1)。注意,其次序已作了颠倒。

(3) 从 i=0 起,每 8 个一组,最后一组可以不满 8 个构成一组,得到 xnum 个组。对从 j=0 到 j=xnum−1 的每一组 8 个数字 d[j*8+i](i=0,1,…,7)用公式

$$x[j] = d[j*8+7]*10^7 + d[j*8+6]*10^6 + \cdots + d[j*8+0]*10^0$$

转化成大整数表示数组。

4. 大整数相加算法设计

由于程序 addError.c 给出了用 double 型进行大整数的算术运算时精确到个位数并不可靠的实例,所以,本程序设计以整型作为基础,建立大数相加的算法。

记 a[i](i=0,1,…,xnum−1)和 b[j](j=0,1,…,ynum−1)是两个大整数表示数组。int rnum 是 xnum 和 ynum 中的较大者。输出数组记为 r[i] (i=0,1,…,rnum−1)。int flag=0 表示两数相加后没有进位,flag=1 表示有进位。

相加算法如下:

```
flag=0;                                          //初始状态
N=100000000;
void add(int a[],int b[]){
    int i;
    for(i=0;i<rnum;i++){
        r[i]=a[i]+b[i]+flag;
        if(r[i]>N-1){ r[i]=r[i]-N;  flag=1; }    //进位
        else flag=0;
    }
}
```

上面算法的关键是当对应数组元素的和 r[i]=a[i]+b[i]+flag 大于或等于 N 时,将进位 1 加到下一个数组元素 r[i+1]中。

5. 大整数相加的程序实现

例 10-14 大整数相加算法的实现。

```
/*
 * BigNumAddTest.c
 * Version 1.0 2011.02.11
 * Author Xiehua Sun
 * --------------------------------
 * xnum  数组 x[]的长度
 * ynum  数组 y[]的长度
 * rnum  为 xnum 和 ynum 的较大者,输出数组长度
 * flag  相加进位标志
 */
```

```
#include<stdio.h>
#include<string.h>
#include<math.h>

#define N 100000000
unsigned r[10];

int flag=0, rnum=0;

void add(int a[],int b[]){
    int i;
    for(i=0;i<rnum;i++){
        r[i]=a[i]+b[i]+flag;
        if(r[i]>N-1){ r[i]=r[i]-N;  flag=1; }        //进位
        else flag=0;
    }
}

void main(){
    char c[80];
    int i, j, len, xnum, ynum;
    int d[80], x[10], y[10];

    //输入被加数
    printf("请输入被加数,以回车结束!\n");
    scanf("%s", c);
    len=strlen(c);

    if(len%8==0)  xnum=len/8;
    else          xnum=1+len/8;

    for(i=0; i<len; i++)                              //颠倒数组次序
        d[len-i-1]=(int)c[i]-48;

    for(j=0; j<xnum; j++){
        x[j]=0;
        for(i=0;(i<8)&&(j*8+i<len);i++)
            x[j]+=(int)(d[j*8+i]*pow(10,i));
    }

    //输入加数并预处理
    printf("请输入加数,以回车结束!\n");
    scanf("%s", c);
    len=strlen(c);
```

```
if(len%8==0) ynum=len/8;
else         ynum=1+len/8;
//颠倒数组次序
for(i=0;i<len;i++)
    d[len-i-1]=(int)c[i]-48;

for(j=0; j<ynum; j++){
    y[j]=0;
    for(i=0;(i<8)&&(j * 8+i<len);i++)
        y[j]+=(int)(d[j * 8+i] * pow(10,i));
}

rnum=(xnum>ynum)? xnum:ynum;
for(i=xnum;i<=rnum;i++)  x[i]=0;
for(i=ynum;i<=rnum;i++)  y[i]=0;

add(x, y);
printf("\n   ");                                   //空 3 个字
if(flag==1) printf("  ");                          //空 2 个字

//格式化显示被加数
for(i=rnum-1;i>=0;i--){
    if(i==rnum-1) printf("%8d", x[i]);
    else          printf("%08d", x[i]);            //输出为 8 位,不足补 0
    if(i>0)       printf(" ");                     //空 1 个字
    else          printf("\n +");
}

if(flag==1)  printf("  ");                         //空 2 个字

//格式化显示加数
for(i=rnum-1;i>=0;i--){
    if(i==rnum-1) printf("%8d", y[i]);
    else          printf("%08d", y[i]);            //输出为 8 位,不足补 0
    if(i>0)       printf(" ");                     //空 1 个字
    else          printf("\n");
}

for(i=0;i<8 * (rnum+1);i++)  printf("-");
printf("\n=");
if(flag==1)  printf("1");

//格式化显示和数
```

```
    for(i=rnum-1;i>=0;i--){
        if((i==rnum-1)&&!flag) printf("%8d",  r[i]);
        else                   printf("%08d", r[i]);   //输出为 8 位,不足补 0
        if(i>0) printf(" ");                           //空 1 个字
        else    printf("\n");
    }
    printf("\n\n");
}
```

运行结果如下：

```
请输入被加数, 以回车结束!
33333344444445555555666666677777778888888999999
请输入加数, 以回车结束!
12345678910111213141566666668888889998888

    333333 44444445 55555566 66666777 77778888 88999999
+          0 12345678 91011121 31415666 66688888 89998888
------------------------------------------------------------
=   333333 56790124 46566687 98082444 44467777 78998887
```

[**运行结果说明**] 程序中有两点值得注意。

(1) 为保持两数相加的“算式格式”,本程序使用了格式化输出和其他一些小技巧。怎样才能达到这个“算式格式”输出,请读者体会和实践。

(2) 在程序中,还有大整数表示数组元素补充 0 的一段程序：

```
for(i=xnum;i<=rnum;i++)  x[i]=0;
for(i=ynum;i<=rnum;i++)  y[i]=0;
```

这是由本算法设计决定的。当两个大整数表示数组长度不相等时,对于长度较短的数组必须补充数组元素,否则将产生错误。

10.6.2 大 Fibonacci 数的计算

应用 10.6.1 节的大整数相加算法,就可以解决计算大 Fibonacci 数问题。将程序 BigNumAddTest.c 的函数和相关部分代码“嵌入”到 10.5.2 节的程序 Fibonacci.c 中,就得到下面的程序。

例 10-15 计算大 Fibonacci 数。

```
/*
 * BigFib.c
 * Author Xiehua Sun, 2003.10.02
 * ------------------------------------------------------------
 * r[]        函数 add(a[],b[])运行结果数组,数组间的权值是 N
 * f[n]       第 n 个 Fibonacci 数(n<=47)
 * ff[n][j]   第 n 个 Fibonacci 数(n>47)的第 j"位",位的单位是 N
 * flag       进位标志,flag=1 进位,flag=0 不进位
 * rnum       结果数组的长度
 */
```

```
#include<stdio.h>
#include<math.h>
#define N 100000000

unsigned r[82];
int flag;
int rnum=1;

void add(unsigned a[], unsigned b[]){
    int i;
    flag=0;
    for(i=0;i<=rnum;i++){
        r[i]=a[i]+b[i]+flag;
        if(r[i]>N-1){                       //进位
            r[i]=r[i]-N; flag=1;
        }
        else flag=0;
    }
    if(flag==1){
        rnum++; r[rnum]=1;                  //进位,且设置的位数 rnum 增加 1
    }
}

void main(){
    unsigned ff[3141][82],f[50];          //f[3141]最大,f[3142]将出现计算溢出错误
    int i, j, m, n;

    f[1]=f[2]=1;
    printf("请输入一个不超过 3000 的整数: ");
    scanf("%d", &n);
    m=(n<48)? n:47;
    for(i=3;i<=m;i++)                     //通常的算法计算 Fibonacci 数
        f[i]=f[i-1]+f[i-2];

    if(n<48){                             //n<48 时,用通常的算法计算 Fibonacci 数
        printf("f[%d]=", n, f[n]);
    }
    else{                                 //n>=48 时,用函数 add(a,b)计算
        for(i=46;i<=47;i++){
            ff[i][0]=f[i]-N*(f[i]/N);
                            //为使用函数 add(a,b),将 f[46-47]从个位数起分组,每 8 位一组
            ff[i][1]=f[i]/N;              //"亿"位数
            ff[i][2]=0;                   //最高位外的位,赋值 0,否则将出错
        }
```

```
        for(i=48;i<=n;i++){
            add(ff[i-2],ff[i-1]);
            for(j=0;j<=rnum;j++)
                ff[i][j]=r[j];
            ff[i][rnum+1]=0;                //最高位外的位,赋值 0,否则将出错
        }
        //格式化输出结果
        printf("Fibonacci[%d]=\n", n);
        for(i=rnum;i>=0;i--){
            if(i==rnum)  printf("%8u,", ff[n][i]);
            else{
                if(i>0)   printf("%08u,", ff[n][i]);
                else      printf("%08u", ff[n][i]);
            }
            if((rnum-i)%8==7)  printf("\n");
        }
        printf("\n");
    }
}
```

运行结果如下：

```
请输入一个不超过3000的整数：500
Fibonacci[500] =
       1,39423224,56169788,01397243,82870407,28395007,02565876,97307264,
10896294,83255716,22863290,69155765,88762225,21294125
```

［**编程说明**］ 在本程序的设计中，因为 f[47]＝2971215073 是 unsigned 确保能表示的整数，所以，在 n＜48 时不用大整数相加算法。当 n≥48 时才应用大整数相加算法。因为分成两段计算 Fibonacci 数，所以，两段之间的连接是用以下程序段来解决的：

```
for(i=46;i<=47;i++){
    ff[i][0]=f[i]-N*(f[i]/N);
                        //为使用函数 add(a,b),将 f[46]和 f[47]从个位数起分组,每 8 位一组
    ff[i][1]=f[i]/N;            //"亿"位数
    ff[i][2]=0;                 //最高位外的位,赋值 0,否则将出错
}
```

为应用函数 add(a, b)，数组 a 和 b 必须满足大整数表示数组的条件，将 f[46]和 f[47]从个位数起分组，每 8 位一组。注意，最高“位”外的数组元素还要补 0。

习题 10

一、填空题

1. 以下程序计算不超过 1000 的 3 位回文素数。试填空。

```
#include<stdio.h>

//判定 n 是否为素数
int isprime(int n){
    int i;
    for(i=2; i<=(n-1)/2; i++)
        if(__(1)__) return 0;                //n 不是素数
    return 1;
}

void main(){
    int i,j,k,s,t;
    printf("不超过 1000 的 3 位回文素数是:\n");
    for(i=1;i<10;i++)
        for(j=0;j<10;j++)
            for(k=1;k<10;k++){
                s=i*100+j*10+k;
                t=__(2)__;
                if(__(3)__)
                    printf("%d ",s);
            }
}
```

2. 分面包问题。A、B、C 三人吃 n 个面包。A 吃了全部面包的一半加半个,B 吃了剩下的面包的一半加半个,C 也吃了剩下的面包的一半加半个,这时刚好吃完。以下程序计算原有几个面包。试填空。

```
#include<stdio.h>
#include<math.h>
void main(){
    int n=1;
    double a, b, c;
    while(1){
        a=n*0.5+0.5;
        b=__(1)__;
        c=__(2)__;
        if(fabs(a+b+c-n)<=0.001) break;
        __(3)__;
    }
    printf("共有%d个面包, A吃%.0f个, B吃%.0f个, C吃%.0f个\n",n,a,b,c);
}
```

3. 乘式还原。有乘法算式如下:

```
        * * *
×         * *
─────────────
      * * * *
    * * * *
─────────────
    * * * * *
```

其中 18 个“*”全部属于素数 2、3、5、7 中的一个。

以下程序并没有直接对素数进行穷举，而是将 4 个素数 2、3、5、7 与 1 到 4 顺序一一对应。在穷举时为处理简单仅对 1 到 4 进行穷举处理，待要判断产生的乘积是否满足条件时再利用数组完成向对应素数的转换，试填空。

```
#include<stdio.h>
#define NUM 5           //需要搜索的变量数目
#define C_NUM 4         //每个变量值的变化范围

int a[NUM+1];           //a[1]被乘数的百位,a[2]十位,a[3]个位;a[4]乘数的十位,a[5]个位
int b[]={0,2,3,5,7}; //存放素数数字数组,不使用 b[0]

___(1)___;              //函数声明

void main(){
    int i, not_finish=1;                    //程序运行未结束标记
    i=2;                                    //i 为将要处理元素的下标,初始值为 2
    a[1]=1;                                 //为第 1 号元素初始化
    while(___(2)___){                       //当程序运行未结束
        while(not_finish&&i<=NUM)
            if(a[i]>=C_NUM){                //当处理元素取值超过规定的 C_NUM 时
                if(i==1&&a[1]==C_NUM)
                    not_finish=0;           //若 1 号元素已经到 C_NUM,则处理全部结束
                else
                    a[i--]=0;              //将需要处理的元素置 0,下标减 1,即退回 1 个元素
            }
            else a[i++]++;                  //当前元素值加 1 后,下标加 1
        if(not_finish){
            long int sum1,sum2,sum3,sum4;                  //定义临时变量
            sum1=b[a[1]]*100+b[a[2]]*10+b[a[3]]; //计算被乘数
            //利用数组下标与素数的对应关系完成序号 1 到 4 向素数转换
            sum2=sum1*b[a[5]];                             //计算乘数个位与被乘数的部分积
            ______(3)______;                               //计算乘数十位与被乘数的部分积
            if(sum2>=2222&&sum2<=7777&&f(sum2)&&
                ______(4)______)                           //判断两部分积是否满足本题条件
                //判断乘式的积是否满足本题条件,若满足则打印结果
                if((sum4=sum2+sum3*10)>=22222&&sum4<=77777&&f(sum4)){
```

```
                    printf("     %d\n",sum1);
                    printf("*     %d%d\n",b[a[4]],b[a[5]]);
                    printf("--------------\n");
                    printf("    %d\n", sum2);
                    printf("   %d\n", sum3);
                    printf("--------------\n");
                    printf("   %d\n", sum4);
                }
            i=NUM;                                    //准备下一个可能取值
        }
    }
}

//判断 sum 的第一位数字是否为素数。若不是返回 0,若是返回 1
int f(long sum){
    int i,k,flag;                                     //flag=1 表示数字是素数
    while(sum>0){
        ____(5)____;                                  //取个位数字
        for(flag=0,k=1;!flag&&k<=C_NUM;k++)
            if(b[k]==i){
                flag=1;
                break;
            }
        if(!flag) return (0);
        else    ____(6)____;
    }
    return (1);
}
```

运行结果如下：

二、编程题

1. 试用穷举法编程输出由 1、2、3、4 和 5 组成的所有排列。

2. 奇妙的算式。有人用字母代替十进数字写出如下算式。试用穷举法或其他方法编程，找出这些字母代表的数字。

$$
\begin{array}{r}
EGAL \\
\times \quad L \\
\hline
LAGE
\end{array}
$$

3. 黑色星期五问题。在西方,13 日正逢星期五被称为“黑色星期五”。一年中 13 日正逢星期五的机会非常少。试编程算出一年中所有的“黑色星期五”。考虑闰年和非闰年两种情况。

4. 若一头小母牛从出生起第 4 个年头开始每年生一头小母牛,按此规律,第 n 年时有多少头母牛?为使问题简化,不考虑母牛的寿命。

5. n 阶勒让德(Legendre)多项式由下式定义:

$$p_0(x)=1,\quad p_1(x)=x,$$

$$p_n(x)=((2n-1)xp_{n-1}(x)-(n-1)p_{n-2}(x))/n\quad (n>1)$$

试用递归和递推两种方法编写程序,计算其函数值。

6. 二项式系数具有如下规律:

$$C_0^0=1;\quad C_1^0=1,\quad C_1^1=1;\quad C_n^0=1,\quad C_n^n=1,$$

$$C_n^k=C_{n-1}^{k-1}+C_{n-1}^k\quad (n=2,3,\cdots,k=1,\cdots,n-1)$$

试用一维数组和递推算法编程实现二项式系数 C_n^k 的计算。

7. 试改进填空题第 1 题的算法程序。例如,函数 isprime()中 for 循环语句部分,i<=(n-1)/2可以改进,参见第 4 章例 4-5 的程序 PrimeNum.c。既然是求 3 位回文素数,其形式应是 aba,a 必为奇数。根据这些知识,可缩小穷举范围。

8. 常胜将军问题。现有 21 根火柴,两人轮流取火柴。每人每次可取 1~4 根,不可多取,也不可不取。取最后一根火柴者为输者。请编写程序进行人机对弈,要求人先取,计算机后取,计算机一方为常胜将军。在计算机后取的情况下,要想使计算机成为常胜将军,必须找出取胜的策略。根据本题要求可以总结出:后取一方取火柴的数量与对方刚刚一步取火柴的数量之和等于 5,就可保证最后一根留给先取火柴的那个人。据此,试编程。

9. 波阿松分酒问题。法国著名数学家波阿松在青年时代研究过一个趣味数学问题:某人有 12 品脱的啤酒一瓶,要从中倒出 6 品脱。但他没有 6 品脱的容器,只有一个 8 品脱和一个 5 品脱的容器,怎样才能将啤酒分为两个 6 品脱呢?

三、证明题

1. 试证明编程题第 8 题后取一方“常胜将军”的取胜策略“后取一方取火柴的数量与对方刚刚一步取火柴的数量之和等于 5,就可保证最后一根留给先取火柴的那个人”。

2. 若将火柴数量改为 22 根,取火柴规则与编程题第 8 题相同,则后取一方可能变为“常败将军”。

(1) 试给出先取一方的取胜策略。

(2) 若先取一方在某一步不按照这个策略取火柴,则后取一方如何应对?试给出后发取胜策略。

(3) 试编程实现之。

3. 试设计穷举法证明第 3 章编程题第 12 题的数学黑洞问题。对于任意一个 4 个数字不全相等的四位数,将这个四位数的 4 个数字从大到小排列减去这 4 个数字从小到大排列,得到一个新的数。如果变换前后两数不相等,则继续变换,最终都将得到 6174。

第11章

图形与图像编程

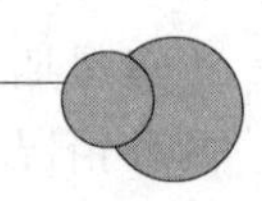

Turbo C借助头文件Graphics.h可以完成图形编程。但在Visual C++ 6.0中没有Graphics.h,所以C语言的图形程序不能直接在Visual C++ 6.0中编译运行。本章将简要介绍在Visual C++ 6.0编译环境下,C语言借助Win32的API编写图形程序的方法。

11.1 概述

本节介绍使用Win32 API的函数编写C语言图形程序。实际上,它属于Windows编程。但本书并不打算将读者引入Windows编程的领域。本书的图形编程只需要用Win32 API的函数编写一个通用的Windows.c程序,余下的工作基本上就是用C语言编写图形程序了。所以最简便的图形程序就是按照11.3.1节的方法创建图形编程空工程,然后输入11.3.2节的通用程序Windows.c,应用11.3.4节介绍的几个图形函数就可用通常的C语言编写图形程序了。

为了使读者对Windows编程有所了解,同时为Visual C++ 6.0等编程准备一些基础知识,下面介绍与Windows和API有关的图形编程的一些基础知识。不需要了解Windows编程的读者可以跳过下面的内容,直接进入11.3节。

11.1.1 Win32 API简介

Microsoft为每一个平台都提供了相同的应用程序编程接口(Application Programming Interface,API),这意味着如果学会了为一个系统平台编写应用程序,那么也就知道了如何为其他平台编写程序了。

目前,主流的操作系统是Windows XP,本书中的例子都是在XP系统下完成的。读者可使用的操作系统是Windows XP、Windows 2000或更高的版本vista。

API提供了各种各样与Windows系统服务有关的函数。例如CreateFile()用来创建文件的API函数。C语言的标准库函数Create()是创建文件的函数,但它是依靠调用CreateFile()函数完成创建文件功能的。事实上,在Windows下运行的程序最终都是通过调用API函数来完成工作的。因此,可以把Win32 API看成是最底层的服务。

API 函数数量众多，详细了解每一个函数的用法是不可能的，也完全没有必要。只需知道哪些功能由哪些 API 函数提供就行了，在使用它们时再去查阅帮助文件。

11.1.2 Windows 应用程序的数据类型

数据类型是对数据的一种抽象描述。在计算机程序中能操作的数据有很多种，不同的数据所需要的存储空间有所不同。将数据按照类型进行分类，有助于程序员对于存储空间的分配。

1. 基本数据类型

在 Windows 应用程序中，为了提高应用程序的可读性，Windows 为许多基本数据数定义了别名。例如：

```
typedef  unsigned long DWORD;
typedef  int BOOL;
typedef  unsigned char BYTE;
typedef  float FLOAT;
typedet  unsigned int UINT;
```

另外，Windows 应用程序还提供了一些结构类型的数据。例如：

```
typedef struct tagMSG
{
    HWND    hwnd;
    UINT    message;
    WPARAM  wParam;
    LPARAM  IParam;
    DWORD   time;
    POINT   pt;
}MSG;
```

在 Windows 应用程序中，既可以使用 C 语言中的基本数据类型，也可以使用 Windows 自定义的数据类型。但是如果使用 Windows 自定义的数据类型，关键字一定要大写。

2. 特殊数据类型

在 Windows 应用程序中，存在着许多复杂的程序对象和实例，如窗口、字体、滚动条等。为了在程序中区别这些复杂的程序对象和实例，Windows 对它们进行了标识。这种有别于普通变量的标识称为**句柄**。

在 Windows 中，常用的句柄类型如表 11-1 所示。

表 11-1 Windows 中的常用句柄

句柄类型	说明	句柄类型	说明
HWND	窗口句柄	HDC	设备上下文句柄
IHINSTANCE	当前程序应用实例句柄	HBITMAP	位图句柄
HCURSOR	光标句柄	HICON	图标句柄
HFONT	字体句柄	HMENU	菜单句柄
HPEN	画笔句柄	HFILE	文件句柄
HBRUSH	画刷句柄		

11.2 Windows 应用程序结构

一般情况下，一个 Windows 应用程序由头文件、源文件、动态链接库和资源等几部分组成。但在这几个组成部分中，开发人员的主要工作是对源文件进行编写。下面介绍 Windows 应用程序的源文件。

11.2.1 WinMain 函数

在传统的 DOS 程序中，main()函数是程序的入口点；而在 Windows 应用程序中，WinMain()函数成为程序的入口点。当 Windows 操作系统启动一个程序时，调用的就是该程序所对应的 WinMain()函数。当 WinMain()函数结束或返回时，Windows 应用程序结束。

WinMain()函数的原型如下：

```
int WINAPI WinMain(
    HINSTANCE  hThisInst,
    HINSTANCE  hPrevInst,
    LPSTR      lpszCmdLine,
    int          nCmdShow
)
```

其中：

hThisInst：该参数是一个数值，表示该程序当前运行的实例句柄。当程序在 Windows 下运行时，它唯一标识运行中的实例。一个应用程序可以运行多个实例，每运行一个实例，系统都会给该实例分配一个句柄，并通过 hInstance 参数传递给 WinMain()函数。

hPrevInst：表示当前实例的前一个实例句柄。查阅 MSDN 可以得知，在 Win32 环境下这个参数总是 NULL。也就是说，在 Win32 环境下这个参数不再起作用。

lpszCmdLine：表示一个字符串，指定传递给应用程序的命令行参数。

nCmdShow：该参数指定应用程序的窗口该如何显示，如最大化、最小化、隐藏等。

该参数的值由程序的调用者指定，应用程序通常不需要去理会这个参数的值。

WinMain()函数的主要作用是创建应用程序窗口并建立消息循环。在该函数完成此项工作的过程中，经过 5 个步骤：设计窗口类型、注册窗口类型、创建窗口、显示窗口和消息循环。

1. 设计窗口类型

在创建应用程序窗口之前，需要对窗口的属性进行相应的设置，如窗口样式、窗口图样、光标等。在 Windows 中，需要在 WNDCLASS 结构中对窗口的属性进行设置，该结构的原型如下：

```
typedef struct _WNDCLASS
{
    UINT        style;
    WNDPROC     lpfnWndProc;
    int         cbClsExtra;
    int         cbWndExtra;
    HINSTANCE   hInstance;
    HICON       hIcon;
    HCURSOR     hCursor;
    HBRUSH      hbrBackground;
    LPCTSTR     lpszMenuName;
    LPCTSTR     lpszClassName;
}WNDCLASS;
```

其中：

style：用于指定窗口样式，一般设置为 0。

lpfnWndProc：表示指向窗口函数的指针。

cbClsExtra：表示窗口类附加字节，为该类窗口共享，一般设置为 0。

cbWndExtra：表示窗口类字节，一般设置为 0。

hInstance：表示当前应用程序实例句柄。

hIcon：用于指定窗口的图标。

hCursor：用于指定窗口的光标。

hbrBackground：用于指定窗口的背景颜色。

lpszMenuName：用于指定窗口的菜单资源名。

lpszClassName：用于指定窗口类的名称。

lpfnWndProc 参数表示一个函数指针。系统在获取消息后，就是根据这个指针去调用窗口函数来处理消息的。也就是说，这个函数指针是应用程序窗口与窗口函数之间的桥梁。

2. 注册窗口类型

对窗口类型进行设计后，需要进行注册。对窗口进行注册就是将设计好的窗口类型

向系统进行登记。注册窗口类型时需调用 RegisterClass()函数,该函数的原型如下:

```
BOOL RegisterClass(WNDCLASSA &wc);
```

其中,参数 wc 指的是一个窗口类型的结构变量。

3. 创建窗口

创建窗口时,需要调用 API 函数 CreateWindow(),该函数的原型如下:

```
HWND CreateWindow(
    LPCTSTR  lpClassName,
    LPCTSTR  lpWindowName,
    DWORD    dwStyle,
    int      x,
    int      y,
    int      nWidth,
    int      nHeight,
    HWND     hWndParent,
    HMENU    hMenu,
    HANDLE   hInstance,
    LPVOID   lpParam
);
```

其中:

lpClassName:用于指定窗口类名称。

lpWindowName:用于指定窗口实例的标题。

dwStyle:用于指定窗口的风格。

x:用于指定窗口左上角 x 的坐标值。

y:用于指定窗口左上角 y 的坐标值。

nWidth:用于指定窗口的宽度。

nHeight:用于指定窗口的高度。

hWndParent:用于指定父窗口的句柄。

hMenu:用于指定主菜单的句柄。

hInstance:用于指定应用程序实例句柄。

lpParam:用于指定窗口创建的数据指针,该值为 NULL。

如果窗口创建成功,CreateWindow()函数会返回窗口的句柄。可以将该句柄保存在一个句柄变量中,如果应用程序使用该窗口,直接调用这个句柄变量进行操作即可。

4. 显示窗口

调用 ShowWindow()函数可以显示窗口,该函数的原型如下:

```
BOOL ShowWindow(HWND hWnd, int nCmdShow);
```

其中:

hWnd：用于指定窗口句柄。

nCmdShow：用于指定窗口的显示方式。

在显示窗口后，需要对窗口进行刷新操作。刷新窗口可以使用 UpdateWindow()函数，该函数的原型如下：

```
BOOL UpdateWindow(HWND hWnd);
```

其中，参数 hWnd 表示需要进行刷新操作的窗口所对应的窗口句柄。

5. 消息循环

创建并显示窗口后，应用程序的初始化工作进入了消息循环这一阶段。代码如下：

```
while(GetMessage(&msg, NULL, 0, 0) {
    TranslateMessage(&msg);
    DispatchMessage(&msg);
}
```

其中，函数 TranslateMessage()的作用是把虚拟键消息转换成字符消息，以满足键盘输入的需要。函数 DispatchMessage()的作用是把当前的消息发送到对应的窗口过程中去。

Windows 应用程序可以接收各种输入消息，如键盘、鼠标、计时器产生的消息或由其他应用程序传递过来的消息等。接收消息时使用的是 GetMessage() 函数，该函数的原型如下：

```
BOOL GetMessage (
    LPMSG  lpMsg,
    HWND   hWnd,
    UINT   wMsgFilterMin,
    UINT   wMsgFilterMax
);
```

其中：

lpMsg：指向一个 MSG 结构的指针，用来保存消息。

hWnd：指定哪个窗口的消息将被获取。

wMsgFilterMin：指定获取的主消息值的最小值。

wMsgFilterMax：指定获取的主消息值的最大值。

GetMessage()函数将获取的消息复制到一个 MSG 结构中。如果队列中没有任何消息，GetMessage()函数将一直空闲直到队列中又有消息时再返回。如果队列中已有消息，它将取出一个后返回。MSG 结构包含了一条 Windows 消息的完整信息，其定义如下：

```
typedef struct tagMSG
{
    HWND    hwnd,
```

```
    UINT    message,
    WPARAM  wParam,
    LPARAM  lParam,
    DWORD   time,
    POINT   pt
)MSG;
```

其中：

hwnd：接收消息的窗口句柄。

message：主消息值。

wParam：副消息值，其具体含义依赖于主消息值。

lParam：副消息值，其具体含义依赖于主消息值。

time：消息被投递的时间。

pt：鼠标的位置。

11.2.2 WndProc 窗口函数

在 WinMain()函数中创建窗口后，需要编写一个窗口函数，用于处理发送给窗口的消息。这个窗口函数就是 WndProc()。该函数的原型如下：

```
LRESULT CALLBACK WndProc(
    HWND    hwnd,
    UINT    message,
    WPARAM  wPararn,
    LPARAM  lParam
);
```

其中：

hwnd：表示派送消息的窗口句柄。

message：表示系统传递过来的消息标识。

wParam：表示消息的附加参数。

lParam：表示消息的附加参数。

WndProc()函数由一个或多个 switch 语句组成。每一个 case 对应一种消息。当应用程序接收到一个消息时，相应的 case 被激活。

WndProc()窗口函数的一般形式如下：

```
LRESULT CALLBACK WndProc(HWND hwnd,UINT message,WPARAM wParam,LPARAM lParam){
    switch(message){                        //message 为标识的消息
        case …:
            ⋮
            break;
        case WM DESTROY:                    //退出
            PostQuitMessage(0);
        default:
```

```
            return DefWindowProc(hwnd, message, wParam, lParam);
    }
    return(0);
}
```

11.3 图形编程

本节将通过一个实例介绍 Windows 窗口的创建过程。

11.3.1 创建图形编程空工程

程序的具体创建步骤如下。

(1) 在 Visual C++ 中,单击 File→New 命令,弹出 New 对话框。单击 Projects 标签,在 Projects 选项卡中选择 Win32 Application 选项。然后在 Project name 文本框中输入工程名“FirstProg”,并填写程序存放目录和路径,其余项都选择默认选项,如图 11-1 所示。

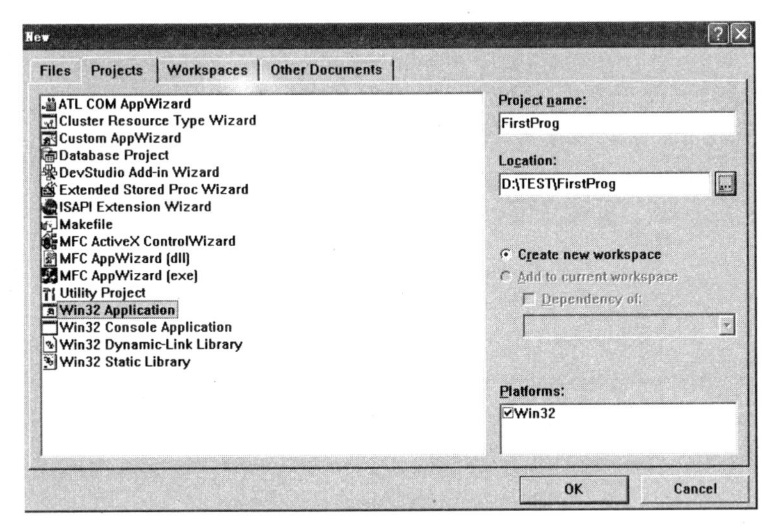

图 11-1 New 对话框

(2) 单击 OK 按钮,弹出 Win32 Application-Step 1 of 1 对话框。选择 An empty project 选项,即创建一个空工程,如图 11-2 所示。

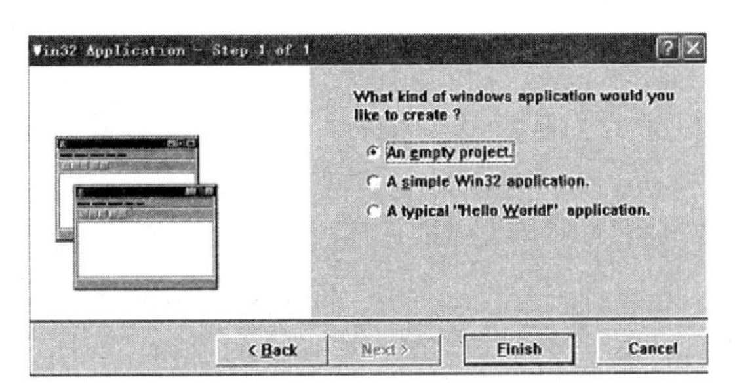

图 11-2 Win32 Application 对话框

(3) 单击 Finish 按钮，弹出 New Project Information 对话框，如图 11-3 所示。

(4) 单击 OK 按钮，关闭 New Project Information 对话框。

(5) 单击 File→New 命令，弹出 New 对话框。单击 Files 标签，在 Files 选项卡的列表框中选择 Text File 选项。在 File 文本框中输入文件名“Windows. c”，选中 Add to project 复选框，如图 11-4 所示。

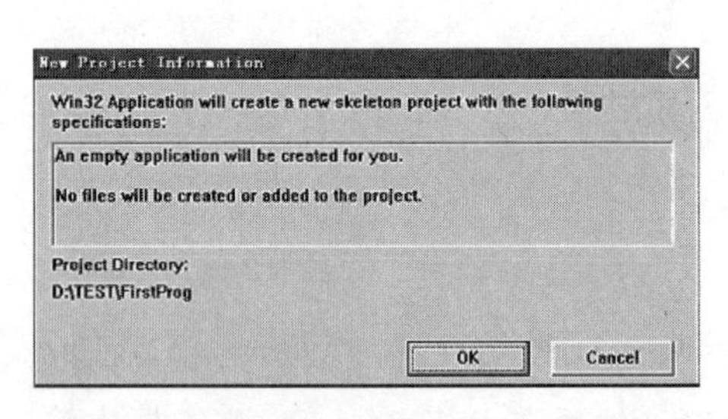

图 11-3 New Project Information 对话框

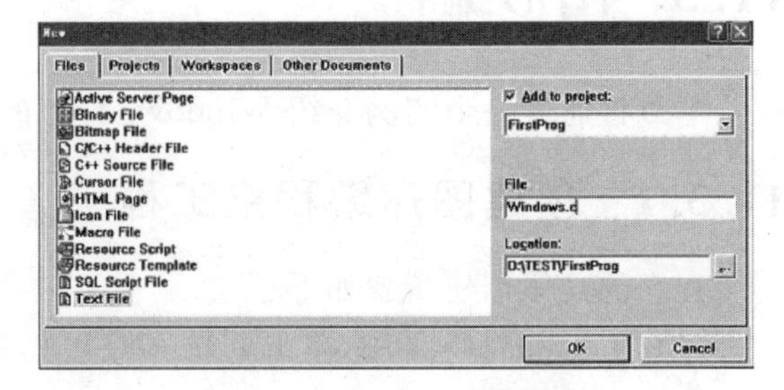

图 11-4 New 对话框

(6) 单击 OK 按钮，在代码编辑窗口中输入 Windows. c 的代码，如图 11-5 所示。

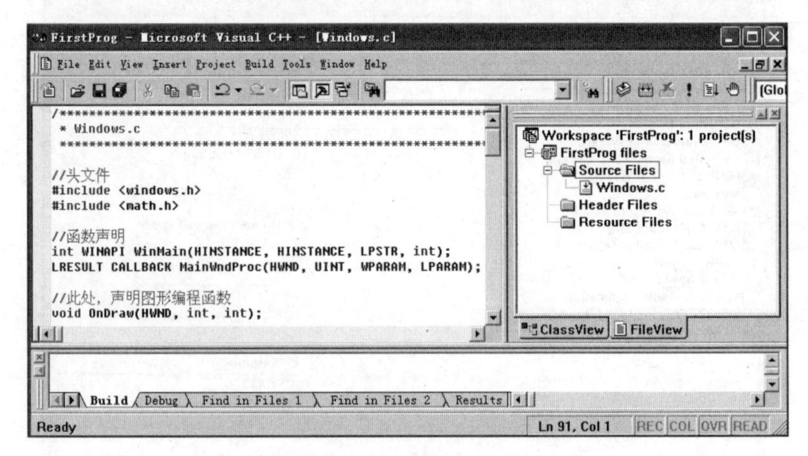

图 11-5 在编辑窗口输入代码

11.3.2 编写窗口程序

完整的 Windows. c 程序如下。

```
//Windows.c
#include<windows.h>
//#include "bmp.h"

LRESULT CALLBACK WndProc(HWND, UINT, WPARAM, LPARAM);

int WINAPI WinMain(HINSTANCE hInstance, HINSTANCE hPrevInstance,
                   LPSTR lpszCmdLine, int nCmdShow)
{
    static char szAppName[]="Image Processing";
```

```
    HWND         hwnd;
    MSG          msg;
    WNDCLASSEX   wndclass;

    wndclass.cbSize         =sizeof(wndclass);
    wndclass.style          =CS_HREDRAW|CS_VREDRAW;
    wndclass.lpfnWndProc    =WndProc;
    wndclass.cbClsExtra     =0;
    wndclass.cbWndExtra     =0;
    wndclass.hInstance      =hInstance;
    wndclass.hIcon          =LoadIcon (NULL, IDI_APPLICATION);
    wndclass.hCursor        =LoadCursor (NULL, IDC_ARROW);
    wndclass.hbrBackground=GetStockObject (WHITE_BRUSH);
    wndclass.lpszMenuName   ="BMPMENU";
    wndclass.lpszClassName=szAppName;
    wndclass.hIconSm        =LoadIcon(NULL, IDI_APPLICATION);

    RegisterClassEx (&wndclass);

    hwnd=CreateWindow (szAppName, "孙燮华  计算机图形学",
                         WS_OVERLAPPEDWINDOW,
                         CW_USEDEFAULT, CW_USEDEFAULT,
                         CW_USEDEFAULT, CW_USEDEFAULT,
                         NULL, NULL, hInstance, NULL);

    if (!SetTimer(hwnd, 1, 50, NULL))                    //设置延迟时间
    {
       MessageBox (hwnd, "Too many clocks or timers!",
                  szAppName, MB_ICONEXCLAMATION|MB_OK);
       return FALSE;
    }

    ShowWindow (hwnd, nCmdShow);
    UpdateWindow (hwnd);

    while(GetMessage (&msg, NULL, 0, 0))
    {
       TranslateMessage(&msg);
       DispatchMessage(&msg);
    }
    return msg.wParam;
}
```

上述 Windows.c 是本书的“通用”代码，可适用于本书的全部图形算法编程。注意，只有例 11-1 的程序具有菜单，所以需要包括头文件

```
#include "bmp.h"
```

在其余实例的程序中，这条语句应该删除。

11.3.3 编写图形程序

与 11.3.2 节编写 Windows.c 程序的步骤相同，再次选择 File→New 命令，在 New 对话框中选择 Text file，编写 line.c 如下。这个程序只简单地画一条从点(10，200)到点(430，50)的直线。

```
//line.c
#include "windows.h"

void OnDraw(HWND hWnd, int xa, int ya){
    HDC hdc=GetDC(hWnd);
    MoveToEx(hdc, 10, 200, NULL);
    LineTo(hdc, xa, ya);
}

//callback function
LRESULT CALLBACK WndProc(HWND hWnd, UINT message,
                         WPARAM wParam, LPARAM lParam)
{
    switch(message)
    {
        case WM_PAINT:              //作图
            //此处写入需作图的函数
            OnDraw(hWnd,430,50);
            break;
        case WM_DESTROY:            //释放内存
            PostQuitMessage(0);
            break;
    }
      return  DefWindowProc  ( hWnd,  message,
      wParam, lParam);
}
```

编译程序，运行结果如图 11-6 所示。

孙莹华 计算机图形学

图 11-6 画直线(1)

11.3.4 常用图形函数介绍

下面介绍 Win32 API 中与作图有关的函数。

1. 句柄函数

```
HDC GetDC(HWND hWnd)
```

获取窗口设备上下文句柄，并返回句柄。Win32 API 中的作图函数均需要窗口句柄。

2. 画线函数

(1) void MoveToEx(HDC hdc, int x, int y, NULL)

将当前点移到(x, y)处，并对本语句以下的语句将(x, y)作为新的当前点。注意，系统默认的当前点是屏幕左上角的原点。所谓当前点，其实就是“基准点”或“起点”。例如，画直线段需要一个“起点”，图形旋转需要一个“中心”点作为基准。

(2) void LineTo(HDC hdc, int xa, int ya)

从当前点到点(xa, ya)画一线段。

如果将下面的语句“MoveToEx(hdc,10,200,NULL);”注释掉，即对 OnDraw()函数做如下修改：

```
void OnDraw(HWND hWnd, int xa, int ya){
    HDC hdc=GetDC(hWnd);

    //MoveToEx(hdc, 10, 200, NULL);
    LineTo(hdc, xa, ya);
}
```

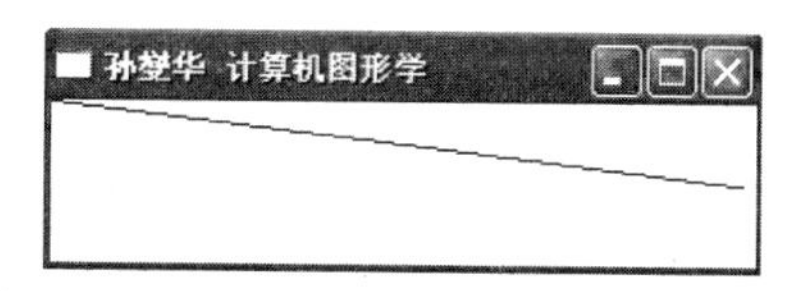

图 11-7　画直线(2)

重新编译，运行结果如图 11-7 所示。

由此可见，系统默认的当前点是计算机屏幕的原点，即其左上角点。

3. 形状函数

(1) BOOL Rectangle(HDC hdc, int xa, int ya, int xb, int yb)

分别以点(xa, ya)和(xb, yb)为左上角和右下角画矩形。

(2) BOOL Ellipse(HDC hdc, int xa, int ya, int xb, int yb)

在以点(xa, ya)和(xb, yb)为左上角和右下角的矩形框内画椭圆。

(3) BOOL Polygon(HDC hdc, LPPOINT lpPoints, int nCount)

绘制多边形，lpPoints 为多边形顶点数组，nCount 为顶点数。

4. 点函数

(1) COLORREF SetPixel(int x, int y, COLORREF crColor)

在点(x, y)处设置颜色 crColor。

(2) COLORREF SetPixel(POINT point, COLORREF crColor)

在点 point 处设置颜色 crColor。

(3) COLORREF GetPixel(int x, int y)

获取点(x, y)处的颜色。

(4) COLORREF GetPixel(POINT point)

获取点 point 处的颜色。

5. 文本函数

```
BOOL TextOut(HDC hdc,int x, int y, const CString &str)
```

以(x, y)为起点输出字符串 str。

6. 颜色

(1) virtual COLORREF SetTextColor(HDC hdc, COLORREF crColor)
用 crColor 设置文本的颜色,crColor 可用以下的 RGB()函数指定。
(2) COLORREF RGB(BYTE bRed, BYTE bGreen, BYTE bBlue)
bRed、bGreen、bBlue 分别为红、绿、蓝色,取值范围均为 0～255。

11.3.5 图形编程实例

1. 画直线、圆和矩形

以下是一个完整的图形编程实例。

例 11-1 图形编程,画直线、圆形、矩形等。

Window.c 见 11.3.2 节。加入包含语句 #include "bmp.h"。

```
/*
 * Draw.c
 * Version 1.0 2011.04.20
 * Author  Xiehua Sun
 */
#include "bmp.h"
#include "math.h"

BOOL DrawLine(HWND hWnd, int x1, int y1, int x2, int y2){
    HDC     hDc=GetDC(hWnd);
    LOGPEN rlp={PS_SOLID, 1, 1, RGB(255,0,0)};          //Red
    HPEN    rhp=CreatePenIndirect(&rlp);
    SelectObject(hDc, rhp);

    MoveToEx(hDc, x1, y1, NULL);
    LineTo(hDc, x2, y2);

    DeleteObject(rhp);
    ReleaseDC(hWnd, hDc);
    return TRUE;
}

BOOL DrawCirc(HWND hWnd, int x1, int y1, int x2, int y2){
```

```
    HDC     hDc=GetDC(hWnd);
    LOGPEN rlp={PS_SOLID, 1, 1, RGB(255,0,0)}; //Red
    HPEN    rhp=CreatePenIndirect(&rlp);
    SelectObject(hDc,rhp);

    Ellipse(hDc, x1, y1, x2, y2);

    DeleteObject(rhp);
     ReleaseDC(hWnd, hDc);
    return TRUE;
}

BOOL DrawRect(HWND hWnd, int x1, int y1, int x2, int y2){
    LOGPEN rlp={PS_SOLID, 1, 1, RGB(255,0,0)}; //Red
    HDC     hDc=GetDC(hWnd);
    HPEN    rhp=CreatePenIndirect(&rlp);
    SelectObject(hDc,rhp);

    Rectangle(hDc, x1, y1, x2, y2);

    DeleteObject(rhp);
     ReleaseDC(hWnd, hDc);
    return TRUE;
}

LRESULT CALLBACK WndProc(HWND hWnd, UINT message,
                              WPARAM wParam, LPARAM lParam){
    static BOOL flagLine =0;                    //画直线标志
    static BOOL flagCirc =0;                    //画椭圆形标志
    static BOOL flagRect =0;                    //画椭矩形标志
    static BOOL flagL    =0;                    //鼠标左键按下标志
    static BOOL flagR    =0;                    //鼠标右键按下标志

    static int  xPos, yPos, xp, yp;
    HDC     hdc=GetDC(hWnd);

    switch(message){
        case WM_PAINT:
            break;
        case WM_DESTROY:                        //注意释放内存和位图,调色板句柄
            PostQuitMessage (0);
            return 0;
        case WM_LBUTTONDOWN:                    //窗口客户区需要重画
            xPos=LOWORD(lParam);
```

```
        yPos=HIWORD(lParam);
        flagL=1;
        break;
    case WM_LBUTTONUP:                          //窗口客户区需要重画
        xp=LOWORD(lParam);
        yp=HIWORD(lParam);
        if((flagLine==1)&&(flagL==1))
            DrawLine(hWnd, xPos, yPos, xp, yp);
        else if((flagCirc==1)&&(flagL==1))
            DrawCirc(hWnd, xPos, yPos, xp, yp);
        else if((flagRect==1)&&(flagL==1))
            DrawRect(hWnd, xPos, yPos, xp, yp);
        break;
    case WM_COMMAND:
        switch(wParam)
        {
        case IDM_DRAW_LINE:
            flagCirc=0;
            flagLine=1;
            flagRect=0;
            SetTextColor(hdc, RGB(0,0,255));
            TextOut(hdc, 20, 360, "画直线方法:", strlen("画直线方法:"));
            TextOut(hdc, 20, 380, "拖动鼠标左键设置直线两端点",
                    strlen("拖动鼠标左键设置直线两端点"));
            break;
        case IDM_DRAW_CIRC:
            flagCirc=1;
            flagLine=0;
            flagRect=0;
            SetTextColor(hdc, RGB(0,0,255));
            TextOut(hdc, 20, 360, "画椭圆方法:", strlen("画椭圆方法:"));
            TextOut(hdc, 20, 380, "拖动鼠标左键设置包围盒左上右下端点",
                    strlen("拖动鼠标左键设置包围盒左上右下端点"));
            break;
        case IDM_DRAW_RECT:
            flagCirc=0;
            flagLine=0;
            flagRect=1;
            SetTextColor(hdc, RGB(0,0,255));
            TextOut(hdc, 20, 360, "画矩形方法:", strlen("画矩形方法:"));
            TextOut(hdc, 20, 380, "拖动鼠标左键设置左上右下端点",
                    strlen("拖动鼠标左键设置左上右下端点"));
            break;
        case IDM_EXIT:
```

```
                SendMessage(hWnd, WM_DESTROY, 0, 0L);
                break;
            }
            break;
        }
    return DefWindowProc(hWnd, message, wParam, lParam);
}

//bmp.h
#include "windows.h"

#define IDM_LOADBMP   1
#define IDM_EXIT      2

#define IDM_DRAW_LINE 40086
#define IDM_DRAW_CIRC 40088
#define IDM_DRAW_RECT 40090

//bmp.rc 资源文件,可选择 Insert|Resource...命令,在 Insert Resource 对话框中加入
Menu(菜单)。其菜单设计及其相应 ID 号参见图 11-8 和 bmp.h 文件
```

运行结果如图 11-8 和图 11-9 所示。

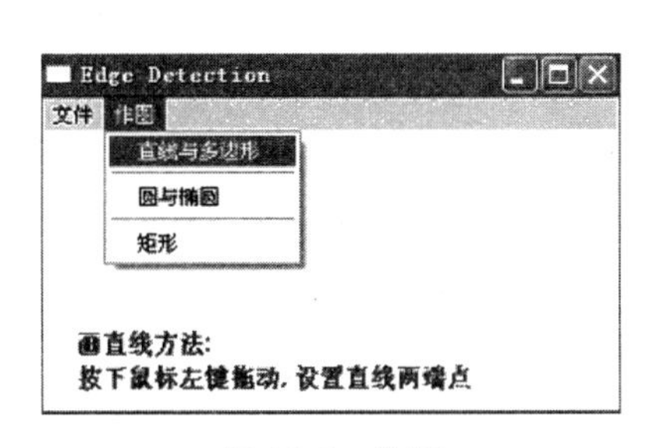

图 11-8 作图

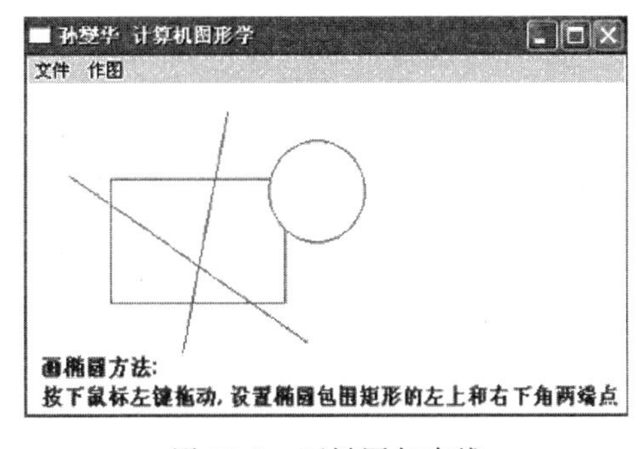

图 11-9 画椭圆与直线

2. 在计算机图形学中的应用

例 11-2 具有两个控制点的三次 Bezier 曲线。公式如下:

$$P_3(t)=\sum_{i=0}^{3}P_iB_{i,3}(t)$$
$$=(1-t)^3P_0+3t(1-t)^2P_1+3t^2(1-t)P_2+t^3P_3\quad(0\leqslant t\leqslant 1)$$

其中 P_0、P_3 是端点,P_1、P_2 是控制点。

Window.c 见 11.3.2 节。

```
/*
 * Bezier_3.c 三次 Bezier 曲线
 * Version 1.0 2011.04.20
 * Author  Xiehua Sun
 */
#include <windows.h>

static int xb1=120, yb1=80, xb2=400, yb2=100;
int p[4][2]={50, 400, 120, 80, 400, 100, 640, 300};       //端点与控制点

void OnDraw(HWND hWnd,                                      //窗口句柄
            int x1, int y1,                                 //控制点 1
            int x2, int y2)                                 //控制点 2
{
    PAINTSTRUCT ps;
    HDC         hdc;
    HPEN        rhp;
    LOGPEN      rlp={PS_SOLID, 1, 1, RGB(255,0,0)};        //Red

    double t, t1, t2, xt, yt;
    int rate=200, x, y;

    p[1][0]=x1;
    p[1][1]=y1;

    p[2][0]=x2;
    p[2][1]=y2;

    hdc=BeginPaint(hWnd, &ps);

    //画三次 Bezier 曲线
    MoveToEx(hdc, p[0][0], p[0][1], NULL);
    for(t=0; t<=1; t+=1.0/rate)
    {
        yt=1-t;
        t1=yt*yt;
        t2=3*yt*t;
        xt=p[0][0]*yt*t1+p[1][0]*t2*yt+p[2][0]*t2*t+p[3][0]*t*t*t;
        yt=p[0][1]*yt*t1+p[1][1]*t2*yt+p[2][1]*t2*t+p[3][1]*t*t*t;
        x=(int)(xt);
        y=(int)(yt);
        LineTo(hdc, x, y);
    }
    TextOut(hdc, 290, 460, "三次 Bezier 曲线", strlen("三次 Bezier 曲线"));
    SetTextColor(hdc, RGB(0, 0, 255));
```

```
    TextOut(hdc, 200, 460, "选中控制点,按下鼠标左键拖动,可修改曲线",
            strlen("选中控制点,按下鼠标左键拖动,可修改曲线"));

    //设置 Red
    rhp=CreatePenIndirect(&rlp);
    SelectObject(hdc,rhp);

    //画三个控制点
    Rectangle(hdc, p[0][0]-3, p[0][1]-3, p[0][0]+3, p[0][1]+3);
    Rectangle(hdc, p[1][0]-3, p[1][1]-3, p[1][0]+3, p[1][1]+3);
    Rectangle(hdc, p[2][0]-3, p[2][1]-3, p[2][0]+3, p[2][1]+3);
    Rectangle(hdc, p[3][0]-3, p[3][1]-3, p[3][0]+3, p[3][1]+3);

    //画控制点与端点连线
    MoveToEx(hdc, p[0][0], p[0][1], NULL);
    LineTo(hdc, p[1][0], p[1][1]);
    LineTo(hdc, p[2][0], p[2][1]);
    LineTo(hdc, p[3][0], p[3][1]);

    EndPaint(hWnd, &ps);
    DeleteObject(rhp);
    ReleaseDC(hWnd,hdc);
}

//callback function
LRESULT CALLBACK WndProc(HWND hWnd, UINT message,
                          WPARAM wParam, LPARAM lParam)
{
    static BOOL flag1=0, flag2=0;
    int xPos, yPos, d=5;

    switch(message)
    {
    case WM_PAINT:                                    //作图
        OnDraw(hWnd, 120, 80, 400, 100);
        break;
    case WM_LBUTTONDOWN:                              //窗口客户区需要重画
        xPos=LOWORD(lParam);
        yPos=HIWORD(lParam);
        if((xb1-d<xPos)&&(xPos<xb1+d)&&(yb1-d<yPos)&&(yPos<yb1+d))
            flag1=1;
        else if((xb2-d<xPos)&&(xPos<xb2+d)&&(yb2-d<yPos)&&(yPos<yb2+d))
            flag2=1;
        break;
```

```
    case WM_LBUTTONUP:                                  //窗口客户区需要重画
        if(flag1==1)
        {
            xb1=LOWORD(lParam);
            yb1=HIWORD(lParam);
            InvalidateRect(hWnd, NULL, 1);              //1:重画模式,0:继续画
            OnDraw(hWnd, xb1, yb1, xb2, yb2);
        }
        else if(flag2==1)
        {
            xb2=LOWORD(lParam);
            yb2=HIWORD(lParam);
            InvalidateRect(hWnd, NULL, 1);              //1:重画模式,0:继续画
            OnDraw(hWnd, xb1, yb1, xb2, yb2);
        }
        flag1=0;
        flag2=0;
        break;
    case WM_DESTROY:                                    //释放内存
        PostQuitMessage(0);
        break;
    }
    return DefWindowProc(hWnd, message, wParam, lParam);
}
```

运行结果如图 11-10 所示。

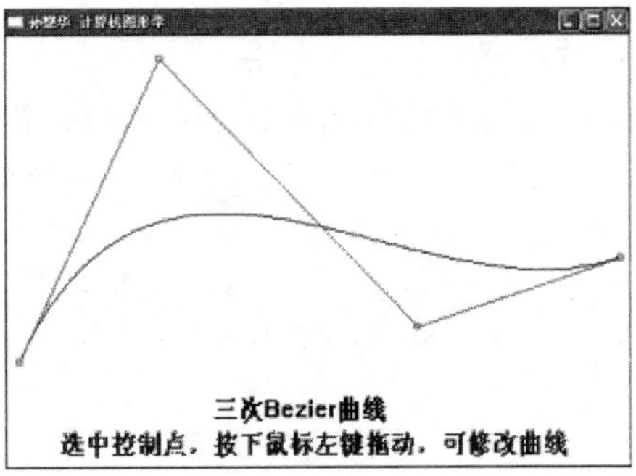

图 11-10　三次 Bezier 曲线

例 11-3　Barnsley 枫叶。

Window. c 见 11. 3. 2 节。

```
/*
 * BarnsleyFern.c
 * Version 1.0 2011.04.20
 * Author  Xiehua Sun
 */
#include "windows.h"
#include "math.h"
#include "stdlib.h"

void BarnsleyFern(HWND hWnd)
{
    HDC hdc=GetDC(hWnd);
    int i, j, k=0, m=0;
    int pix[220][260];
    double x, y, u=0.0, v=0.1;
    double a[]={0.0, 0.85, 0.20, -0.15}, b[]={0.0, 0.04,-0.26, 0.28 },
```

```
        c[]={0.0,-0.04, 0.23, 0.26 }, d[]={0.16,0.85, 0.22, 0.24 },
        e[]={0.0, 0.0,  0.0, 0.0 },   f[]={0.0, 1.6,  1.6, 0.44 };
    int p[]={1, 85, 7, 7 };

    do
    {
        i=(int)(100*rand()/RAND_MAX);
        if((0<=i)&&(i<p[0]))                          m=0;
        if((p[0]<=i)&&(i<(p[0]+p[1])))                m=1;
        if((p[0]+p[1]<=i)&&(i<(p[0]+p[1]+p[2])))      m=2;
        if((p[0]+p[1]+p[2]<=i)&&(i<100))              m=3;

        x=v;
        y=10-u;
        v=a[m]*x+b[m]*y+e[m];
        u=c[m]*x+d[m]*y+f[m];
        u=10-u;
        k++;
        if (k>20)
            pix[(int)(20*(v+2.2))+100][(int)(20*u)+10]=1;
    }while(k<50000);

    for (j=0; j<260; j++)
        for (i=0; i<220; i++)
            if (pix[i][j]==1)
                SetPixel(hdc, i+100, j+100, RGB(0,0,255));
            else
                SetPixel(hdc, i+100, j+100, RGB(255,255,255));
}

//callback function
LRESULT CALLBACK WndProc(HWND hWnd, UINT message,
WPARAM wParam, LPARAM lParam)
{
    switch(message)
    {
    case WM_PAINT:                                //作图
        //此处写入需作图的函数
        BarnsleyFern(hWnd);
        break;
    case WM_DESTROY:                              //释放内存
        PostQuitMessage(0);
        break;
    }
```

```
    return DefWindowProc(hWnd, message, wParam, lParam);
}
```

运行结果如图 11-11 所示。

图 11-11 Barnsley 枫叶

例 11-4 Mandelbrot 分形。

Window. c 见 11. 3. 2 节。

```
/*
 * Mandelbrot.c
 * Version 1.0 2011.04.20
 * Author  Xiehua Sun
 */
#include "windows.h"
#include "math.h"

int escape(double a, double b, int iternum);

void Mandelbrot(HWND hWnd, int width, int height, int iternum)
{
    HDC hdc=GetDC(hWnd);
    int i,j, k;
    double xmin=-2;
    double xmax=2;
    double ymin=-2;
    double ymax=2;
    double a, b;

    for (j=0; j<height; j++)
    {
        for(i=0; i<width; i++)
        {
            a=xmin+i*(xmax-xmin)/width;
            b=ymin+j*(ymax-ymin)/height;
            k=escape(a,b, iternum);
            if (k==iternum)
                SetPixel(hdc, i+100, j, RGB(255,0,0));
            else
                SetPixel(hdc, i+100, j, RGB(0,255-16*(k%16), 255-16*(k%16)));
        }
    }
}

int escape(double a, double b, int iternum)
{
    double x=0.0, y=0.0,
```

```
        xnew, ynew;
    int iter=0;
    do
    {
        xnew=x * x-y * y+a;
        ynew=2 * x * y+b;
        x=xnew;
        y=ynew;
        iter++;
    }
    while((x * x+y * y<=4)&&(iter<iternum));
    return iter;
}

//callback function
LRESULT CALLBACK WndProc(HWND hWnd, UINT message,
                         WPARAM wParam, LPARAM lParam)
{
    switch(message)
    {
    case WM_PAINT:                              //作图
        //此处写入需作图的函数
        Mandelbrot(hWnd, 500, 500, 60);
        break;
    case WM_DESTROY:                            //释放内存
        PostQuitMessage(0);
        break;
    }
    return DefWindowProc(hWnd, message, wParam, lParam);
}
```

运行结果如图 11-12 所示。

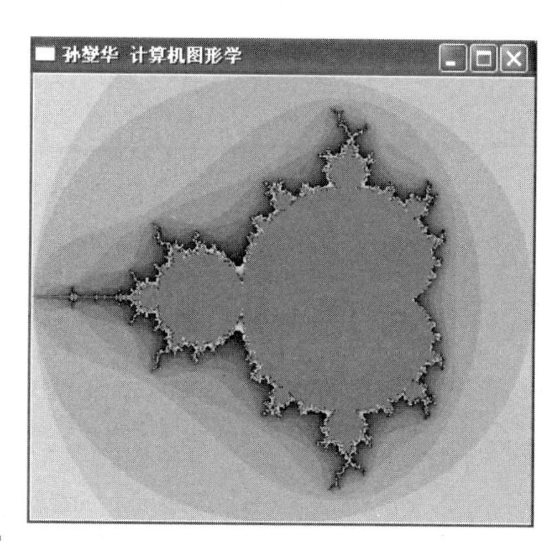

图 11-12　Mandelbrot 分形

11.3.6　图形动画

例 11-5　图形动画。

Window.c 见 11.3.2 节。

```
/*---------------------------
  BOUNCE.C --Bouncing Ball Program
  (c) Charles Petzold, 1996
 ---------------------------*/
#include <windows.h>

LRESULT CALLBACK WndProc (HWND hwnd, UINT
iMsg, WPARAM wParam, LPARAM lParam)
```

```
{
    static HBITMAP hBitmap ;
    static int  cxClient, cyClient, xCenter, yCenter, cxTotal, cyTotal,
                cxRadius, cyRadius, cxMove, cyMove, xPixel, yPixel ;
    HBRUSH      hBrush ;
    HDC         hdc, hdcMem ;
    int         iScale ;

    switch (iMsg)
    {
        case WM_CREATE :
            hdc    =GetDC (hwnd) ;
            xPixel=GetDeviceCaps (hdc, ASPECTX) ;
            yPixel=GetDeviceCaps (hdc, ASPECTY) ;
            ReleaseDC (hwnd, hdc) ;
            return 0 ;

        case WM_SIZE :
            xCenter  =(cxClient=LOWORD (lParam))/2 ;
            yCenter  =(cyClient=HIWORD (lParam))/2 ;

            iScale   =min (cxClient * xPixel, cyClient * yPixel)/16 ;

            cxRadius=iScale/xPixel ;
            cyRadius=iScale/yPixel ;

            cxMove   =max (1, cxRadius/2) ;
            cyMove   =max (1, cyRadius/2) ;

            cxTotal  =2* (cxRadius +cxMove) ;
            cyTotal  =2* (cyRadius +cyMove) ;

            if (hBitmap)
                DeleteObject (hBitmap) ;

            hdc=GetDC (hwnd) ;
            hdcMem=CreateCompatibleDC (hdc) ;
            hBitmap=CreateCompatibleBitmap (hdc, cxTotal, cyTotal) ;
            ReleaseDC (hwnd, hdc) ;

            SelectObject (hdcMem, hBitmap) ;
            Rectangle (hdcMem, -1, -1, cxTotal +1, cyTotal +1) ;

            hBrush=CreateHatchBrush (HS_DIAGCROSS, 0L) ;
            SelectObject (hdcMem, hBrush) ;
            SetBkColor (hdcMem, RGB (255, 0, 255)) ;
```

```
            Ellipse (hdcMem, cxMove, cyMove, cxTotal -cxMove, cyTotal -cyMove) ;
            DeleteDC (hdcMem) ;
            DeleteObject (hBrush) ;
            return 0 ;

        case WM_TIMER :
            if (!hBitmap)
                break ;

            hdc=GetDC (hwnd) ;
            hdcMem=CreateCompatibleDC (hdc) ;
            SelectObject (hdcMem, hBitmap) ;

            BitBlt (hdc, xCenter -cxTotal/2,
                yCenter -cyTotal/2, cxTotal, cyTotal,
                hdcMem, 0, 0, SRCCOPY) ;

            ReleaseDC (hwnd, hdc) ;
            DeleteDC (hdcMem) ;

            xCenter+=cxMove ;
            yCenter+=cyMove ;

            if ((xCenter +cxRadius>=cxClient) ||
                (xCenter -cxRadius <=0))
                cxMove=-cxMove ;

            if ((yCenter +cyRadius>=cyClient) ||
                (yCenter -cyRadius <=0))
                cyMove=-cyMove ;
            return 0 ;

        case WM_DESTROY :
            if (hBitmap)
                DeleteObject (hBitmap) ;

            KillTimer (hwnd, 1) ;
            PostQuitMessage (0) ;
            return 0 ;
    }
    return DefWindowProc (hwnd, iMsg,
    wParam, lParam);
}
```

运行结果如图 11-13 所示。小球在运动，碰到边框后反弹，其反弹符合物理碰撞原理。

图 11-13　小球在运动

11.4 图像编程

本节将用第 8 章的方法读入二进制图像文件数据，介绍一些简单的图像及其显示等。对于需要进一步了解图像处理的读者可参阅本书参考文献[11,12]。

11.4.1 RAW 图像数据及其显示

RAW 图像(.raw) 或 DAT 图像 (.dat)是一种由图像原始数据组成的二进制文件。没有通常的图像文件头信息，因此，一般都是比较简单的灰度图像或彩色图像。比如，一幅 64k 的 RAW 图像，我们大致可以推断它是宽高为 256 像素的灰度图像，而一幅 256k 的 RAW 图像，很可能是宽高为 512 像素的灰度图像。若其大小为 768k，则可能为宽高 512 像素的彩色图像。但对于其他一些尤其是宽高不相等的未知 RAW 图像，就难以推断其宽高等信息。不知道这些信息，就难以显示和处理图像了。但是，因为 RAW 仅由原始图像数据组成，未经压缩且结构简单，所以在图像处理中仍然有其应用价值。本节将通过 RAW 图像的读写试验介绍图像数据的组成原理。

1. 关于 RAW 图像文件

RAW 图像文件(.raw)，以及 DAT 图像文件(.dat)，实际上都是将图像的灰度值以字节形式直接存入文件。例如，一幅 $M\times N$ 灰度图像，其图像矩阵为 $f(i,j)(i=0,1,\cdots,M-1;j=0,1\cdots,N-1)$。所有的数据 $f(i,j)$ 都是整数且 $0\leqslant f(i,j)\leqslant 255$。RAW 图像文件中数据按下列顺序存储：

$$f(0,0),f(1,0),\cdots,f(M-1,0),f(0,1),\cdots,$$
$$f(M-1,1),\cdots,f(0,N-1),\cdots,f(M-1,N-1)$$

由此可知，要正确显示一幅 RAW 图像，需要预先知道这幅图像的宽度和高度，还有它是灰度图像还是彩色图像等信息。对于格式图像，一般都有一个信息头用于存放这些信息数据。RAW 图像文件或 DAT 图像文件因为缺少这个信息头，所以只能用于存储一些比较简单的图像。

彩色 RAW 图像的数据排列与灰度 RAW 图像的数据排列是类似的，只是同一个像素的 R、G、B 分量依次排列，然后是下一个像素的 R、G、B 分量，以此类推。具体排列如下：

$$f_R(0,0),f_G(0,0),f_B(0,0),f_R(1,0),f_G(1,0),f_B(1,0),\cdots,$$
$$f_R(M-1,N-1),f_G(M-1,N-1),f_B(M-1,N-1)$$

既然 RAW 图像是字节文件，就可以按照读写字节文件的方法读入和存储 RAW 文件。

2. 显示 RAW 图像数据

例 11-6 读出 RAW 图像数据，并在 DOS 屏幕显示。

```
/**
 * ReadRawTest.c 读出 RAW 图像数据
```

```
 * Version 1.0 2011.04.20
 * Author  Xiehua Sun
 * /
#include <stdio.h>
#include <stdlib.h>

#define SUCCESSED 0
#define FAILED    1

int read_raw(FILE * infile);

void main(){
    FILE * fin;

    if((fin=fopen("women.raw","rb"))==NULL){
        printf("\n Cannot read the input image\n");
        exit(-1);
    }

    if((read_raw(fin))==FAILED){
        printf("\n Error: RAW read failed \n");
        fclose(fin);
        exit(-1);
    }
    fclose(fin);
}

int read_raw(FILE * infile){
    int i, j, k=0;
    int width, height;

    unsigned char * data;              //used for read the image data
    width  =92;                        //图像宽度
    height=112;                        //图像高度

    //为 temp 分配内存
    data=(unsigned char *)malloc(sizeof(unsigned char) * (width * height));

    if(data==NULL) {
        printf("\n Allocation error for data in read_raw() \n");
        exit(-1);
    }

    //读出 raw 图像数据
```

```
    if(fread(data, sizeof(unsigned char), width * height, infile)!=(size_t)
    (width * height)) {
        if(feof(infile)) printf("\n Premature end of file\n");
        else             printf("\n File read error\n");
        return FAILED;
    }

    //输出数据
    for(j=0; j<height; j++){
        for(i=0; i<width; i++){
            printf("%3u ", data[j * width+i]);
            k++;
        }
    }
    printf("k=%d\n", k);
    return SUCCESSED;
}
```

运行结果，部分数据如下：

```
130 131 134 132 135 130 132 128 128 133 124 127 122 119
109 106 104 104 100  95  93  93  87  86  82  78  80  77
 62  56  50  40  36  30  28  30  40  37  35  25  44  58
 45  41  40  35 k = 10304
```

3. 显示 RAW 图像

上面的图像数据显示表明，灰度图像数据都是 0～255 的整数。用 0 表示白，而用 255 表示黑，共有 256 个等级表示从白到黑的程度。要显示这种灰度，需要用函数

```
SetPixel(hdc, i, j, RGB(r,g,b));
```

这个函数在程序 BarnsleyFern. c 和 Mandelbrot. c 中已使用过。为此，我们需要 Windows. c。下面的例子将显示一幅较小的 92×112 像素的人脸图像，这幅图选自 att-faces 人脸识别和检测图像库。

例 11-7 显示 RAW 图像。

Window. c 见 11. 3. 2 节。

```
/**
 * ShowRawTest.c 显示 RAW 图像
 * Version 1.0 2011.02.23
 * Author  Xiehua Sun
 */
#include <stdio.h>
#include <stdlib.h>
#include "windows.h"
```

```
#define SUCCESSED 0

int read_raw(FILE * infile, HWND hWnd);

void read(HWND hWnd)
{
    FILE * fin;

    if((fin=fopen("lady.raw","rb"))==NULL) {
        printf("\n Cannot read the input image%s \n");
        exit(-1);
    }

    if((read_raw(fin, hWnd))==1) {
        printf("\n Error: RAW read failed \n");
        fclose(fin);
        exit(-1);
    }
    fclose(fin);
}

int read_raw(FILE * infile, HWND hWnd)
{
    HDC hdc=GetDC(hWnd);
    int i, j, p;
    long width, height;
    unsigned char * data;                    //used for read the image data

    width  =92;
    height=112;

    //为 data 分配内存
    data=(unsigned char *)malloc(sizeof(unsigned char) * (width * height));

    if(data==NULL) {
        printf("\n Allocation error for temp in read_raw() \n");
        exit(-1);
    }

    //读出 raw 图像数据
    if(fread(data, sizeof(unsigned char), width * height, infile)!=(size_t)
    (width * height)) {
        if(feof(infile)) printf("\n Premature end of file%s \n", infile);
        else             printf("\n File read error%s \n", infile);
```

```
        return 1;
    }

    //输出图像
    for(j=0; j<height; j++){
        for(i=0; i<width; i++){
            p=data[j * width+i];
            SetPixel(hdc, i, j, RGB(p,p,p));
        }
    }
    return SUCCESSED;
}

//callback function
LRESULT CALLBACK WndProc(HWND hWnd, UINT message,
                         WPARAM wParam, LPARAM lParam)
{
    switch(message)
    {
    case WM_PAINT:                          //作图
        //此处写入需作图的函数
        read(hWnd);
        break;
    case WM_DESTROY:                        //释放内存
        PostQuitMessage(0);
        break;
    }
    return DefWindowProc(hWnd, message, wParam, lParam);
}
```

图 11-14　运行结果显示的图像

运行结果，显示 att-faces 人脸库中的图像，如图 11-14 所示。

11.4.2 PGM 和 PPM 图像显示和存储

对于 11.4.1 节显示的 RAW 图像，程序预先设置了图像的宽度和高度。但是，在打开一幅未知图像时，一般不知道图像大小等信息。所以，图像文件中要有一个“信息头”，在信息头中存储表示图像格式的特有的标识符、图像的宽高、彩色还是灰度图像、是否经过压缩、若是压缩图像则还要标出用什么算法进行压缩等信息。根据这些信息，才能正确地显示图像。下面介绍 PGM 图像。PGM 图像有一个十分简单的信息头，只有一个标识符和宽高等。PGM 图像是目前在人脸识别中常用的图像格式，仅能显示灰度图像，相应的彩色图像格式是 PPM。

1. PGM 文件格式

PGM 文件格式(Portable Graymap Format)是灰度图像格式的最低标准。其格式定义如下。

一个 PGM 文件由一个或多个 PGM 图像组成。在多幅图像之间、之前或之后没有任何数据存在。每一个 PGM 图像由以下部分组成：

- 一个 magic number，它是用来标定文件格式的。PGM 的 magic number 是 P5 或 P2
- 空白区域(空格、TAB、回车、换行)
- 图像宽，十进制 ASCII 码
- 空白区域
- 图像高，十进制 ASCII 码
- 空白区域
- 最大灰度值(Maxval)，十进制 ASCII 码。必须小于 65536
- 新一行或另一个空白区域符
- 空栅化的一幅宽×高的灰度值图像。每个灰度值取值是从 0 到 Maxval，0 表示黑，而 Maxval 表示白。每个灰度值用 1～2 个字节表示。如果 Maxval 小于 256，该行就是一个字节，否则为两个字节
- #符号之后的一行为注释行，会被省略

每个像素的光栅值表示为一个十进制 ASCII 码值。每个像素的光栅值前后各有一个空格。这样两个像素之间将有一个以上的空格。每行不超过 70 个字。

2. PPM 图像文件

与 PGM 格式属于同一系列，现已发展出 PPM 格式。PPM 图像以 P6 作为其 magic number，可显示彩色图像。

例 11-8 显示 PGM 和 PPM 图像。

Window.c 见 11.3.2 节。

```
/*
 * ReadPgmTest.c 显示 PGM 和 PPM 图像
 * Version 1.0 2011.03.17
 * Author  Xiehua Sun
 */
#include <stdio.h>
#include <stdlib.h>
#include "windows.h"
#define SUCCESSED 0

int read_pxm(FILE * infile, HWND hWnd);                //for PGM or PPM

void read(HWND hWnd){
    FILE * fin;

    if((fin=fopen("teapot.ppm","rb"))==NULL) {      //cat.pgm, teapot.ppm
```

```
        printf("\n Cannot read the input image%s \n");
        exit(-1);
    }

    if((read_pxm(fin, hWnd))==1) {
        printf("\n Error: pgm read failed \n");
        fclose(fin);
        exit(-1);
    }
    fclose(fin);
}

int read_pxm(FILE * infile, HWND hWnd){
    HDC hdc=GetDC(hWnd);
    char buf[71];
    int i, j, r, g, b;
    int w, h, size;
    unsigned char * data;                      //used for read the image data
    unsigned char * cr, * cg, * cb;            //r,g,b data

    /* ----------------------------------------------------------------
     * Verify that the image is in PGM format, read in the number of columns
     * and rows in the image and scan past all of the header information.
     ---------------------------------------------------------------- */
    fgets(buf, 70, infile);
    if(strncmp(buf, "P5", 2)==0){                       //for pgm
        do{ fgets(buf, 70, infile); } while(buf[0]=='#');
                                                        //skip all comment lines
        sscanf(buf, "%d%d", &w, &h);
        do{ fgets(buf, 70, infile); } while(buf[0]=='#');
                                                        //skip all comment lines

        //为 data 分配内存
        data=(unsigned char *)malloc(sizeof(unsigned char) * (w * h));

        if(data==NULL) {
            printf("\n Allocation error for temp in read_raw() \n");
            exit(-1);
        }

        //读出图像数据
        if(fread(data, sizeof(unsigned char), w * h, infile)!=(size_t)(w * h)) {
            if(feof(infile)) printf("\n Premature end of file%s \n", infile);
            else             printf("\n File read error%s \n", infile);
```

```
        return 1;
    }

    //输出图像
    for(j=0; j<h; j++){
        for(i=0; i<w; i++){
            g=data[j * w+i];
            SetPixel(hdc, i, j, RGB(g,g,g));
        }
    }
}
else if(strncmp(buf, "P6", 2)==0){                    //for PPM
    do{ fgets(buf, 70, infile); } while(buf[0]=='#');
                                                      //skip all comment lines
    sscanf(buf, "%d%d", &w, &h);
    do{ fgets(buf, 70, infile); } while(buf[0]=='#');
                                                      //skip all comment lines

    //为 color r,g,b 分配内存
    cr=(unsigned char *)malloc(sizeof(unsigned char) * (w * h));
    cg=(unsigned char *)malloc(sizeof(unsigned char) * (w * h));
    cb=(unsigned char *)malloc(sizeof(unsigned char) * (w * h));

    if(cr==NULL||cg==NULL||cb==NULL) {
        printf("\n Allocation error for temp in read_raw() \n");
        exit(-1);
    }
    size=w * h;
    for(i=0;i<size;i++){
        cr[i]=(unsigned char)fgetc(infile);
        cg[i]=(unsigned char)fgetc(infile);
        cb[i]=(unsigned char)fgetc(infile);
    }
    //输出图像
    for(j=0; j<h; j++){
        for(i=0; i<w; i++){
            r=cr[j * w+i];
            g=cg[j * w+i];
            b=cb[j * w+i];
            SetPixel(hdc, i, j, RGB(r,g,b));
        }
    }
}
else{
```

```
        printf("The file is not in PGM or PPM format");
        if(infile!=stdin) fclose(infile);
        return(0);
    }
    return SUCCESSED;
}

//callback function
LRESULT CALLBACK WndProc(HWND hWnd, UINT message,
                          WPARAM wParam, LPARAM lParam)
{
    switch(message)
    {
    case WM_PAINT:                                    //作图
        //此处写入需作图的函数
        read(hWnd);
        break;
    case WM_DESTROY:                                  //释放内存
        PostQuitMessage(0);
        break;
    }
    return DefWindowProc(hWnd, message, wParam, lParam);
}
```

运行结果如图 11-15 所示。

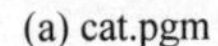

(a) cat.pgm

(b) teapot.ppm

图 11-15　运行结果显示的图像

3. 存储为 PGM 图像

下面的实例将读出的 RAW 图像存储为 PGM 图像,实际上,它将没有格式的 RAW 图像转换为 PGM 格式图像。

例 11-9　读出的 RAW 图像存储为 PGM 图像。

Window.c 见 11.3.2 节。

```
/*
 * Raw2PgmTest.c 读出 RAW 图像并存储为 PGM 图像
 * Version 1.0 2011.03.16
 * Author  Xiehua Sun
 */
#include <stdio.h>
#include <stdlib.h>
#include "windows.h"

#define SUCCESSED 0

int raw2pgm(FILE * infile, FILE * outfile, HWND hWnd);

void read(HWND hWnd) {
    FILE * fin, * fout;

    if((fin=fopen("women.raw","rb"))==NULL) {
        printf("\n Cannot read the input image\n");
        exit(-1);
    }

    if((fout=fopen("lady.pgm","wb"))==NULL) {
        printf("\n Cannot open the file\n");
        exit(-1);
    }

    if((raw2pgm(fin, fout, hWnd))==1) {
        printf("\n Error: writing pgm failed \n");
        fclose(fin);
        exit(-1);
    }
    fclose(fin);
    fclose(fout);
}

int raw2pgm(FILE * infile, FILE * outfile, HWND hWnd){
    HDC hdc=GetDC(hWnd);
    int i, j, p;
    long w, h;                          //图像宽高
    unsigned char * data;               //存储图像数据
    char * comment;                     //PGM 图像信息头注释
```

```
    w=92;                              //显示 RAW 图像宽
    h=112;                             //显示 RAW 图像高
    comment=" ";                       //将注释置空

    //为 data 分配内存
    data=(unsigned char *)malloc(sizeof(unsigned char)*(w*h));
    if(data==NULL) {
        printf("\n Allocation error\n");
        exit(-1);
    }

    //读出 RAW 图像数据
    if(fread(data, sizeof(unsigned char), w*h, infile)!=(size_t)(w*h)) {
        if(feof(infile)) printf("\n Premature end of file%s\n", infile);
        else             printf("\n File read error%s\n", infile);
        return 1;
    }

    //显示 RAW 图像
    for(j=0; j<h; j++){
        for(i=0; i<w; i++){
            p=data[j*w+i];
            SetPixel(hdc, i, j, RGB(p,p,p));
        }
    }

    //将信息头写入 PGM 图像
    fprintf(outfile, "P5\n%d%d\n", w, h);     //写入"magic number P5"和图像宽高
    if(comment!=NULL)
        if(strlen(comment)<=70) fprintf(outfile, "#%s\n", comment);
    fprintf(outfile, "%d\n", 256);            //maxval=256

    //将数据 data 写入 PGM
    if(fwrite(data, w, h, outfile)!=(size_t)(w*h)){
        fprintf(stderr, "Error writing the image data.\n");
        if(outfile!=stdout) fclose(outfile);
        return(0);
    }
    if(outfile!=stdout) fclose(outfile);
    return SUCCESSED;
}

//callback function
```

```
LRESULT CALLBACK WndProc(HWND hWnd, UINT message,
                              WPARAM wParam, LPARAM lParam)
{
    switch(message)
    {
        case WM_PAINT:                         //作图
            //此处写入需作图的函数
            read(hWnd);
            break;
        case WM_DESTROY:                       //释放内存
            PostQuitMessage(0);
            break;
    }
    return DefWindowProc(hWnd, message, wParam, lParam);
}
```

运行结果是将当前目录下的 women.raw 转换成 lady.pgm 格式图像。可以在例 11-8的程序中试验显示这幅 PGM 图像。

习题 11

一、填空题

以下函数画 x 轴和 y 轴，试按照注释提示填空。

```
void OnDraw(HWND hWnd){                        //窗口句柄
    PAINTSTRUCT ps;
    HDC         hdc;
    double      pi, x, y;
    int         i;

    pi =3.1415926;
    hdc=BeginPaint(hWnd, &ps);

    //画 x 轴,无箭头
    ____(1)____;                               //移动到点(100,100)
    ____(2)____;                               //画直线到点(425,100)

    //画 y 轴,无箭头
    MoveToEx(hdc, 100, 100, NULL);
    LineTo(hdc, 100, 40);
    TextOut(hdc, 90, 150, "sin(x)曲线", ___(3)___);
                                               //在点(90,150)输出字符串"sin(x)曲线"
```

```
    EndPaint(hWnd, &ps);
    ReleaseDC(hWnd,hdc);
}
```

二、编程题

1. 修改例 11-2 的程序,实现以下文本的颜色设置,字符串"欢迎!"用红色,字符串"Welcome You!"用蓝色。

欢迎!
Welcome You!

2. 修改例 11-3 的程序,将 Barnsley 枫叶图像大小调整为 256×256,背景颜色为黄色(255,255,0)存储,并添加文字标题"Barnsley 枫叶",参见下图。

Barnsley枫叶

3. 修改例 11-2 的程序,作图 $y=\sin x(0\leqslant x\leqslant 2\pi)$且要求具有坐标轴,图形示例如下。

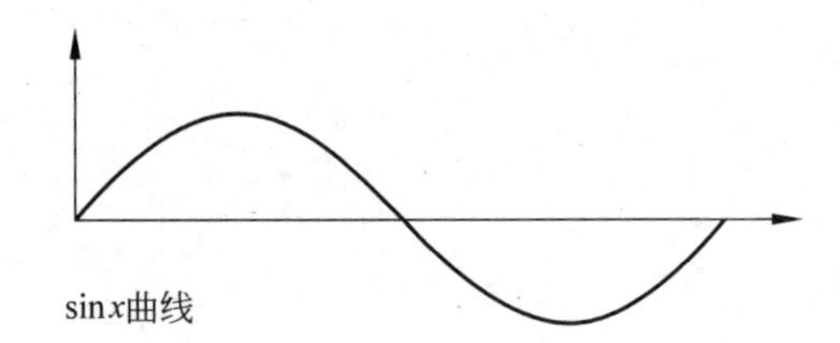

sin$x$曲线

4. 二次 Bezier 曲线公式如下:

$$P_2(t)=\sum_{i=0}^{2}P_iB_{i,2}(t)=P_0(1-t)^2+P_1 2t(1-t)+P_2t^2 \quad (0\leqslant t\leqslant 1)$$

其中 P_0、P_2 是端点,P_1 是控制点。参考例 11-2,画出具有一个控制点的二次 Bezier 曲线。

5. 使用绘制多边形函数 Polygon(),用红色画一个箭头,箭头形状如下。

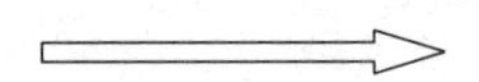

参考多边形顶点为

```
int arw[16]={200,102,300,102,300,107,330,100,300,93,300,98,200,98,200,102};
```

6. 修改例 11-6 的程序 ReadRawTest. c,试增加存储功能。

7. 参考例 11-8 的程序 ReadPgmTest. c,读出 PGM 和 PPM 图像后,完成:

(1) 将 PGM 图像存储为 RAW 图像。

(2) 将彩色 PPM 图像存储为灰度 RAW 图像。

8. 如何读出和显示 BMP 图像? BMP 图像的信息头要比 PGM 图像的信息头复杂。可以参阅文献[3,4]。

第12章 编译预处理与程序调试

在程序设计的最后阶段或者中间阶段测试程序的部分功能都需要编译程序和调试程序。在编译中发现和修改错误在所难免。即使不大的程序，一次编译成功的可能性也不大。如果程序含有错误，则不能通过编译，连接成可执行文件，或者虽然能生成可执行文件，但在运行时不能得到期望的结果。本章将介绍编译预处理和在 Visual C++ 6.0 中对 C 程序进行调试的方法。

12.1 编译预处理概述

12.1.1 预处理指令

预处理是在编译前所做的一项工作。预处理由预处理器负责完成。预处理根据源文件中的预处理指令行对源文件进行处理，并输出经过预处理后的源文件给编译器。预处理指令行以字符“#”开头，如前面各章实例程序中看到的 #include<stdio.h>即是一个预处理指令行，#include 被称为**预处理指令**。

表 12-1 列出了 C 语言提供的预处理指令。

表 12-1 C 语言提供的预处理指令

预处理指令	功能描述
#include	插入另一文件中的文本
#define	定义预处理器宏
#undef	取消预处理器宏定义
#if	根据常量表达式的值有条件地包括一些文本
#ifdef	根据是否定义宏名有条件地包括一些文本
#ifndef	根据与 #ifdef 相反的测试有条件地包括一些文本
#else	上述 #if、#ifdef、#ifndef 或 #elif 测试失败时包括一些文本
#endif	终止条件文本
#elif	上述 #if、#ifdef、#ifndef 或 #elif 测试失败时根据另一常量表达式的值包括一些文本
#line	提供编译器消息的行号
#pragma	对编译器指定实现相关信息
#error	将编译错误换成指定信息

12.1.2 文件包含

＃include 预处理指令在标准 C 语言中有 3 种形式：

```
#include<文件名>
#include"文件名"
#include 预处理令牌                //这种方式有的编译器不支持,在此不作介绍
```

＃include 命令的功能是把指定文件中的内容插入到该命令行位置取代该命令行，从而把指定的文件和当前的源程序文件连成一个源文件。这就允许一个大程序被划分为多个源文件和头文件，再通过＃include 命令把相关的多个文件“融合”成一个文件。从而有利于大程序的工程化需要。

＃include<文件名>和＃include"文件名"是＃include 指令的常见使用方式，这两种形式的区别在于对文件名指示的文件采用的搜寻方式不同。

＃include<stdio. h>将导致预处理器根据实现定义的搜索规则从某个文件夹寻找 stdio. h。

＃include"stdio. h"将导致预处理器先搜索本地文件夹(如：包括该命令的源文件所在的文件夹)。一般用双引号""形式引用编程人员自己写的头文件，而用<>形式引用标准库文件。

例 12-1 设程序员在 c:\exam\header 目录下新建了一个头文件 demo. h。此外，他还在 c:\exam 中新建了一个 demo. c 文件。如果需要在 demo. c 中引用 demo. h，请指出下面哪条预处理指令是正确的。

```
#include<demo.h>
#include<.\header\.h>
#include"demo.h"
#include".\header\demo.h"
```

解：＃include". \header\demo. h"是正确的。

＃include<demo. h>将导致预处理器在 stdio. h 所在的目录下寻找 demo. h，显然找不到，将导致出错。

＃include<. \header\demo. h>将导致预处理器在 stdio. h 所在目录的子目录 header 下寻找 demo. h，显然找不到，将导致出错。

＃include"demo. h"将导致预处理器在 demo. c 所在的目录下寻找 demo. h，显然也找不到，将导致出错。

＃include“. \header\demo. h”将导致预处理器在 demo. c 所在目录的子目录 header 中寻找 demo. h，成功地找到。

注意，在＃ include 指令的<>或""中，可用两点“..”或一点“. ”，分别表示当前文件所在目录的上一级目录和当前文件所在的目录，常称为**当前目录**。

此外，C99 规定“＃include 指令”中的主文件名长度不能超过以字母开头的 8 个字符(允许的字符包括字母、下划线或数字)。

12.2 宏定义与宏替换

＃define 预处理指令把标识符定义为宏，出现宏的地方被视为对宏的调用。用＃define 可以定义两类宏：**对象式宏**(又称为**无参宏**)或**函数式宏**(又称为**有参宏**)。对无参宏，预处理器在处理时将会用宏体替换宏。对有参宏，宏调用时需要给定实际参数。预处理器在处理时用宏体替换宏的同时，用实际参数替换宏体中的形式参数。在后面的讲解中，读者将体会到这一点。

尽管保留关键字也允许作为宏名，但在实践中要切记避免这种情况。

12.2.1 对象式宏

简单对象式宏定义的格式如下：

```
#define 宏名 宏体                    //宏体可能是空的
```

预处理器遇到宏名时，将其换成宏体。对象式宏非常有用，例如，给“数字字面值”取一个顾名思义的名字。在用到该数字的地方调用宏即可。而且，今后要修改该数字，仅需要修改宏体中的数字即可。

例 12-2 阅读下面的宏定义语句，指出宏名与宏体。

```
#define UNIVERSITY "Harvard University"      //宏名为 UNIVERSITY,宏体为字符串
#define PI          3.145926f                //宏名为 PI,宏体为 3.1415926f
#define ERRMSG      "Error:%s\n"             //宏名为 ERRMSG,宏体为字符串
#define BLOCK_SIZE 0x100                     //宏名为 BLOCK_SIZE,宏体为 0x100
#define TRACK_SIZE (16 * BLOCK_SIZE)    //宏名为 TRACK_SIZE,宏体为(16 * BLOCK_SIZE)
```

解：见注释。值得注意的是最后一个宏定义，宏体中又调用了名为 BLOCK_SIZE 的宏，这是允许的。

在编程的时候，要灵活使用宏，它能有效地增加程序的可读性及可维护性。当宏体为数值时，建议在能使用 const 的时候尽量使用 const 而不是用＃define。如“＃define LENGTH 100”，最好写成“const int LENGTH＝100;”，类型根据数值的类型而定。

＃undef 命令可以取消宏定义，其形式如下：

```
#undef 宏名
```

12.2.2 函数式宏

函数式宏定义的常用格式如下：

```
#define 宏名(参数表) 宏体              //左括号与宏名之间不能有空格,参数表可为空
```

各参数之间用逗号隔开，参数表中的参数不需要给定类型。

例 12-3 分析下面的语句。

```
#define product(x, y)  ((x) * (y))                    //宏定义语句,有两个形参: x,y
double x=product(3, 4);                               //宏调用语句,实参为 3、4
```

解: 宏替换处理过程如下。先进行宏调用的扩展,根据宏调用 product(3,4)将宏体处理成((3) * (4))。再进行宏扩展,用处理后的宏体替换宏调用。从而语句“double x=product(3,4);”变成“double x=((3) * (4));”。

注意,宏调用的扩展与宏扩展不是一个概念。前者指对宏的处理,使之成为替换前的状态。后者指替换的过程。在宏体中,能用括号的地方尽量使用括号。如上例中的宏体((x) * (y))。

例 12-4　阅读下面的程序,体会函数式宏调用的扩展及宏扩展的过程。注意,本程序仅为解释无参宏及有参宏的作用,并无实际意义。

```
//MacroTest.c
#include<stdio.h>
#include<stdlib.h>

#define ARRAY_SIZE 10
#define LOOP_PRINT(i, startPos, endPos) for((i)=(startPos); (i)<(endPos); (i)++)
#define PRINT_CONTROL  "%d "

void main(void){
    int a[ARRAY_SIZE]={0, 1, 2, 3, 4, 5, 6, 7, 8, 9};  //ARRAY_SIZE 被 10 替换
    int j=0;

    LOOP_PRINT(j, 0, ARRAY_SIZE)                       //调用宏 LOOP_PRINT
        printf(PRINT_CONTROL, a[j]);                   //PRINT_CONTROL 被"%d "替换
    printf("\n");
    system("PAUSE");
}
```

运行结果如下:

```
0 1 2 3 4 5 6 7 8 9
请按任意键继续. . .
```

[**运行结果说明**]　对宏调用 LOOP_PRINT(j, 0, ARRAY_SIZE)的预处理过程如下。

先进行宏调用的扩展,根据宏调用 LOOP_PRINT(j,0,ARRAY_SIZE)将宏体处理成 for((j)=(0); (i)<(ARRAY_SIZE); (j)++)。

再继续进行宏调用的扩展,对宏调用 for((j)=(0); (i)<(ARRAY_SIZE); (j)++)进一步进行处理,得到 for((j)=(0); (i)<(10); (j)++)。

再进行宏扩展,用处理后的宏体替换宏调用。从而 LOOP_PRINT(j, 0, ARRAY_SIZE)变成 for((i)=(0); (i)<(10); (j)++)。

从宏调用 LOOP_PRINT(j, 0, ARRAY_SIZE)可以看出,宏调用是可以嵌套的。但

在实践中读者要控制好嵌套的深度。

12.3 条件编译

12.3.1 条件指令#if、#else、#elif、#endif的使用

能否根据条件决定哪些宏需要处理和替换呢？答案是肯定的。预处理器条件指令#if、#else、#elif、#endif等允许预处理器根据计算条件处理和替换宏。其使用形式如下，其中在方括号[]中的部分可以省略：

```
#if 常量表达式 1                //表达式 1 的值为非 0 值,则处理"语句块 1"
    语句块 1
[#elif 常量表达式 2             //表达式 2 的值为非 0 值,则处理"语句块 2"
    语句块 2]
 ⋮
[#elif 常量表达式 n             //表达式 n 的值为非 0 值,则处理"语句块 n"
    语句块 n]
[#else                          //上述语句块都未处理,则处理最后一个语句块
    最后一个语句块]
#endif
```

从逻辑的角度来讲，#if、#else、#elif、#endif的使用形式与if-else语句的使用形式是一样的，但功能上还是有所差别的。

例 12-5 阅读下面的程序，比较#if与if语句的异同。

//SharpIf.c	//If.c

#include<stdio.h>
#include<stdlib.h>
#define DEBUG 0
int main(){
int x=1;
#if DEGUG
printf("%d\n", x);
#endif
system("PAUSE");
return 0;
}
	#include<stdio.h>
	#include<stdlib.h>
	#define DEBUG 0
	int main(){
	int x=1;
	if(DEGUG)
	printf("%d\n", x);
	
	system("PAUSE");
	return 0;
	}

解：当DEBUG取值为非零值时，两个程序中的printf语句都将执行。#if与if的区别主要体现在对具有灰色底纹代码的处理结果上。在SharpIf.c中，预处理器发现DEBUG的值为0，则将删除带底纹的代码，即带底纹的代码的目标代码不出现在可执行文件SharpIf.exe中。而在If.c中，尽管DEBUG的值为0，但带底纹的代码不被删除，即带底纹的代码的目标代码将出现在If.exe中。当然，如果上述两个程序中的DEBUG值都为非零值，则printf语句都将保留。

可见，与 if 语句相比，预处理指令 #if 可能减少目标代码的长度。了解了 #if 与 if 语句的差别，在实践中，读者就不难正确地选择使用两者之一了。

条件编译指令还可以提高 C 源文件的通用性。

例 12-6　设有一个 C 源程序将分别在 Windows、Linux 平台上编译，并设有两个函数 w_foo()、l_foo()。在 Windows 平台中，main()函数应该调用 w_foo()。而在 Linux 平台中，main()函数则需要调用 l_foo()。请用条件编译解决跨平台的问题。

```
//WinLin.c
#include<stdio.h>
#include<stdlib.h>

//若在 Windows 下编译,则将 WINDOWS 值设为 1,LINUX 值设为 0
//若在 Linux 下编译,则将 WINDOWS 值设为 0,LINUX 值设为 1
#define WINDOWS 1
#define LINUX 0

void w_foo(){
    printf("w_foo() is called!\n");
}
void l_foo(){
    printf("l_foo() is called!\n");
}

void main(){
    //WINDOWS 值为 1,LINUX 值为 0 时,虚框中的代码在预处理阶段将被删除
#if WINDOWS
    w_foo();
#elif LINUX
    l_foo();
#endif
    system("PAUSE");
}
```

运行结果如下：

```
w_foo() is called!
请按任意键继续. . .
```

此外，条件编译在调试程序的时候也非常有用。

例 12-7　假设有一些语句，只希望在调试的时候执行，而在正式发布的程序中不希望出现这些语句。请用条件编译实现这一要求。

解：如例 12-5 程序 SharpIf.c 中的语句“printf("%d\n",x);”是我们希望仅在调试阶段执行的语句。调试程序时，将 DEBUG 的值设为 1。在进行发布版本的编译之前，将 DEBUG 的值设为 0 即可。

12.3.2 条件指令#ifdef、#ifndef的使用

#ifdef、#ifndef用于测试一个名称是否被定义为预处理宏。#ifdef的基本形式为

```
#ifdef 宏名
    语句块;
#endif
```

其含义是：若定义了“宏名”代表的宏，则不删除“语句块”。

#ifndef的基本形式为：

```
#ifndef 宏名
    语句块
#endif
```

其含义是：若未定义“宏名”代表的宏，则不删除“语句块”。

例12-8 设有文件a.h、b.h和a.c，其内容如下。试分析编译a.c时将会产生怎样的编译错误，并利用#ifdef、#define、#endif解决这一问题。

//头文件a.h	//头文件b.h
extern int x; void foo();	#include "a.h" extern double y;

```
//源文件a.c
#include <stdio.h>
#include "a.h"                  //预处理阶段,a.h的内容将展开到此
#include "b.h"                  //预处理阶段,b.h的内容将展开到此
int main(void) {
    /* TODO */
    return 0;
}
```

解：在预处理阶段，a.h、b.h的内容将被展开到a.c中，展开后的a.c如下。

```
//将a.h、b.h的内容完全展开后的a.c
#include<stdio.h>
extern int x;
void foo();

extern int x;                  //x被声明了两次
void foo();                    //foo()被声明了两次
extern double y;

int main(void){
    /* TODO */
    return 0;
```

}

从展开后的a.c可以看出，x和foo()被重复声明了，这将导致编译出错。解决上述问题的办法是将a.h和b.h改成如下的内容。

//头文件a.h	//头文件b.h
#ifndef _a_h_ //宏名可随意取 #define _a_h_ extern int x; void foo(); #endif	#include "a.h" #ifndef _b_h_ //宏名可随意取 #define _b_h_ extern double y; #endif

请读者自行将修改后的a.h、b.h"展开"到原a.c文件中，并体会"重复声明"错误是如何被解决的。

12.4 调试语法错误

程序中的错误常被称为bug，找到程序错误排除错误的过程称为**调试**(Debug)。程序中存在的错误，小的可能导致程序运行不稳定或程序结果不正确，大的可能使操作系统崩溃。有时程序错误可能非常隐蔽，很难发现。很多实用程序在投入使用前，都要经过长时期的反复测试，就是为了发现可能的错误。调试程序往往比写程序更难，更需要精力、时间和经验。程序调试需要很多经验和技巧。

编辑好源程序并存盘后，用户还需要分3步才能执行程序。

(1) 编译。检查语法错误。若没有语法错误，则生成目标文件，可进入第(2)步；否则，报告错误信息原因。用户根据错误信息修改程序，重新编译。

(2) 连接。系统将目标文件与系统提供的库函数和包含文件等连接成一个可执行文件。若连接时没有发现错误，则生成可执行二进制代码，可进入第(3)步；否则，系统报告连接错误原因。用户根据错误信息修改程序，重新编译连接。

(3) 运行。验证程序的正确性。

程序出错有如下4种情况：

(1) 语法错误，是指违背了C语言的语法规定。对这类错误，编译程序一般能给出"出错信息"，并且告诉在哪一行出错。只要双击"出错信息提示行"，系统会自动在源程序中将光标定位到该出错行。但程序员必须注意：有时一个语法错误会导致若干行报错信息，有时错误的语句在提示行的上一行。因此要善于分析，找出真正的错误，而不要从字面意义上死抠出错信息。建议同学们每修改完一个语法错误，立即重新编译源程序。

(2) 连接错误。程序并没有违背语法规则，但系统在连接各种函数时出错。通常是由于main()函数名或函数原型与函数定义不符所导致。对这类错误，系统一般能给出"出错信息"，并且告诉在哪一行出错。只要双击"出错信息提示行"，系统会自动在源程序中将光标定位到该出错行。

(3) 逻辑算法错误。程序能够执行，但执行结果与原意不符。这是由于程序设计人员设计的算法有错或编写程序时将“=”和“==”搞错，或漏写 break、continue 等，或者输入/输出的格式问题，通知给系统的指令与解题原意不相同，即出现了逻辑上的混乱。这种错误比语法错误更难检查。要求程序员有较丰富的经验。

(4) 运行错误。程序既无语法错误，也无逻辑错误，但在运行时出现错误甚至停止运行。这类错误通常是由于数据溢出、不正确地使用指针、文件操作等引起的。

由于目前C语言开发环境较多，本章内容与开发环境密切相关，因此本章内容都以目前主流的开发工具 Visual C++ 6.0 为依据。

12.4.1 常见语法错误与警告的英文解释

在 Visual C++ 6.0 环境下，几种常见语法错误与警告的对应的英文解释如下。

undeclared identifier. 未定义标识符。

cannot convert parameter 2 from const char to char[ ]. 不能将第二个参数从字符类型转换为字符数组。

unresolved external symbol _main. 无法解释的外部符号 main。

redefinition;different type modifiers. 重复定义；不同类型修饰符。

unexpected end of file found. 发现意外的文件结尾。

illegal indirection. 不合法的间接寻找。

conversion from 'double' to 'float',possible loss of data. 将 double 型转换成 float，可能数据丢失。

syntax error. 语法错误。

illegal else without matching if. 没有匹配 if 的不合法使用 else。

missing';' before identifier 'x'. 在标识符 x 前缺少“;”。

bad suffix on number. 错误的数字下标。

operator has no effect; expected operator with side—effect. 操作符无效，操作符具有边界效应。

12.4.2 常见语法错误

常见的语法错误有如下 8 种。

1. 缺少头文件

在用C语言编程时，很多功能的实现都需要系统提供的库函数支持，系统库函数的原型都是在相关的头文件中说明的，如果忘记添加头文件，那么编译器就不认识库函数。

在C语言中，最重要的头文件是 stdio.h，所有的输入/输出函数都在这个头文件中说明。

例 12-9 缺少头文件 stdio.h 的例子。

```
//Error1.c
void main(){
    int x=90, y=120 , z=x;
```

```
    x=y;
    y=z;
    printf("%d\n", z);
}
```

关键警告提示：(7) ：warning C4013：'printf' undefined；assuming extern returning int

修改方法：在程序的第 1 行添加“#include<stdio. h>”。上述错误在 Visual C++ 6.0 中编译时，仅以警告形式给出，运行时仍能给出正确结果。

例 12-10 缺少头文件 math. h 的例子。

```
//Error2.c
#include<stdio.h>
void main(){
    int x=-90;
    printf("|%d|=%d\n", x, abs(x) );
}
```

关键警告提示：(5) ：warning C4013：'abs' undefined；assuming extern returning int

说明：使用系统自带的库函数，都必须加上相应的头文件。

修改方法：在程序中第 2 行添加“#include<math. h>”。本例与例 12-1 一样，在 Visual C++ 6.0 中编译时，仅以警告形式给出，运行时仍能给出正确结果。

2. 未定义标识符

引起未定义标识符错误的原因可能有下面 4 种。

例 12-11 变量没有定义而直接对其进行引用或赋值操作。

```
//Error3.c
#include<stdio.h>
void main(){
    int x=90, y=120;
    z=x;
    x=y;
    y=z;
    printf("%d\n", z);
}
```

关键错误提示：(5) ：error C2065：'z' ：undeclared identifier('z' ：未定义的标识符)

修改方法：将程序中第 5 行修改为“int x=90，y=120，z;”

例 12-12 在调用时将函数名写错。

```
//Error4.c
#include<stdio.h>
#include<string.h>
```

```
void main(){
    void stringsearch(char a[], char b[]);
    char a[100]="I am a student!",
        x[20] ={"a"};
    stringsearsh(a, x);
}

void stringsearch(char a[],char b[]){
    if(strstr(a, b))
        printf("%s", "源字符串中包含了要查找的字符串\n");
}
```

关键错误提示：error LNK2001：unresolved external symbol _stringsearsh

修改方法：将函数名"stringsearsh(a, x);"修改为"stringsearch(a, x);"。

例 12-13 函数的调用写在函数定义之前并缺少函数原型说明语句。

```
//Error5.c
#include<stdio.h>
#include<string.h>

void main(){
    int i=50, j=200;
    printf("%d", sum(i,j));
}
int sum(int m, int n){
    int z=m+n;
    return z;
}
```

关键警告提示：(7)：warning C4013：'sum' undefined；assuming extern returning int

修改方法：在 main()函数的第 1 行添加"int sum(int m,int n);"函数原型说明语句。上述错误在 Visual C++ 6.0 中编译时，仅以警告形式给出，运行时仍能给出正确结果。

例 12-14 变量作用域错误。

```
//Error6.c
#include<stdio.h>
int i=100;
void main(){
    void print(int m);
    int k=6;
    m=60;                    //第 7 行
    print(k+m);
}
```

```
void print(int j){
    printf("%d", j+i);
}
```

关键错误提示：(7) ：error C2065：'m' ：undeclared identifier

[**运行结果说明**] void print(int m)语句中的“int m”只在该语句中有效。因此，该程序第 7 行中 m=60 的变量 m 要单独定义。用户在编程时，要明确变量的作用域，避免跨范围使用。

修改方法：将第 7 行改为“int m=60;”。

3. 括号{}不配对

如果{}不匹配，往往导致出现文件没有结束或者其他一些奇怪的错误提示。

例 12-15 括号{}不匹配错误。

```
//Error7.c
#include<stdio.h>
void main(){
    int i;
    for(i=100; i<200; i++){
        if(i%3==0) break;
        printf("%d", i);
    //}  错误改正：此处加一括号
}
```

关键错误提示：(9) ：fatal error C1004：unexpected end of file found

说明：通常这类错误提示信息都是由于{}不匹配引起的。

修改方法：在语句“printf("%d", i);”下面添加“}”，并与 for 语句对齐。

4. #define 宏语句写错

#define 宏定义语句后面不能有“;”，如果添加了“;”，根据不同的上下文环境，会给出不同的错误提示。

例 12-16 #define 宏语句错误添加分号“;”。

```
//Error8.c
#include<stdio.h>
#define N 3;                //错误改正：删除分号";"
void main(){
    int y=N*8+9;
    printf("%d", y);
}
```

关键错误提示：(5) ：error C2100：illegal indirection

说明：通常这类提示信息的错误都是由于宏定义后加“;”引起的。

修改方法：将“#define N 3”后的分号去掉。

5. 条件语句写错

C 语言的条件语句和循环语句需要圆括号。如果丢失圆括号,会出现 else 与 if 无法匹配等错误。

例 12-17 条件语句中未加圆括号"()"。

```
//Error9.c
#include<stdio.h>
void main(){
    float x, y;
    scanf("%f", &x);
    if x<=2.5                //错误改正: if(x<=2.5)
        y=(float)(1.5*x+7.5);
    else
        y=(float)(9.32*x-34.2);
    printf("%f",y);
}
```

关键错误提示:(6) : error C2061: syntax error : identifier 'x'
(8) : error C2181: illegal else without matching if

说明:通常这类提示信息的错误是由于条件没有加"()",或者是由于 if-else 使用不匹配。而且,这种错误往往导致编译时出现许多行的出错提示信息。无论是判断条件,还是循环条件,条件都要加上()。

修改方法:将程序中第 6 行的"if x<=2.5"改为"if(x<=2.5)"。

6. 语句缺少结束符";"

C 语言的语句都是以分号结束,如果丢失分号会出现丢失该分号的错误提示。

例 12-18 语句后面忘写";"。

```
//Error10.c
#include<stdio.h>
void main(){
    float x, y;
    scanf("%f", &x);
    if(x<=2.5)
        y=1.5f*x+7.5f                //错误改正:此处加入分号";"
    else
        y=9.32f*x-34.2f;
    printf("%f", y);
}
```

关键错误提示:(8) : error C2143: syntax error : missing ';' before 'else'

[运行结果说明] 通常这类提示信息是由于上一行语句没有写";"引起的。有时编

译时指出某行有错，但在该行上并未发现错误，应该检查上一行是否有错误。

修改方法：将程序中第 7 行的"y=1.5f * x+7.5f"改为"y=1.5f * x+7.5f ;"。

7. 表达式书写错误

例 12-19 表达式书写错误。

```
//Error11.c
#include<stdio.h>
void main(){
    float x, y;
    scanf("%f", &x);
    if(x<=2.5)
        y=(float)(1.5x+7.5);                //错误改正：(1.5*x+7.5)
    else
        y=(float)(9.32*x-34.2);
    printf("%f", y);
}
```

关键错误提示：(7) : error C2059: syntax error : 'bad suffix on number'
(7) : error C2146: syntax error : missing ')' before identifier 'x'
(7) : error C2059: syntax error : ')'

[**运行结果说明**] 通常这类表达式书写的错误会导致系统在编译原程序时提示若干行的报错信息。注意数学中的数学表达式与编程语言中的数学表达式的区别。

修改方法：将程序中第 7 行的"y=(float)(1.5x+7.5);"改为"y=(float)(1.5 * x+7.5);"。

8. 数据类型不匹配

若数据类型不匹配则系统提示无法进行数据转换的错误。

例 12-20 数据类型不匹配。

```
//Error12.c
#include<stdio.h>
#include<string.h>
void main(){
    void stringsearch(char a[], char b[]);
    char a[100]={"I am a student!"}, x[20]={"a"};
    stringsearch(a,'x');                //错误改正：stringsearch(a,x)
}
void stringsearch(char a[], char b[]){
    if(strstr(a,b)) printf("源字符串中包含了要查找的字符串\n");
}
```

关键错误提示：(7) : warning C4047: 'function' : 'char * ' differs in levels of

indirection from 'const int '
(7) : warning C4024: 'stringsearch' : different types for formal and actual parameter 2

［运行结果说明］ 这一类不能进行数据类型转换的错误一般是在参数传递时出现，或者是在将字符指针赋给字符变量或整型变量、实型变量时出现，或者是在将字符串赋给字符数组名时出现。

修改方法：将程序第7行“stringsearch(a,'x');”改为“stringsearch(a,x);”。

12.5 调试连接错误

常见的连接错误有如下两种。

1. 主函数名 main 写错

例 12-21 主函数名 main 写错。

```
//Error13.c
#include<stdio.h>
void mian(){                                    //错误改正：main()
    int i=6;
    printf("i=%d", i);
}
```

关键错误提示：

Linking...
LIBCD.lib(crt0.obj) : error LNK2001: unresolved external symbol _main
Debug/Error13.exe : fatal error LNK1120: 1 unresolved externals
Error executing link.exe.
Error13.exe - 2 error(s), 0 warning(s)

修改方法：将程序第2行“void mian()”改为“void main()”。

2. 函数定义与函数原形说明不匹配

例 12-22 函数定义与函数原形说明不匹配。

```
//Error14.c
#include<stdio.h>
#include<string.h>
void main(){
    void stringsearch(char a[],char b[]);
    char a[100]={"I am a student!"},x[20]={"a"};
    stringsearch(a,x);
}
stringsearch(char a[], char b[]){            //错误改正：加入函数返回值类型 void
```

```
    if(strstr(a,b)) printf("源字符串中包含了要查找的字符\n");
}
```

关键错误提示：(9)：error C2371：'stringsearch'：redefinition；different basic types

修改方法：将程序中的函数定义“stringsearch(char a[],char b[ ])”改为“void stringsearch(char a[],char b[])”。

12.6 调试逻辑算法错误

逻辑算法错误比语法错误更难检查。要求程序员要了解系统的功能模块，有较丰富的经验，并使用相关的调试方法来有效排查错误。

12.6.1 调试方法

调试方法有断点和单步调试法两种。

1. 断点调试法

设置断点跟踪程序段的执行。在程序的某一行按 F9 键，设置断点；按 F5 键开始调试，系统自动运行，并在断点处暂停运行。此时，在监视窗口中设置监视变量，观察监视变量的值，若正确，继续按 F5 键，程序暂停在下一个断点处；否则，按 Shift＋F5 键停止调试，修改程序。

2. 单步调试法

每次顺序执行一行或一个函数语句。按 F10 键开始调试，从程序的第一行开始单步执行语句(包括函数调用语句)。按 F11 键表示在遇到函数调用语句时进入函数模块，从函数模块的第一行开始顺序执行。按 Shift＋F11 组合键表示从函数模块中返回到函数调用语句中。在监视窗口中设置监视变量，观察监视变量的值，判断程序的正确性。

下面给出对算法错误进行单步调试的方法。

例 12-23 输入一个正整数，并分别将 n、$n-1$、$n-2$、…、1 的平方数按从大到小的顺序填入某二维数组的第 0 行，接下来的每行元素由上一行各元素依次循环左移一个数而得。如输入一个整数 4，则二维数组为：

```
16   9   4   1
 9   4   1  16
 4   1  16   9
 1  16   9   4
```

本例含有错误的源程序如下：

```
//Error15.c 含有错误的程序
#include<stdio.h>

void data(int p[][10], int m){
```

```
    int i, j;
    for(i=0; i<m; i++)                    //单步调试,设置光标处
        p[i][0]=(m-i) * (m-i);
    for(i=1; i<m; i++){
        for(j=0; j<m-1; j++)
            p[i][j]=p[i-1][j+1];
        p[i][m-1]=p[i-1][j];
    }
}

void main(){
    int i, j, n, array[10][10];
    printf("%s", "Input n(n<=10): ");
    scanf("%d", &n);
    data(array, n);
    for(i=0; i<n; i++){
        for(j=0; j<n; j++)
            printf("%d\t", array[i][j]);
        printf("\n");
    }
}
```

运行结果如下：

```
Input n(n<=10): 4
16      -858993460      -858993460      -858993460
-858993460      -858993460      -858993460      -858993460
-858993460      -858993460      -858993460      -858993460
-858993460      -858993460      -858993460      -858993460
```

［**运行结果说明**］ 通过分析题目要求和观察源程序，可以得出如下结论(假设输入数据为4)：data函数产生二维数组的值；data()函数的第一个循环生成二维数组的第1行。data函数的第二个循环生成二维数组的其他3行，其中外循环控制生成3行数据。对于内循环控制，每行的前3个元素由上一行各元素依次循环左移一个数而得到，外循环的最后一个语句设置每行的第4个元素，由上一行的第一个元素得到。

从结果可以看出，除了array[0][0]正确外，数组其余元素均无值。因此，可以断定，问题是在函数data()中。为进行单步调试，将光标设置在函数data()中第一个for循环处，参见图12-1。

```
void data (int p[][10], int m) {
    int i, j;
    for (i=0; i<m; i++)          ← 单步调试设置光标处
        p[i][0] = (m-i)*(m-i);
    for (i=1; i<m; i++) {
        ⋮
    }
}
```

图12-1 设置光标

调试程序过程分为如下8步。

(1) 设置光标。将光标设置在单步调试的开始处。

(2) 在菜单中选择Build→Start Debug→Run to Cursor或直接按Ctrl+F10组合键。

(3) 在出现的控制台屏幕中输入4，按

Enter 键。

```
Input n(n<=10): 4
```

(4) 按 F10 键,结果参见图 12-2。从图 12-2 可以看出,调试光标已下移一行。在下面显示调试结果的左边窗口中,有 i=0, m=4, 而 j 和 p[0][0]还未赋值。我们可以在显示调试结果右边窗口中输入 p[0][0]并回车,监视其结果。参见图 12-2。

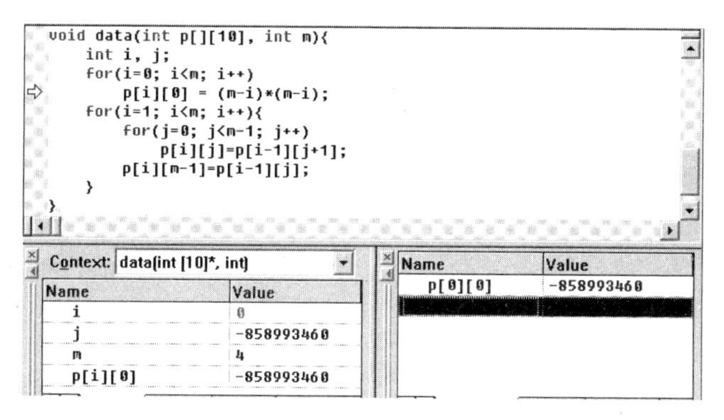

图 12-2 调试开始

(5) 再次按 F10 键执行下一步,结果参见图 12-3。调试结果的右边窗口中显示了 p[0][0]=16, 表明 p[0][0]已正确赋值。

图 12-3 执行第一步结果

(6) 继续按 F10 键执行下一步,并在右边窗口中输入 p[1][0]、p[2][0]、p[3][0]、p[0][1]监视这些数据。执行完成第一个 for 循环,结果如图 12-4 所示。

从结果来看,p[0][0]、p[1][0]、p[2][0]、p[3][0]都已赋值,但 p[0][1]没有赋值。

(7) 继续按 F10 键执行第二个二重 for 循环,参见图 12-5。结果显示,当 i=1、j=0 时,p[1][0]原有的赋值改变为空,检查相应的语句

```
p[i][j]=p[i-1][j+1];                //i=1,j=0,即 p[1][0]=p[0][1]
```

因为 p[0][1]未赋值,所以 p[1][0]原有的赋值改变为空。

(8) 至此,可以知道问题是程序没有实现算法所设计的"data()函数模块中的第一个循环生成二维数组的第一行"。实际上,程序生成的是二维数组的第一列。于是,将第一个 for 循环中的语句

```
p[i][0]=(m-i)*(m-i);
```

改为

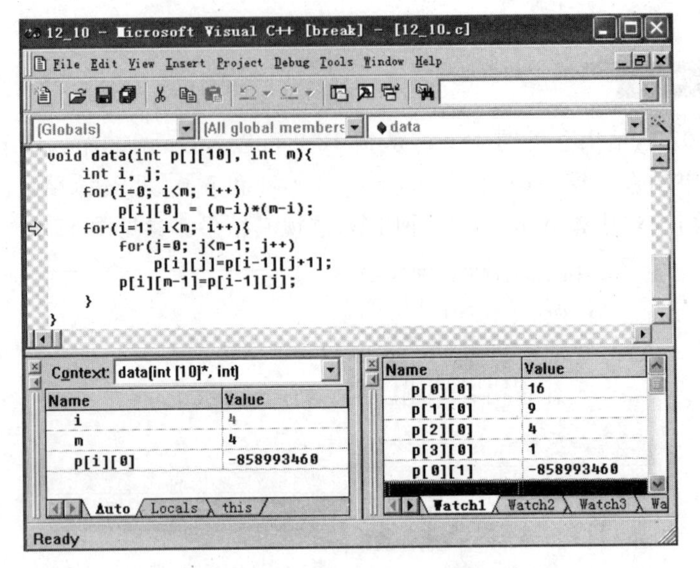

图 12-4　完成第一个 for 循环结果

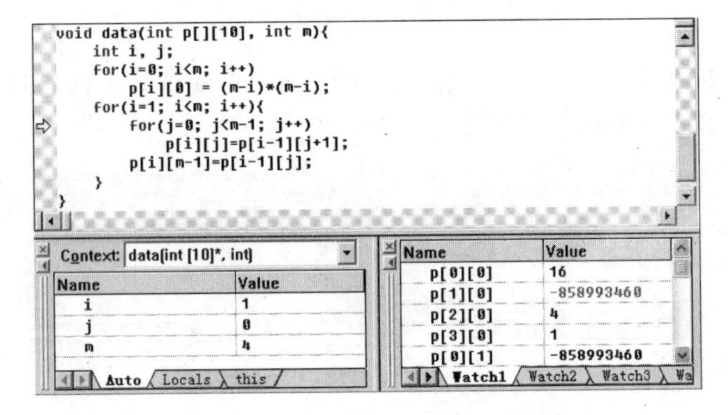

图 12-5　执行第二个二重 for 循环

```
p[0][i]=(m-i)*(m-i);
```

重新编译程序,运行结果如下:

```
Input n(n<=10): 4
16      9       4       1
9       4       1       1
4       1       1       1
1       1       1       1
```

从结果可以看出,第一行已正确,第二行的前 3 个数据正确,但第 4 个元素有错误。按算法设计“每行的第 4 个元素由上一行的第一个元素得到”,检查语句产生第 4 个元素的语句

```
p[i][m-1]=p[i-1][j];
```

发现有错,将其改为

```
p[i][m-1]=p[i-1][0];            //上一行的第一个元素
```

再次编译程序,运行结果如下:

```
Input n(n<=10): 4
16      9       4       1
9       4       1       16
4       1       16      9
1       16      9       4
```

其结果已正确实现程序设计的结果,调试结束。

12.6.2 常见逻辑错误

下面给出 4 种常见的逻辑错误实例。

1. 输入/输出格式错误

例 12-24 输入/输出格式错误。

```
//Error16.c
#include<stdio.h>
void main(){
    int f;
    scanf("%s",&f);
    printf("%d\n",f);
}
```

程序运行时,输入"456",但输出的结果为

```
456
3552564
```

[**运行结果说明**] 输入/输出格式说明符和输入/输出变量的类型一定要匹配,否则不能得到正确的输入/输出值。

修改方法:将"scanf("%s", &f);"改为"scanf("%d",&f);"。

2. 数据溢出错误

例 12-25 数据溢出。

```
//Error17.c
#include<stdio.h>
void main(){
    int i, n, fac=1;                //double fac=1;
    scanf("%d", &n);
    for(i=1; i<=n; i++)
        fac=fac*i;
    printf("%d!=%d\n", n, fac);    //printf("%d!=%.0f\n", n, fac);
}
```

当 n=12 时，输出结果为“fac = 479001600”；当 n = 13 时，输出结果为“fac = 1932053504”，输出结果错误。

```
12
12! = 479001600
```

```
13
13! = 1932053504
```

［运行结果说明］ 这是由于整型变量占用的存储单元为 4B，最大为 $2^{31}-1=$ 2 147 483 647，而 13！的值超过了该范围。在遇到阶乘、累加和这一类问题时，都必须考虑数的存储范围问题。

修改方法：将“int fac=1”修改为“double fac=1”，扩大 fac 变量的存储范围。相应的输出语句改为

```
printf("%d!=%.0f\n", n, fac);
```

重新编译，运行结果如下：

```
13
13! = 6227020800
```

3. 缺少 break 语句

例 12-26 漏写 break 语句。

```
//Error18.c
#include<stdio.h>
void main(){
    int a, j;
    scanf("%d", &a);
    j=(int)(a/10);
    switch(j){
        case 6: printf("%s\n", "合格");              //break;
        case 7: printf("%s\n", "一般");              //break;
        case 8: printf("%s\n", "良好");              //break;
        case 9: printf("%s\n", "优秀");              //break;
        case 10:printf("%s\n", "满分");              //break;
        default: printf("%s\n","不合格");
    }
}
```

程序运行时，输入“89”，输出结果为

［运行结果说明］ 在本例中 switch 的每一个分支后都应该加 break 语句，使得一旦满足该分支要求，处理完该分支的业务后，就直接跳出整个分支结构。break 语句经常和

switch、循环结构配合使用，使用时要注意它们的使用区别。在循环结构中，还要注意 break 语句和 continue 语句的区别。

修改方法：在各 printf()语句后，分别加上“break;”。

4. 等于号错写为赋值符号

例 12-27 在判断条件中，将等于号“==”错写成赋值符号“=”。

```
//Error19.c
#include<stdio.h>
void main(){
    int a, j;
    scanf("%d", &a);
    j=(int)(a/10);
    if(j=10)       printf("%s\n", "满分");
    else if(j=9)   printf("%s\n", "优秀");
    else if(j=8)   printf("%s\n", "良好");
    else if(j=7)   printf("%s\n", "一般");
    else if(j=6)   printf("%s\n", "合格");
    else           printf("%s\n", "不合格");
}
```

程序运行时，输入“66”，输出结果为：满分。

［**运行结果说明**］ “=”操作符和“==”操作符的含义不同。“=”是赋值操作符，“j=10”为赋值表达式，其最终值为 10；“==”是等于符号。所以，当输入 66 后，得 j=6。然后执行语句 if(j=10)时，表达式“j=10”的值等于 10，所以 if 语句的条件成立，结果得“满分”。可以试验，输入任何值，即使是 0，也得“满分”！

修改方法：将各赋值语句修改为判断语句，比如“j==10;”。

12.6.3 调试方法总结

(1) 程序写好后，先人工检查，避免由于人工疏忽而造成的错误。

(2) 上机调试，排除语法和连接错误。在这个阶段，要从上到下逐一改正错误。改正完一个错误后，就可重新编译程序。因为，错误有连贯性，有时一个错误会导致若干个错误。

(3) 调试程序时，一般在输入语句后要设置断点，以保证输入数据的正确性。对包含多个模块比较复杂的系统，先分模块设计多批实验参数，再调试，以保证每一个模块的逻辑和算法正确。最后调试整个程序，判断是否存在模块的数据传输出错误问题。

总之，程序调试是一项很复杂的工作，需要下工夫、动脑子、善于累积经验。在程序调试过程中往往反映出一个人的水平、经验和科学态度。希望读者能给予足够的重视。上机调试程序的目的决不是为了“验证程序的正确性”，而是“掌握调试的方法和技术”。

12.7 运行错误

下面介绍两种最常见的运行错误。

1. 输入变量时缺少地址符

例 12-28 输入变量时忘记使用地址符。

```
//Error20.c
#include<stdio.h>
void main(){
    int a, b, sum;
    scanf("%d%d", a, b);              //正确的是 scanf("%d%d",&a, &b);
    sum=a+b;
    printf("sum=%d\n", sum);
}
```

程序运行时，输入“23 45”后按 Enter 键，系统弹出错误提示。

[**运行结果说明**] C 语言要求指明“向哪个标识的地址单元送值”。

修改方法：将程序中第 2 行“scanf("%d%d",a,b);”修改为“scanf("%d%d",&a,&b);”。

2. 指针操作错误

例 12-29 指针操作错误。

```
//Error21.c
#include<stdio.h>
void main(){
    int *p;
    *p=100;
    printf("*p=%d\n", *p);
}
```

编译警告：(5) ：warning C4700：local variable 'p' used without having been initialized

运行程序时，报告如图 12-6 所示的错误现象。

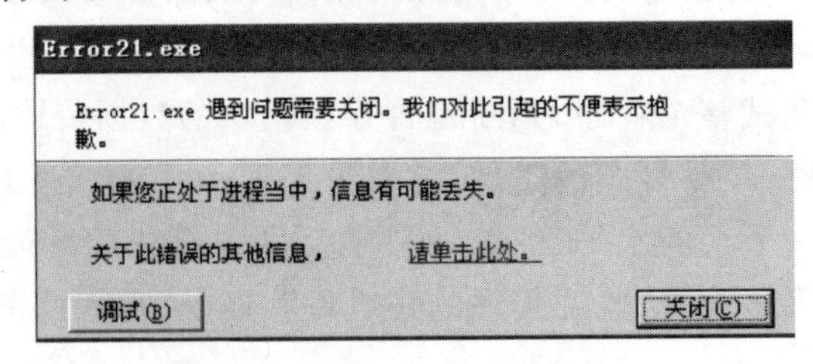

图 12-6 程序运行时的错误提示

[**运行结果说明**] 因为 p 指针没有赋初值，没有明确指向一个确定的用户区内存单元，操作系统为保护系统的安全性，禁止对不确定的单元进行赋值和读取操作。

可以将程序的相应部分修改如下：

```
int *p, a=100;
p=&a;
printf("*p=%d\n", *p);
```

习题 12

一、填空题

1. 以下程序实现如下结果：

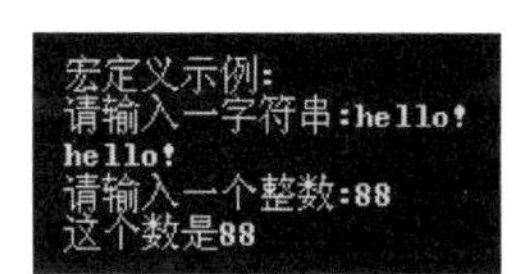

试填空。

```
#include<stdio.h>
#include<string.h>
#define MESSAGE1 "宏定义示例:\n"
____(1)____ "请输入"

void main(){
    char str[80];
    int dig;
    printf(__(2)__);
    printf("%s 一字符串:", MESSAGE2);
    gets(str);
    puts(str);
    printf("%s 一个整数:", __(3)__);
    scanf("%d", &dig);
    printf("这个数是%d\n", dig);
}
```

2. 以下程序用函数式宏定义实现整数 a 与 b 的交换。试填空。

```
#include<stdio.h>

#define __(1)__                //宏定义,整数 a,b 交换

void main(){
    int a, b, t;
```

```
    printf("Input a, b:");
    scanf("%d,%d", __(2)__);
    swap(a, b);
    printf("Now, a=%d, b=%d\n", a, b);
}
```

二、编程题

1. 分别用宏定义定义字符串“Hello!”和“您好!”,使用函数 printf()以两种方式分别输出这两个字符串。

2. 试用函数式宏替换如下函数:

```
#define PI 3.1415926
double a_circle(double r){
    return PI * r * r;
}
double a_rect(double a,double b){
    return a * b;
}
```

并编程实现计算圆和矩形面积。

3. 试将第 3 章例 3-13 的程序 TrapMethod. c 中的函数 double f(double x)改为函数式宏,并将计算积分 $\int_0^1 \sqrt{x^3+x+1}\mathrm{d}x$ 的程序段写成具有形参为积分区间 a,b 的函数。

4. 设 a、b、c 为三角形的三条边,则三角形的面积为

$$A=\sqrt{s(s-a)(s-b)(s-c)},\quad s=\frac{1}{2}(a+b+c)$$

试分别定义两个函数式宏,一个用于求 s,另一个用于求 A。写出调用这两个宏的代码,在程序中用带实参的宏名来求面积。

5. 分别用函数和带参数的宏计算 3 个数中的最大者。

6. 用条件编译方法实现如下功能:若输入一行 6 个字母或数字的密码,可以任选两种输出,一为原码输出,二为用“ * ”代替输出。通过

```
#define CHANGE 1
```

和

```
#define CHANGE 0
```

改变条件编译。

7. 试将第 5 题中的一个函数和一个带参数的宏写入一个头文件 maxtest. h,然后调用头文件 maxtest. h 运行程序。必要时函数名和一个带参数的宏名需要改变。

8. 利用条件编译来决定将字符串全部转换成大写字母或小写字母。

附录A ASCII字符代码

ASCII Value	Character	Control Character	ASCII Value	Character	ASCII Value	Character	ASCII Value	Character
000	null	NUL	032	(space)	064	@	096	`
001	☺	SOH	033	!	065	A	097	a
002	☻	STX	034	"	066	B	098	b
003	♥	ETX	035	#	067	C	099	c
004	♦	EOT	036	$	068	D	100	d
005	♣	ENQ	037	%	069	E	101	e
006	♠	ACK	038	&	070	F	102	f
007	beep	BEL	039	'	071	G	103	g
008	back space	BS	040	(	072	H	104	h
009	tab	HT	041	)	073	I	105	i
010	line feed	LF	042	*	074	J	106	j
011	♂	VT	043	+	075	K	107	k
012	♀	FF	044	,	076	L	108	l
013	carriage return	CR	045	-	077	M	109	m
014	♫	SO	046	.	078	N	110	n
015	☼	SI	047	/	079	O	111	o
016	►	DLE	048	0	080	P	112	p
017	◄	DC1	049	1	081	Q	113	q
018	↕	DC2	050	2	082	R	114	r
019	‼	DC3	051	3	083	S	115	s
020	¶	DC4	052	4	084	T	116	t
021	§	NAK	053	5	085	U	117	u
022	▬	SYN	054	6	086	V	118	v
023	↨	ETB	055	7	087	W	119	w
024	↑	CAN	056	8	088	X	120	x
025	↓	EM	057	9	089	Y	121	y
026	→	SUB	058	:	090	Z	122	z
027	←	ESC	059	;	091	[	123	{
028	∟	FS	060	<	092	\	124	|
029	↔	GS	061	=	093	]	125	}
030	▲	RS	062	>	094	^	126	~
031	▼	US	063	?	095	_	127	del

附录B

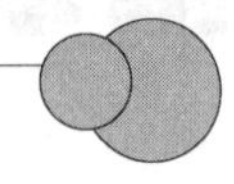

1. 数学函数

数学函数的原型包含在头文件 math.h 中。

函数原型	功能	返回值与说明
int **abs**(int x)	求整数 x 的绝对值	计算结果
double **acos**(double x)	计算 arccos(x)的值	$-1\leqslant x\leqslant 1$ 之间
double **asin**(double x)	计算 arcsin(x)的值	$-1\leqslant x\leqslant 1$
double **atan**(double x)	计算 arctan(x)的值	计算结果
double **atan**(double x,double y)	计算 arctan(x/y)的值	$y\neq 0$
double **cos**(double x)	计算 cos(x)的值	x 单位为弧度
double **exp**(double x)	计算 e^x 的值	
double **labs**(double x)	求 x 的绝对值	
double **floor**(double x)	求不大于 x 的最大整数	
double **fmod**(double x,double y)	求整除 x/y 的余数	返回余数的双精度数，$y\neq 0$
double **log**(double x)	求 $\log_2 x$，即 $\ln x$	
double **log10**(double x)	求 $\log_{10} x$	
double **pow**(double x,double y)	求 x^y 的值	
int **rand**(void)	产生－90～32 767 间的随机整数	
double **sin**(double x)	计算 $\sin x$ 的值	x 单位为弧度
double **sqrt**(double x)	计算$\sqrt{x}$的值	$x\geqslant 0$
double **tan**(double x)	计算 $\tan x$ 的值	x 单位为弧度

2. 字符函数

字符函数的原型包含在头函数 ctype.h 中。

函数原型	功　　能	返回值与说明
int **isalnum**(int ch)	检查 ch 是否为字母或数字	是返回 1,否则返回 0
int **isalpha**(int ch)	检查 ch 是否为字母	是返回 1,否则返回 0
int **iscntrl**(int ch)	检查 ch 是否为控制字符	是返回 1,否则返回 0ASCII 值为 0～31
int **isdigit**(int ch)	检查 ch 是否为数字(0～9)	是返回 1,否则返回 0
int **isgraph**(int ch)	检查 ch 是否为可打印字符,含空格	是返回 1,否则返回 0ASCII 值为 33～126
int **islower**(int ch)	检查 ch 是否为小写字母	是返回 1,否则返回 0
int **isprint**(int ch)	检查 ch 是否为可打印字符,不含空格	是返回 1,否则返回 0ASCII 值为 32～126
int **isspace**(int ch)	检查 ch 是否为空格、制表符或换行符等	是返回 1,否则返回 0ASCII 值为 9～13,32
int **isupper**(int ch)	检查 ch 是否为大写字母	是返回 1,否则返回 0
int **isxdigit**(int ch)	检查 ch 是否为十六进制数字字符	是返回 1,否则返回 0
int **tolower**(int ch)	将 ch 转换为对应的小写字母	返回 ch 对应的小写字母
int **toupper**(int ch)	将 ch 转换为对应的大写字母	返回 ch 对应的大写字母

3. 字符串函数

字符串函数的原型包含在头函数 string. h 中。

函数原型	功　　能	返回值与说明
char * **strcat** (char * str1, char * str2)	将字符串 str2 连接到 str1 后面,取消 str1 后面的串结束符'\0'	返回 str1
char * **strchr**(char * s,char c)	在串 s 中查找字符 c 的第一个匹配之处	返回指向该位置的指针;否则返回空指针
int **strcmp**(char * str1,char * str2)	比较两个字符串 str1 和 str2	str1<str2,返回负数 str1>str2,返回正数 str1=str2,返回 0
char * **strcpy**(char * str1,char * str2)	将字符串 str2 复制到 str1 中	返回 str1
unsigned int **strlen** (char * str1)	统计 str1 中的字符个数(不含'\0')	返回字符个数
char * **strrev**(char * str1)	串倒转	将 str1 中的字符逆序存放
int **strstr**(char * str1,char * str2)	在串 str1 中查找 str2 的第一次出现位置	返回该位置的指针,否则返回空指针
char **strlwr**(char * str1)	将串 str1 中的大写字母转换为小写字母	返回串 str1
char **strupr**(char * str1)	将串 str1 中的小写字母转换为大写字母	返回串 str1

4. 输入/输出函数

输入/输出函数的原型包含在头文件 stdio. h 中。

函数原型	功　　能	返回值与说明
void **clearer**(FILE * fp)	清除文件指针错误	
int **close**(int handle)	关闭文件	成功返回 0,否则返回-1
int **fclose**(FILE * fp)	关闭文件 fp,释放文件缓冲区	成功返回 0,否则返回非 0
int **feof**(FILE * fp)	检查文件是否结束	是返回非 0,否则返回 0
int **ferror**(FILE * fp)	测试文件 fp 是否有错	是返回非 0,否则返回 0
int **fgetc**(FILE * fp)	从 fp 所指向的文件中读取下一个字符	成功则返回下一个字符,出错则返回 EOF
char * **fgets**(char * buf, int n, FILE * fp)	从 fp 所指向的文件读取长度为 n-1 的串,存入起始地址为 buf 的空间	成功则返回 buf 所指的串,出错或文件结束返回 NULL
FILE * **fopen** (char * fname, char * mode)	以 mode 指定的方式打开文件 fname	成功则返回文件指针,否则返回空指针
int **fprintf**(FILE * fp,char * format,args,…)	把 args 的值以 format 指定的格式输出到 fp 所指定的文件中	成功则返回输出的字符数,出错则返回 EOF
int **fputc**(char ch,FILE * fp)	将字符 ch 写入到 fp 所指向的文件中	成功则返回所写入的字符,否则返回 EOF
int **fputs**(char * str, FILE * fp)	将 str 所指向的字符串写入到 fp 所指向的文件中	成功则返回 0,否则返回非 0
int **fscanf**(FILE * fp, char format, args…)	从 fp 中以 format 格式输入到 args 所指向的内存单元中	已输入的数据个数
int **fread** (char * ptr, unsigned size, unsigned n, FILE * fp	从 fp 所指向的文件读长度为 size 的 n 个数据,存放在 ptr 所指的内存中	返回所读的数据项个数, 如遇文件结束或出错返回 0
int **fseek**(FILE * fp, long offset,int base)	将 fp 文件指针移动到以 base 为基准、以 offset 为位移量的位置	成功则返回当前位置,否则返回-1
long **ftell**(FILE * fp)	返回文件指针 fp 的当前位置,偏移量是以文件开始算起的字符数	出错时返回-1L
int **fwrite** (char * ptr, unsigned size, unsigned n, FILE * fp)	将 ptr 指向的 n * size 个字节输出到 fp 所指向的文件中	成功则返回确切的数据项数,出错时返回计数值
int **getc**(FILE * fp)	从 fp 所指向的文件中读入一个字符	成功则返回所读入的字符,否则返回 EOF
int **getchar**(void)	从标准输入设备上读取一个字符	成功则返回读入的字符,否则返回-1
char **gets**(char * str)	从标准输入设备读取字符串存入 str 中	成功则返回 str, 否则返回 NULL

续表

函数原型	功　　能	返回值与说明
int **printf** (char * format, args,…)	按format指向的格式字符串所规定的格式,将输出表列args的值输出到标准输出设备	成功则输出字符的个数,否则返回负数
int **putc**(int ch,FILE * fp)	将字符ch输出到fp所指向的文件中	成功则输出字符ch,出错则返回NULL
int **putchar**(char ch)	将字符ch输出到标准输出设备	成功则返回输出的字符ch,出错则返回EOF
int **puts**(char * str)	将str指向的串输出到标准输出设备,将'\0'转换为回车换行符	成功则返回换行符,否则返回EOF
void **rewind**(FILE * fp)	将文件指针fp重新置于文件开始位置	成功则返回0,否则返回-1
int **scanf** (char * format, args,…)	从标准输入设备按format指向的格式字符串所规定的格式,输入数据到args所指向的单元	成功则返回读入并赋值个数,否则返回0

5. 动态存储分配函数

动态存储分配函数的原型包含在stdlib. h(ANSI标准)或malloc. h(其他C语言编译系统)。

函数原型	功　　能	返回值与说明
void * **calloc** (unsigned n, unsigned size)	分配n个数据项的内存连续空间,每个数据项的大小为size	成功则返回分配内存单元的起始地址,否则返回0
void **free**(void * p)	释放p所指向的内存单元	
void * **malloc**(unsigned size)	分配size字节的存储空间	成功则返回所分配内存单元的起始地址,否则返回0
void * **realloc** (void * p, unsigned size)	将p所指向的内存单元大小改为size,size可以比原分配空间大或小	成功则返回指向该内存单元的指针

参 考 文 献

[1] B. W. Kernigham, D. M. Ritchie. C 程序设计语言[M]. 徐宝文,等译. 北京：机械工业出版社,2005.

[2] D. E. Knuth. 计算机程序设计的艺术[M]. 2 卷. 北京：清华大学出版社,2002.

[3] 谭浩强,等. Turbo C 程序设计教程[M]. 北京：人民邮电出版社,1995.

[4] 胡宏智,等. C 语言程序设计[M]. 北京：中国水利水电出版社,2010.

[5] 谭成予. C 语言及程序设计基础[M]. 武汉：武汉大学出版社,2010.

[6] 李丽娟. C 语言程序设计教程[M]. 2 版. 北京：人民邮电出版社,2010.

[7] 李文斌,等. C 语言与程序设计大学教程[M]. 北京：清华大学出版社,2010.

[8] 谢延红,等. C 语言程序设计教程[M]. 北京：国防工业出版社,2010.

[9] 陆蓓,等. C 语言程序设计[M]. 2 版. 北京：科学出版社,2010.

[10] 孙燮华. Java 程序设计教程[M]. 2 版. 北京：清华大学出版社,2011.

[11] 孙燮华. 数字图像处理——原理与算法[M]. 北京：机械工业出版社,2010.

[12] 孙燮华. 数字图像处理——Visual C#. NET 编程与实验[M]. 北京：机械工业出版社,2010.

[13] 丁海军,等. 程序设计基础(C 语言)[M]. 北京：北京航空航天大学出版社,2009.

[14] 张基温. 新概念 C 语言程序设计[M]. 北京：中国铁道出版社,2003.

[15] 卢开澄. 计算机密码学[M]. 3 版. 北京：清华大学出版社,2005.

[16] 尹彦芝. C 语言常用算法与子程序[M]. 北京：清华大学出版社,1994.

[17] 贾宗璞,等. C 语言程序设计[M]. 北京：人民邮电出版社,2010.

[18] 郭俊凤,等. C 程序设计安全教程[M]. 北京：清华大学出版社,2009.

[19] K. Zurell. 嵌入式系统的 C 程序设计[M]. 艾克武,等译. 北京：机械工业出版社,2002.

[20] 谭浩强. C 程序设计题解与上机指导[M]. 3 版. 北京：清华大学出版社, 2006.

大学计算机基础教育规划教材

近　期　书　目

大学计算机基础(第 3 版)(“国家精品课程”、“高等教育国家级教学成果奖”配套教材)
大学计算机基础实验指导书(“国家精品课程”、“高等教育国家级教学成果奖”配套教材)
大学计算机应用基础(第 2 版)(“国家精品课程”、“高等教育国家级教学成果奖”配套教材)
大学计算机应用基础实验指导(“国家精品课程”、“高等教育国家级教学成果奖”配套教材)
C 程序设计教程
Visual C ++ 程序设计教程
Visual Basic 程序设计
Visual Basic. NET 程序设计(普通高等教育“十一五”国家级规划教材)
计算机程序设计基础——精讲多练 C/C ++ 语言(普通高等教育“十一五”国家级规划教材)
微机原理及接口技术(第 2 版)
单片机及嵌入式系统(第 2 版)
数据库技术及应用——Access
SQL Server 数据库应用教程
Visual FoxPro 8.0 程序设计
Visual FoxPro 8.0 习题解析与编程实例
多媒体技术及应用(普通高等教育“十一五”国家级规划教材)
计算机网络技术及应用(第 2 版)
计算机网络基本原理与 Internet 实践
Java 语言程序设计基础(第 2 版)(普通高等教育“十一五”国家级规划教材)
Java 语言应用开发基础(普通高等教育“十一五”国家级规划教材)